ONWILLIGE HELDERZIENDE

SASHA URBAN SERIE: BOEK 3

DIMA ZALES

♠ MOZAIKA PUBLICATIONS ♠

Dit is een fictief boek. Namen, personages, plaatsen en incidenten zijn ofwel het product van de verbeelding van de auteur of worden fictief gebruikt, en elke gelijkenis met echte personen, levend of dood, zakelijke vestigingen, evenementen of locaties is puur toeval.

Copyright © 2023 Dima Zales en Anna Zaires
www.dimazales.com/book-series/nederlands/

Alle rechten voorbehouden.

Behalve voor gebruik in een recensie, mag geen enkel deel van dit boek zonder toestemming worden gereproduceerd, gescand of in gedrukte of elektronische vorm worden verspreid.

Gepubliceerd door Mozaika Publications, een imprint van Mozaika LLC.
www.mozaikallc.com

Omslag door Orina Kafe
www.orinakafe.design

Vertaling: Missy Veerhuis

e-ISBN: 978-1-63142-836-4
Gedrukt ISBN: 978-1-63142-837-1

HOOFDSTUK EEN

Een hels geschreeuw rukt me uit de welkome armen van de slaap.

Met een bonzend hart schiet ik omhoog in een zittende positie.

Het kost me een moment om de bron van het geluid te lokaliseren.

Het is mijn telefoon.

Ik grijp het kwaadaardige apparaat ruw vast en staar naar de nummerweergave.

In plaats van een nummer staat er privénummer.

"Nee," zeg ik tegen de onbekende telemarketeer — of wie de lastpost ook is. "Ik neem niet op als ik niet weet wie er belt."

De telefoon blijft aanhoudend overgaan, dus ik tik op het scherm om de oproep te weigeren en wacht of ze een voicemail achterlaten.

Dat doen ze niet.

Dan zie ik hoe laat het is en ik word er zo boos van dat ik bijna de telefoon tegen de muur gooi. Het is mijn gebruikelijke tijd om voor het werk op te staan, maar ik hoef vandaag niet naar mijn werk — een van de weinige voordelen van het opzeggen van een goedbetaalde baan.

Wat het nog erger maakt, is mijn extreme sufheid. Ik ben mezelf duidelijk nog slaap verschuldigd van die hele nacht doorhalen voor Nero.

De manipulatieve klootzak.

Mijn maag knort.

Als ik wakker ben, dan kan ik net zo goed een snelle hap gaan eten.

Ik sta op, trek een joggingbroek en een comfortabel T-shirt aan om mijn werkloosheid te vieren, en loop de badkamer in om naar het toilet te gaan.

De kneuzing van de ork op mijn schouder ziet er in de badkamerspiegel paars-geel uit, maar het doet niet veel pijn — ongetwijfeld met dank aan de bevroren erwtenkompressen.

Er komen lekkere geuren uit de keuken en mijn neus sleept me daarheen om het te onderzoeken.

"Het zijn niet zomaar dingen," zegt Felix tegen Fluffster, wiens kleine theeschoteltje met haver naast Felix' pannenkoeken staat. "Ik werd bijna vermoord."

"Goedemorgen." Ik ga naar het aanrecht, pak een bord en leg er wat pannenkoeken op. "Hoe gaat het?"

"Felix is aan het mopperen," antwoordt Fluffster in gedachten, en de uitdrukking op het gezicht van mijn chinchilla/domovoj komt zo dicht in de buurt van een grijns als een knaagdier ooit zou kunnen komen. "Eerst klaagde hij dat hij op de bank in de woonkamer moest slapen, toen zei hij dat hij nooit een vrouw zal krijgen, en nu is hij boos dat —"

"Dat was een privégesprek." Felix wijst dreigend met zijn vork naar Fluffsters harige lijf.

Ik kijk ongelovig naar de vork. Is Felix gisteravond vergeten, toen Fluffster een succubus die high van de seks was in een bloederige smoothie veranderde?

"Sasha weet wat er is gebeurd," antwoordt Fluffster alsof er geen vork bij hem in de buurt is. "Dus hoe privé is dit?"

"En ik denk dat je *wel* een vrouw zal krijgen, Felix," zeg ik terwijl ik met mijn pannenkoeken ga zitten. "Ooit," voeg ik er met een knipoog aan toe, terwijl ik de met koolhydraten beladen goedheid aan mijn vork spiets. "Vooral als we de woorden 'krijgen' en 'vrouw' losjes definiëren."

De voordeur knalt open, wat het antwoord van Felix onderbreekt. Hij kijkt op zijn telefoon, bekijkt waarschijnlijk de beveiligingsbeelden en vertelt ons, "Het is Ariël."

"Eindelijk," zegt Fluffster in mijn hoofd en ik voel een steek van jaloezie dat hij met zijn mond vol haver zo welsprekend kan zijn. "Ze is vannacht niet thuisgekomen."

"We zijn in de keuken," roep ik om ervoor te zorgen dat Ariël niet denkt dat ze haar slaapkamer binnen kan sluipen en kan doen alsof alles in orde is. "Er zijn pannenkoeken."

Ik stop eindelijk een stuk pannenkoek in mijn mond en de explosie van smaak doet me kreunen van waardering.

"Van aardappelen gemaakt," legt Felix nors uit, terwijl zijn sombere uitdrukking zachter wordt. "Het is een traditioneel Russisch gerecht." Somberder voegt hij eraan toe, "Nadat ik bijna was vermoord, had ik zin om iets te eten dat mijn moeder voor me zou maken toen ik klein was."

"Hallo, allemaal," zegt Ariël met het enthousiasme van een hyperactief kind dat strak staat van de chocolade en amfetaminen. "Goed om te zien dat het zo goed gaat met Fluffster. Hoe gaat het met jullie?"

Ze heeft de kleren van gisteravond aan, maar ze moet iets met haar make-up hebben gedaan, want ze lijkt van binnenuit te gloeien.

"Het is een lang verhaal," zegt Felix en hij wisselt een verwarde blik met me uit.

Als hij denkt wat ik denk, dan heeft hij het recht om in de war te zijn. Dit is het vreemdste 'walk of shame'-gedrag dat we ooit hebben gezien.

Zouden Ariël en Gaius verliefd kunnen zijn? Films zeggen tenslotte dat als je in die staat bent, je een beetje gek gaat doen.

Als alternatief neemt ze misschien iets nieuws aan zelfmedicatie voor haar PTSS?

Als om mijn overpeinzingen te benadrukken, wervelt Ariël als een tornado door de keuken —

ongetwijfeld gebruikt ze haar Cognizantenkrachten om zo snel te bewegen. Voordat ik bewegingsziekte kan spellen, zit ze al met een bord vol pannenkoeken, een vork, een mes en een gretige uitdrukking op haar perfecte gezicht aan tafel.

"Vertel me wat er is gebeurd," zegt ze opgewonden en stopt een aardappelpannenkoek in haar mond. Zelfs haar kauwen lijkt op snel vooruit spoelen te staan.

Ik schraap mijn keel. "Dus, herinner je je Harper nog — het ding dat seks gebruikte om me in de Earth Club bijna te vermoorden? Nou, hij — of zoals later bleek, *zij* — was hier gisteravond."

Ariël staart me aan en slikt hoorbaar haar derde pannenkoek door. "Ik wist dat ze een *zij* was. Wat deed ze hier?"

"Je wist dat ze een *zij* was en je hebt het me niet verteld?" Ik halveer met kracht een aardappelpannenkoek met mijn vork.

"Ik wist niet dat jij het niet wist." Ariël haalt haar schouders op. "Het was voor mij duidelijk wat ze was."

"Het doet er niet toe." Felix zet zijn bord weer recht. "Het belangrijkste is dat ze gisteravond heeft geprobeerd om ons te vermoorden. Het was ook bijna gelukt, maar Fluffster heeft ons gered."

Fluffster blaast trots zijn staart op en gaat rechtop zitten — waardoor hij er als een pluizig stokstaartje uitziet in plaats van hem de diepgang te geven waar hij waarschijnlijk naar op zoek was.

Ariël laat haar vork vallen en staart mij en Felix met verschillende niveaus van beschuldiging aan. "Jullie hebben het huis verlaten nadat ik jullie heb afgezet? Maar hoe heeft Fluffster —"

"Nee," zeg ik. "Ze was *hier*, in het appartement, vlak nadat je me had afgezet."

Ariël wordt wit. "Hoe kan een succubus worden uitgenodigd —" Ze kijkt Felix aan en slaat zichzelf op haar voorhoofd. "Dat was je date?" Haar stem gaat omhoog. "Heb je een succubus bij ons thuis uitgenodigd?"

"Ik wist niet eens dat ze een Cognizant was," zegt Felix. "Er was geen aura. Hoe moest ik dat weten?"

"De geur," zeggen Ariël en ik in koor.

"Welke geur?" Felix snuift de lucht op alsof de geur van Harper misschien nog is blijven hangen. "Heb je het over haar parfum? Het rook buitengewoon lekker, maar —"

"Laat maar," zegt Ariël, terwijl haar schouders zo slap hangen dat ik verwacht dat ze tot aan haar enkels zullen zakken. "Je gaat niet naar clubs, dus je hebt nog nooit een van hen ontmoet. Dit is allemaal mijn schuld. Ik had hier moeten zijn." Ze bedekt haar gezicht met haar handen. "Het spijt me."

"Luister," zeg ik troostend, ongemakkelijk bij haar plotselinge stemmingswisseling. "Het gaat goed met ons. Met Fluffster in de buurt kan ons niets ergs overkomen. Niet in dit appartement."

Fluffsters staart zwelt zo op dat hij nu groter is dan de rest van zijn lichaam.

"Vertel me precies wat er is gebeurd." Ariël laat haar

handen zakken, maar haar gezicht is nog steeds ongewoon bleek. "Elk klein detail."

Felix en ik leggen het om de beurt uit. Hij begint met hoe hij Harper heeft ontmoet, verliefd werd en haar uitnodigde om te Netflix en chillen, 'dit was de suggestie van Ariël geweest'. Ik vertel haar vervolgens hoe ik het appartement binnenkwam, de vijand rook en probeerde om tegen haar te vechten — en hoe Fluffster de klus had geklaard.

"Het spijt me zo," zegt Ariël nog een keer als we klaar zijn. "Ik had hier moeten zijn. Het is niet goed te praten. Als dit anders was gelopen, dan had ik —"

Ze stopt met praten en er loopt een echte traan over haar wang.

Felix en ik kijken elkaar zeer bezorgd aan. Felix had, net als ik, waarschijnlijk gedacht dat Ariëls traanbuisjes er jaren geleden al mee op waren gehouden om te werken.

"Zou ze bipolair kunnen zijn of zo?" vraagt Fluffster — vermoedelijk alleen in mijn hoofd. De kleine man zit duidelijk op dezelfde golflengte. "Ik heb op YouTube iets over die aandoening gezien."

Ik haal mijn schouders op naar de chinchilla.

"Het spijt me," mompelt Ariël weer, en stopt dan haar mond vol met een pannenkoek.

"Ik heb eigenlijk een vraag," zeg ik om ervoor te zorgen dat ze zich niet weer gaat verontschuldigen. "Kunnen we vanwege de dood van Harper in de problemen komen met de Raad?"

Ariël slikt haar eten door. "Je hebt uit zelfverdediging gehandeld. Wat nog belangrijker is, ze had geen aura, dus ze stond niet onder de bescherming van het mandaat." Haar stem stabiliseert een beetje. "Het is zelfs zo dat als menselijke autoriteiten zouden komen rondsnuffelen, we een beroep op de Raad zouden kunnen doen om de politie de andere kant op te laten kijken."

"Oh?" Ik trek mijn wenkbrauw op.

"Stel je voor dat een Cognizant met een lange levensloop levenslang zou krijgen," zegt Felix vrolijk. "Hun langzame veroudering zou na een tijdje opgemerkt kunnen worden — om nog maar te zwijgen van wat er gebeurt als de gevangenisstraf een onnatuurlijk aantal jaren door zou blijven lopen."

"Maar laat dat geen excuus zijn om menselijke wetten te overtreden." Ariëls wenkbrauwen fronsen. "Als je bijvoorbeeld de database van een belangrijke bank hackt" — ze kijkt Felix scherp aan — "dan zou de Raad best kunnen besluiten om je een tijdje in de gevangenis weg te laten rotten, vooral als je geen flitsende krachten hebt die —"

"Wat is er vandaag met iedereen aan de hand die mijn vertrouwen verbreekt?" gromt Felix. "Ik deel die ene keer met je dat —"

"Je schept altijd op als je iets gehackt hebt," zeg ik ter verdediging van Ariël. "Je vertelde me pas geleden nog dat je bij de RDW binnen was gekomen."

Felix kijkt me geïrriteerd aan en propt ook zijn mond vol met een pannenkoek.

"Waarom stond Harper niet onder het mandaat?"

vraag ik. "Ze leek er niet te jong voor te zijn. Is haar soort ook persona non grata, zoals de dodenbezweerders?"

"Nee," zegt Ariël. "Er zijn maar weinig soorten Cognizanten die dat zijn."

Felix schraapt zijn keel. "Waarschijnlijk zijn ze hier allebei uit de Andere Wereld gekomen. Toen je me over het visioengesprek tussen Chester en Beatrice vertelde, zei hij iets over 'hier' en 'liberale houding' — waardoor ik me afvraag of onze schurken uit een premandaatwereld komen. Die plaatsen hebben soms een negatieve houding ten opzichte van paren tussen verschillende soorten Cognizanten — en soms, zoals in meer conservatieve samenlevingen hier, over relaties van hetzelfde geslacht."

Ik voel een steek van medelijden met Beatrice en Harper. Als Felix gelijk heeft, dan wilden ze alleen maar in vrede samenleven, maar Chester heeft daarvan geprofiteerd en heeft Beatrice op haar dodelijke pad gezet.

Aan de andere kant is het slachtoffer zijn van vooroordelen op een verre wereld geen reden om *mij* te vermoorden. Die keuze, wat haar redenen ook zijn, is waarom Beatrice dood is. Hetzelfde geldt voor Harper — hoewel ik toe moet geven dat haar acties nog beter te begrijpen zijn.

Als iemand een persoon had vermoord van wie ik hou, zou ik dan geen wraak willen nemen?

Felix kijkt ook somber als hij verdergaat. "Als alternatief, als ze van hier waren, dan was Harper misschien niet doorgegaan met het mandaat omdat haar vriendin, die een bezweerder was, er niet onder mocht vallen."

Ariël kijkt nadenkend. "Dat klinkt logisch."

"Is dat zo?" vraag ik.

"Stel je voor dat je een minnaar hebt, maar niet in staat bent om met hem te praten over wat het belangrijkste in je leven is," zegt Felix.

Ik knik en herinner me dat Ariël uit haar neus, ogen en oren begon te bloeden toen ik haar voordat ik onder het mandaat viel gerichte vragen over de Cognizantenwereld stelde.

Ariëls telefoon piept en verbreekt de tijdelijke stilte.

Ze kijkt ernaar en kijkt dan met een schuldige blik op. "Ik moet gaan."

"Moet je naar je werk?" vraag ik zo nonchalant mogelijk. "Of —"

"Tot straks," zegt ze alsof ze het niet gehoord heeft. Vervolgens herhaalt ze haar imitatie van de Tasmaanse duivel, ruimt alles op en verlaat de keuken snel genoeg om de snelheidslimieten op de snelweg te overtreden.

Felix en ik eten in stilte totdat we de deur in Ariëls kamer horen dichtslaan — wat hopelijk betekent dat ze zich net heeft omgekleed. Dan klapt de voordeur dicht, gevolgd door het geluid van sleutels die de deur op slot doen.

Ik kijk naar Felix. "Ligt het aan mij, of is het komen en gaan van Ariël een beetje vreemd? Ze heeft niet eens gedoucht."

"Ze gaat op deze tijd meestal naar het ziekenhuis, dus dat kan het zijn," zegt hij niet overtuigend.

"Ik maak me zorgen," zegt Fluffster in gedachten en hij vat mijn gevoelens perfect samen.

"Laten we haar in de gaten houden." Felix heeft zijn laatste eten op en zegt, "Ik moet nu ook gaan. In mijn geval zeker weten aan het werk."

"Ik ruim wel op." Met een bedorven eetlust, spiets ik gedachteloos mijn laatste pannenkoek. "Bedankt voor het maken van het ontbijt."

"Fluffster heeft me over Nero verteld," zegt Felix terwijl hij opstaat. "Ik weet zeker dat je een andere mentor zult vinden — en een andere baan."

Ik knik, maar als Felix de kamer verlaat, zeg ik, "Ik wist niet dat je zo'n roddel was, Fluffster."

"Ik was gewoon bezorgd over de financiën," antwoordt de chinchilla verbijsterd. "Je hebt het aan mij en Ariël verteld, dus ik dacht dat Felix het ook mocht weten."

"Ik plaag je alleen maar." Ik krab hem achter zijn oor. "Ik was absoluut van plan om het aan Felix te vertellen."

Dan eet ik mijn eten op en begin met opruimen.

Net als ik bijna klaar ben in de keuken, voel ik een vreemd zwaar gevoel in mijn maag, en een golf van angst gaat over mijn lichaam. Het doet me denken aan hoe ik me voelde toen Nero's orks laatst die ongelukken voor me in scène hadden gezet — het is alleen dat ik weet dat ik hier, in Fluffsters aanwezigheid, veilig zou moeten zijn.

De telefoon gaat in mijn kamer.

Zou dat de oorzaak van mijn malaise kunnen zijn?

Ik sta voorzichtig op om te voorkomen dat ik ergens over struikel en een zelfvervullende profetie creëer, haast me naar mijn kamer en bekijk de nummerweergave.

Het is een privénummer.

Net als vanmorgen.

HOOFDSTUK TWEE

Ik pak de telefoon en overweeg om de oproep te beantwoorden.

De angstsymptomen verergeren.

Is dit een nachtmerrie? Zit ik in *The Ring*?

Ik heb laatst een videoband bekeken...

Ik laat de oproep weer naar de voicemail gaan en de angst neemt af.

Het is duidelijk dat mijn intuïtie niet wil dat ik met degene praat die belt.

Ik wil wel weten wat er aan de hand is, dus ik moet uitzoeken wie de beller is.

Ik ren naar de deur en onderschep Felix net op het moment dat hij wil vertrekken.

"Is er een manier om erachter te komen wie er met een privénummer belt?" vraag ik terwijl ik met mijn telefoon zwaai.

"Tuurlijk. Daar zijn een heleboel apps voor.

Sommigen blokkeren privégesprekken en sommigen proberen het nummer voor je te achterhalen. Hoezo?"

"Iemand heeft me vandaag wakker gemaakt met een privénummer en zojuist hebben ze weer gebeld," leg ik uit. "Ik kreeg er beide keren een raar gevoel bij."

"Waarschijnlijk een telemarketeer," zegt Felix. "Probeer een paar apps en als dat niet werkt, laat het me dan weten."

Hij gaat weg en ik speel een paar minuten met mijn telefoon, installeer een heleboel apps die beloven om privénummers te achterhalen en ze te blokkeren als ik dat wil.

Nadat ik de technologische val heb gezet, wacht ik op een nieuwe mysterieuze oproep.

Na twee minuten naar mijn telefoon gestaard te hebben, realiseer ik me mijn fout. Als ik er zo naar kijk, dan zal het nooit gaan rinkelen. De wet van Murphy/Chester zal daar wel voor zorgen.

Dus ik doe wat ik zou hebben gedaan als ik had moeten wachten tot een fluitketel zou koken: doen alsof ik helemaal niet in de telefoon geïnteresseerd ben.

Ik begin met mijn poppenkast door de keuken nog wat op te ruimen en dan ga ik verder naar de badkamer.

Ik begin met de afvoer van de badkuip — die een gigantische haarbal bevat, een mengsel van het haar van Felix en van mij.

Felix verhaart als een Beagle en hij zal tegen de tijd dat hij veertig is waarschijnlijk kaal zijn. Ik verlies alles bij elkaar genomen een damesachtige hoeveelheid. Het interessante geval is Ariël, die nooit een haar van haar hoofd lijkt te verliezen (of ergens anders voor zover ik weet).

Is dit een deel van haar superkracht?

Ik gooi de walgelijke haarbal in de vuilnisbak, was mijn handen en bekijk Ariëls haarborstel.

Geen haar, zoals gewoonlijk.

Ik dacht altijd dat ze OCS had en haar haren na elke borstelbeurt en douche weggooide, maar dat was voordat ik van de Cognizanten en haar krachten wist. Nu vraag ik het me af.

In een opwelling ga ik Ariëls kamer binnen en kijk of er haren op haar kussen en andere waarschijnlijke plaatsen zitten.

Niets.

Is dit de reden waarom haar haar er altijd uitziet alsof ze uit een shampooreclame is gestapt?

Even fantaseer ik over het ruilen van krachten met Ariël. Hoe geweldig zou het zijn om supersterk te zijn?

Ik hervat mijn opruimwerkzaamheden, pak de vuilniszakken uit de keuken en de badkamer en loop het appartement uit om ze in de afvalbak te deponeren.

Grote geesten denken duidelijk hetzelfde, want Rose loopt naar dezelfde bestemming. Zoals gewoonlijk is ze tot in de puntjes gekleed.

"Sasha." Ze lacht me hartelijk toe. "Hoe voel je je vanmorgen?"

"Oké," zeg ik voorzichtig. "Maar ik heb nu nog meer gekke avonturen die ik met je kan delen."

"Je bent me nog steeds het verhaal verschuldigd

over hoe je bij onze gelederen bent gekomen." Ze propt haar vuilniszakken in de buis, haar neus van ongenoegen optrekkend. "We moeten gaan lunchen nu je niet zo druk bent met je werk."

"Tuurlijk." Ik stuur mijn eigen zakken achter die van haar aan. "Heb je iets in gedachten?"

"Wat dacht je van iets in Le District? Daar zijn veel mogelijkheden." Ze houdt haar handen weg van haar lichaam.

"Afgesproken." Ik sluit de afvalbak. "Wanneer?"

"Wat dacht je van vandaag om één uur?" zegt ze en loopt naar haar appartement.

Ik loop met haar mee. "Dat kan. Wil je er samen heen lopen?"

"Nee." Ze houdt de deurklink onhandig met haar linkerhand vast — waarschijnlijk omdat die hand de afvalbak niet heeft aangeraakt. "Ik ga voor die tijd een wandeling maken."

Ze gaat naar binnen en sluit de deur achter zich, dus ik krijg niet de kans om aan te bieden om samen te wandelen — wat waarschijnlijk het beste is, want ik moet voor de lunch een heleboel dingen doen.

Ik ga terug naar het appartement, veeg op de meest opvallende plekken wat stof weg en loop gapend terug mijn kamer in.

"Ga je aan je zoektocht naar werk beginnen?" vraagt Fluffster, die naast mijn laptop zit en er met zijn harige poot op tikt. "Huur- en energierekeningen worden niet vanzelf betaald."

Mijn bloeddruk stijgt meteen. "Ik geloof dat ik

inderdaad op zoek ga naar een baan." Ik open de laptop en mompel binnensmonds, "Harige slavendrijver."

Terwijl ik mijn cv bijwerk, denk ik over de nijpende situatie van mijn financiën na. Ik heb nog negentigduizend van Nero's onverwachte bonus over, plus wat spaargeld dat eraan voorafging. Overal, behalve in Manhattan, zou dit soort geld een tijdje meegaan, maar in deze stad moet ik me zorgen maken — vooral gezien de onvermijdelijke telefoontjes van mama, dure opruimacties van bloedbaden met dank aan Pada, illegale wapenaankopen en wie weet wat nog meer.

Als het echt heel erg wordt, dan kan ik natuurlijk altijd de dure halsketting verpanden die Nero me voor het jubileum heeft geschonken. Aan de andere kant zijn de diamanten die erin zitten misschien niet echt, en ik weet niet wat de steen in het midden — de steen die Nero tijdens mijn ontmoeting met de Raad op magische wijze in een leugendetector had veranderd — waard zou zijn. Ik heb ook een paar zeer zeldzame goochelboeken die mijn vader een vermogen hebben gekost, maar als ik ze zou moeten verkopen, dan zou ik waarschijnlijk gaan huilen.

Dus, met pijn in het hart, pas ik mijn cv aan voor een functie in de financiële sector — het minst kwaadaardige.

Ik had me altijd voorgesteld dat mijn volgende baan die van een fulltime tv-illusionist zou zijn, maar die droom is voorbij. In plaats daarvan ga ik erachter komen of andere plaatsen op Wall Street net zo slecht zijn als Nero's fonds — of erger.

Mijn kennis van de financiële sector — of mijn paranormale krachten — vertelt me dat ze misschien inderdaad erger zijn.

Als ik op de vacaturesite aankom, klinken tientallen vacatures als een goede match met mijn opleiding en ervaring. Het zijn er zelfs zo veel dat ik er al snel genoeg van heb om op hen allemaal te solliciteren.

"Ik solliciteer later op meer," zeg ik hardop, voor het geval mijn chinchilla over mijn schouder meekijkt, klaar om zijn monsterlijke gedaante aan te nemen om ervoor te zorgen dat ik een beter arbeidsethos krijg.

Fluffster is echter nergens te bekennen, dus ik beloon mezelf voor mijn zoektocht naar werk door een goede illusie te bedenken om Rose tijdens de lunch te laten zien. Het kost me een paar minuten om iets nogal slinks te bedenken en ik bereid voor wat ik nodig heb, inclusief een outfit. Mijn door het zoeken naar een baan verpeste stemming verbetert merkbaar als ik de stapels kaarten in de zakken van de broek stop die ik tijdens de lunch zal dragen.

Ik zie de uitdrukking van Rose voor me en glimlach vanbinnen.

Aangezien ik nog tijd heb voor de lunch, besluit ik het meditatiegedeelte van de tape die Darian me heeft gestuurd nog eens te bekijken. Als ik bewuste controle over mijn krachten zou kunnen krijgen, dan zou ik misschien meer controle over mijn leven in het algemeen hebben.

Ik zet de tv aan en haal de band van pauze af.

"In een notendop, je moet een speciaal soort meditatie leren," zegt Darian. "Een deel ervan is om je te leren je hoofd leeg te maken, een ander deel is om je zonder enige twijfel in je krachten te laten geloven. Dit is niet iets waarvan ik zou verwachten dat je het snel onder de knie zult krijgen, en ik zou het in je huidige staat van slaapgebrek niet eens proberen. Om te beginnen moet je leren om in en uit te ademen, terwijl je tot vijf telt."

Ik besef dat ik nog steeds niet voldoende slaap heb ingehaald, maar nieuwsgierigheid wint van mijn vermoeidheid en ik probeer de rest van de instructies op te volgen.

"Ga in elke positie zitten waarbij je rug recht is." Darian aait peinzend zijn sik. "Het kan de stereotiepe lotushouding zijn of gewoon een stoel" — hij kijkt op een griezelige manier vanaf het scherm naar mijn stoel — "of zelfs de rand van je bed." Hij kijkt vanaf het scherm naar mijn bed. "De sleutel is om in een goede houding te zitten."

Ik zet de band op pauze en experimenteer met verschillende manieren om te zitten. Ik ga in de lotushouding zitten, kruis mijn benen, plaats elke voet op de andere dij en maak mijn ruggengraat zo recht mogelijk.

Mijn ademhaling wordt langzamer naarmate ik de pauze weer ongedaan maak.

"Sluit je ogen en volg je ademhaling," zegt Darian. "Zet de opname nu op pauze en probeer het."

Ik doe wat hij zegt en concentreer me op de lucht die in en uit mijn longen komt.

Wanneer een verdwaalde gedachte — zoals bijvoorbeeld een beeld van Nero's doordringende blik — in mijn geest opkomt, laat ik die gewoon los en concentreer ik me weer op mijn ademhaling.

Dankzij een paar yogalessen en de ademhalingsoefeningen die Lucretia me heeft geleerd, is dit deel van de training niet zo moeilijk voor me als voor een andere New Yorker. Al snel voel ik me zo kalm als een hindoekoe op Valium.

Ik haal de opname van pauze en sluit mijn ogen weer, klaar om de volgende stap van de training te proberen.

"Deze stap is niet elke keer nodig," zegt Darian. "Alleen in het begin." Ik gluur door mijn wimpers en hij knipoogt zelfs naar me op het scherm — alsof hij wist dat ik dat op dat moment zou doen. "Ik wil dat je sterk in je krachten gelooft. Word die overtuiging. Wees een ziener. Adem het. Leef het."

"Makkelijker gezegd dan gedaan," mompel ik en pauzeer de band weer.

Ik sluit mijn ogen en concentreer me op de realiteit van speciaal zijn.

Ik val mijn natuurlijke scepsis met het beste wapen aan: bewijs. De waarheid is dat ik talloze visioenen heb gehad die uit zijn gekomen — te veel om te negeren. Ik heb ook talloze intuïties gehad die waar bleken te zijn, en dankzij Nero's kwaadaardige machinaties heb ik zelfs de onvoorspelbare krachten van de markt voorspeld.

Met elke ademhaling laat ik mezelf bij deze nieuwe realiteit stilstaan en als er enige twijfel ontstaat, dan pak ik het met meer onweerlegbaar bewijs aan.

Het duurt even, maar er komt een moment dat ik geen moment meer over mijn capaciteiten twijfel. Ik kan mezelf nu eerst als een ziener definiëren en op een verre tweede plaats als een illusionist.

Omdat ik me klaar voel, haal ik de video weer van pauze af.

"Nu moet je je hoofd helemaal leegmaken. Verander het in een kalm meer," zegt Darian en hij geeft enkele tips hoe. "Uiteindelijk zul je Hoofdruimte betreden," vervolgt hij, "wat de sleutel tot bewuste profetie is."

"Hoe weet ik of het is gelukt?" mompel ik binnensmonds.

"Je zult weten wanneer je je doel hebt bereikt, geloof me," zegt Darian vanaf het scherm. "Ik wou dat ik je ook gedetailleerde instructies kon geven voor Hoofdruimte zelf, maar dat kan ik niet. Als je echt in Hoofdruimte bent, dan zul je begrijpen waarom. Het enige wat ik je kan zeggen is, geef niet op. Hoewel de meeste zieners er tientallen jaren of langer over doen om dat niveau te bereiken, zou jij het veel eerder moeten kunnen doen. Met je natuurlijke vaardigheden en de boost die je van het tv-optreden hebt gekregen, ben je krachtiger dan je je voor kunt stellen."

"Geweldig," mopper ik, terwijl ik besef dat ik mijn

zuurverdiende kalmte aan het verliezen ben. "Laat me dit eens proberen."

Ik pauzeer de band weer en volg volgens de instructies van Darian mijn ademhaling. Vervolgens voer ik uit wat hij 'de bodyscan' noemde — waarbij ik mijn bewustzijn van mijn voeten naar het midden van mijn voorhoofd laat bewegen.

"Doe alsof je daar een nieuw oog hebt," herinner ik me dat hij zei, dus ik doe precies dat. Ik beeld me mijn gezicht in als een van de zienermaskers bij de ceremonie — die met een oog op het voorhoofd.

Er gebeurt niets.

Tenzij Hoofdruimte hetzelfde is als je extreem slaperig voelen — want dat is het enige resultaat dat ik krijg.

Ik zit voor wat voelt als nog een uur in de lotushouding, en mijn rug begint pijn te doen.

Ik probeer de rugpijn op de een of andere manier in mijn meditatie op te nemen, maar dan krijg ik kramp in mijn benen.

Al snel ben ik het zat om mijn ademhaling onder controle te krijgen en begin in te dommelen, waarbij ik bijna op mijn zij val.

"Misschien moet ik dit nog een keer proberen als ik genoeg heb geslapen," zeg ik tegen het gepauzeerde scherm. "Of misschien gebeurt Hoofdruimte als je gaat slapen?"

Darian heeft hier geen antwoord op, dus ik gaap en ga uit de meditatiehouding.

"Misschien moet ik even een dutje doen," zeg ik, terwijl ik me op mijn bed uitrek.

Ik verwacht moeite te hebben om in slaap te vallen met het licht dat uit het raam stroomt, maar zodra mijn ogen sluiten, trekt een golf van aangename slaperigheid me onder zeil.

Mijn maag maakt een luide grom. Zo luid zelfs dat ik wakker word.

Liggend in een lui waas overweeg ik om weer te gaan slapen. Het lijkt echter niet waarschijnlijk dat het gaat gebeuren, dus ik open mijn ogen.

Ik ben in mijn kamer en het is middag.

Dat was een lekker dutje. Ik zou aan dit voordeel van werkloosheid kunnen wennen.

Als ik opsta, realiseer ik me dat ik tijdens het slapen geen droomvisioenen heb gekregen. Dus ik denk dat Hoofdruimte geen droomruimte is, wat op zijn beurt betekent dat ik mijn meditatie niet goed heb voltooid.

Ach ja.

Ik check de telefoon.

Het is 12:35, wat betekent dat ik te laat ben voor mijn lunch met Rose.

Ik spring in actie, maak me klaar en vertrek.

Terwijl ik langs de winkels van Le District loop, ontdek ik een fout in ons plan. We hebben het niet over een specifiek restaurant gehad en er zijn er hier veel.

Om het nog erger te maken, gelooft Rose niet in mobiele telefoons, dus ik kan haar niet even appen om erachter te komen waar ze is.

Ik bedenk me dat dit een goed moment is om op mijn intuïtie te vertrouwen en laat me door mijn benen dragen waar ze heen willen.

Mijn zienerskrachten zijn springlevend. Het kost me maar een minuutje om Rose te vinden. Ze staat in de rij op een plek met de meest hemelse geuren, en ik realiseer me dat ik mijn neus het zoeken had kunnen laten doen in plaats van mijn helderziende mojo.

Ik bekijk de rij waarin ze staat en kijk nog een keer goed.

Rose is niet alleen.

Hier, te midden van al deze mensen, staat Vlad, de zwaarmoedige, veel jonger uitziende vampierminnaar van Rose.

En hij is het minst zwaarmoedig dat ik hem ooit heb gezien. Zijn ooghoeken hebben door een zweem van een glimlach rimpeltjes terwijl hij luistert naar wat Rose zegt.

Ik loop naar Rose toe en geef haar een knuffel als groet.

Als ik me terugtrek, schiet Rose bezorgd haar blik van mij naar Vlad. Ik steek mijn hand uit om Vlad de hand te schudden en ze ontspant zichtbaar.

Opmerking voor mezelf: wees niet te aanhalig naar de partner van Rose.

"Ik neem aan dat je overdag buiten kunt zijn?" vraag ik Vlad en laat zijn ijskoude hand los.

Dan besef ik dat ik in het openbaar naar zijn aard verwijs. Het mandaat doet me echter geen pijn, dus misschien is de verklaring te dubbelzinnig om problemen te veroorzaken.

"Geloof niet elk gerucht dat je hoort," zegt Vlad vrijblijvend. De eerdere hint van een glimlach is verdwenen, maar hij klinkt nog steeds hoffelijk.

"Dat is duidelijk," zeg ik en kijk naar Rose. "Hoe was je wandeling?"

"Heerlijk." Ze reikt naar Vlads hand. "We zullen het waarschijnlijk na de lunch hervatten."

"Waar willen jullie zitten?" vraag ik, naar de mensen om ons heen kijkend. "Ik wilde je iets heel persoonlijks vertellen."

"We kunnen daar een tafel nemen." Rose wijst naar de lege rij tafels met inferieure uitzichten, maar superieure privacy. "Bovendien" — ze knijpt in Vlads hand — "heb ik net al iets van het verhaal gehoord."

Natuurlijk.

Vlad was erbij toen de Raad me ondervroeg, dus hij weet al aardig goed wat er is gebeurd.

Gedurende de rest van onze wachttijd in de rij kletsen we een beetje. Dan bestelt Rose wat hartige crêpes, ik neem een broodje Croque Madame voor mezelf en Vlad neemt een koffie.

"Volgen vampiers een uitsluitend vloeibaar dieet?"

fluister ik zodra we bij de meest afgelegen tafel zijn — buiten gehoorsafstand van niet-bovennatuurlijke oren.

"Ik ga dit niet echt drinken." Vlad zet de koffie voor Rose neer. "Ik wilde gewoon iets kopen."

"Dat is heel aardig van je." Hongerig snijd ik mijn boterham in stukken en laat het zachte eigeel over mijn bord lopen.

"Je bent aan het treuzelen," zegt Rose. "Vertel me je verhaal." Ze doet zout op haar crêpe en krijgt een berispende blik van Vlad. Maakt hij zich zorgen over haar bloeddruk?

Ik kwijl bijna voor mijn eten, dus ik ratel een korte versie van de gebeurtenissen op, van het tv-optreden met het allereerste visioen tot de zombie-aanvallen die volgden tot de confrontatie met Beatrice en de twee variaties van mijn ontmoeting met de Raad — het visioen en die in het echt.

Als ik vertel dat Gaius Ariël met de dood bedreigde om me over de betrokkenheid van hem en Darian bij het tv-optreden te laten zwijgen, verduistert Vlads gezichtsuitdrukking.

Shit.

Vlad is de baas van Gaius — het hoofd van de Ordebewakers — en Gaius had toegegeven dat hij niet in officiële hoedanigheid handelde toen hij Darian hielp. Hij deed het om een visioen te krijgen.

Heb ik het net verprutst?

"Je denkt toch niet dat hij Ariël nog iets aan zal doen, hè?" zeg ik onzeker, terwijl ik naar Rose kijk voor steun.

"Vlad gaat hem niet confronteren. Toch, schat?" Rose legt een kalmerende hand op Vlads onderarm.

Vlads mond verstrakt. "Gaius is te ambitieus voor zijn eigen bestwil."

"Als hij iets probeert, dan zet je hem gewoon weer op zijn plaats," zegt Rose sussend. "Als ik je een —"

"Laat Sasha doorgaan met haar verhaal," onderbreekt Vlad haar. "Ik zal Gaius hier niet mee confronteren. Nog niet, tenminste."

Ik wil weten wat Rose ging zeggen toen hij haar onderbrak, maar ik weet dat het onbeleefd zou zijn om het te vragen. Dus bijt ik uiteindelijk in mijn brood. De combinatie van ham, gesmolten kaas en knapperig brood vult de saus en het ei zo perfect aan dat ik beloof om voor de zaak een gloeiende recensie te schrijven.

En misschien zonder hem gezien te hebben met de chef te trouwen.

"Je had de Raad Sasha toch niet laten vermoorden als de stemming volgens haar droomvisioen was verlopen, ofwel?" Rose werpt Vlad een strenge blik toe terwijl ik me vol blijf proppen.

"Ik weet zeker dat Nero de executie zou hebben gestopt lang voordat ik tussenbeide had hoeven komen," zegt Vlad, en de frons in zijn voorhoofd keert terug naar zijn natuurlijke sombere positie.

Heeft hij gelijk?

In mijn visioen stapte Nero direct na die stemming naar voren om iets te zeggen. Misschien stond hij op het punt om te zeggen, "Raadsleden, dat is mijn melkkoe waar jullie zojuist voor hebben gestemd om te doden. Dus dat is een no-go. Ze is van mij om te kwellen, en iedereen die bezwaar maakt, zal aan flarden worden gescheurd —"

"Je neemt je verantwoordelijkheden als Ordebewaker veel te serieus," zegt Rose tegen Vlad voordat ze een grote hap van haar crêpe neemt.

Ik bestudeer Vlad nieuwsgierig. "Waarom denk je dat Nero me beschermd zou hebben?"

"Hij bood aan om je mentor te zijn." Vlads donkere ogen lijken het licht van de halogeenlampen om ons heen op te zuigen. "Dat was de eerste keer dat hij dat ooit heeft gedaan."

"En waarschijnlijk de laatste keer," zeg ik terwijl ik in wat er nog van mijn eten over is prik. "Zoals ik al zei, ik heb zijn stomme mentorschap opgezegd."

Vlad geeft Rose een onleesbare blik.

Ik maak van deze gelegenheid gebruik om nog een hemelse hap in mijn mond te stoppen.

Niemand zegt iets terwijl ik kauw. Is Nero's mentorschap een taboeonderwerp?

Om de ongemakkelijke stilte te doorbreken, ga ik verder met mijn verhaal en vul ik eventuele hiaten in die ze hadden als het erom gaat wat er met de orks is gebeurd. Dan eindig ik met hen over wijlen Harper te vertellen.

Vlads gezicht lijkt nu op een tropische lucht vóór een orkaan. "Gaius had het incident in de club aan mij moeten melden." Zijn stem is hard.

Rose fronst ook, maar ze legt weer een hand op zijn arm en masseert zachtjes de gespannen spier. "Het was niet op de aarde, lieverd. Als hij het aan iemand had moeten melden, dan zouden het de autoriteiten van Gomorrah zijn geweest."

Zijn neusvleugels trillen. "Goed dan. Maar we gaan een dezer dagen nog steeds even praten."

Ik slik de laatste stukjes van mijn maaltijd door en probeer de grimmige sfeer te verdrijven. "Dus," zeg ik met geforceerde opgewektheid. "Vlad, je bent overdag buiten. Dat kon je eerst niet uitleggen. Kun je dat nu wel?"

Rose en Vlad wisselen een snelle blik en ze zegt, "Zijn soort kan overdag naar buiten zonder enige nadelige gevolgen te ondervinden." Ze glimlacht verlegen naar hem. "Ze jagen, of dat deden ze, 's nachts zoals veel andere roofdieren, dus daar komen waarschijnlijk de menselijke legendes vandaan."

"Overdag hebben we het meestal te druk om wat rond te lummelen," verduidelijkt Vlad. "Omdat we niet hoeven te slapen, doen we ons werk overdag en genieten we van vrijetijdsactiviteiten" — hij kijkt veelbetekenend naar Rose — "gedurende de avond."

"Je bent hier nu alleen overdag," merk ik op.

"Ik ben zoveel mogelijk bij Rose," zegt hij, terwijl die hint van een glimlach terugkeert.

Oh nee.

Gaan ze weer zoenen?

Hoe blij ik ook voor ze ben, het was echt ongemakkelijk om daar de laatste keer getuige van te zijn.

"Heb je Raspoetin gekend?" vraag ik aan Vlad, deels

om te voorkomen dat ze hun genegenheid in het openbaar vertonen en deels omdat ik het echt wil weten. "Of was je in zijn tijd in Frankrijk?"

"Ik kende hem toen ik in Rusland woonde." Vlads zwarte ogen krijgen een afwezige blik. "Maar ik was in Frankrijk toen hij al die problemen met de Raad van St. Petersburg kreeg —"

"Wacht," zeg ik. "Welke problemen?"

"Je verwerft geen faam in de mensenwereld zonder gevolgen," zegt Vlad. "Zoals je zelf hebt ondervonden."

Dat klopt. Raspoetin werd een bijna mythische figuur — wat tegen de geest van het mandaat indruist en wat waarschijnlijk de Cognizanten om hem heen boos maakte.

"Dus, wat is er gebeurd?" vraag ik, terwijl ik Vlads starende blik ontmoet.

"Van wat ik heb gehoord, heeft Grigori zijn dood in scène gezet en is hij ergens in ballingschap gegaan." Vlad haalt zijn schouders op. "Het is duidelijk dat een ziener — vooral een die zo krachtig is — zich niet door louter mensen zou laten vergiftigen, laat staan door hen neergeschoten te worden, vervolgens geslagen en verdronken, zoals de geschiedenisboeken zeggen."

"Maar hoe zet je zoiets ingewikkelds in scène?" vraag ik. "Alle artikelen die online staan zeggen —"

"Hoe zijn de mensen in die tv-studio de zombieaanval vergeten?" Rose knipoogt naar Vlad voordat ze me weer aankijkt. "Hoe hebben de mensen in dat hotel in Vegas de schietpartij verklaard toen jij en Ariël met Beatrice hadden gevochten?"

"Natuurlijk." Ik dep mijn lippen met een servet. "Als Raspoetin hulp van een vampier had gehad, dan had er glamour gebruikt kunnen worden om mensen elk verhaal te laten geloven."

"Het verklaart zeker waarom de legende van de moord op Raspoetin zo vergezocht klinkt," zegt Rose. "Geloof niets van wat je in menselijke archieven leest. Die zijn hoogst onbetrouwbaar."

Vlad voelt zich niet op zijn gemak om zo openhartig over de krachten van zijn soort te praten, maar hij knikt instemmend.

"Dus is alles wat over Raspoetin bekend is nep?" vraag ik, naar Vlad kijkend. "Of alleen zijn dood?"

"Alles kan vervalst worden," zegt hij. "Maar sommige informatie is het niet waard om te verbergen, dus ik betwijfel of het dat wel was."

"Hoe zit het met kinderen?" vraag ik. "De menselijke geschiedenis zegt dat hij ze had."

"Dat zou ik niet geloven," zegt Rose. "Als hij kinderen had, dan zou hij stappen hebben ondernomen om hun identiteit te verbergen voordat hij in ballingschap ging."

"Misschien heeft hij ze meegenomen," zegt Vlad.

"Heb je enig idee waar hij heen is gegaan?" vraag ik hem.

"Nee." Vlad overhandigt een prop servetten aan Rose. "Als dergelijke informatie bekend was, dan zou Grigori dood zijn. Hij heeft er in St. Petersburg echt een zooitje van gemaakt."

Ik kijk hoopvol naar Rose.

Ze haalt haar schouders op en veegt haar handen af. "Als Vlad het niet weet, dan weet ik het zeker niet," zegt ze. "Ik ken Raspoetin alleen door zijn reputatie."

Ik zucht teleurgesteld — en dan keert het gevoel van gevaar sterker dan ooit terug.

Rose kijkt me fronsend aan en Vlad trekt een vragende wenkbrauw op.

Ik moet er net zo bleek uitzien als ik me voel.

"Er is net iemand over mijn graf gelopen," zeg ik zacht en als antwoord gaat mijn telefoon weer.

HOOFDSTUK DRIE

Ik kijk naar het label 'Privé', haal rustig adem en ontgrendel de telefoon.

Een van de apps die ik heb geïnstalleerd, onthult een nummer dat er niet bekend uitziet, maar wel een lokaal 718-netnummer heeft.

"Geef me een momentje," zeg ik tegen Vlad en Rose en ik Google het nummer.

Geen succes.

Ik stuur het nummer samen met een app door naar Felix.

App onthulde het privénummer, maar ik weet nog steeds niet wie het is. Kun je helpen?

Felix antwoordt vrijwel direct.

Heb nu een hoop werk te doen, maar zal dit zo snel mogelijk oppakken.

Ik bedank hem en richt mijn aandacht weer op Vlad en Rose. "Iemand blijft me om de een of andere reden bellen," leg ik uit. "Het is waarschijnlijk niets, maar Felix gaat het uitzoeken."

"Laat het ons weten als er problemen zijn." Rose legt haar handen om de kop koffie die Vlad heeft gekocht. "Je hebt al genoeg meegemaakt. Ik weiger om iemand je nog een keer pijn te laten doen."

"Oh, dank je wel. Je bent zo lief." Ik schud mijn hoofd in de hoop de overdaad aan adrenaline kwijt te raken, en bedenk dan dat ik vandaag de beste stressverlichting ter wereld bij me heb.

"Wil je iets cools zien?" vraag ik aan mijn metgezellen.

"Een goocheltruc?" Het gezicht van Rose licht op en geeft me een glimp van haar lang vervlogen jeugd.

Vlad trekt beide wenkbrauwen op.

"Ik weet dat de Raad me heeft verboden om voor mensen op te treden," zeg ik tegen Vlad. "Maar als ik een effect aan jullie twee laat zien, zou het goed moeten zijn."

Rose kijkt Vlad smekend aan.

"Als het iets is dat alleen wij kunnen zien,", zegt hij, "dan is er niks aan de hand."

"Het is een close-upeffect," beloof ik. "Nu, Rose, wil je mijn helper zijn, of moet Vlad het doen?"

"Ik," roept Rose met de stem van een tienjarige. "Kies mij!"

Ik kijk naar Vlad en hij knikt, de kleine glimlach is terug in zijn ooghoeken.

"Rose," zeg ik, met mijn handen in mijn zakken,

"noem alsjeblieft hardop een willekeurige speelkaart op."

"De klaver zeven," zegt Rose zonder erbij na te denken.

Van binnen doe ik een dansje, maar van buiten knik ik alleen maar instemmend en haal mijn rechterhand uit mijn zak.

"'Schud deze, alsjeblieft," zeg ik tegen Vlad en pantomime een simpele manier van kaarten schudden voor hem.

Vlad haalt de kaarten uit de doos en schudt ze vakkundig.

"Bedankt. Stop ze nu terug in de doos en geef ze aan Rose om ze tussen haar handen te houden."

Ik pantomime hoe Rose de kaarten vast moet houden en Vlad legt ze voorzichtig in haar uitgestrekte handen. Ik kan het niet helpen, maar zie hoe hij deze kans aangrijpt om strelend met zijn vingers over haar handpalm te strijken.

"Sorry dat ik het voor de hand liggende zeg," zeg ik. "Maar om duidelijk te zijn, nu de kaarten op deze manier worden vastgehouden, kan ik er niets aan veranderen."

Rose knikt.

"Nu," zeg ik, vechtend om de opwinding uit mijn stem te houden — voor mij het moeilijkste aan een illusionist zijn. "Noem een getal tussen de één en tweeënvijftig."

"Tweeënveertig," zegt Rose zonder na te denken.

"Weet je het zeker?" vraag ik. "Je zei het niet omdat

het bijvoorbeeld het antwoord is op het leven, het universum en alles in een beroemd boek?"

"Kan ik het in vierentwintig veranderen?" Rose houdt de kaarten steviger in haar handen.

"Hmm." Ik krab aan mijn kin en doe alsof ik erover nadenk. "Ik zal je wat vertellen... Ik zal je van gedachten laten veranderen als je dat wilt." Ze kijkt me gretig aan terwijl ik verderga. "Ik zal je zelfs je vierentwintig voor iets anders laten verwisselen als je dat wilt, maar alleen als je dat in de komende vijf seconden doet."

Ik begin in stilte op mijn vingers te tellen.

"Ik hou van vierentwintig," zegt Rose na enig nadenken. "Ik blijf erbij."

"Weet je het zeker?" Ik zet mijn beste pokerface op.

"Absoluut," zegt Rose. "Vierentwintig."

"Oké. Dus je vrije keuzes zijn de klaver zeven en vierentwintig. Correct?"

"Ja." Zoals veel mensen in deze situatie, begint Rose er ongemakkelijk uit te zien.

"En je had van gedachten kunnen veranderen," breng ik haar in herinnering.

Ze knikt, haar onbehagen groeit zichtbaar.

Terwijl ik mijn beste illusionistische imitatie channel, staar ik nadrukkelijk naar haar handen.

De handen die de stapel kaarten vasthouden alsof het leven van Rose ervan afhangt.

"Nee," zegt ze. "Dat zou onmogelijk zijn."

"Neem alsjeblieft de kaarten uit de doos en tel tot de vierentwintigste kaart," zeg ik heerszuchtig. "Laten we kijken of we het onmogelijke mogelijk kunnen zien worden."

Rose haalt de kaarten eruit en begint te tellen.

Bij tien beginnen haar handen van angst of opwinding te trillen — het is moeilijk te onderscheiden.

Bij vierentwintig zie ik dat ze de kaart niet wil omdraaien, dus moedig ik haar aan en zeg, "Draai de kaart alsjeblieft om. Ik wil hem niet aanraken en beschuldigd worden van een soort goochelarij."

Rose draait de vierentwintigste kaart om.

Het is de klaver zeven.

De ogen van Rose veranderen in theeschotels, maar Vlad ziet er, alles bij elkaar genomen, irritant kalm uit.

"Hoe?" mompelt Rose. "Heb je je krachten al onder de knie?"

"Vlad heeft die kaarten geschud," herinner ik haar, maar de high die ik door de eerste reactie van Rose voelde, is verpest. Ik hoef geen ziener te zijn om te weten dat haar theorie is hoe iedereen een groot deel van alles wat ik heb gedaan zal verklaren. "Jij zou de ziener moeten zijn geweest, om de locatie van de kaart zo gemakkelijk te raden, niet ik."

Ze knikt, maar onzeker.

"Ik was toch nog niet klaar," zeg ik, en het is de waarheid. "Dit volgende deel kan helemaal niet door zienerskrachten worden verklaard." Ik neem de klaver zeven in mijn rechterhand en maak een stijlvol gebaar.

De kaart verdwijnt uit mijn hand.

Rose hapt naar adem.

"Hij is niet echt verdampt." Ik laat mijn hand aan beide kanten zien en knipoog samenzweerderig. "De kaart is geteleporteerd."

Ik staar naar de zak van Rose en als ze ziet waar ik naar kijk, legt ze haar hand op haar borst, alsof ze op het punt staat om flauw te vallen.

"Steek alsjeblieft je hand in de zak." Ik wijs.

Rose gehoorzaamt behoedzaam — en wanneer ze de kaart die erin zit aanraakt, springt ze op alsof hij een hondsdolle vogelspin is.

"Haal hem eruit," beveel ik. "Laten we eens kijken welke kaart het is."

Alsof ze onder water zit, haalt Rose de kaart eruit en draait ze hem om.

De kaart is de klaver zeven.

Rose hapt hoorbaar naar adem. "Ik denk niet dat ik *wil* weten hoe je dat hebt gedaan. En ik ben een heks."

Ik glimlach, de eerdere dopamine-high keert terug.

"Ben je niet onder de indruk?" vraagt Rose aan Vlad nadat ze haar kalmte heeft herwonnen.

Ik kan het haar niet kwalijk nemen dat ze het vraagt. Het gezicht van Vlad was tijdens de hele procedure volledig uitdrukkingsloos, alsof ik alleen het menu had gelezen in plaats van enkele van de beste effecten uit mijn repertoire had opgevoerd.

Misschien is hij een van die mensen die het gevoel van ontzag van binnen voelt, zoals mijn vader, in plaats van het op zijn gezicht te laten zien, zoals Ariël en Rose?

"Ik weet hoe je dat hebt gedaan," zegt Vlad, zijn

gezicht even passief als eerst. Als hij Felix was, dan zou hij er nu triomfantelijk uitzien. "Maar aangezien Rose heeft gezegd dat ze niet wil weten hoe het moet, zal ik zwijgen."

"Ik ben net van gedachten veranderd," zegt Rose. Ze draait zich naar Vlad en kijkt hem met puppyogen aan, en met een overdreven smekende (en enigszins verontrustende) stem voegt ze eraan toe, "Alsjeblieft. Vertel het me alsjeblieft."

"Hoe kan ik weigeren?" Vlad kijkt me verontschuldigend aan. "Mag ik?"

"Het is een vrij land," zeg ik zo kalm mogelijk. Ik verzamel de kaarten in hun doos, steek ze in mijn zak en mompel, "Hoe groot is trouwens de kans dat je echt weet wat ik heb gedaan?"

"De kaart in de zak van Rose." Vlad klopt zachtjes op Rose's zij. "Je hebt hem daar ingestopt toen je haar omhelsde."

"Echt waar?" Rose kijkt me bewonderend aan. "Ik dacht dat je gewoon heel blij was om me te zien."

"Ik moet wel heel handig zijn om die kaart er zo snel in te steken en zonder dat Rose iets voelt," zeg ik vrijblijvend tegen Vlad. "Ben je zeker van die theorie?"

Hij slaat zijn armen over elkaar en knikt.

Verdomde vampiers.

Ze moeten bovennatuurlijke aandacht voor detail hebben, want ik heb precies gedaan wat hij zei. Het heet zakkenvullen en het komt het dichtst in de buurt van zakkenrollen wat ik met mijn goede vrienden zou doen. Zowel zakkenrollen als zakkenvullen behoren tot de kernvaardigheden die ik in de loop van de jaren van fantaseren over mijn eigen show heb ontwikkeld, en ondanks dat Vlad me heeft betrapt, ben ik nog steeds blij dat ik de kans heb gehad om het te doen.

"Laat me je nu uitleggen hoe je kaart op het door jou gekozen nummer zat," zegt Vlad en kijkt nadrukkelijk naar Rose in plaats van naar mij. "Het gebruikte kaartspel bestond uit tweeënvijftig identieke klaver zeven — dus elk nummer dat je noemde, zou hetzelfde resultaat hebben opgeleverd."

"Nogmaals, weet je dat zeker?" Ik glimlach eigenwijs en haal het dek uit mijn linkerzak.

Zo cool als een Antarctische komkommer, haal ik de kaarten uit de doos en maak er een stijlvolle waaier van, met de verschillende indexen die ze allebei kunnen zien.

"Dat is niet het kaartspel dat ik heb geschud," zegt Vlad met onwankelbaar vertrouwen. "Die zit in je rechterzak."

Als ik ooit een show voor de Cognizanten maak, zal ik een nieuwe regel hebben — geen vampiers in het publiek. Of misschien geen Vlad. Ik moet erachter komen of andere vampiers net zo irritant oplettend zijn als hij.

Ik kom in de verleiding om te ontkennen dat ik een kaartspel in mijn rechterzak heb zitten, maar dat zou de mogelijkheid kunnen openen dat Vlad mijn broek gaat controleren.

Rose zou niet willen dat hij mijn broek controleert. Zelfs niet een beetje.

ONWILLIGE HELDERZIENDE

Ik besluit om het probleem te omzeilen. "Om een heel dek van klaver zeven in mijn zak te hebben, zou betekenen dat ik wist dat Rose die exacte kaart zou noemen, en dat geldt ook voor het in de zak steken van een klaver zeven in de zak van Rose tijdens een knuffel. Maar hoe kon ik weten dat ze de klaver zeven zou noemen? Heb ik haar dat laten zeggen?" Ik besluit een kleine leugen in te voeren en voeg eraan toe, "Ze heeft de kans gehad om van gedachten te veranderen."

"Dat is waar," zegt Vlad nadenkend — en ik glimlach inwendig.

Ik heb Rose niet echt de kans gegeven om van *kaart* te veranderen nadat ze hem had benoemd. Ik was te blij dat ze zei wat ik wilde dat ze zei om zoiets te riskeren. In plaats daarvan heb ik een groot gebeuren gemaakt om haar het nummer te laten veranderen dat ze had genoemd.

"Dus," zeg ik tegen Vlad. "Je hele ketting van logica brokkelt af."

"Je hebt je zienerskracht gebruikt," zegt Vlad, maar zonder eerdere veroordeling. "Je voorzag welke kaart ze zou kiezen."

"Fout." Ik grijns. "Ik heb het je eerder verteld. Ik heb mijn kracht niet gebruikt voor dit effect."

"Maar zou je dat sowieso niet zeggen?" Rose wrijft over haar slapen.

"Ik heb mijn krachten niet gebruikt," herhaal ik. "Ik kan op elke eed zweren die je wilt. Ik zou je trouwens je krachten laten gebruiken om te zien of ik de waarheid spreek."

Dit is geen bluf. De manier waarop ik wist dat Rose die kaart zou noemen, is zo veel eenvoudiger dat ik niet kan geloven dat ze het niet beseft. Een jaar geleden heb ik voor Rose opgetreden en heb ik haar gevraagd om een kaart te noemen. Ze noemde de klaver zeven. Toen, een paar maanden later, deed ik een ander, soortgelijk effect, en toen noemde ze dezelfde kaart. Dus besloot ik vandaag een gok te wagen. Als ze een andere kaart had genoemd, dan had ik het normale alle-kaarten-anders kaartspel genomen en nog een van de talloze kaarttrucs in mijn repertoire uitgevoerd.

Dan realiseer ik me iets. Vlad heeft geen commentaar gegeven op hoe ik de klaver zeven uit mijn hand liet verdwijnen. Betekent dat dat ik zo goed was dat zelfs een vampier me niet kan betrappen? Ik gebruikte een combinatie van achterwaartse handpalm en een paar bewegingen die ik zelf heb uitgevonden, en het is geweldig om te weten dat het zo goed werkt.

"Ik denk dat ze de waarheid spreekt," zegt Vlad na een lange pauze. Was dat een zweem van frustratie in zijn stem?

"Dus, zijn we weer terug bij het niet weten hoe ze deed wat ze deed?" Rose kijkt naar Vlad en ik zou haar vanwege haar logische denkfout kunnen kussen. Ze denkt dat als hij het over één element van het effect bij het verkeerde eind had, hij het ook bij alle andere punten mis had.

"Kun je het hele gebeuren nog een keer doen?" zegt Vlad, nu zeker gefrustreerd.

"Dat zou zo'n anticlimax zijn." Ik knipoog naar

hem. Dan realiseer ik me dat Rose jaloers zou kunnen worden, dus knipoog ik ook naar haar. "Trouwens zoals ze in mijn beroep zeggen, 'één keer is magie, twee keer is onderwijzen.'"

"Het is waarschijnlijk maar het beste," zegt Rose terwijl ze opstaat. "Ik wil nog een wandeling maken." Ze steekt haar hand door Vlads elleboog. "Het helpt bij de spijsvertering."

"Ik kan ook maar beter gaan," zeg ik en vlucht voordat de twee tortelduifjes het in hun hoofd krijgen om weer te zoenen.

IN PLAATS VAN NAAR HUIS TE GAAN, loop ik wat rond en doe wat boodschappen voor later.

Als ik een boodschap moet doen, ga ik naar het damestoilet, plaats mijn boodschappentas op de wasbak onder de spiegel en probeer de deur van het nabijgelegen hokje.

De deur is op slot, net als de deur ernaast.

Ik voel een lichte golf van onbehagen.

Gaat mijn telefoon zo weer over?

In plaats daarvan is er een klikkend geluid van de telefoon van iemand anders achter de deur, gevolgd door wat gegiechel.

Zijn tieners nu aan het appen op de toiletten?

Geen wonder dat fabrikanten zo graag elektronica waterdicht willen maken.

Het laatste hokje is vrij, dus ik duw het

ongemakkelijke gevoel van me af en gebruik het snel — ik kom niet in de verleiding om mijn eigen telefoon tevoorschijn te halen terwijl ik bezig ben.

Ik was mijn handen en bekijk mezelf in de spiegel als de twee hokjes openzwaaien.

Als ik naar de meisjes staar die naar buiten komen, begrijp ik meteen de bron van mijn onbehagen.

Ik ken deze meisjes, hoewel ik me slechts de naam van een van hen kan herinneren.

Roxy.

De tweede is Maddie of Ashley, maar de naam doet er niet toe. Het punt is, is dat zij, samen met Roxy, deel uitmaakt van de kliek van pestkoppen uit mijn Oriëntatieklas.

Het zijn letterlijke teven — zoals in, vrouwelijke weerwolven.

Roxy ziet mijn gezicht in de spiegel en haar glimlach verandert in een wolvenfrons.

Ze is duidelijk nog steeds van streek over laatst, toen ik Maya had gered door met Roxy en haar bijenkorf Russische roulette te spelen.

Helaas heb ik momenteel geen pistool en zijn we de enigen in de toiletruimte.

Ze kunnen in hun wolvenvorm veranderen en me op hun gemak aanvallen.

Iets in hun ogen zegt me dat een aanval precies is wat er gaat gebeuren.

Zonder na te denken ren ik naar de deur.

HOOFDSTUK VIER

Mijn schoenen glijden over de tegels terwijl ik langs de wasbakken ren.

Ik grijp de met bacteriën besmette deurknop, ruk de deur open en schiet naar buiten, en sla hem dan achter me dicht — recht in Ashley/Maddie's zelfvoldane gezicht.

Zonder om te kijken sprint ik naar de nabijgelegen roltrap.

In het spiegelende oppervlak van een zuil die ik passeer, bevestig ik dat ze me in hun menselijke vorm achtervolgen.

Was wegrennen een misrekening? Zijn ze als honden die op alles wat rent jagen, omdat alleen al het rennen iemand als hun prooi markeert?

Nou, ik heb altijd de mogelijkheid om een kat voor ze te worden — door op een enge manier op mijn strepen te gaan staan, zodat ze zich beginnen af te vragen waarom ze me überhaupt achtervolgden.

Had ik maar een pistool.

Maakt niet uit.

Ik bewaar de kattenstrategie voor dezelfde situatie als de katten doen — voor het geval ik in het nauw gedreven word.

Er vormt zich een halfbakken plan in mijn hoofd en ik ren de roltrap af, terwijl ik onderweg mensen ontwijk en naar Battery Park ga.

De bijenkorf volgt me, en is me eigenlijk aan het inhalen, ondanks dat beide meisjes op hoge hakken rennen.

Ik stap op een joggingpad en ren naar mijn bestemming — een afgelegen prieel dat de favoriete plek van Rose is.

De hoop is dat zij en Vlad er zijn en me kunnen helpen.

Een fietser ramt me bijna, maar wijkt net op tijd uit.

Ik versnel en gooi bijna een klein meisje op een skateboard omver.

Ik kijk om. De bijenkorf hebben hun hoge hakken aan de kant gegooid en komen sneller op me af.

Ik maak een scherpe bocht door de perfect onderhouden struiken heen en sprint het grasveld af dat naar mijn bestemming leidt.

Even vraag ik me af of ze me niet van de weg hebben zien gaan, maar dan doet een geritsel van de struiken achter me die bel barsten.

Op geen enkel moment zie ik een hint van Rose en Vlad — wat slecht is. Maar misschien zijn ze binnen.

Of, aangezien het prieel twee ingangen heeft, kunnen ze net uit de zijkant tegenover die van mij komen.

Als ik het prieel nader, push ik mijn spieren tot het uiterste.

Mijn hart bonst in mijn borst.

Ik duik naar de ingang.

Rose en Vlad zijn er niet.

Shit. Hopelijk kan ik ze aan de andere kant onderscheppen.

Ik sprint daarheen, maar hoor vlak achter me gehijg.

Ik draai me om en zie Ashley/Maddie die op het punt staat om me te pakken.

Ze grijnst en kijkt achter me.

Ik volg haar blik.

Roxy gaat het prieel aan de andere kant binnen en houdt me tussen de twee in.

Het klinkt alsof het nu tijd is voor die kattenstrategie.

"Wat denken jullie dat jullie aan het doen zijn?" Ik kijk Roxy vernietigend aan. "Heb je je lesje de vorige keer niet geleerd?"

Ik reik in de achterkant van mijn broek — alsof ik een pistool wil pakken.

Ze volgen de beweging van mijn handen met hun ogen, maar deinzen niet terug.

Als ik geen echt pistool trek, vormt Roxy's mond zich in een roofzuchtige glimlach en begint ze zich met een indrukwekkende snelheid uit te kleden.

Ik draai me naar Ashley/Maddie en zie dat zij al naakt is.

Dit is mijn kans.

Is het makkelijker om een naakte tiener te tackelen dan een aangeklede?

Als ik in hun schoenen stond, dan zou ik me kwetsbaar voelen, maar ze zien er allesbehalve zo uit.

Een flits van energie vertelt me dat het te laat is.

Ze zijn allebei in wolven veranderd.

Met een ontmoedigend gevoel ga ik achteruit.

Beide beesten laten me hun tanden zien en Roxy springt op me af.

HOOFDSTUK VIJF

Ik spring opzij en Roxy's verpletterende tanden klappen vlak naast mijn enkel op elkaar.

Er is een soort beweging achter de wolven te zien, maar ik concentreer me op het ontwijken van Ashley/Maddie's poging om op mijn knie te kauwen.

Roxy legt even haar gewicht op haar hurken en springt dan op.

Een bleke hand grijpt Roxy uit de lucht bij haar nek, als een kitten, en op hetzelfde moment zet een gelaarsde voet de staart van de tweede weerwolf vast.

"Is dit hoe dames zich gedragen?" gromt Vlad. Zijn perfecte gelaatstrekken veranderen van somber in woedend.

Rose verschijnt achter Vlad en wijst met elk van haar wijsvingers naar de gevangenen van haar minnaar.

Verblindende stromen energie knallen erin, en met

nog een flits veranderen de wolven weer in naakte tieners.

Vlad haalt zijn voet van Ashley/Maddie's kont, maar blijft Roxy's nek vasthouden, zich schijnbaar onbewust van haar staat van naaktheid. "Heeft je vader je hiertoe aangezet?" vraagt hij haar streng.

Plotseling in Vlads greep belanden moet te overweldigend voor Roxy's kleine brein zijn, want ze staat daar maar, naar hem, dan naar Rose, dan naar mij te staren.

Eindelijk draait ze zich uit Vlads greep en slaat haar armen om zich heen om zichzelf te bedekken. "Wat heeft mijn vader ermee te maken?" vraagt ze nors.

"Hij en Sasha hebben een geschiedenis." Vlads stem is hard. "Je acteert niet goed genoeg om te doen alsof je daar niets van af weet."

"Maar ik weet niks." Roxy's arrogantie lijkt zo verbrijzeld dat ik bijna medelijden met haar krijg. "Hij vertelt me nooit iets —"

"Wie is haar vader?" vraag ik, hoewel ik het op basis van de context kan raden.

"Chester," zegt Vlad en bevestigt mijn vermoeden. "Het voormalige Raadslid dat —"

"Oh, ik weet wie hij is," zeg ik en kijk Roxy aan.

Ja.

Nu Vlad me erop heeft gewezen, kan ik zien dat Roxy de exacte jukbeenderen en kin van Chester heeft.

Hij is alleen geen weerwolf.

Dan denk ik terug aan onze laatste Oriëntatielezing.

Roxy stak haar hand op toen dr. Hekima vroeg wiens ouders verschillende soorten Cognizanten zijn. Ik dacht toen voor de grap dat haar niet-weerwolfouder een harpij of de ontketende kraken moest zijn — en het lijkt erop dat ik in de buurt zat, aangezien Chester erger is dan die twee samen.

Heeft ze dubbele krachten?

Kan ze kansen manipuleren zoals Chester?

Dr. Hekima heeft gezegd dat dat zeldzaam was, maar hij zei ook dat kansmanipulators in dat opzicht een voorsprong hebben.

Als zij Chesters krachten heeft, dan zou dat kunnen verklaren waarom ik zoveel pech had om haar en Ashley/Maddie tegen het lijf te lopen.

Dan herinner ik me iets anders — iets wat Gaius me voor mijn Ceremonie vertelde.

Chesters ruzie met Darian ging over een dode vrouw. Een dode *weerwolfvrouw* die als reactie op een profetie waarin zij de oorzaak zou zijn van de dood van haar dochter, zelfmoord had gepleegd. Was Roxy die dochter? Weet ze het? Ik hoop het niet. Dat zou met de psyche van elk kind knoeien. Misschien had ik aardiger moeten zijn om —

"Ik heb geen idee waar je het over hebt," zegt Roxy, terwijl ze haar pit terugkrijgt. "We hebben elkaar vorige week bij Oriëntatie ontmoet en toen we haar weer zagen, besloten we om wat plezier te maken."

Het gladde voorhoofd van Rose vouwt zich in een volledige frons. "Ik heb de kracht om te voorkomen dat je je dagenlang, misschien zelfs wekenlang niet kan veranderen als ik dat wil, jongedame." Ze strekt haar handen uit naar Roxy en de energie begint om haar vingers te knetteren.

Roxy verbleekt, maar om wat voor reden dan ook, geeft ze *mij* een dodelijke blik.

Alsof het dreigement van Rose mijn schuld is.

"Sasha," zegt Vlad tegen me. "Je kunt maar beter naar huis gaan terwijl Rose damesachtig gedrag met deze meisjes bespreekt."

Dat hoeft hij niet twee keer te vragen.

Ik houd mijn houding zo recht en trots als ik kan, loop het prieel uit en ga zo snel mogelijk naar huis.

TEGEN DE TIJD DAT IK THUISKOM, ben ik relatief rustig. Ondanks hun dodelijke wolvenvorm, is het moeilijk om Roxy en haar bende als iets anders dan brutale tieners te zien. Ik heb bovendien medelijden met Roxy. Met de zelfmoord van haar moeder en Chester als haar vader, mag het arme meisje dan een beetje prikkelbaar zijn.

Fluffster begroet me bij de deur, dus ik pak hem vast en krijg wat huisdierentherapie terwijl ik hem vertel wat er is gebeurd.

Als ik voldoende ontspannen ben, besluit ik de lessen van Darian nog een kans te geven.

Om te voorkomen dat ik de band pauzeer en opnieuw start, kijk ik hem opnieuw totdat ik elke stap van de meditatie in mijn geheugen heb vastgelegd.

Ik herinner me mijn eerdere rug- en beenongemakken, dus ga ik in een stoel zitten in plaats van in een lotushouding en sluit mijn ogen.

Ik doe de aanbevolen ademhaling en laat mijn bewustzijn rond mijn lichaam glijden totdat het op mijn 'derde oog' rust.

Mijn geest is nu zo sereen als die van een zenmonnik.

Zelfs als ik Hoofdruimte niet bereik, zal dit zeker goed zijn voor mijn stressniveaus.

"Terug op het goede spoor," herinner ik mezelf en concentreer me weer op het derde oog.

Ik ben zo in het moment dat het verstrijken van de tijd moeilijk te volgen is. Op een wolk van ontspanning zwevend voel ik mijn handpalmen warm worden.

Zo warm dat ze bijna heet zijn.

Volgens wat ik heb gelezen, zijn warme handpalmen en voeten klassieke tekenen van de 'ontspanningsreactie' — net zoals koude ledematen de reactie van het lichaam op stress zijn.

Ik blijf ademen en maak mijn hoofd weer leeg.

Mijn handpalmen zijn nu zo warm dat het voelt alsof ze in brand staan.

Iets van mijn intuïtie laat me mijn ogen openen en ik zie bliksem in mijn handpalmen.

Ik snak naar adem.

Onmiddellijk verandert mijn autonome zenuwstelsel mijn diepe ontspanningsreactie in het tegenovergestelde.

Ik adem met honderd kilometer per uur, mijn hart bonst tegen mijn ribbenkast.

Alle warmte verlaat mijn handpalmen — en de bliksem dooft.

Mijn vecht-of-vluchtreactie gaat echter niet weg. In plaats daarvan gaat het in overdrive als ik me realiseer wat de volgende stap van de meditatie zou zijn geweest.

De bliksem zou in mijn ogen gaan.

HOOFDSTUK ZES

Ik adem rustig in, maar het werkt niet.

Het idee dat de bliksem mijn ogen zou raken, stoort een oerdeel van mijn hersenen — de plek die verantwoordelijk is voor de angst voor spinnen, vallen en slangen.

Deze angst is duidelijk irrationeel en wordt waarschijnlijk verergerd door de adrenaline die in mijn lichaam rondzwemt na de ontmoeting met de bijenkorf. Toen ik gisteren mijn allereerste wakkere visioen had, stroomde de bliksem vanuit mijn handpalmen in mijn ogen. Felix heeft me een video laten zien die het bewijst.

Alleen weten dat de bliksem onschadelijk is, helpt helaas niet. Ik ben altijd gevoelig geweest voor dingen die in mijn ogen komen. Ik heb zelfs glaucoomtests geweigerd na de eerste, gruwelijke die ik heb moeten ondergaan en koos er liever voor om mijn risico's met de ziekte te nemen.

Waarom heeft Darian niets over de bliksem gezegd? Hij had het zeker veel over al het andere.

Trouwens, wat wil hij eigenlijk echt van me? Waarom is hij me aan het onderwijzen?

Ik trap niet in de uitleg van het jubileumgeschenk. Ik wed dat het allemaal een onderdeel van een plan van hem is — een plan dat op de een of andere manier eindigt in ons tweeën samen... ervan uitgaande dat hij niet loog over het hebben van dat visioen.

Hoe dan ook, dat visioen zal niet uitkomen — niet op basis van mijn huidige niveau van ergernis en frustratie met hem.

Dan komt er een idee in me op — een idee dat gisteren bij me opgekomen had moeten zijn.

Bezorgd dat ik te laat ben, haast ik me naar de deur om te zien of de doos die Darian me met de videorecorder stuurde er nog is.

Ik adem opgelucht uit.

De gescheurde doos ligt waar ik hem gisteravond heb laten vallen. Het is maar goed dat mijn eerdere opruimmanie niet zo grondig was — of dat mijn huisgenoten geen last hebben van rotzooi die in de gang ligt.

Op het verzendlabel, direct onder Darians naam, staat een adres.

Anders dan op het pakket met de videoband — waarbij Darian had gedaan alsof hij hem vanuit de tv-studio had verzonden waar hij wel of niet werkte — ligt dit adres in de Upper East Side, op slechts veertig minuten rijden met de metro.

Ik typ het adres in mijn telefoon, kleed me snel aan en ga de deur uit.

Het wordt tijd dat ik Darian een paar zeer gerichte vragen ga stellen.

Verrassing, verrassing. Darians chique gebouw heeft een portier met een jas met een lange achterkant, witte handschoenen en een hoed.

"Neem de lift naar de veertiende verdieping," zegt hij als ik uitleg voor wie ik hier ben. "Volg mij maar."

Terwijl ik de man volg, spring ik bijna op en neer van opwinding. Tot op dit moment was de kans reëel dat Darian gewoon een willekeurig adres op het pakket had gezet. In dat geval zou de portier niet hebben geweten wie Darian is, maar hij weet het wel.

Nu moet ik me afvragen of Darian zijn echte adres neer heeft gezet, omdat hij wilde dat ik zou komen.

Het gebouw heeft vier liften, maar één knop. De portier drukt voor mij op de knop en de meest linkse deuren gaan langzaam open.

Ik stap in, druk op de knop voor mijn bestemming, en de deuren sluiten net zo langzaam.

Dan — net als laatst toen ik buiten de kamer van Felix stond — ontploffen er bliksemschichten in mijn zicht.

Ik ben lichaamloos in een gang van een chic gebouw.

Recht voor me staat Nero. Hij houdt Darian bij zijn keel en tilt hem met één hand met gemak van de grond.

Nero's vrije hand vervaagt in die ziekelijk bekende klauw die ik gisteren tijdens het bloedbad met de orks heb gezien.

Met een stem die onder andere omstandigheden komisch diep zou zijn en vanuit zijn keel zou komen, maar in deze context huiveringwekkend is, gromt Nero, "Je wist dat de ork een blauwe plek achter zou laten. En wat ik ze daardoor aan zou doen. En dat ze me zou zien terwijl ik ze aan het afslachten was. En hoe ze zou reageren."

"Je wilde weten of ze in leven zou blijven als je de orks inhuurde, en ik heb tegen je gezegd dat het wel goed zou komen met haar. En het gaat ook goed met haar," zegt Darian naar adem snakkend, terwijl zijn gezicht een ongezonde paarse kleur krijgt.

Nero's klauw vliegt naar Darians borst.

Darian gilt en ik verwacht dat er stukjes en beetjes van hem alle kanten op zullen vliegen.

Maar hij is intact.

Nero's klauwen stoppen vlak naast Darians hemd.

"Je schreeuwde," zegt Nero, en als ik een lichaam had, zou ik huiveren van de wreedheid in die diepe stem. "Betekent dat dat je niet hebt voorzien of je zou leven of sterven?"

"Hou hier nu mee op," zegt Darian moeizaam, terwijl zijn ogen uit hun kassen puilen. "Ze staat op het punt om uit die lift te stappen." Zijn blik schiet naar de meest linkse deuren. "Als je me nu doodt, dan zal ze het zien — en deze keer zal haar reactie erger zijn."

Nero kan zien of mensen hem de waarheid vertellen, dus ik moet aannemen dat Darian eerlijk was, want Nero laat Darian vallen, kijkt naar de deur in kwestie en gromt, "Als je weer bij haar in de buurt komt, dan ga je dood. Als je haar nog een pakket stuurt, of het nu nog een videoband is, of een langspeelplaat of een e-mail of een dvd of een verdomde postduif, dan ga je dood."

Darian kijkt alsof hij op het punt staat om iets te zeggen, maar dan is er een felle flits in de buurt van zijn gezicht en hij zwijgt. Betekent dit dat de zienersbliksem net zijn ogen raakte en Darian voorzag wat er zou gebeuren als hij terug zou praten?

Wat Darian ook in zijn visioen heeft gezien — ervan uitgaande dat ik me die bliksemflits niet heb ingebeeld — moet echt indruk op hem hebben gemaakt, want hij knikt zo krachtig dat er een reële kans op een whiplash is.

"Wegwezen," snauwt Nero.

Darian keert Nero de rug toe en drukt op de liftknop alsof zijn leven afhangt van de snelheid waarmee hij arriveert — wat denk ik ook zo is.

De deuren van de meest rechter lift gaan open en Darian springt erin.

———

Ik kom weer bij zinnen en kijk verward rond in de lift.

Het moet weer een wakker visioen zijn geweest.

Dat betekent dat Nero en Darian dat gesprek gaan voeren.

Ik druk krachtig op de knop van de veertiende verdieping, maar dat lijkt de kruipsnelheid van de lift niet te verbeteren.

Ik bedenk me iets anders.

Net als de vorige keer, voelde het aan het begin van het visioen alsof er bliksem uit mijn handen rechtstreeks in mijn oogbollen stroomde — en het was niet zo erg. De volgende keer dat ik de meditatie doe, moet ik eraan denken hoe pijnloos het ongevraagde visioen was.

Aan de andere kant voelt het misschien anders aan onder bewuste controle.

Na wat een uur lijkt, stopt de lift.

Ik spring van voet naar voet en druk steeds opnieuw op de knop om de deur te openen, maar de onverschillige deuren kruipen in het tempo van een dronken slak uit elkaar.

Ik spring uit de lift en kom oog in oog met Nero te staan.

"Sasha." Hij kantelt zijn hoofd opzij. "Jij ook hier?"

"Niet doen," sis ik en spring terug in de lift.

Ik druk zo snel als ik kan op de knop voor de eerste verdieping en die om de deur te sluiten in de hoop dat de deuren snel genoeg dicht schuiven zodat ik Darian beneden kan onderscheppen.

De deuren bewegen nauwelijks.

Nero staart me aan, zijn doordringende blauwgrijze ogen doen aan de mythen over slangen denken die hun prooi kunnen hypnotiseren.

Ik hef mijn kin op in een woordeloze uitdaging.

Zijn limbale ringen lijken zichtbaar dikker te worden, waardoor de illusie ontstaat dat de donkere kringen het wit van zijn ogen en de irissen wegvreten.

"Je gaat het niet redden," lijken zijn ogen te zeggen. "En zelfs als je dat lukt, dan vermoord ik hem als hij met je praat."

"Je zou het niet durven," antwoorden mijn eigen ogen. "Als je hem doodt, dan zal ik —"

De deuren sluiten eindelijk, waardoor onze staarwedstrijd tot stilstand komt.

De rit naar beneden voelt zelfs langer aan dan de rit omhoog.

Kunnen de mensen in dit superdure gebouw geen geld bij elkaar leggen voor een betere lift? Dat is misschien nuttiger dan een portier.

De lift stopt.

De deuren beginnen weer open te kruipen.

In de verte zie ik Darians rug. Hij rent zo snel het gebouw uit dat zijn zolen flitsen.

Zodra ik door de spleet tussen de openende deuren pas, doe ik dat — en begin te sprinten.

De portier kijkt me verbijsterd gefascineerd aan.

Darian is buiten en houdt een taxi aan als ik bij de deur ben.

Ik haast me het gebouw uit.

Hij stapt in de taxi.

Ik ren om hem tegen te houden, of beter nog, om in dezelfde taxi te stappen.

Met gierende banden schokt de taxi naar voren, net als ik naar de handgreep grijp.

Darian staart voor zich uit en weigert om me aan te kijken.

Ik probeer een taxi aan te houden, wanhopig om hem te volgen, maar de wet van Murphy/Chester is weer bezig — de volgende drie taxi's hebben al passagiers.

Tegen de tijd dat iemand stopt, ben ik Darian volledig uit het oog verloren.

"Laten we naar huis gaan," zeg ik gefrustreerd tegen de taxichauffeur.

"En waar zou thuis zijn?" zegt de man met een glimlach met een spleetje tussen zijn tanden.

Ik geef hem mijn adres en ga nors zitten om te verwerken wat er net is gebeurd.

Nero wil niet dat Darian me traint, of zelfs maar met me praat. Het kan zijn omdat Nero plannen voor me heeft, of omdat hij zichzelf nog steeds als mijn mentor ziet, en regels van Cognizanten stellen dat het een groot teken van gebrek aan respect is om de leerling van iemand anders te onderwijzen.

Of misschien heeft het er iets mee te maken dat ik Nero over de toekomst heb verteld die Darian naar verluid voorzag — die waarin Darian en ik geliefden worden. Maar dat zou impliceren dat Nero jaloers is, wat op zijn beurt zou impliceren dat hij menselijke gevoelens heeft — iets dat vergezocht lijkt te zijn.

Wat zijn reden ook is, Nero heeft ervoor gezorgd dat ik Darian niet om hulp kan vragen.

Hoe verwarrend Nero's motieven ook zijn, er zijn andere vragen die net zo groot zijn.

Hoe is Darian überhaupt door Nero betrapt?

Hij is een ziener, een machtige, maar toch is hij in een situatie terechtgekomen waarin hij bij zijn keel in de lucht bungelde.

Was dat een onderdeel van een of ander plan, of hebben zijn zienervermogens hem hierin in de steek gelaten, net zoals ze dat pas geleden hadden gedaan toen hij Kit kuste (ook bekend als de neppe ik) in de club?

Misschien wist hij dat hij er vanwege mijn tijdige aankomst met een waarschuwing vanaf zou komen — wat niet zou zijn gebeurd als hij zijn adres niet op het pakket had geschreven.

Misschien was deze ontmoeting eigenlijk het beste scenario voor Darian. Per slot van rekening werd uiteindelijk alleen zijn trots gekrenkt. Voor zover ik weet, heeft Darian misschien een glimp van een veelvoud aan toekomsten opgevangen en heeft hij voor degene gekozen waarin Nero's aanval een katalysator voor iets groters wordt. Verdorie, dat iets groters zou simpelweg mijn houding ten opzichte van Nero kunnen zijn.

Misschien wilde Darian dat ik Nero op zijn meest

meedogenloze manier zou zien om wat hij als romantische competitie beschouwt te elimineren.

Geen wonder dat mensen zieners zo haten. Al deze intriges binnen intriges zijn vermoeiend.

Dan komt de belangrijkste vraag als een voorhamer bij me binnen.

Hoe wist Nero van de videorecorder en de band die Darian me had gestuurd? Ik heb beide items per post gekregen en ik heb ze gisteren in mijn kamer bekeken, helemaal alleen.

Met een naar voorgevoel herinner ik me de theorieën dat Nero camera's rondom het fonds heeft staan — theorieën die verklaren hoe Nero van de blauwe plek wist die de ork me had bezorgd.

Is het mogelijk dat Nero soortgelijke bewaking in mijn appartement heeft geplaatst?

In mijn slaapkamer?

Het bloed verlaat mijn gezicht als ik me alle keren herinner dat ik naakt in die kamer ben geweest, of erger nog, mijn ontmoetingen met Copperfield — mijn Hitachi-toverstaf-stimulator.

Nee. Zelfs Nero zou niet zo —

Ik stop mezelf. Wie neem ik in de maling? Als de laatste paar dagen iets hebben bewezen, dan is het wel dat Nero tot allerlei vreselijke dingen in staat is.

Was *dit* wat Darian van plan was? Om Nero als een gluurder te ontmaskeren?

Ik pak mijn telefoon en app Felix.

Hoe laat ben je thuis?

Zijn antwoord komt even later.

Ik ben klaar met mijn werk, ik sta op het punt om dat telefoonnummer voor je uit te zoeken.

Ik twijfel of ik hem moet vertellen om alles te laten vallen en naar huis te komen, maar de kwestie van het telefoonnummer is belangrijk, dus ik antwoord met:

Bedankt! Laat me alsjeblieft weten wat je te weten komt.

Felix appt bevestigend terug, en de rest van de taxirit doe ik ademhalingsoefeningen voor zienermeditatie — een leuke bonus is dat het me ook kalmeert.

Dat heb ik zeker nodig.

Ik loop ons gebouw binnen als het bericht van Felix binnenkomt.

Ik heb uitgezocht van wie dat nummer is. Of beter gezegd, van welk bedrijf. Het is Izbushka Na Kurih Nojkah. Het is niet hun hoofdnummer, maar het is toch van hen. Ik zou het niet beantwoorden als ik jou was. Ik ga nu naar huis. Spreek je zo.

In een waas stap ik de lift in.

Vertaald uit het Russisch, betekent *Izbushka Na Kurih Nojkah* 'een hut op kippenpoten'. Het is de naam van het restaurant dat aan Baba Jaga toebehoort — de heks die Fluffster heeft geholpen om zich zijn laatste eigenaar, Raspoetin, te herinneren. In ruil daarvoor, en ik citeer zowel de heks als The Godfather, "...ooit, en die dag komt misschien nooit, zal ik een beroep op je doen om me een dienst te bewijzen..."

Het lijkt erop dat dat 'ooit' vandaag is, de dag na onze ontmoeting.

Geweldig.

Nu ik een paar uur meer heb geslapen en geen bijna-doodervaringen heb gehad, weet ik zeker dat het een slecht idee was om Baba Jaga een gunst te verlenen. Niet dat ik gisteravond veel keus had, maar toch. Ik heb bepaald dat ze me niet zou vragen om iets illegaals te doen, maar nu mijn geest helderder is, kan ik met gemak een aantal onaangename dingen bedenken die niet strikt illegaal zouden zijn, zoals het eten van lintwormlarven.

Met die vrolijke gedachte loop ik mijn appartement binnen.

Fluffster komt naar me toe en zegt in gedachten hallo.

"Hé, maatje." Ik buk en wrijf onder zijn kin. "Heb je honger?"

"Ik zou kunnen eten," zegt hij, dus ik geef hem wat biologisch hooi op mijn kamer.

Ondanks de eerdere gedachten aan lintwormen, knort mijn maag als Fluffster in zijn eten duikt. Ik loop naar de keuken, rooster een paar bagels en garneer ze met roomkaas en gerookte zalm.

Terwijl ik dat doe, vormt er zich een idee in mijn hoofd.

Ik pak mijn telefoon en app Felix opnieuw.

Laten we in Battery Park gaan picknicken.

Het antwoord van Felix is een enkel teken — het vraagteken — dus ik app terug, *Het is tijd dat ik jou eens te eten geef.*

Als we eenmaal een bijzonder pittoreske locatie hebben gekozen, doe ik de bagels en een paar flessen met water in een grote bruine tas en trek mijn schoenen aan.

Net als ik de voordeur opendoe, overvalt me de inmiddels bekende, maar niet minder onaangename angst en ik pak de telefoon.

Zoals verwacht klinkt het helse apparaat een paar hartslagen later.

Het is Baba Jaga.

Alweer.

HOOFDSTUK ZEVEN

Ik neem niet op.

In plaats daarvan leg ik de telefoon op het schoenenrek en loop de deur uit, terwijl ik me afvraag of mijn krachten me nog steeds paniekaanvallen zullen bezorgen als Baba Jaga belt terwijl de telefoon ver bij me vandaan is.

Terwijl ik mijn gesprek met Felix in mijn hoofd doorneem, ga ik naar onze ontmoetingsplek. Het is in de buurt van een schilderachtig grillrestaurant waar Ariël ons altijd mee naartoe sleept.

Felix is er nog niet, dus ik ga op het bankje zitten en doe mijn best om te kalmeren.

"Ben je alleen?" zegt Felix een paar minuten later en jaagt me de stuipen op het lijf. Hij ziet mijn hand naar mijn borst gaan en trekt zijn doorlopende wenkbrauw op. "Je bent maar een klein beetje nerveus, nietwaar?"

"Je kunt niet zomaar mensen besluipen," zeg ik tegen hem terwijl hij naast me op het bankje gaat zitten. "En ja, we zijn maar met zijn tweetjes. Ariël was niet thuis."

"Hmm." Felix doet zijn rugzak af en legt die op de bank, reikt dan in de bruine tas en pakt een bagel. "Ariël had nu al thuis moeten zijn."

"Ik ben op dinsdag nog nooit rond deze tijd thuis geweest, dus dat wist ik niet."

"Dat is waar." Felix neemt een hap van zijn bagel en kijkt om zich heen, alsof hij er zeker van wil zijn dat Ariël zich niet achter hem verstopt. "Er zit geen patroon in haar nieuwe, door Gaius besmette schema."

Ik pak mijn eigen bagel. "Dat wat ouders je altijd vertellen over slechte invloeden — er valt waarschijnlijk wat voor te zeggen."

Felix schudt zijn hoofd en kauwt peinzend terwijl hij naar het rustgevende uitzicht op de haven van New York staart.

Ik volg zijn blik naar het Vrijheidsbeeld. "Bedankt dat je dat telefoonnummer voor me hebt uitgezocht."

Hij kijkt me weer aan, zijn gezicht ongewoon serieus. "Wat Baba Jaga ook wil, het kan niks goeds zijn. Hier." Hij geeft me een telefoon. "Deze is splinternieuw. Het zou een tijdje moeten duren voordat ze achter je nieuwe nummer komt — ervan uitgaande dat ze er ooit achter zal komen. Ondertussen heb je plausibele ontkenning. Je kunt je belofte om haar een dienst te bewijzen namelijk niet breken als ze het niet aan je kan vragen."

"Dat is een geweldig idee. Nu ik erover nadenk, mijn huidige telefoon is mijn oude werktelefoon. Ik had hem aan Nero terug moeten geven toen ik stopte. Nu zal ik precies dat doen, en het zal de plausibele ontkenning waarover je het hebt, verdiepen."

"Ik wist dat je goed zou zijn in dit sluwheidsspel," zegt Felix trots. "Dus, vanwaar deze picknick?"

Ik vertel hem over mijn ontmoeting met de bijenkorf en met Nero, en hoe die laatste me tot de conclusie heeft gebracht dat ik een camera op mijn kamer heb.

Felix kijkt nadenkend terwijl hij afwezig zijn bagel doormidden breekt. "Waarom denk je dat het videobewaking is? In tegenstelling tot een alleen-audio-bug, bedoel ik."

"Ik zat aan jouw bewaking in onze gang te denken en bedacht me dat Nero hetzelfde zou doen." Ik pak een van de waterflessen en neem een grote slok. "Bovendien wist hij van de band van Darian, dus ik dacht —"

"Als Nero een audiobug had, dan had hij de stem van Darian kunnen herkennen toen je de band afspeelde." Felix neemt een hap van de bagelhelft in zijn rechterhand. "In ieder geval vind ik het hele idee van een bug — video of audio — onwaarschijnlijk."

"Maar jijzelf —"

"Ik weet niet of je dit over me weet, maar ik ben erg paranoïde als het om wifi-apparaten gaat." Hoewel het bagelgedeelte in zijn rechterhand nog niet op is, bijt Felix in de helft in zijn linkerhand. "Ik weet wat elk draadloos apparaat in het gebouw doet en van wie het is. Dat maakt me er vrij zeker van dat er geen bug is, of in ieder geval geen die wifi gebruikt." Hij bijt in zijn rechter bagelhelft. "Dat maakt Nero's werk des te moeilijker," zegt hij met een mond vol. "Denk er eens over na, wanneer zou hij zoiets geplant moeten hebben?"

"Toen we bij —" Ik maak de gedachte niet af als ik me realiseer dat Fluffster het onmogelijk maakt om iets tijdens onze afwezigheid te planten. "Misschien zat het er al voordat we er introkken?" stel ik in plaats daarvan voor. "Nero is eigenaar van het gebouw."

"Hoe wist hij welke kamer voor jou bestemd was?" Felix kijkt naar beide aangegeten helften in zijn handen, haalt zijn schouders op en stopt wat er nog over is van de rechterhelft in zijn mond.

"Al onze kamers kunnen afgeluisterd worden," zeg ik. "Dat zou ik doen als ik Nero was."

Felix schudt zijn hoofd als hij klaar is met kauwen. "Er heeft in mijn kamer nooit zoiets gezeten," zegt hij met onwankelbaar vertrouwen. "En ik vind het over het algemeen moeilijk te geloven dat hij al die tijd hardware in ons appartement had kunnen hebben, die informatie opnam en doorgaf zonder dat ik het merkte. Zoals je weet, ben ik redelijk bekend met bewakingsapparatuur."

"Bekend" is een understatement. Felix zou als het om technologie gaat Q kunnen vervangen in een *James Bond*-film. Net als hacken heeft het met zijn 'technobezweerder'-krachten te maken.

"Ik ben blij dat je dat ter sprake hebt gebracht," zeg ik. "Omdat het eigenlijk je vaardigheden zijn waar ik buiten Nero's mogelijke gehoorsafstand met je over wilde praten." Ik knijp per ongeluk in mijn bagel en er druppelt wat roomkaas op de stoep bij onze voeten. Een agressieve duif eet het op terwijl ik verderga. "Ik denk dat het tijd wordt dat we de rollen omdraaien voor Nero en zijn achterwerk moeten gaan hacken. Niet alleen om erachter te komen of hij ons heeft bespioneerd, maar om zijn geheimen te leren kennen, voor het geval sommige van hen nuttig zijn."

Felix staart me aan alsof ik hoorns heb gekregen. Hij probeert in een bagel in zijn rechterhand te bijten en krijgt in plaats daarvan een lege handpalm. "Je wilt dat ik de beveiliging van Nero binnendring."

Ik probeer kalmte uit te stralen, bijt in mijn bagel, neem een slokje water en knik nonchalant. "Ja." Met een nepglimlach voeg ik eraan toe, "Ik wil dat je bij Nero binnendringt."

Felix grinnikt humorloos. "Met andere woorden, je wilt me dood hebben."

"Waarom zou je doodgaan?"

"Omdat Nero me zou betrappen als ik zijn 'achterwerk aan het hacken ben,' zoals jij het uitdrukt, en hij zou me vermoorden." Felix kruipt van me weg op het bankje.

"Kunnen we niet alle schuld bij mij neerleggen? Kun je de hack of wat dan ook zo instellen dat het lijkt alsof ik de enige verantwoordelijke ben?"

"Dat hij jou in plaats van mij vermoordt? Dat wil zeggen, totdat hij erachter komt dat ik erbij betrokken was en mij dan ook vermoordt."

"Ik denk niet dat hij me zou vermoorden." Ik neem nog een hap, maar de bagel heeft geen smaak meer. "En zoals ik al zei, ik zou *alle* schuld op me nemen."

Felix maakt zijn flesje met water open. "Ik heb de beveiliging van Nero ontworpen. Hij is —"

"Fantastisch. Gebruik een achterdeur," zeg ik. "Je hebt er een voor jezelf achtergelaten, nietwaar?"

"Ik was voor een wandelende, pratende leugendetector aan het werk die me op elk moment als een kakkerlak kon pletten." Felix stopt zijn onopgegeten bagel terug in de bruine zak. "Natuurlijk heb ik *geen* achterdeur achtergelaten. En ik ben blij dat ik dat niet heb gedaan, want hij heeft me gevraagd of ik een achterdeur achter had gelaten nadat ik klaar was. Ik heb hem eerlijk nee gezegd, en kijk, ik leef nog."

"Maar je predikt altijd dat geen enkel systeem onkraakbaar is."

"Ik heb niet gezegd dat de set-up die ik voor Nero heb gemaakt onkraakbaar is." Felix drinkt wat water. "Het is gewoon de beste beveiliging die ik ooit heb opgezet — zonder achterdeur."

"Dus *kun* je het?" Ik besluit om vies te spelen en kijk hem met puppyogen aan. "Alsjeblieft? Ik zweer dat ik alle schuld op me zal nemen."

"Het is te moeilijk", zegt hij, met een verbazingwekkende weerstand tegen de puppyogen.

"Maar niet onmogelijk." Ik upgrade de blik naar dat van een hongerige bassethondpuppy, een met grote, hangende oren.

De doorlopende wenkbrauw van Felix danst op zijn

voorhoofd terwijl hij een goede halve minuut nadenkt. Dan kijkt hij weer om zich heen, alsof Nero in de struiken op de loer ligt. "Je zou een fysiek apparaat in de buurt van zijn werkstation moeten krijgen en het daar houden totdat ik klaar ben, wat uren kan duren."

"Wat voor apparaat?"

Felix rommelt in zijn rugzak, haalt er een wafeltje van siliconen uit ter grootte van een speelkaart en geeft het aan me.

"Heb je dat uit een telefoon gehaald?" De kaartgoochelaar in me merkt op dat de gizmo maar liefst zo zwaar is als tien kaarten, zo dik is als ongeveer vier, maar de afmetingen zijn eigenlijk kleiner, wat het in sommige opzichten moeilijker zou maken om het te palmen en in andere opzichten gemakkelijker zou maken.

"Dat heb ik gemaakt." Felix gaat rechtop zitten. "Ik noem het Felix' Extranet Low Latency Access Trojan Input Output. Of kortweg F.E.L.L.A.T.I.O."

Ik kijk naar hem op tekenen van humor en zie niks. "Laat me dit even duidelijk krijgen. Dit heet *fellatio*?" Ik laat de gizmo verdwijnen zoals ik de klaver zeven voor Rose en Vlad heb laten verdwijnen en laat hem dan met een zwaai terugkomen. "Vind je niet dat er al genoeg seksuele toespelingen in hacken zitten? Penetratie. Achterdeurtje —"

"Jij bent degene die zei dat we zijn achterwerk moesten hacken." Felix grist de gadget uit mijn hand. "Het is op deze manier gewoon gemakkelijker te onthouden, en bovendien" — hij krabt op zijn achterhoofd — "wordt deze FELLATIO uitgesproken als 'fella', zoals in, jonge kerel, 't', zoals Mister T, en io, zoals in computer taalgebruik."

"Natuurlijk," zeg ik, en een mogelijk hysterisch gegrinnik ontsnapt aan mijn lippen. "En je weet zeker dat *fellatio*" — ik gebruik de meer traditionele uitspraak — "is vereist om goed bij Nero binnen te dringen?"

"Het zou urenlang in de buurt van Nero moeten zijn voordat ik *erin* zou kunnen komen," zegt Felix met een klein glimlachje. "Daarom is dit onmogelijk."

"Laten we zeggen dat de gadget op magische wijze in Nero's zak terecht zou zijn gekomen," zeg ik, hoewel een stel nerveuze vlinders mijn maag bombardeert terwijl ik me levendig voorstel dat ik zoiets zou uitvoeren. "Zou dat helpen?"

Felix haalt tevoorschijn wat er nog van zijn bagel over is, neemt een kleine hap en spoelt die weg met wat water, terwijl hij er bedachtzaam uitziet. "Ja. Als FELLA — ik bedoel, dit apparaat — in Nero's zak terechtkomt, dan denk ik dat ik in zijn systeem kan pene — ik bedoel in zijn systeem zou kunnen komen." Hij staart naar de skyline van New Jersey aan de overkant van de haven. "Misschien."

"Klinkt goed," zeg ik met een zekerheid die ik niet voel. "Wat gebeurt er als Nero de FELLATIO in zijn zak vindt?"

"Dan zal ik zo goed als dood zijn." Felix kijkt me weer aan. "Maar ik *kan* mijn kracht gebruiken om de siliconen in het apparaat op elk gewenst moment in stof te laten veranderen, dus dat is er ook nog."

"Daarvoor zou je moeten zien dat hij in zijn zak wil gaan."

"Ik kan Nero door middel van zijn eigen beveiligingscamera's vrij snel in beeld krijgen," zegt Felix, terwijl er wat kleur op zijn gezicht terugkeert. "Het activeren van een beveiligingswaarschuwing is echter een grotere zorg —"

"Maar je hebt de beveiliging erin gezet, zodat je zoiets niet activeert," zeg ik zelfverzekerd.

"Waarschijnlijk niet." Er is een glimp van iets als opwinding in die zwarte ogen te zien.

"Geweldig." Ik grijns en schets het begin van mijn krankzinnige plan.

"Je kunt maar beter hopen dat je gelijk hebt als je zegt dat Nero je geen kwaad zou doen," zegt Felix als ik klaar ben. "Aangezien je dat op de proef gaat stellen."

"Ik denk niet dat hij dat zou doen," lieg ik.

"Oké," zegt Felix en hij gaat weer in zijn rugzak.

Hij haalt zijn laptop tevoorschijn en typt er zo snel op dat ik er bijna zeker van ben dat hij gewoon willekeurige toetsen indrukt om zichzelf er indrukwekkend uit te laten zien.

Vervolgens maakt het FELLATIO-apparaat een luide pieptoon.

"Hier." Hij geeft me de gadget. "Haal hem er niet uit en praat er niet over als we eenmaal thuis zijn."

Ik knik plechtig, pak een pak kaarten, haal de reclamekaarten en de jokers weg en berg de FELLATIO in de vrijgekomen ruimte op.

"Het is misschien het beste als we niet tegelijk naar huis gaan." Ik steek de kaarten in mijn zak en sta op.

"Ga jij maar naar huis," zegt Felix. "Ik ga een beetje winkelen, die lege kamer van me opvullen."

"Klinkt goed." Ik begin terug te lopen en zeg over mijn schouder, "Bedankt, Felix. Ik ben je wat verschuldigd."

"Iets groots," moppert hij en vertrekt.

Ik ga naar huis en zie Ariël net op het moment dat ze het appartement verlaat. Ze draagt de dominatrix-meets-Catwoman-outfit van ons uitje naar de Earth Club en ze is duidelijk niet blij dat ik haar erin betrap.

"Dus het is je eindelijk gelukt om je om te kleden," zeg ik.

Ze kijkt de andere kant op. "Ik moet gaan. We zullen snel bijkletsen."

"Tuurlijk," zeg ik met een diepe zucht en kijk hoe Ariël naar de lift loopt.

Mijn huisgenoot gedraagt zich niet als zichzelf. Binnenkort zullen Felix en ik geen andere keuze hebben dan een soort van interventie te organiseren.

Ik loop naar mijn slaapkamer en geef Fluffster meer hooi.

"Hoe gaat de zoektocht naar een baan?" vraagt hij mentaal, zich niet bewust van de realiteit van communiceren met zijn mond vol. "De rekeningen —"

"Laat me dat eens nakijken." Zo gracieus als ik het kan faken, voeg ik eraan toe, "Bedankt voor de herinnering."

Ik ontdek al snel dat er iets vreemds gebeurt met mijn zoektocht naar een baan. Mijn inbox zit boordevol reacties van de bedrijven waar ik heb gesolliciteerd.

Ik open de eerste, van een beleggingsfonds dat de kleine concurrent van Nero is en de meest veelbelovende baan voor mij.

De e-mail moet me helaas meedelen dat de functie al is ingevuld.

Dat is raar. Als je solliciteert en ze willen je om wat voor reden dan ook niet, dan hoor je meestal niets van ze. Misschien hebben ze gezien waar ik heb gewerkt en wilden ze extra aardig zijn voor het geval ze me later wilden aannemen?

Ik open de volgende e-mail.

"Het spijt ons u te moeten mededelen dat de functie is ingevuld," schrijft de directeur van HR bij een grote investeringsbank.

Dat is vreemd.

In paniek open ik de volgende e-mail, en nog een en nog een.

Ze informeren me *allemaal* over vervulde vacatures.

Ik ga online en zoek willekeurig enkele van deze vacatures op.

Ze staan allemaal nog op de vacaturesite.

Aangezien het veel geld kost om een vacature in de lijst te houden, waarom adverteren er dan zoveel bedrijven voor vacatures die ze al hebben vervuld? En hoe hebben zoveel bedrijven tegelijkertijd hun vacatures kunnen vervullen?

Wat nog belangrijker is, waarom reageren ze er zo ongebruikelijk en vocaal over?

Een onmogelijke verklaring komt in me op. Kan Nero me op de een of andere manier op de zwarte lijst hebben gezet? Zou hij andere firma's op hebben kunnen dragen om mij te vertellen dat de baan al vergeven is als ik solliciteer?

Nee.

Dat is moeilijk te geloven.

Hij is in de financiële sector zeker machtig, maar kan iemand zoveel macht hebben?

Tandenknarsend zoek ik wat functies buiten de financiële sector. Ik vind een klus als beginnend tester voor kwaliteitsborging bij een mediabedrijf. Het vereist alleen dat de aanvrager een bachelordiploma heeft, dus ik solliciteer erop. Vervolgens vind ik vergelijkbare vermeldingen in de gezondheidsindustrie waar je met gemak voor in aanmerking kunt komen, evenals bij een paar softwarebedrijven.

Ik deel wat er net is gebeurd niet met Fluffster, die vrolijk op zijn hooi kauwt. Hij maakt zich al zorgen over onze financiën, en dit kan hem een hartaanval bezorgen.

In plaats daarvan zit ik daar, naar het scherm van de laptop te staren.

Wat zou ik doen als mijn gekke hypothese waar is? Wat als Nero me echt op de zwarte lijst heeft gezet?

Zou ik een van die banen op instapniveau aannemen waarop ik zojuist heb gesolliciteerd? Of, ervan uitgaande dat ik mijn krachten beheers, zou ik ze kunnen gebruiken om gewoon de loterij te winnen?

Zou dat de geest van het mandaat breken?

Ja, waarschijnlijk wel. Gezien mijn vijftien minuten roem onder de mensen, zou het winnen van de loterij inderdaad als een openbare uitoefening van mijn krachten kunnen worden gezien — dus dat is uitgesloten.

Geld verdienen door te doen waar ik van hou, is ook uitgesloten. De Raad heeft me uitdrukkelijk verboden om als illusionist op te treden.

Ik zou daytraden eens kunnen proberen. Mijn krachten zouden daar zeker bij moeten helpen. Maar als mijn intuïtie me misleidt, dan zou ik al mijn spaargeld kunnen verliezen. Om het nog maar niet te hebben over het met succes van de dagelijkse aandelenschommelingen te moeten leven. Je hebt om te beginnen nogal wat kapitaal nodig — iets waar mijn magere spaargeld niet voor in aanmerking komt. En als ik te goed ben, dan kom ik misschien op de radar van de SEC, wat op zichzelf al erg genoeg zou zijn, maar oneindig veel erger als het tot problemen met de Raad leidt.

Ik stel me voor dat een al te succesvolle daytrader in hun ogen veel op een loterijwinnaar lijkt — een Cognizant die het risico loopt om haar krachten te ontmaskeren.

Oh, en bovendien, als ik een van de aandelen

verhandel die ik voor Nero heb onderzocht — wat veel aandelen zijn — dan overtreed ik misschien de niet-persoonlijke-handelsclausule in de overeenkomst die ik tekende toen ik bij het fonds kwam werken.

Ik duik in mijn e-mails en haal de overeenkomst tevoorschijn. Ja, ik mag die aandelen zeker een jaar niet verhandelen, tenzij ik bereid ben om het risico te lopen door Nero aangeklaagd te worden — en als hij zo'n klootzak is om me op de zwarte lijst te zetten, dan zou hij me ook aanklagen.

Plots sta ik veel meer te popelen om mijn eerdere plan uit te voeren. Ik hoef veel minder te acteren nu ik oprecht woedend ben op Nero.

Het plan is echter voor morgen. Vandaag kan ik het beste proberen om mijn krachten te beheersen. Als ik de toekomst met enige voorspelbaarheid zou kunnen zien, dan zijn er ongetwijfeld manieren waarop ik ervan kan profiteren — financieel of anderszins.

Ik douche, trek gemakkelijke kleren aan en ga in de meditatiehouding zitten.

Tot mijn ergernis merk ik dat mijn hoofd leegmaken als ik boos ben op een zelfvoldane, manipulatieve klootzak, een oefening in zinloosheid is.

Na een paar uur geef ik het op en ga ik op internet surfen voor meer info over Raspoetin. Gezien wat Rose en Vlad me hebben verteld, is het allemaal waarschijnlijk BS, dus als ik de Disneyfilm *Anastasia* tegenkom, bekijk ik een paar clips met Raspoetin als de schurk.

De tekenfilm is waarschijnlijk net zo waar als wat er op Wikipedia staat.

Gefrustreerd besluit ik extra vroeg naar bed te gaan.

Hoe vroeger ik morgen opsta, hoe eerder ik Nero's fonds kan binnenstormen.

HOOFDSTUK ACHT

Als ik mijn voormalige kantoorgebouw binnenstap, loop ik door de lange, strakke lobby naar de bewaker, leg uit dat ik hier niet langer werk en vraag een gastenpas aan om 'HR te kunnen spreken over het inleveren van mijn oude telefoon'.

Ik neem aan dat als ik hem vertel dat mijn eigenlijke plan is om het kantoor van de baas binnen te stormen, hij me niet op een erg respectvolle manier weg zou sturen.

"Je hebt geen pas nodig," zegt de bewaker nadat hij mijn rijbewijs heeft bekeken alsof het een vervalsing is. "Je ID is niet gedeactiveerd. Je kunt gewoon naar binnen."

Ik verifieer zijn woorden door zonder problemen door de ID-geactiveerde draaideuren te komen.

Dat is vreemd.

Ontkent Nero mijn ontslag?

Als dat zo is, dan sta ik op het punt om hem van dat idee af te brengen.

"Sasha," zegt een bekende vrouwenstem terwijl een zachte hand mijn schouder aanraakt.

Ik draai me om en zie Lucretia, de psycholoog van het beleggingsfonds en een van de weinige mensen die ik echt zal missen als ik alle bruggen naar deze werkplek verbrand.

"Hallo." Ik glimlach naar haar.

"Is er iets aan de hand?" vraagt Lucretia. Ze leunt naar voren zodat haar lippen bijna mijn oor raken en fluistert, "Ik voel een enorm tumult van tegenstrijdige emoties in je. Gaat alles goed?"

Oh ja. Ik heb pas geleden ontdekt dat Lucretia, behalve een pre-vamp, ook een empaat is — een zeldzame combinatie van verschillende Cognizantenkrachten.

"Ga met me mee in de lift," zeg ik en ze knikt.

We laten een groep mensen de volgende lift pakken en nemen dan een lege. Zodra de deuren sluiten, zeg ik, "Nero heeft me geen andere keuze gelaten dan om hier weg te gaan."

Ik druk dan op de stopknop en geef haar een korte versie van de gebeurtenissen, een versie die ervan uitgaat dat ze het dokters- en patiëntprivilege zal schenden en alles wat ik zeg aan Nero zal rapporteren (of dat hij afluisterapparatuur in de lift heeft).

Ze luistert met een vage frons van ongeloof. "Nero heeft meer in zich dan dit," zegt ze als ik klaar ben. "Ik kan zijn vertrouwen natuurlijk niet beschamen, maar als hij met me praat, dan kan ik zijn emoties voelen, en ik betwijfel of hij zo meedogenloos is als jij zegt. Vooral naar jou toe."

Ik sla mijn armen voor mijn borst. "Ben je hem serieus aan het verdedigen?"

"Nee. Dat was niet mijn bedoeling." Haar grote blauwe ogen staren naar de grond. "Ik voel gewoon jouw eigen emoties naar Nero toe en —"

"Dit gesprek lijkt nergens heen te leiden," zeg ik en druk op de stopknop om hem los te laten. "Ik kan maar beter gaan."

"Het spijt me als ik te ver ben gegaan." Lucretia kijkt oprecht verontschuldigend en stopt een lange lok zwart haar achter haar oor. "Weet gewoon dat je mijn patiënt kunt zijn, ongeacht je arbeidsstatus bij dit bedrijf."

"Bedankt," zeg ik, en ik voel me een beetje slecht dat ik door mijn woede op Nero naar haar heb gesnauwd. "Ik denk niet dat ik je kan betalen, maar ik wil graag je vriendin zijn, als dat gratis is."

Ze lacht. "Tuurlijk. Bel me als je iets nodig hebt." Ze geeft me haar kaartje en verlaat de lift op de volgende verdieping.

Ik programmeer haar nummer in mijn nieuwe telefoon, zet hem op trillen en breng de rest van de rit door met het kalmeren van mijn zenuwen — zonder succes.

Tegen de tijd dat ik naar Venessa stamp — mijn minst favoriete pion in Nero's leger van assistenten — wil mijn hart uit mijn ribbenkast springen.

"Ja?" zegt Venessa, haar kraaloogjes staren me aan alsof ik hier om welke reden dan ook kan zijn, behalve om Nero te zien.

"Ik word verwacht," lieg ik en negeer de woedende protesten van de vrouw terwijl ik voorbijloop.

Door mijn woedende mars naar Nero's kantoor verberg ik de handeling om het FELLATIO-apparaat te palmen. Als ik binnenkom, probeer ik de deur achter me dicht te slaan, om vervolgens te ontdekken dat het stomme ding geautomatiseerd is om met nauwelijks een zuchtje lucht te sluiten.

Nero's chique bureau staat in de staande positie, en heel even durf ik niet meer als ik hem daar zie.

Normaal draagt hij geen pakken, maar vandaag heeft hij er een aan. Het moet een waanzinnig dure op maat gemaakte creatie van de beste Italiaanse ontwerpers zijn, want het omhelst zijn gespierde gestalte als spandex, waardoor ik hem stom gefascineerd aanstaar.

Ik kan maar beter mijn hoofd erbij houden.

Nou en als hij een pak draagt? Dat is goed voor het plan. Zakken van colberts zijn veel beter voor mijn doeleinden dan broekzakken.

Nero toont geen enkel teken dat hij me ziet. Of hij is gefocust op wat hij doet, of hij speelt gewoon met me.

Ik schraap mijn keel.

Hij kijkt nog steeds niet weg van het scherm.

"Nero. Doe niet alsof je me niet kunt zien."

Hij kijkt op van achter het scherm en trekt een

donkere wenkbrauw op. "Dat heeft niet lang geduurd."
Hij loopt om het bureau heen en spreidt zijn armen, alsof hij me een knuffel wil geven. "Welkom terug."

De zelfvoldane uitdrukking op dat symmetrische gezicht maakt me woedend — en ook dat is eigenlijk goed voor het plan.

"Hier komt het suïcidale gedeelte," denk ik bij mezelf en stap naar hem toe.

HOOFDSTUK NEGEN

Het kost me een paar seconden om de afstand tussen ons te verkleinen.

Als hij binnen armlengte is, stop ik mijn opmars en probeer ik mijn ademhaling tot rust te brengen, terwijl ik zijn schone, bosachtige geur met slechts een vage hint van limoen inadem. Zo dicht bij hem zijn doet me aan de keer denken dat ik met Kit danste die als Nero vermomd was — en aan die kus waartoe ze me verleidde.

Zijn blauwgrijze ogen staren me spottend aan, waardoor ik me het plan herinner.

"Hoe durf je?" sis ik en zonder verder oponthoud sla ik met mijn rechterhand op zijn borst — net op het moment dat mijn linkerhand stiekem het apparaat in zijn zak stopt.

Even kijkt hij verward, dus daar speel ik op in en sla deze keer met beide handen op zijn borst. Voor een deel is dat omdat ik oprecht boos ben, maar vooral omdat hij de illusie heeft dat mijn beide handpalmen de hele tijd in beeld zijn.

Met een beweging die te snel is om te registreren, grijpt Nero mijn polsen in een bankschroefachtige greep en drukt mijn handpalmen tegen zijn borst. Ik probeer me weg te trekken, maar het is alsof ik aan een betonnen muur probeer te ontsnappen.

Onze ogen ontmoeten elkaar.

Staat hij op het punt om me te kussen?

Of staat hij op het punt om mijn hoofd eraf te bijten?

Beide mogelijkheden lijken op dit moment even waarschijnlijk.

"Je doet mijn polsen pijn." Ik doe nog een vergeefse poging om me weg te trekken. Zelfs door de lagen van zijn colbert en overhemd heen, kunnen mijn handpalmen de krachtige hartslag van zijn hart voelen.

Of is dat mijn eigen hartslag in mijn handen?

Terwijl ik in die blauwgrijze diepten blijf staren, komt een citaat van Nietzsche in mijn hoofd op, "...als je lang in een afgrond staart, dan kijkt de afgrond ook in jou."

Nero's greep verslapt.

De circulatie keert terug naar mijn vingers.

Nu voelt het meer alsof hij mijn polsen streelt — zijn sterke, eeltige handpalmen warm op mijn gevoelige huid.

"Laat me los." Ik leg al mijn frustratie in mijn woorden.

Als antwoord staart hij me zo aandachtig aan dat ik weg moet kijken, doelloos de kamer rondkijkend.

Zijn schilderij trekt weer mijn aandacht. Het is het surrealistische landschap, met de zilveren Grand Canyon-achtige bergrug onder onbekende sterformaties, met zeven verschillend gearceerde manen en een aurora borealis.

Tot mijn verbazing laat hij mijn polsen los.

Ik maak de fout om weer naar hem te kijken — en het voelt alsof hij mijn blik in de zijne vangt.

Waarom voel ik me altijd als een konijn dat door een slang gehypnotiseerd wordt als we elkaar zo aankijken?

Ik doe een stap achteruit en probeer mijn verstrooide verstand op een rijtje te krijgen.

"Hoe durf je," herhaal ik met hernieuwde woede. "Wie ben jij om me te vertellen met wie ik wel of niet kan praten?"

Hij houdt zijn hoofd schuin. "Je kunt praten met wie je wilt," mompelt hij en stapt naar me toe.

"Zolang het maar niet Darian is." Ik doe dit keer twee stappen achteruit.

"Je kunt praten met wie je wilt," zegt hij, elk woord uitsprekend. "Ik zou niet 'durven' om iets anders te zeggen."

"Maar Darian mag *niet* met me praten."

"Dat is de keuze van die lafaard." Nero zet nog een stap in mijn richting.

Mijn telefoon trilt in mijn zak terwijl ik zeg, "Jij hebt hem geen keus gelaten."

Onze ogen gaan nog een keer de strijd aan, waardoor ik heel gemakkelijk kan doen alsof ik niet weet wat ik met mijn handen moet doen, dus stop ik ze allebei in mijn zakken.

"Weet je," zegt hij peinzend, "ik begin te denken dat Darian me hem heeft laten betrappen zodat wij dit plezierige gesprek konden hebben."

Ik had eerder een variant op diezelfde gedachte, maar dat deel ik niet met Nero. In plaats daarvan gebruik ik het moment om de nieuwe telefoon te palmen en hem zo tevoorschijn te halen dat Nero me er niet naar kan zien kijken.

Er is een berichtje van Felix.

Ik heb nu toegang tot de camera's. Ga daar weg.

"Het kan me niet schelen wat Darians beweegredenen waren," zeg ik, terwijl ik Nero boos aankijk en ik de telefoon weer in mijn zak laat glijden. "Het zijn die van jou die een probleem vormen."

Nero's wenkbrauwen trekken samen. "Ik heb Darian niets verteld dat niet mijn voorrecht was als je mentor."

"Ben je het deel vergeten waarin ik ben gestopt om je leerling te zijn?"

Nero bekijkt me van top tot teen, en ik doe nog een stap achteruit terwijl hij zegt, "Het is niet aan jou om die keuze te maken."

Ik vecht tegen de drang om hem echt een klap te geven terwijl hij met spottende beleefdheid vraagt, "Was er nog iets anders?"

Mijn kaak verstrakt. "Heb je me op de zwarte lijst

gezet?" Het plan vereist niet dat we meer praten, maar ik mag verdoemd zijn als ik Nero niet vertel hoe ik erover denk.

"Heb ik wat?" Nero zet nog een stap in mijn richting.

Ik stap weer achteruit — en mijn rug raakt de glazen wand. "Heb je mijn zoektocht naar een baan gesaboteerd?" Ik duw me weg van de muur, mijn handen ballen zich langs mijn zij. "Heb je iedereen in de financiële sector verteld om mij niet in te huren?"

"Je hebt al een baan." Nero wuift met zijn hand, alsof hij zijn gebouw wil omvatten. "Er is in de financiële sector geen betere baan."

Mijn verlangen om hem te slaan neemt toe. "Onzin." Ik herinner me mijn andere reden voor dit bezoek, haal mijn oude telefoon uit de andere zak en duw die naar hem toe. "Ik heb ontslag genomen. Weet je nog?"

"Je neemt een pauze," zegt hij minachtend, zonder de telefoon van me aan te nemen. "Tot nu toe heb je een compensatiedag genomen voor je werk op zondag, maar als je hiermee doorgaat, dan maak je je vakantiedagen op." Hij pauzeert alsof hij een snelle mentale berekening wil maken. "Je hebt nog twaalf dagen."

Voordat ik besef wat ik doe, gooi ik de oude telefoon naar zijn hoofd.

Met nog een bovennatuurlijk vertoon van snelheid, vangt hij de telefoon en glimlacht.

"Ik heb een nieuwe telefoon," zeg ik ziedend.

"Geef me je nieuwe nummer," antwoordt hij met kwaad makende kalmte.

"Ik haat je *echt*." Ik draai me op mijn hielen om, op weg naar de deur.

"Je vergeet," zegt Nero tegen mijn rug, en ik hoor een grijns in zijn stem. "Dat ik weet wanneer je liegt — en dat het niet uitmaakt of je je leugen zelf gelooft."

Ik ruk de deur open en het kost me een enorme wilskracht om niet als een boze peuter naar buiten te stampen.

Ik vergeet de les van mijn binnenkomst en probeer de deur achter me dicht te slaan, maar in plaats daarvan maakt het kwaadaardige apparaat dat machteloze zuchtje lucht.

Venessa staat me in de weg. Op haar arrogantste toon zegt ze, "Je bent —"

Iets in mijn blik moet het gevoel van zelfbehoud van de vrouw activeren, want ze stopt met praten en gaat aan de kant.

Ik ben nog steeds aan het koken tegen de tijd dat ik een paar blokken heb gelopen.

Ik pak mijn telefoon en bel Felix.

"Je kunt me maar beter vertellen dat je in het systeem van die klootzak zit," zeg ik in plaats van hallo.

"Helaas niet, nee. Nero heeft sterke wachtwoorden ingesteld, precies zoals ik hem had opgedragen. Ik had gehoopt dat hij het niet zou hebben gedaan, zoals veel andere gebruikers."

"Vertel me niet dat ik voor niets dat kantoor ben

binnengegaan." Ik knijp zo hard in de nieuwe telefoon dat het kunststof kraakt.

"Dat is niet wat ik zeg," zegt Felix verdedigend. "Ik heb gewoon meer tijd nodig."

"Prima." Ik verslap mijn dodelijke greep op het arme apparaat. "Laat het me weten zodra je erin zit."

"Dat zal ik doen," zegt Felix. "Oh, je moeder heeft me net gebeld — dus ik heb haar je nieuwe nummer gegeven."

Ik vecht tegen het sterke verlangen om mijn telefoon tegen het asfalt te smijten. "Ik wou dat je eerst met me had overlegd voordat je dat deed."

"Ze zei dat ze zich zorgen maakte," zegt Felix verward. "Ik wist niet —"

"Laat maar." Ik haal diep adem. "Focus al je aandacht op het penetreren van Nero."

"Afgesproken," zegt Felix en hangt op.

Ik neem een taxi en probeer te kalmeren.

Mijn telefoon gaat.

Dit nummer herken ik.

"Hoi mam." Ik doe mijn best om eventuele resterende irritatie uit mijn stem te houden. "Hoe gaat het?"

"Sasha." Mam klinkt alsof ze aan het hyperventileren is. "Ik stond op het punt om je te bellen zodat we over een verlenging van mijn verblijf in Parijs konden praten" — ik vertaal dit in gedachten vanuit mijn moeders taal dat ze me om meer geld gaat vragen — "toen Beverly me belde."

Ze stopt en ik hoor haar genoeg lucht inademen om een paar minuten non-stop te praten.

Beverly is de roddelvriendin van haar die me laatst met pap heeft zien lunchen. Als ze mama heeft gebeld, dan kan ik gemakkelijk raden waar dit gesprek over gaat. Mam wil klagen dat ik "achter haar rug om met de vijand samenwerk" — wat totale egocentrische BS is waar ik een einde aan ga maken.

"Ik heb Beverly pas geleden nog gezien," zeg ik voordat ze haar tirade kan voortzetten, en besluit dat dit de beste verdediging vereist — de aanval. "Toen ik met papa aan het lunchen was. Weet je nog dat ik je daar laatst over vertelde?"

In werkelijkheid heb ik haar gebeld en haar voor de gek gehouden door haar te laten denken dat het gesprek wegviel, maar in tegenstelling tot Nero is ze geen leugendetectiemachine.

"Je hebt me wel gebeld." Mam blaast hoorbaar de grote ademhaling uit. "Je hebt iets gezegd over sushi. Maar je hebt me niet verteld —"

"Dat heb ik wel," zeg ik zelfverzekerd. "Waarom luister je nooit naar me?"

Er is een zeer lange pauze aan de andere kant van de lijn. Ik sta op het punt om te controleren of ze er nog is als ze zegt, "Je probeert de realiteit te verdoezelen. Waar het om gaat, is dat je de kant van die bedriegende schurk hebt gekozen, en we niet veel meer hebben om over te praten."

Als ze me op een andere dag had gebeld, dan had ik

misschien ineengekrompen, maar vandaag is niet die dag.

"Met mijn vader praten is niet hetzelfde als iemands kant kiezen," zeg ik streng. "En voor alle duidelijkheid, bij 'niets om over te praten' horen natuurlijk ook gesprekken over het verlengen van je verblijf in Parijs."

Er volgt een lange stilte.

"Ik probeer alleen maar voor je te zorgen," zegt mama ten slotte met een trillende stem. "Hij zal je hart breken, zoals hij het mijne heeft gebroken."

"Bedankt, mam," zeg ik met onechte oprechtheid. "Ik ben een grote meid en kan voor mijn eigen hart zorgen."

Er volgt weer een stilte. "Over het verlengen van mijn verblijf," zegt ze even later. "Het zou geweldig zijn als —"

"Eigenlijk stond ik op het punt om je daarover te bellen," zeg ik, en besluit om de genadeslag te geven. "Ik ben net mijn baan kwijtgeraakt. Ik zou zelf wel wat hulp kunnen gebruiken, maar als —"

"Oh. Dus je bent naar je vader gegaan voor geld?" Ze klinkt opgelucht.

"Dat is niet wat ik heb gezegd." Ik rol zo hard met mijn ogen dat ik duizelig word. "Zelfs niet een beetje."

"Zeg maar niets meer," zegt moeder samenzweerderig. "Ik begrijp het volledig."

"Oh ja?"

"Je zult natuurlijk vroeg of laat een andere baan moeten zoeken. Je vader is niet betrouwbaar —"

"Ik was eigenlijk vlak voordat je belde op een paar

banen aan het solliciteren," lieg ik. "Waarschijnlijk moet ik er weer mee verdergaan."

"Dat is een goed idee," zegt ze. "Het spijt me als ik je heb afgeleid."

"Je hebt me niet afgeleid. Ik ben altijd blij om van je te horen."

"Toch kan ik je maar beter verder laten gaan," zegt mama. "*Au revoir.*"

"Dag, mam." Ik hang op en staar naar de telefoon.

Toen ik uit Nero's kantoor kwam, dacht ik niet dat ik meer van streek kon zijn, maar ik had het mis.

Misschien moet ik mam op Nero loslaten?

Die klootzak verdient het zeker.

Maar nee. Dat kan ik niet doen. Hij zou haar waarschijnlijk als een ork verscheuren, en zo'n tactiek voor onder de gordel zou tegen het Verdrag van Genève kunnen zijn.

Ik schud mijn hoofd en app Felix, *Hoe gaat het met de penetratie van Nero?*

Hij antwoordt onmiddellijk.

Zowel mijn werk als mijn kamergenoot leiden me af. Dat maakt het moeilijk om me te concentreren.

Hij heeft een goed punt, dus ik geef geen antwoord.

In plaats daarvan doe ik mijn best om meditatieve ademhaling te beoefenen en tegen de tijd dat de taxi me bij mijn gebouw afzet, bevestig ik wat duidelijk moet zijn: met Nero en mam praten, is niet bevorderlijk voor meditatie.

Als ik thuiskom, is het eerste wat ik doe Fluffster aaien.

Het aanraken van zijn vacht is zo rustgevend dat er een hele tak van huisdiertherapie zou moet worden gemaakt met chinchilla's in het achterhoofd.

Iets rustiger, denk ik nog een keer over mijn eerdere ontmoeting na. Nou en als Nero weigert te accepteren dat ik ontslag neem? Dat is zijn probleem, niet het mijne. Hij zal de nieuwe realiteit onder ogen zien als ik een andere baan neem. Misschien neem ik zelfs wel een van die instapbanen aan, gewoon om hem te pesten.

Met dat in gedachten, pak ik mijn laptop en ga naar de dichtstbijzijnde Starbucks om privacy te hebben van elke mogelijke poging van Nero om rond te snuffelen.

De Starbucks is lekker leeg op dit tijdstip van de dag, dus ik neem een venti kopje koffie en parkeer mijn achterste in de zachte bank met uitzicht op het raam.

Zorgvuldig van het verzengende brouwsel nippend, open ik mijn laptop, ga op hun Wi-Fi en controleer of ik reacties op mijn sollicitaties heb.

Mijn ademhaling versnelt.

Ik heb antwoorden gekregen. *Van elke plek waar ik me heb aangemeld.*

Ze verontschuldigen zich allemaal en vertellen me dat de positie is ingevuld.

Het effect van mijn huisdiertherapie verdwijnt onmiddellijk in de afvoer, en ik kan mezelf er nauwelijks van weerhouden om de laptop op de tegelvloer te gooien.

Hoe doet Nero dit?

Heeft hij een vampier alle werkplekken laten

scannen en alle HR-mensen bij deze bedrijven laten betoveren om mijn sollicitaties af te wijzen? Of heeft hij in *al* deze industrieën zoveel invloed?

Mijn telefoon gaat en ik spring overeind, ga dan weer zitten voordat ik naar het scherm kijk.

Tot mijn opluchting, is het gewoon Felix die belt.

"Hé," zegt hij. "Is het veilig om te praten?"

"Ik ben bij Starbucks. Is dat veilig genoeg?"

"Ja, dat zou veilig genoeg moeten zijn. Ik heb goed nieuws en slecht nieuws."

"Geef me eerst het goede nieuws." Ik warm mijn handen op door de koffiekop te pakken.

"Oké," zegt hij. "Ik zit in Nero's systeem en ik heb ontdekt hoe hij van Darians band en veel van je andere gesprekken wist."

"Dat is geweldig nieuws." Ik gooi van opwinding bijna de beker om. "Wat is het slechte nieuws?"

Hij is even stil. "Helaas heb ik mijn werk te grondig gedaan toen ik zijn beveiliging instelde, en kan ik geen van mijn gebruikelijke methoden gebruiken om meer informatie te krijgen. Wat nog erger is, is dat ik een echt sappige gedeelde schijf met veel bestanden zie, maar hij is met een wachtwoord beveiligd en ik heb moeite om erin te komen. Daar bel ik juist over. Ik had de hoop dat je me kon helpen."

"Ik jou helpen?" zeg ik terwijl ik probeer om het slechte nieuws van Felix te verwerken. "Hoe?"

"Wacht," roept hij bezorgd uit. "Heb je Nero je oude telefoon gegeven?"

"Ja. Hoezo?"

"Pffff." Felix ademt luid uit. "Laten we op een videogesprek overgaan en dan zal ik het uitleggen."

"Wacht, hoe heb —"

Felix hangt op.

Zowel mijn telefoon als laptop waarschuwen me voor een videogesprek, dus ik neem gretig op de laptop op.

Ik zie het werkstation van Felix vanaf de zijkant. Zijn zwarte stoel en toetsenbord zijn identiek aan die van thuis, die op hun beurt op de opstellingen van de schepen in *The Matrix* lijken.

Felix heeft een intense uitdrukking op zijn gezicht terwijl hij naar alle schermen staart. Er staan kleine vensters met opdrachtprompts op zijn monitoren, met uitzondering van één. Op dat scherm is een groot venster te zien dat de beelden van de beveiligingscamera in Nero's kantoor laat zien.

In tegenstelling tot onze eerdere ontmoeting heeft Nero zijn bureau in de zithouding gezet. Hij kijkt nog intensiever naar het scherm dan voorheen, terwijl zijn lange vingers met de gratie van een piano wonderkind over zijn toetsenbord dansen.

"Dit PuTTY-venster is waar ik het wachtwoord probeer te krijgen." Felix wijst naar een groenachtig venster met zwart lettertype.

"Wacht even," zeg ik. "Je hebt nooit uitgelegd hoe hij zijn spionage heeft gedaan."

"Oh." Hij kijkt weg van het scherm en in de camera van zijn telefoon, zodat hij me aankijkt. "Dat is gemakkelijk. Het was die telefoon die je hem terug hebt gegeven."

"De klootzak." Ik schud langzaam met mijn hoofd. "Het is ook niet zo gek. Hij heeft me dat ding zelf gegeven."

"Precies." Felix past zijn toetsenbord aan. "Het was je werktelefoon. Bedrijven doen niet eens alsof ze je privacy op je werkapparatuur geven. Toen je bij het fonds kwam, heb je waarschijnlijk wat papieren ondertekend waarmee Nero elke telefoon kon bespioneren die hij je gaf —"

"Oh, ik betwijfel of een gebrek aan juridisch voorwendsel hem zou hebben tegengehouden." Ik staar naar het scherm waar Nero nietsvermoedend zit te typen. "Dit verklaart echter alles. De telefoon lag in mijn kamer toen ik de videoband bekeek. Het is als een geheim voor een magisch effect; nu ik weet hoe Nero het deed, vraag ik me af waarom ik er überhaupt niet aan gedacht heb."

"Waarom heb ik dat niet gedaan?" Felix ziet er echt berouwvol uit. "Het belangrijkste is dat je hem de telefoon hebt teruggegeven en geen vervanging hebt aangenomen."

Ik adem in als ik me nog iets besef. "Mijn krachten moeten geactiveerd zijn voordat we die picknick hadden," fluister ik. "Mede dankzij de onophoudelijke telefoontjes van Baba Jaga, heb ik, voordat ik naar je toe kwam, de telefoon thuis op het schoenenrek laten liggen. Als ik dat niet had gedaan..."

Felix steekt zijn handen in zijn oksels alsof hij

zichzelf een knuffel geeft. Hij moet zich net hebben gerealiseerd dat als ik de telefoon niet had achtergelaten waar ik hem heb achtergelaten, dat Nero dan onze picknickplannen had gehoord en alles over deze poging tot penetratie had geweten.

"Terug naar het slechte nieuws," zeg ik, gretig om Felix van morbide gedachten af te leiden. "Waarom kun je je technomancerkracht niet gebruiken om in dit bestand of deze schijf te komen of wat dan ook? Heb je geen hackertools of iets anders technisch om je daarmee te helpen?"

"Ik heb mijn krachten al gebruikt om dit systeem te beveiligen." Felix wrijft in zijn rode ogen. "Nero heeft me gedwongen om het 'Felix-proof' te maken, bij gebrek aan een betere term, dus ik vecht een beetje tegen mezelf. Op een bepaalde manier een betere zelf — een zelf die maanden de tijd had om de beveiliging te ontwerpen. Dus ik ben tot de meest elementaire methode gereduceerd om het wachtwoord te raden. Maar wat het nog moeilijker maakt, is dat als ik het meer dan drie keer per tien minuten verkeerd raad, dat het spel dan voorbij is."

"Dus raad het dan minder vaak?" Ik weet niet zeker hoe ik de machtige Felix hierbij kan helpen.

"Juist." Hij krabt aan zijn hoofd. "Het probleem is dat het een eeuwigheid zal duren om het op die manier te doen."

"Hmm." Ik trommel met mijn vingers op de tafel voor me, me even niet bewust van zijn dubieuze reinheid. "Ik zie nog steeds niet hoe ik kan helpen."

"Jij kent Nero beter dan ik." Felix kijkt naar het scherm met mijn typende ex-baas. "Misschien kunnen we met *jouw* beste gok beginnen?"

"Ik ken hem niet *zo* goed," zeg ik bitter. "Nee, wacht. Vergeet dat. Probeer 'klootzak' als zijn wachtwoord. Of misschien 'harteloos', of 'kwaadaardig', of —"

Felix typt iets in het groene scherm en drukt op Enter.

Er gebeurt niets.

"Kerel, ik maakte een grapje. Heb je die net echt uitgeprobeerd?"

"Ik heb geen betere ideeën om te proberen." Felix kijkt me serieus aan. "Kun je op de een of andere manier je kracht gebruiken om het wachtwoord te achterhalen?"

"Ik heb geen idee hoe ik dat moet doen," zeg ik.

Plotseling laat iets mijn eerder genoemde krachten in alarm tintelen.

"Shit," zeg ik tegen Felix. "Er staat iets te gebeuren."

Mijn stem moet hem bang maken, want ik zie de haren in zijn nek omhoogkomen.

Venessa komt Nero's kantoor binnen en ze legt een stuk papier voor hem neer.

Hij stopt met typen, kijkt naar het papier en hij zegt iets onvriendelijks tegen Venessa.

Hoewel er geen geluid beschikbaar is, kan ik raden wat hij zegt. Zoiets als, "Jij imbeciel. Waarom breng je me in godsnaam een stuk van een dode boom?"

Nero is tot zo'n belachelijk niveau door een

papierloos kantoor geobsedeerd dat hij printers uit zijn hele gebouw verbannen heeft.

Het papier dat Venessa hem bracht moet met de post zijn gekomen — en ik wed dat een deel van zijn bestraffing erover gaat waarom ze het niet gewoon heeft gescand en gemaild.

Ze praten over en weer, en tot mijn schrik slaagt Venessa erin om niet in stukken vlees te worden versnipperd.

Ik denk dat ze Nero vertelt dat het papier dringend is, of iets in die trant.

Uiteindelijk lijkt Nero gekalmeerd te zijn en zoekt hij naar iets op zijn onberispelijk lege bureau — waarschijnlijk een pen om te ondertekenen wat het papier ook is.

Hij vindt niet wat hij nodig heeft en kijkt verwachtingsvol naar Venessa, die in zichzelf lijkt te krimpen. Ze had duidelijk niet voorzien dat je voor een handtekening een pen nodig zou kunnen hebben; ter verdediging, ons kantoor heeft ook nergens pennen.

Nadat Nero kortaf iets tegen Venessa heeft gezegd, begint hij op zijn zakken te kloppen.

Een golf van angst treft me op dat moment — een die Baba Jaga's telefoontjes als een klein ongemak laat lijken.

Ik begrijp wat er gaat gebeuren.

Nero gaat zijn hand in zijn zak steken en het apparaat vinden.

En als hij dat doet, dan zijn we dood.

HOOFDSTUK TIEN

"Felix!" schreeuw ik zo hard dat de werknemers van Starbucks me aanstaren. "Vernietig FELLATIO."

Met een trillende kin springt Felix overeind en wijst hij met een hand naar de schermen voor hem.

Een straal magentaenergie stroomt van Felix zijn vingers in de schermen net op het moment dat Nero in zijn rechter jaszak reikt — degene met het gizmo.

Ik knijp zonder te knipperen mijn ogen tot spleetjes naar het scherm.

Nero's hand komt terug en houdt iets vast.

Een pen.

"Hij moet die pen als geschenk bij een verkoper hebben gekregen," zeg ik met een zwakke stem tegen Felix. "Ik wist niet dat hij hem in zijn zak had."

"Geeft niks. Ik heb FELLATIO ondertussen laten desintegreren," zegt Felix, weer in zijn ultra-ergonomische stoel ploffend. "Dat scheelde niet veel."
Hij klinkt net zo opgelucht als ik me voel.

"We zullen het opnieuw moeten proberen," zeg ik, mijn hectische hartslag gaat langzamer. "Je zal me een nieuw apparaat moeten geven."

"Oké." Felix bevochtigt zijn lippen. "Maar we hebben nog steeds het wachtwoordprobleem. Trouwens, hoe ga je weer dicht bij hem in de buurt komen?"

Bij de gedachte om dicht bij Nero te komen, begint er een warm, vreemd tintelend gevoel door mijn lichaam te fladderen. Het wordt erger als ik me realiseer dat we misschien meer geluk hebben als ik het apparaat in zijn *broekzak* stop.

Dat komt vast door m'n stomme zenuwen.

"Laat mij me zorgen maken over de levering van FELLATIO," zeg ik krachtig, om de zenuwen te verbergen. "Vogel jij dat wachtwoord uit. Misschien kun je hem het zien typen nadat hij uitlogt en weer inlogt?"

"Ik zou moeten wachten tot hij toegang wil tot die specifieke bestanden," zegt Felix, terwijl hij Nero's scherm met een bezorgde uitdrukking bestudeert. "Bovendien is de camera te ver weg om precies te weten welke toetsen hij indrukt."

"Ik weet zeker dat je een manier zult vinden," zeg ik en geef hem mijn meest zelfverzekerde glimlach. "Denk er alsjeblieft over na. Ondertussen zal ik stoppen met je af te leiden. We hebben het er later nog wel over."

Voordat Felix bezwaar kan maken, hang ik op en drink ik mijn nu koude koffie op.

ONWILLIGE HELDERZIENDE

Aangezien ik al uit het appartement ben, ga ik naar de sportschool om wat van mijn nerveuze energie te verbranden.

Luxer dan de meeste spa's, adverteert mijn sportschool zichzelf als "een sportschool voor leidinggevenden," en het niet hoeven te betalen van de exorbitante lidmaatschapsgelden is een voordeel van het werken voor Nero. Gezien zijn eerdere afwijzing van mijn ontslag, ben ik niet verbaasd wanneer mijn lidmaatschap nog steeds actief blijkt te zijn.

Ik ga naar de kleedkamer en trek de sportkleding aan die de sportschool aanbiedt.

Ik werk wat met gewichten en fiets op een hometrainer, maar over het algemeen is mijn training nogal functioneel zonder Ariëls metaforische zweep. Zij is degene die me naar de sportschool heeft gesleept, en elke spiertonus die en het uithoudingsvermogen dat ik nu heb, is allemaal aan haar te danken. Wat me eraan herinnert: ze heeft me niet meer naar deze plek gesleept sinds ze Gaius heeft ontmoet.

Ik denk dat alle 'vriendschappelijke' activiteiten die ze samen doen, genoeg lichaamsbeweging voor haar zijn.

Ik loop naar de kleedkamer, veeg het zweet van mijn voorhoofd, en zie dat de yogales zich achter het glas verzamelt.

Ik heb slechts een paar keer in mijn leven aan yoga gedaan, maar ik herinner me dat het 'bewegende meditatie' wordt genoemd en de leraar die zei hoe geweldig het is om yoga te doen voor een daadwerkelijke meditatie.

Misschien kan deze les me helpen met wat Darian me geleerd heeft?

Ik loop naar binnen, pak van achterin een mat en doe mijn best om een open geest te houden en iedereen te volgen.

Zoals tijdens de andere keren dat ik dit heb geprobeerd, in plaats van een meditatie, doet yoga me aan het spelen van het spel van Twister denken en op hetzelfde moment aan Commando. Toch ben ik aan het eind aangenaam vermoeid en popel ik om opnieuw te proberen te mediteren.

Nadat ik mezelf met een sessie in het stoombad en het bubbelbad heb beloond, douche ik en ga ik naar huis.

FLUFFSTER DOET EEN DUTJE ALS IK BINNENKOM, dus ik ga op mijn tenen naar mijn kamer, trek comfortabele kleren aan, neem een lotushouding aan en volg opnieuw Darians meditatie-instructies.

De yoga of de training, of misschien de spasessies, moeten hier echt bij helpen. Mijn handpalmen worden binnen een mum van tijd warm, en ik doe mijn best om me op mijn ademhaling te concentreren in plaats van me zorgen te maken over de bliksem die op het punt staat om mijn ogen te raken.

Ik adem in en uit voor wat aanvoelt als een uur, en dan, zoals verwacht, exploderen er bliksemschichten in mijn ogen.

Ik VERWACHT EEN VISIOEN, maar bevind mezelf ergens wat niet te beschrijven is.

Is dit wat Darian Hoofdruimte noemde?

Geen wonder dat hij het niet uit kon leggen.

Mijn lichaam ontbreekt, zoals in sommige visioenen, maar deze keer zijn mijn zintuigen ook weg.

Of, zoals ik me al snel realiseer, zijn ze niet weg.

Ze zijn door zintuigen vervangen die ik moeilijk kan begrijpen.

Toch introspecteer ik met al mijn wilskracht en al snel besluit ik dat ik zweef.

Ik zweef natuurlijk niet echt, want dat impliceert lucht, die hier ontbreekt. Er is niet eens een vacuüm, of ruimtetijd, of ook maar iets uit een natuurkundeles.

Zweven impliceert ook dat ik de zintuigen van beweging en evenwicht heb, maar die heb ik niet.

Dus ik pseudo-zweef een tijdje, om te proberen te begrijpen waar ik ben. Eigenlijk is 'een tijdje' ook een benadering, net als het concept van 'waar'.

Waar of wanneer ik ook ben, ik betwijfel of het deel uitmaakt van de gebruikelijke driedimensionale werkelijkheid (of is het vier?).

Hoewel mijn gezichtsvermogen ontbreekt, begin ik iets dergelijks te ervaren, hoewel dit smaak- en geurelementen heeft, samen met warmte- en koude-detectie. Voor zover ik weet, in plaats van zicht, is dit hoe de echolocatie van een vleermuis voelt, of het vermogen van een haai om elektriciteit te voelen.

Dus ik zie een soort van warme wolk van veelkleurige vormen die smaken en geuren hebben. Deze vormen tarten geometrie, en als ik een hoofd had, zou het pijn doen om het allemaal te begrijpen.

Sommige van de 'vormen' zien eruit als tegenstrijdigheden van wiskundige definities — zoals een kubus die tegelijkertijd ook een bol is — terwijl anderen me aan visuele illusies herinneren die beroemd zijn gemaakt door kunstenaars als M.C. Escher.

Geen enkele van de vormen is identiek aan een andere, hoewel degenen in de nabijheid (bij gebrek aan een betere term) van elkaar meer op elkaar lijken dan degenen die 'verder weg' zijn.

Een ander zintuig, dat het dichtst bij horen staat, doet me beseffen dat elk van deze vormen ook iets als muziek uitstraalt, maar in plaats van de lucht te laten trillen, creëren deze pseudogeluiden golven van voorbode en kalmte.

Uiteindelijk word ik me bewust van iets als een gevoel van aanraking — hoewel aanraking ledematen impliceert, die ik niet heb.

Onmiddellijk verlang ik ernaar om de lauwe, bruine, naar ananas smakende, er als een sneeuwvlok uitziende vorm naast me 'aan te raken', maar de onheilspellende muziek die eruit voortvloeit, houdt me tegen.

Een nieuw gevoel vertelt me dat ik het niet prettig zou vinden als ik deze sneeuwvlok zou aanraken — dus doe ik dat niet en ga op zoek naar een andere, veiligere vorm om aan te raken.

Maar alle vormen die bij me in de buurt zijn, spelen hetzelfde enge deuntje.

Na nog een tijdje, bedenk ik hoe ik mijn perspectief hier kan veranderen. Wat ik doe, is een hybride tussen bewegen en in- en uitzoomen met een verrekijker — dit allemaal zonder armen, benen of ogen.

Als ik op een vorm inzoom, merk ik dat het van andere soortgelijke, maar niet identieke vormen is gemaakt. Als ik op een van deze innerlijke vormen inzoom, merk ik dat ze van hun eigen kleinere vormen zijn gemaakt.

Als ik weer uitzoom, zie ik hetzelfde recursieve patroon op grotere schaal gerepliceerd. Groepen van gelijkaardige vormen blijken steeds weer op bakstenen (of misschien moleculen) te lijken die een grotere vorm vormen.

Moe van het onderzoeken van de vormen op één plek, probeer ik 'vooruit' te gaan, en zodra ik verder weg ben, onderzoek ik een brandend hete groene, naar aardbeien smakende ronde piramidevorm die een rustige melodie speelt.

Deze vorm is ook door soortgelijke omringd, sommige zijn min of meer rond, sommige hebben verschillende temperaturen, smaken en geuren. Ze spelen echter allemaal soortgelijke slaapliedjeachtige muziek.

Overweldigd door nieuwsgierigheid kies ik één specifieke vorm en raak die aan.

Ik voel niets bij de aanraking.

In plaats daarvan zuigt de vorm me in zichzelf op als een zwart gat.

Ik wervel in een wervelwind van zintuiglijke gegevens totdat mijn bewustzijn kortsluiting heeft en mijn bewustzijn ophoudt.

HOOFDSTUK ELF

Ik loop naar de keuken.

Er klinkt een gerinkel van sleutels, en dan gaat de voordeur open en komt Felix binnen.

"Hé," zeg ik. "Waarom ben je zo vroeg thuis?"

"Ik probeer altijd thuis te lunchen wanneer ik kan." Hij verwisselt zijn sneakers voor zijn teenslippers. "Ik ben er maar een uurtje."

Bij het woord lunch, gromt mijn maag als een chagrijnige dwerg.

Felix grijnst. "Ja, ik zal ook iets voor jou maken."

Ik ben terug in mijn kamer. Terug in de lotushouding.

Ik heb eindelijk Hoofdruimte kunnen ervaren.

Nu ik daar weg ben, kan ik echt waarderen hoe gek die plek was.

Het lijkt er ook op dat ik net mijn eerste bewuste

visioen heb gehad. Dat, of ik zag de meest saaie hallucinatie in de geschiedenis van geesteziekten.

Mijn benen ontwarrend, sta ik op. Volgens mijn telefoon is het lunchtijd.

Tijd om de koelkast te plunderen.

Ik loop naar de keuken als het me te binnen schiet.

Als het een profetie was, dan gaan de sleutels rinkelen.

Er klinkt inderdaad gerinkel van sleutels, en de voordeur opent precies zoals het zou moeten.

Felix stapt naar binnen.

"Hallo daar," zeg ik en besluit het script in het visioen niet te volgen. "Thuis voor de lunch?"

"Ik probeer altijd thuis te lunchen wanneer ik kan," zegt Felix, net zoals hij in het visioen had gedaan.

Dat is interessant.

Ook al veranderde mijn script, de zijne is niet veranderd. Waarschijnlijk omdat ik de toekomst zag en weet hoe ik ertegen moet vechten, maar hij niet.

Ik vraag me af wat dit over de vrije wil van Felix zegt.

Hij verwisselt zijn sneakers voor zijn teenslippers net zoals eerder.

"Ik ben er maar een uur," zeg ik in mijn beste imitatie van Felix zijn stem. "Dat is wat je wilde zeggen, nietwaar?"

"Goede gok," zegt Felix, maar hij ziet er een beetje geschrokken uit.

"Geen gok." Mijn maag gromt net zo hard als in mijn visioen.

Felix grijnst. "Waarom leg je het niet uit terwijl ik wat lunch voor ons maak?"

"Wat uitleggen?" zegt Fluffsters stem in mijn hoofd.

"Ben je wakker geworden?" Ik kijk naar de harige domovoj.

Hij knikt slaperig met zijn hoofdje.

Ik buig voorover en til hem op. "Kom, ik zal uitleggen wat er is gebeurd."

Ik ga de keuken in en zet Fluffster op tafel.

Terwijl Felix een grote omelet maakt, vertel ik ze alles over mijn meditatie-inspanningen en de huidige ervaring van Hoofdruimte.

"Weet je zeker dat je vandaag geen LSD hebt genomen?" Felix laat drie plakjes kaas in de koekenpan vallen. "Of Mescaline of DMT—"

"Ik weet het zeker." Ik krab achter Fluffsters oren. "Ik heb vandaag geen drugs gebruikt."

"Ik ben jaloers." Felix klapt de omelet dubbel zodat de kaas in het midden smelt. "Ik zou die vormen graag zien en synesthesie hebben of wat het ook was dat je had."

"Wacht even," zeg ik en ren mijn kamer ín.

Ik pak mijn laptop, zet hem naast Fluffster op de keukentafel en zoek door het werk van M.C. Escher.

"Hier." Ik laat een foto van een litho zien die *Belvedere* heet. "Dit zou je in ieder geval een idee voor de vormen kunnen geven." Ik wijs naar de man met een onmogelijke kubus.

"Dat doet pijn aan mijn hersenen." Fluffster wrijft

met zijn kleine pootjes over zijn snorharen. "Hoe kun je dat überhaupt tekenen, laat staan maken?"

"Je kunt het niet maken," zeg ik. "Tenminste, niet in de echte wereld. Je kunt vanuit sommige hoeken iets maken dat er zo uit zou zien, maar dat is het wel zo'n beetje."

"Oh, ik hou van Eschers werk," zegt Felix over zijn schouder.

Ik knik zachtjes. Als goochelaar hou ik van visuele illusies van welke aard dan ook, en Escher was een van de ware meesters van misleiding. Ik benoem hier echter niets van, want dat zou hen kunnen doen beseffen dat ik sommige van deze visuele illusieprincipes in mijn effecten gebruik.

Felix brengt de koekenpan naar de tafel en plaatst hem in het midden. "Heb je *Klimmen en Dalen* van hem gezien?" vraagt hij. "Het heeft die eindeloze trappen die ook in *Inception* opduiken. Zijn *relativiteitsschilderij* was in een van de vervolgdelen van de *Night at the Museum* en in *Labyrinth* te zien."

In plaats van te antwoorden, laat ik de schilderijen in kwestie aan Fluffster zien. Zijn kraaloogjes verbijsteren zich over de vreemde zwaartekracht in *Relativiteit* en volgen dan de figuren die trappen op sjokken in het nooit eindigende vierkante trappenhuis in *Klimmen en Dalen* totdat hij wegkijkt en mentaal zegt, "Dat heeft me duizelig gemaakt."

"Ik heb in Hoofdruimte niet zoiets cools gezien." Ik pak voor Felix en mezelf grote borden, en een theeschoteltje met haver voor Fluffster.

"Ja." Felix legt een groot stuk omelet op zijn bord. "Over de films van Christopher Nolan gesproken, heeft Hoofdruimte je herinnerd aan wat er aan het einde van *Interstellar* gebeurt?"

"Door een wormgat gaan?" Ik pak voor mezelf wat te eten. "Misschien toen ik de vorm aanraakte en in het visioen wervelde."

"Nee, ik bedoel het deel waar Matthew McConaughey in het zwarte gat zat," zegt Felix. "Hij werd verondersteld zich buiten de vierdimensionale ruimte te bevinden en was in staat om in het verleden te kijken en het te beïnvloeden." Hij kijkt naar Fluffster en voegt eraan toe, "Spoiler alert."

"Misschien was het in dezelfde geest," zeg ik bedachtzaam. "Ik had ook het gevoel alsof ik buiten de realiteit stond. Het verschil is dat ik in Hoofdruimte geen lichaam had. Maar nu je het zegt, ik denk dat elk van die vormen een beetje op de structuur van het zwarte gat leek waar hij in zat."

Felix kauwt opgewonden, slikt en zegt, "Ja. Misschien komt elk van de vormen die je zag met een visioen overeen van een plaats en tijd. Misschien zijn vergelijkbare vormen vergelijkbare locaties op verschillende tijdstippen. Misschien zijn de kleinere vormen kortere tijdsintervallen — bestaan ze daarom uit grotere vormen en vice versa. Milliseconden maken seconden, seconden maken minuten en ga zo maar door —"

"Misschien." Ik prik gedachteloos in mijn eten, mijn honger is weg. "Misschien was de onheilspellende muziek ook niet iets dat ik had moeten vermijden. Ik heb voor een rustige vorm gekozen, en ik zag een saai visioen dat jij thuiskwam. Misschien gaan de enge erover dat mijn leven in gevaar is — en dat is wat ik in een visioen zou willen zien, zodat ik het in de echte wereld zou kunnen voorkomen."

"Jouw Hoofdruimte doet me aan een soort gebruikersinterface denken," zegt Felix. "De vormen zijn als iconen waarop je moet klikken; de visioenen zijn een soort virtuele realiteit. Ik wed dat het er bij een ziener omgaat hoeveel pictogrammen je tot je beschikking hebt en hoe goed je wordt in het bedienen van de vreemde UI." Hij grijnst van opwinding. "Dit is verder bewijs voor mijn simulatietheorie. Misschien bevindt Hoofdruimte zich buiten onze gesimuleerde wereld — daarom kon je het met je normale zintuigen niet begrijpen. Ik wed dat dat is hoe zieners in staat zijn om —"

Fluffster gaapt in mijn hoofd — en te oordelen naar de uitdrukking van Felix, deed de domovoj dat ook in de zijne.

"Kunnen we over iets belangrijkers praten?" Fluffster duwt zijn half leeggegeten schotel opzij. "Ariël heeft weer niet thuis geslapen."

Felix en ik wisselen schuldige blikken uit.

"Ze was de laatste keer dat ik haar zag nog meer hyper," zegt Felix. "Maar ik weet niet zeker wat we kunnen doen."

"Misschien kan ik met Vlad en Rose praten," zeg ik

peinzend. "Meer over vampierrelaties te weten komen?"

"Dat is een geweldig idee." Felix stopt de rest van zijn omelet in zijn mond.

"Ik ga hierna meteen naar het appartement van Rose," zeg ik.

"En ik moet weer aan het werk." Felix duwt zijn bord weg.

"Ga jij maar, dan ruim ik op," zeg ik. "Laat nog een FELLATIO-gizmo voor me achter voordat je gaat."

Felix ziet er erg ongemakkelijk uit. "We weten nog steeds zijn wachtwoord niet."

"Daar behoor jij aan te werken." Ik pak zijn bord en zet het in de vaatwasser.

"Nou." Hij staat op. "Ik ben er niet dichter bij dan daarstraks."

"Ik zal niet snel meer bij Nero in de buurt komen," zeg ik, terwijl ik de hondsdolle vlinders onderdruk die de gedachte vergezellen om binnen 'in zakken stop'-afstand van Nero te komen. "Je hebt tijd om dat uit te vogelen."

"Je moet je krachten gebruiken om het wachtwoord te bepalen," zegt Felix tegen me. "Probeer een visioen te krijgen van wat er zou gebeuren als ik 'appel' als wachtwoord zou proberen, probeer dan 'appe1', 'app31', enzovoort, een beetje zoals ik doe als ik het wachtwoord met brute kracht probeer te raden. Alleen zou je dit in Hoofdruimte moeten doen, zonder gevaar voor ontdekking te lopen."

"Ik heb geen idee hoe ik zo'n specifiek visioen tot

stand kan brengen." Ik zet mijn eigen bord weg. "Zelfs als ik dat zou kunnen, dan zou ik heel lang moeten mediteren om tot een visioen te komen. Op die manier een wachtwoord raden zou een eeuwigheid duren."

Felix zucht. "Kun je op zijn minst in de toekomst kijken en je ervan verzekeren dat ik nog leef nadat we deze hack opnieuw hebben geprobeerd?"

"Dat zou makkelijker kunnen zijn." Ik heb de koekenpan in de vaatwasser gezet. "Ik zal dat eens proberen."

"Geweldig," zegt hij en loopt de keuken uit.

Ik blijf opruimen tot Felix met nog een FELLATIO-gizmo terugkomt. "Ik heb het al geactiveerd." Hij geeft het apparaat aan me.

Ik neem het mee naar mijn kamer en verstop het in een spel kaarten zoals de laatste keer.

"Tot later," schreeuwt Felix vanuit de gang en ik hoor de deur dichtslaan.

Ik ga terug naar de keuken en blijf schoonmaken.

Als het aanrecht brandschoon is, ga ik met Rose over vampierrelaties praten.

Ze begroet me opgewonden. Voordat ik de kans krijg om een enkel woord te zeggen, ben ik gedwongen om mijn kont op haar bank in de woonkamer te parkeren en een kopje thee te accepteren.

Lucifur gebruikt dit als een kans om me te eren om zich langs mijn benen te strijken.

"Dit gaat over Ariël," zeg ik als Rose in een stoel tegenover me gaat zitten.

Ik vertel haar over de 'vriendschap' van mijn kamergenoot met Gaius. Op dit moment wordt de uitdrukking van Rose donkerder. Wat ze hier ook van weet, ik heb het gevoel dat ik het niet leuk zal vinden.

Als ik klaar ben, zegt Rose, "Ik kan hier niet zonder Vlad over praten." Ze bijt op haar lip. "Zie je, ik heb gezworen dat ik het niet zou doen, en ik wil geen eed verbreken aan —"

"Dat is prima." Ik glimlach naar haar. "Ik kan terugkomen en met Vlad praten als hij hier is."

"Hij is hier zelden overdag. En ik denk niet dat je hier 's nachts moet komen." Rose wordt rood.

"Zeg maar niets meer." Mijn gezicht moet net zo rood zijn als het hare. "Vertel me gewoon wanneer hij hier overdag zal zijn, en dan zal ik langskomen." Ik haal de kalenderapp op mijn telefoon tevoorschijn.

Rose geeft me een paar dagen en tijden waarop Vlad er zou moeten zijn, en ik noteer ze allemaal.

Vervolgens deel ik mijn Hoofdruimteavonturen met haar. Aan het eind van mijn uitleg lijkt Rose net zo trots als mijn ouders toen ik klaar was met studeren.

"Dat is een uitstekende vooruitgang," zegt ze. "Je moet je krachten wat meer gaan oefenen. Ik weet dat ik dat zou doen als ik in jouw schoenen stond."

Ze heeft gelijk, dus ik slik mijn thee door, stap over haar kat heen en ga terug naar mijn appartement.

"Mag ik kijken?" vraagt Fluffster nadat ik weer in mijn meditatiehouding zit.

"Tuurlijk," zeg ik, terwijl ik mijn ogen sluit.

Ik zit daar een tijdje te ademen, maar er gebeurt niets.

Ariëls situatie blijft bij me naar boven komen, net als mijn werkeloosheid en de Baba Jaga-telefoontjes.

Moet ik elke keer als ik in Hoofdruimte wil naar de sportschool en aan yoga doen? Dat zou geweldig zijn voor mijn lichaam, maar niet erg praktisch in termen van het daadwerkelijk gebruiken van mijn krachten.

"Mijn geest dwaalt te veel af," leg ik Fluffster na nog een paar minuten uit, nadat ik het officieel heb opgegeven en opsta om mijn benen te strekken.

"Waarom ga je niet wat YouTube kijken?" stelt Fluffster voor. "Dat is wat ik doe als ik moet ontspannen."

Ik stel me voor dat hij naar kattenvideo's kijkt en begin te grijnzen.

Ik ga naar de bank in de woonkamer, zet de tv aan en zet Pen and Tellers *Fool Us* aan. In dit programma bieden twee beroemde goochelaars aankomende illusionisten de kans om ze te misleiden, om een kans op een optreden in Vegas te maken.

Na een paar afleveringen realiseer ik me dat ik net zo goed ben als de hosts in het uitvogelen hoe de effecten worden gedaan.

Meerdere afleveringen later, heb ik een hypothetisch plan voor hoe ik ze zou misleiden als ik de kans zou hebben. Natuurlijk is het plezier om dit te doen het niet waard om door de Raad te worden gedood.

Uiteindelijk komt Felix thuis en eten we samen, waarna hij zich in zijn kamer verstopt, en mij in het bezit van de tv in de woonkamer achterlaat.

Ik kijk nog wat meer en realiseer me dan dat ik nooit meer ben gaan mediteren. Nu is het laat. Al gapend ga ik naar bed, me er pijnlijk van bewust dat Ariël nog steeds niet thuis is.

Ik pak mijn telefoon en app haar, *ik mis je.*

Dan herinner ik me dat ik een nieuwe telefoon heb en voeg eraan toe, *dit is Sasha. Ik heb een nieuw nummer.*

Ik wacht op een antwoord tot mijn oogleden zwaar worden, geef het dan op en ga slapen.

De volgende dag maakt Felix weer ontbijt voor me en vertrekt dan naar het werk.

Als ik daarna op mijn telefoon kijk, zie ik dat Ariël me om drie uur 's nachts een app terug heeft gestuurd.

Hé, Sasha. Sorry dat ik het de laatste tijd zo druk heb. We moeten snel iets afspreken.

Ik overweeg een paar antwoorden en ga dan voor:

Tuurlijk. Ik ben nu wanneer dan ook beschikbaar.

Ze reageert niet meteen, dus ik ga naar mijn computer.

Het is tijd om uit te zoeken hoe ver Nero's invloed reikt.

Ik navigeer naar de homepage van de Centrale

Bank en bekijk hun vacatures. Een paar posities komen vaag overeen met mijn vaardigheden en ervaring, dus ik solliciteer op hen. Als Nero deze mensen kan manipuleren, dan zou ik erg onder de indruk zijn.

Vervolgens solliciteer ik op een hoop overheidsbanen en een paar advertenties buiten de staat New York — niet dat ik ze aan zou nemen, maar om te zien of Nero's bereik zo ver gaat.

Dan solliciteer ik op een aantal volledig domme vacatures. Het Cirque du Soleil heeft een slangenmens nodig, dus waarom niet? Een laboratorium in het noorden heeft een slangenmelker nodig, daar solliciteer ik ook op. Ik heb in de financiële sector gewerkt, dus ik voel me gekwalificeerd om gif uit giftige slangen te halen.

Moe van het zoeken naar werk, besluit ik om mediteren te gaan oefenen en Fluffster te vertellen dat hij naar me kan kijken als hij dat nog steeds wil — en dat wil hij.

Ik ga in de lotushouding zitten, sluit mijn ogen en adem aandachtig.

Mijn handpalmen beginnen warm te worden.

Ik concentreer me harder, maak me deze keer minder zorgen dat de bliksem mijn ogen raakt.

Mijn telefoon gaat.

De golf van angst is niet zo sterk als eerst, maar ik ben zeker zo geschrokken dat ik uit mijn meditatieve toestand ben.

Het nummer is niet geheim, maar het is ook niet bekend, dus ik neem niet op.

"Zou dit weer Baba Jaga kunnen zijn?" vraagt Fluffster — duidelijk teleurgesteld dat hij de bliksem niet op mijn handen heeft zien ontstaan. "Als dat zo is, hoe heeft ze je nieuwe nummer dan gekregen?"

"Ik heb geen idee." Ik pak mijn telefoon, navigeer naar de app-store en installeer de nummer onthullende app opnieuw voor het geval ik later op de een of andere manier een geheim nummer aan de telefoon krijg. "Eén ding is zeker: verder mediteren zou een oefening in nutteloosheid zijn."

"Je moet je ontspannen en het opnieuw proberen," zegt Fluffster en knuffelt zich tegen me aan.

"Je aaien zal niet helpen, ben ik bang." Ik krab onder zijn kin, sta op en begin me om te kleden. "Ik zal naar de sportschool gaan en nog een yogales nemen, en zal daarna nog wel een keer proberen te mediteren."

Fluffster keurt mijn plan goed, dus ga ik naar de sportschool.

NADAT IK MET GEWICHTEN HEB GETRAIND, struikel ik een kickbokscursus binnen en volg die. Zelfverdediging kan met mijn ongelukkige nieuwe levensstijl van pas komen.

Met pijnlijke spieren, volg ik de bijna lege yogales. Het voelt geweldig om na de eerdere training te rekken. Daarna beloon ik mezelf met een bezoek aan het stoombad en een duik in het bubbelbad, en daarna neem ik een lekkere, gezonde lunch in het cafetaria van de sportschool.

Ik huppel bijna als ik naar huis ga, en ik weet zeker dat ik in staat zal zijn om zonder moeite in Hoofdruimte te komen.

Ik doe de deur open en hoor geluiden uit de keuken komen.

Gezien wat Fluffster met een indringer kan doen, weet ik dat dit een van mijn kamergenoten moet zijn, dus roep ik hallo.

"Sasha," roept Ariël opgewonden vanuit de keuken. "Ben jij dat?"

"Ja." Ik haast me naar de keuken.

"Daar ben je." Ze laat haar broodje zakken en straalt naar me. "Ik ben blij dat we een paar minuten hebben om te praten voordat ik moet gaan."

Ik onderzoek haar perfecte gelaatstrekken.

Ze ziet er goed uit. Zelfs beter dan normaal. Ze zou met gemak op een cover van een modeblad kunnen staan.

Is dit een soort liefdesgloed?

Maken we ons zorgen om niets?

Ariël knabbelt aan haar broodje en bestookt me met vragen over mijn nieuwste ontwikkelingen. Ik breng haar van alles op de hoogte terwijl ze haar lunch opeet.

"Ik ben zo jaloers," zegt ze, terwijl ze de kruimels van haar handpalmen veegt. "Ik wil ook naar de sportschool. Als je mijn telefoontje eerder had opgenomen, hadden we samen kunnen gaan."

"Heb je me gebeld?" Ik pak mijn telefoon en ga door de gemiste oproepen.

Ik zie alleen dat onbekende nummer staan.

"Ik belde met de mobiele telefoon van iemand anders," legt Ariël uit en ze pakt haar telefoon. "Die van mij is leeg."

"Is die iemand anders Gaius?"

"Misschien." Ze lacht ondeugend. "Hé, kun je me een plezier doen en zijn nummer van je telefoon verwijderen? Hij zou boos kunnen worden als hij wist dat ik het je gewoon heb gegeven zonder het hem eerst te vragen."

"Tuurlijk," zeg ik en verwijder de gemiste oproep.

"Bedankt." Ze loopt naar haar kamer en ik volg haar.

Eenmaal binnen legt ze haar telefoon aan de oplader en opent ze haar kast. Ze pakt een spijkerbroek en een T-shirt en begint zich uit te kleden.

"We kunnen morgen naar de sportschool gaan," zeg ik, terwijl ik heimelijk haar lichaam op tekenen van beten onderzoek.

Tot mijn opluchting vind ik er geen.

"Dat is een geweldig idee." Ze trekt met de gratie van een ballerina haar jeans aan. "En misschien kunnen we langs de schietbaan gaan en een nieuw wapen voor je halen."

"Tuurlijk, ik vind het prima."

"Nou, ik moet ervandoor," zegt ze verontschuldigend, als ze klaar is met omkleden. "Maar we hebben plannen voor morgen. Jippie."

Ze verandert dan in een wervelwind, brengt opnieuw make-up aan, pakt haar tas en rent het appartement uit voordat ik haar goed over haar relatie met Gaius kan ondervragen.

Fluffster is een stofbad aan het nemen als ik mijn kamer weer binnenkom.

"Ariël was er," zeg ik tegen hem.

"Ik weet het," zegt hij. "Ik kan het altijd voelen als mensen het appartement binnenkomen en verlaten."

"Ik denk dat ik opnieuw zal proberen te mediteren. Wil je kijken?"

"Dat zou geweldig zijn." Hij gaat voor me op de grond liggen. "Ga ervoor."

Deze keer ga ik in een stoel zitten, maar voor de rest volg ik Darians instructies op.

Al snel worden mijn handpalmen warmer, dus ik verdubbel mijn inspanningen.

Bliksemschichten exploderen in mijn ogen en ik bevind me weer in Hoofdruimte.

HOOFDSTUK TWAALF

Ik oriënteer me deze keer veel sneller en zweef erheen, pseudo starend naar de onmogelijke vormen om me heen.

In mijn directe nabijheid lijken de meeste vormen op elkaar en lijken ze op een wolk van groene, koude, naar havermout smakende blokjes met meer dan zes gezichten en meer dan twaalf randen. Ze zenden allemaal muziek uit, zodat het onheilspellende geluid kan worden gebruikt als een horrorfilm.

Ik negeer de muziek en probeer een van deze blokjes aan te raken.

Ik ontdek dat ik dat niet kan.

Wat hier als mijn ledemaat dient, trilt simpelweg van angst — metaforisch gesproken. Ik denk dat ik niet klaar ben om zo'n angstaanjagende toekomst te zien.

Ik ga vooruit en zoek een zwerm warme, kuikengele, naar marshmallow smakende hybriden tussen een zeshoek en een cilinder. Ze spelen een milder deuntje, maar het is net zo beangstigend.

Als ik er willekeurig een kies, probeer ik hem aan te raken, maar ik kan me weer niet bewegen.

Beslissend om koppig te zijn, zweef ik er gewoon heen en probeer keer op keer de vorm aan te raken.

Elke keer sta ik op het punt om te slagen. Het is alsof je probeert je iets te herinneren dat op het puntje van je tong ligt.

Ik raap mijn immateriële zelf bij elkaar en richt al mijn aandacht op het overwinnen van de resterende terughoudendheid.

Er lijkt iets te scheuren en de aanraking verbindt zich eindelijk met mijn doelwit.

Net als de vorige keer, val ik in het visioen.

IK ZIT IN MIJN KAMER, in een stoel en ben overweldigd door vertrouwde angst.

De telefoon gaat.

Het nummer zou geheim zijn, maar dankzij de app die ik heb geïnstalleerd, herken ik het nummer.

Het is Baba Jaga's restaurant dat me weer lastigvalt.

Hoe zijn ze aan het nummer van mijn nieuwe telefoon gekomen?

Ik laat de oproep naar voicemail gaan en noteer het tijdstip — 15:21.

Als de voicemail binnenkomt luister ik het af.

"Sasha," zegt Koschei met zijn lijkachtige stem. "Als

onderdeel van de deal die je hebt gemaakt, moet je vanavond om tien uur bij Baba Jaga komen."

Ik haal de telefoon weg van mijn oor, de angst slaat over naar paniek.

Ik ga vandaag echt niet naar Brighton Beach —

Als ik uit het visioen kom, kijk ik naar Fluffster.

"Dat was geweldig," zegt hij in mijn hoofd. "Ik zag de bliksem van je handen in je ogen gaan. Het was extreem kort en gemakkelijk te missen, maar ik heb het gezien —"

Ik negeer de rest van zijn opgewonden gebrabbel en doe mijn best om mezelf in de realiteit te oriënteren.

Mijn onregelmatige ademhaling doet na al die langzame ademhaling pijn aan mijn borst.

Als ik naar mijn telefoon kijk, zie ik hoe laat het is.

Het is 15:12 uur.

Over negen minuten gaat de telefoon en zal Koschei de voicemail achterlaten.

Mijn gedachten gaan alle kanten op. Ik open een browser op mijn telefoon.

Ik vind een opname van het beroemde bericht "dit nummer is niet meer in gebruik" dat wordt afgespeeld wanneer je echt naar een afgesloten nummer belt. Met trillenden handen, maak ik er snel mijn voicemail van.

Het is 15.20 uur.

Mijn vinger is klaar, ik tel de seconden af tot 15:21.

De telefoon gaat en ik veeg meteen "Nee" om het naar de voicemail te sturen.

Dan wacht ik.

Als Koschei mijn illusie doorziet, dan zal hij wachten tot het bericht 'afgesloten nummer' is voltooid, de gewone voicemailpiep horen en volgens het visioen een voicemail inspreken. Maar als ik hem voor de gek heb gehouden, dan zou hij het lang voor de voicemailpieptoon op moeten geven.

Terwijl ik wacht, vraag ik me opnieuw af hoe Baba Jaga en haar volgelingen aan mijn nieuwe nummer zijn gekomen. Alleen Felix en Ariël hebben het. Nou, en Gaius omdat Ariël zijn telefoon heeft gebruikt om me te bellen, maar dat is nog steeds een heel klein aantal mensen.

Heeft Baba Jaga een technomancer als Felix op haar loonlijst staan? Of is er een ander soort van Cognizant die dit soort dingen kan doen? Als het laatste het geval is, dan kunnen ze nuttig zijn als het om Nero's wachtwoord gaat.

Na een minuut adem ik opgelucht uit.

Er is geen voicemail.

Ik moet mijn telefoon zo veel mogelijk uitzetten, zodat als hij het opnieuw probeert, het direct naar voicemail gaat zonder dat ik als een ninja hoef te reageren.

Fluffster kijkt me met een mengeling van zorgen en verwarring aan, dus leg ik hem uit wat ik in mijn visioen heb gezien.

"Wat Baba Jaga ook wil, het kan maar beter een

kleine gunst zijn," zegt Fluffster als ik klaar ben. "Ik heb nog steeds geen nieuwe herinneringen teruggekregen — en niet omdat ik het niet geprobeerd heb."

"Ik heb het gevoel dat het helemaal geen kleine gunst is. Maar dit herinnert me ergens aan." Ik pak mijn laptop. "Ik moet Raspoetin nog wat meer onderzoeken."

"Is dat zo?" Het antwoord van Fluffster klinkt nogal afkeurend in mijn gedachten. "Hoe zit het met je zoektocht naar een baan?"

"Je bent nog erger dan mijn moeder," mompel ik, maar toch ga ik naar mijn inbox.

Met een versnelde hartslag, staar ik naar mijn e-mail. "Dit begint belachelijk te worden."

Fluffster haast zich naar me toe en kijkt samen met mij naar het scherm.

Er is een "sorry, positie is gevuld"-antwoord van de Centrale Bank, evenals van de banen bij de overheid waar ik op had gesolliciteerd. De bedrijven buiten de staat hebben me ook het standaard antwoord gestuurd.

Het meest belachelijke van alles is dat ik een e-mail van zowel Cirque du Soleil als het laboratorium van buiten de staat heb. In plaats van te zeggen, "Hé, je kunt geen slangenmelker zijn," vertellen ze me allebei gewoon net als iedereen dat de posities zijn ingevuld.

Ik sta met gebalde vuisten op. "Nero is op dit punt gewoon aan het pronken."

Als hij in mijn buurt was, dan zou ik hem op zijn zelfvoldane gezicht slaan dat ik me zo levendig kan voorstellen.

"Wat betekent dit?" vraagt Fluffster.

Ik leg het ijsberend uit, en Fluffster ziet er zo nijdig uit als een chinchilla maar kan zijn. "Als hij dat blijft doen, dan zullen we uiteindelijk in een kartonnen doos in het park moeten wonen."

"Je weet de helft nog niet," grom ik. "De klootzak is de eigenaar van dit gebouw, dus zelfs als ik op magische wijze geld zou verdienen, dan zou hij ervoor kunnen kiezen om onze volgende huurovereenkomst niet te verlengen en hallo, doos in het park."

"Je moet hem hier uitnodigen," zegt Fluffster dreigend. "Het kan me niet schelen hoe krachtig hij daar buiten is. Hier zou ik hem wat manieren leren."

Het idee van Nero in mijn slaapkamer stuurt mijn gedachten in een totaal ongepaste richting, en mijn gezicht begint oncontroleerbaar rood te worden.

Om mijn haperende hormonen en neuronen te verbergen, ga ik voor mijn computer zitten en log ik in op mijn bankrekening om te zien hoe wanhopig de situatie echt is.

In shock kijk ik naar de getallen.

Er is geld aan mijn bankrekening toegevoegd.

Het is een bekend bedrag, maar ik controleer het nog een keer, voor het geval dat.

"De klootzak." Ik spring weer overeind. "Hij heeft me betaald. Net alsof er niets is veranderd."

Fluffster beweegt met zijn oren. "Waar heb je het over?"

"Nero," leg ik grimmig uit. "Hij weigert toe te geven dat ik ontslag heb genomen. En nu heb ik mijn gebruikelijke salaris ontvangen voor vorige week *en* deze week. De week *nadat* ik ontslag heb genomen."

"Is dat geen goede zaak?" Fluffster staat op zijn achterpoten. "Het is gratis geld."

"Nee, dat is het niet," zeg ik met zo'n wreedheid dat de domovoj zich van me weg beweegt.

Tanden op elkaar geklemd, trek ik wat kleren aan, doe het spel kaarten met Felix zijn gizmo in mijn zak, en storm het appartement uit.

Het is tijd dat Nero en ik even een gesprekje hebben.

Weer.

HOOFDSTUK DERTIEN

"Felix, we gaan er weer voor," sis ik in mijn telefoon terwijl ik mijn niet-zo-voormalige werkgebouw binnenstap.

"Ik heb het wachtwoord nog steeds niet," zegt hij. "Je zei dat je zou proberen er een visioen over te krijgen, weet je nog?"

"Ik herinner me dat ik beloofde om te zien of je in de toekomst nog leeft. Als je me niet helpt, dan zal dat niet het geval zijn." Ik gebruik mijn oude identiteitskaart, en dat werkt. Natuurlijk werkt het. "We moeten de hele zaak gewoon versnellen."

"Ik denk niet dat dat zo'n goed idee is," zegt Felix verwoed. "Waarom gaan we niet gewoon —"

"Ik ga de lift in," lieg ik. Ik sta er eigenlijk nog op een te wachten. "Maak je klaar. Alles gaat zoals de vorige keer gebeuren."

Ik hang op terwijl Felix nog iets anders probeert te zeggen.

Net als mijn lift eraan komt, wervelt het tegenovergestelde van meditatie in mijn hoofd als ik naar beneden ga in de lift. Ik kook van woede om Nero en oefen beledigingen die ik in zijn gezicht kan gooien. Ik fantaseer erover om hem deze keer echt te slaan.

Op een bepaalde manier weet ik dat mijn reactie niet in verhouding staat tot zijn daden — hij geeft me per slot van rekening geld.

Het is gewoon dat het de laatste druppel is.

En het principe van alles.

Wie denkt hij wel niet dat hij is?

De liftdeuren schuiven eindelijk open.

Ik storm naar Venessa en daag haar mentaal uit om me deze keer onzin te vertellen.

"Hij is er niet," zegt ze, haar gezicht onleesbaar. "Hij is een paar dagen in Europa."

"Gelul," roep ik uit en kijk dan.

Nero's kantoormuren zijn van glas, en hij lijkt niet binnen te zijn.

Ik duik toch naar binnen en negeer Venessa die achter me aan komt.

Nee.

Hij is er echt niet.

Ik storm terug de lift in en probeer mijn overwerkte zenuwen te kalmeren.

Als ik de lift verlaat, bel ik Felix weer.

"Je hebt je wens gekregen. We stellen de operatie uit."

"Wat is er gebeurd?" Er zitten vervelende ondertonen van opluchting in zijn stem.

Terwijl ik het uitleg, gebruik ik vierletterwoorden die ervoor zorgen dat sommige van mijn niet zo voormalige collega's me bezorgd aankijken terwijl ik door de lobby stamp.

"Het is echt het beste," zegt Felix rustgevend. "Ik denk dat we eerst het wachtwoord moeten krijgen en dan deze waanzin opnieuw moeten proberen."

"Prima." Ik hou een taxi aan. "Ik spreek je later."

―――

Ik ben tegen de tijd dat ik thuis kom veel rustiger, maar als ik weer probeer te mediteren, faal ik jammerlijk.

Ik neem plaats op de bank voor de tv, maar in plaats van de tv aan te zetten, zit ik daar gewoon, om een manier te vinden om geld te verdienen als het me ooit lukt om mijn baan op te zeggen.

Fluffster moet mijn slechte humeur voelen, want hij springt op mijn schoot en laat me zijn therapeutische vacht aaien.

Mijn ademhaling wordt gelijkmatiger en ideeën beginnen binnen te stromen.

Gokken is een voor de hand liggende optie. Als iemand me in een ondergronds pokerspel toe zou laten, dan zou ik niet alleen mijn krachten als ziener kunnen gebruiken, maar ook de verschillende goochelaarsbewegingen kunnen doen die in de eerste plaats met kaarttrucs zijn ontstaan.

"Wat dacht je ervan om manieren te bedenken om

geld te verdienen waarbij je botten, vingers en tenen intact blijven?" stelt Fluffster voor wanneer ik mijn idee met hem deel. "Je kunt bijvoorbeeld online poker spelen of op paardenraces bieden."

"Je hebt gelijk." Ik glimlach en probeer in de stemming van dit alles te komen. "Mensen verdienen geld met het voorspellen van verkiezingsresultaten — iets waar ik goed in ben. Er zijn ook dingen zoals fantasievoetbal..."

"Tuurlijk." Fluffster kruipt in mijn hand. "Maar, en schreeuw alsjeblieft niet, waarom houd je Nero's geld niet gewoon? Als je hem niet mag, is zijn geld aannemen dan niet een soort straf?"

"Ik denk niet dat ik het uit kan leggen," zeg ik tegen hem. "Ik weet niet eens of ik het zelf begrijp."

Om te voorkomen dat Fluffster door blijft gaan over het probleem, zet ik de tv aan en kijk een paar films — om er alleen maar achter te komen dat ik nog beter ben geworden in het voorspellen van elke plotwending en einde. Daarna lever ik wat voorspellingen voor het Good Judgement Project, en dan komt Felix thuis.

We eten samen en dan herlees ik mijn favoriete boeken over kaartmagie tot ik naar bed ga.

"Wakker worden, luiaard," schreeuwt iemand door een gigantische luidspreker. "Er staat pistoolpret op je te wachten."

Ik kijk door één ooglid.

Ariël staat naast mijn bed van voet op voet te springen.

Ik moet echt een slot op mijn deur zetten.

"Eindelijk," zegt ze op een irritant vrolijke toon. "Sta nu op en laten we gaan."

Ze doet op wrede wijze mijn gordijnen open en rent weg, waarbij ze de deur zo hard dichtslaat dat alle resterende hoop om weer in slaap te vallen, wordt verbrijzeld.

Ik kruip onder mijn warme deken vandaan en kijk hoe laat het is.

Het is half tien.

Vorige week zou ik gedacht hebben dat ik geluk had als ik tot zo laat uit kon slapen. Hoe ben ik zo makkelijk in de werkloosheidsmodus terechtgekomen?

Ik maak me klaar en Ariël begroet me met een broodje bij de voordeur.

"Laten we een voorsprong nemen." Ze duwt het eten in mijn handen. "Je kunt dit onderweg eten."

Ze staat strak van de opwinding.

Te veel opwinding.

Terwijl we naar beneden gaan, vraag ik haar voorzichtig, "Hoe voel je je? Je lijkt in een goede bui te zijn."

"Ik voel me geweldig." Haar grijns kan een klein dorp van stroom voorzien. "Maar je moet me vertellen wat er met je is gebeurd. Fluffster had het over een of andere waanzin."

Ik geef haar de laatste update en probeer het

gesprek terug te draaien naar haar, maar ze ontwijkt mijn vragen vakkundig totdat we in de auto stappen, en zodra we dat doen, gaat ze in haar officiële "stille rijmodus".

We rijden door een bekend vaag deel van New Jersey en parkeren naast het huis van de verschrikkingen waar Ariël het laatste illegale wapen voor me had gekocht.

"Ik wil deze keer iets kleiners," zeg ik terwijl ze haar gordel losmaakt. "Ik heb geen orks meer achter me aanzitten, dus ik denk dat het kaliber minder belangrijk is."

"Wat dacht je van een Glock 19?" zegt Ariël en ze begint een uitgebreid verkooppraatje te houden waardoor ik het vermoeden krijg dat de mensen bij Glock haar misschien commissie betalen.

"Ik heb er hier een," zegt ze ter afsluiting en reikt naar haar handschoenkastje om een beige gekleurd pistool eruit te halen. "Bekijk het."

Ik hou voorzichtig het wapen in mijn hand. Het heeft een aantal kunststof onderdelen en het voelt bijna als een speelgoedpistool aan, vooral in die kleur.

"Kun je een zwarte voor me halen?" vraag ik na een moment van overweging. "Zodat het meer op een echt wapen lijkt?"

"Beledig Precious niet," zegt Ariël in haar beste imitatie van Gollums stem terwijl ze het wapen uit mijn handen pakt en het liefdevol tegen haar borst houdt.

"Het spijt me, Precious," zeg ik tegen het wapen. Tegen Ariël zeg ik, "Ik zag mezelf eigenlijk met een ander soort revolver."

"Dit zal gemakkelijker te verbergen zijn," zegt Ariël. "Het is meer —"

"Ik vertrouw je," zeg ik snel, bereid om van het Russische roulette-effect af te zien als dat me van een andere wapenlezing redt.

Ariël stopt haar Precious terug in het handschoenenkastje en gaat naar het asbestgeïnfecteerde rattenpaleis dat ze als wapenwinkel gebruikt.

Net als de vorige keer, doe ik de autodeuren op slot.

Terwijl ik wacht, beoefen ik meditatieve ademhaling.

Mijn handen beginnen warm te worden als Ariël terugkomt.

Of ze is een tijdje weggeweest, of ik word beter in dat meditatiegedoe.

"Bewaar dit voorlopig in het handschoenenkastje," zegt ze en ze geeft me een zwarte versie van haar Precious. "Zodra we bij de schietbaan zijn, zullen we er net zo een voor je huren, en dan zullen zij je leren hoe je ermee om moet gaan."

―――

Nadat de man van de schietbaan klaar is met uitleggen hoe je een Glock 19 moet gebruiken, besluit ik dat ik hem boven mijn overleden revolver verkies.

Mijn warme gevoelens richting de Glock intensiveren zodra ik een paar kogels op mijn doelwit afvuur. De terugslag is veel milder, hij is lichter, en hij voelt gewoon meer thuis in mijn handen.

Meer rondes hebben is ook handig; met de revolver moest ik veel vaker herladen.

Een half uur later weet ik zeker dat dit een beter wapen voor me is.

Wat echt geweldig is, is dat met elk nieuw doelwit dat ze plaatsen mijn schietvaardigheidsscores verbeteren. Hoewel het me natuurlijk jaren zal kosten om in de buurt van Ariëls krankzinnige hit rate te komen.

"Dit was zo leuk," zegt Ariël terwijl we teruglopen naar onze auto. "Wil je naar de sportschool?"

Mijn spieren zijn een beetje pijnlijk van mijn eerdere trainingen, maar weigeren om met haar mee te gaan is als snoep weghalen van de baby van een sportschool-junkie, dus ik kan niet anders dan instemmen.

Trouwens, als ik wat yoga doe, zal het me heel goed kunnen helpen bij de Hoofdruimteoefening die ik later vandaag zou willen doen.

———

We komen thuis, kleden ons om en gaan naar de sportschool.

Zoals gewoonlijk is een training met Ariël als een trainingskamp van de Special Forces. Aan het einde ben ik volledig buiten adem, en heb ik pijn op plaatsen waar een echte dame niet eens spieren zou moeten hebben.

Ariël gaat dan met me mee naar yoga, en hoewel het haar eerste keer ooit is, is ze er tien keer beter in — een prestatie die ik aan haar superkrachten toeschrijf in plaats van aan mijn innerlijke luiaard.

"Zullen we ergens stoppen voor de lunch?" biedt Ariël aan nadat we onszelf na het sporten met enkele spabehandelingen verwennen. "Of eet je liever thuis?"

"Wat dacht je van Cubaans?" stel ik voor. "Er zit onderweg een geweldige zaak."

Als we de sportschool verlaten en de afgelegen zijstraat ingaan waar de Cubaanse zaak is gelegen, word ik door een vertrouwd gevoel gegrepen.

Angst.

Sterke angst.

Gezien het feit dat mijn telefoon thuis ligt, is waar mijn krachten me ook voor waarschuwen, niet een telefoontje.

"Er staat iets te gebeuren," fluister ik tegen Ariël, terwijl ik verwoed de met afval gevulde straat scan. "Maar ik weet niet wat."

Ariël is zichtbaar gespannen. "Shit. Mijn pistool ligt in de auto."

"Ik heb de mijne thuis gelaten." Mijn hartslag blijft stijgen.

Ariël kijkt om zich heen, zo alert als een roofvogel.

Ik kijk om.

In een waas maakt een zwart busje met getinte ramen een scherpe bocht onze kleine straat in, de banden laten verbrand rubber achter op de stoep.

Met een gebrul van de enorme motor, komt het met piepende banden voor ons tot stilstand.

We springen achteruit.

De deuren van het busje gaan open.

Als een groep leeuwen stromen enorme mannen met een grimmig gezicht uit de auto naar ons toe.

HOOFDSTUK VEERTIEN

Er zijn er vier, en elk heeft de soort kenmerken die er op politiefoto's geweldig uitzien. Geen mandaataura — kan betekenen dat ze menselijk zijn.

Ze dragen allemaal pakken, behalve degene die ons het snelst benadert.

Hij is ook de grootste — zo groot dat hij voor een ork door kan gaan. Met een tanktop en spijkerbroek, moet hij de enige zijn geweest die de memo over casual Friday heeft gekregen. Ik zie ook tatoeages van militaire epauletten op zijn schouders.

Wat is hij? Een admiraal?

Hij reikt naar de achterkant van zijn broek.

Zijn bondgenoten in pak reiken naar de binnenkant van hun jassen.

Ariël komt in beweging en slaat de admiraal tegen zijn borst.

Hij vliegt tegen een man in pak achter zich en

neemt hem mee in zijn vlucht. Ze slaan hard tegen het busje en glijden in een lepelpositie op de grond.

Verdorie.

Ariël heeft duidelijk haar spinazie gegeten.

Terwijl ze tegen de hand met pistool van de andere man in pak slaat, haal ik diep adem en spring ik naar de dichtstbijzijnde bullebak.

De man heeft zijn pistool al getrokken als ik met al mijn macht met mijn schouder in zijn buik ram — alsof ik probeer om indruk te maken op een NFL-verkenner.

De exploderende pijn doet me eraan denken om mijn arme schouder volledig te laten genezen voordat ik dat nog een keer doe.

Zijn pistool klettert op de stoep, maar hij herstelt zich snel en grijpt me bij mijn haar, alsof we in een meidengevecht zitten.

Ik schop het pistool weg, en terwijl hij afgeleid is, gaat mijn voet in een boog door naar zijn kruis.

Mijn sneaker raakt iets zachts en mijn tegenstander gromt en trekt zo hard aan mijn haar dat er sterren voor mijn ogen dansen.

Als mijn zicht helderder is, zie ik Ariël de arm van mijn aanvaller die aan mijn haar trekt grijpen.

Iets knarst en kraakt.

De man slaakt een kreet en laat me gaan.

Met een bonkend hart, draai ik rond.

De admiraal is een paar meter bij ons vandaan, hij heft een pistool.

"Schop," beveelt Ariël en ze grijpt me bij mijn onderarmen.

"Wacht," wil ik zeggen, maar ze begint in lasso-stijl met me te zwaaien.

Ik begrijp haar krankzinnige plan. Zodra mijn sneakers in de buurt van het doelwit zijn, voer ik een beweging uit die ik tijdens de kickboksles heb geleerd.

Mijn voet trapt tegen de pols van de admiraal.

Zijn pistool knalt tegen de stoep.

Ariël vertraagt de beweging, zet me achter zich neer en springt naar de grommende admiraal.

Hij zwaait met zijn enorme vuist naar haar hoofd, maar ze ontwijkt hem vakkundig.

Hij slaat met zijn andere arm, maar Ariël blokkeert zijn klap, en laat dan een verwoestende uppercut los die recht op de kin van de admiraal landt.

Hij vliegt omhoog, en doet dan de imitatie van een zak aardappelen na terwijl zijn rug tegen het trottoir slaat.

Ariël vertrouwt er niet op dat hij bewusteloos blijft en schopt hem tegen zijn hoofd. Vervolgens herhaalt ze de voorzorgsmaatregel met elk van de vier voordat ze in de zakken van de laatste rommelt.

"Geen ID," zegt ze als ze klaar is en loopt naar de volgende man.

Nadat ik heb besloten dit te versnellen, controleer ik de bewusteloze admiraal voor zijn ID, maar het enige wat in zijn zakken zit, is wat op het handvat van een zwart mes lijkt.

Ik onderzoek het object. Het is een zeer chic

speelgoed — een uitschuivend automatisch mes met dubbele werking. Ik test het uit door het mes automatisch uit te schuiven en het vervolgens in te trekken.

Zonder er veel over na te denken, schuif ik het handvat in mijn zak.

Dit is geen stelen.

Ik neem het gewoon in beslag.

"Ze hebben allemaal niks bij zich," zegt Ariël.

"Hetzelfde hier," zeg ik tegen haar.

Ze schudt haar hoofd, loopt dan naar het busje en kijkt rond in de lege straat terwijl ik daar sta en op adem probeer te komen.

Ze glijdt met haar handpalmen onder de zijkant van de auto door, neemt een deadliftpositie in en spant al haar spieren aan.

Nee.

Ze is niet aan het doen wat ik denk dat ze doet.

Zelfs met haar krachten kan ze niet sterk genoeg zijn. Toch?

Fout.

Het busje komt van de grond en klapt op zijn kant.

"Zodat ze ons niet kunnen volgen," legt Ariël uit — de uitdrukking van ongeloof op mijn gezicht verkeerd begrijpend.

Ze pakt dan elk van de wapens op, en ik verwacht half dat ze haar eerdere prestatie van kracht zal verslaan door de wapens in pretzels te buigen. Maar nee, ze neemt de mietjesroute en verwijdert de magazijnen, en steekt de kogels in haar zak.

"Laten we hier weggaan," zeg ik als mijn kamergenoot het slagveld onderzoekt voor meer items om aan haar to-do-lijst toe te voegen.

"Gaat het met je?" zegt ze fronsend en kijkt me aan.

"Prima." Ik veeg mijn vochtige handpalmen over mijn T-shirt, alsof ik altijd mannen die twee keer zo groot zijn alles mij neerhaal. "Laten we gaan voordat iemand anders ons probeert aan te vallen."

Ariël haast zich de steeg uit en ik volg.

Wanneer we bij een drukkere straat aankomen, vertragen we onze half-jog naar een sociaal aanvaardbare snelle wandelpas, waarbij we New Yorkers nabootsen die te laat zijn — een extreem normaal iets om te zien.

We zijn binnen vijf minuten thuis zonder nog een ongewenste ontmoeting te hebben.

Ik draai beide sloten op de deur op slot en schuif de veiligheidsketting op zijn plaats — dat doe ik voor het eerst.

"Wat was dat allemaal? Heb je die mannen ooit eerder gezien?" vraag ik, terwijl ik me op de bank in de woonkamer laat vallen.

"Nee." Ariël heeft niet eens de beleefdheid om te doen alsof ze buiten adem is na al die beweging. "Ik had de hoop dat jij wist wie ze waren."

Fluffster haast zich de kamer in en kijkt naar ieder van ons. "Is alles goed?"

Tussen kalmerende ademhalingen door vertel ik hem wat er net gebeurd is.

"Je had er een mee naar huis moeten nemen."

Fluffsters knaagdierogen schitteren dreigend. Ze herinneren me aan de mythes over reuzenratten en alligators in de ondergrondse van New Yorkse. "Ik zou ze een aantal duidelijke vragen hebben gesteld."

"Gezien de recente geschiedenis kunnen we veilig aannemen dat ze achter *mij* aanzaten." Ik veeg het zweet van mijn voorhoofd. "Misschien heeft Chester ze gestuurd, of Baba Jaga. Of misschien was dit een andere 'les' van Nero."

"Je hebt twee keer ruzie gehad met de dochter van Chester." Ariël ijsbeert naar de tv en terug. "Niet dat hij je überhaupt leuk vond."

"Zij begon ermee." Ik realiseer me dat ik net mezelf als kleuter heb geciteerd. Op een rustigere toon zeg ik, "Je zou een punt kunnen hebben."

Fluffster staat op zijn achterpoten en kijkt me doordringend aan. "Ongeacht wie er achter de aanval zit, we moeten voorzorgsmaatregelen nemen."

" eens." Ariël zit op de rand van de bank naast me. "We hebben geluk dat je werkloos bent. Je kunt onder de bescherming van Fluffster thuisblijven en alleen onder mijn toezicht weg kunnen gaan."

"Als in, ik heb huisarrest?" Ik overdrijf mijn chagrijnigheid. Ik ben sowieso niet in de stemming om ergens heen te gaan, maar ik weet ook hoe snel ik me opgesloten voel.

"Het staat je duidelijk vrij om gedood te worden." Ariël rolt met haar ogen. "We vinden het gewoon leuk om je in de buurt te hebben."

"Prima." Ik leun achterover op de bank. "Ik zal er

niet onnodig op uit gaan. Of als ik dat doe, neem ik een pistool mee."

"En mij." Ariël leunt achterover.

"En jou," stem ik in. "Ervan uitgaande dat je in de buurt bent."

"Ik zal in de buurt zijn," zegt ze. "Vertel me gewoon waar je naartoe wilt en wanneer."

"Zondag is er weer een Oriëntatieles. Daar ga ik naartoe."

"Geen probleem." Ariël kijkt me vastberaden aan. "Ik breng je wel."

"Ik zou morgen ook graag weer yoga willen doen," zeg ik.

"Ik wil heel graag —"

De deurbel gaat.

We wisselen allemaal een blik uit.

"Ik verwacht niemand," zegt Fluffster in mijn gedachten, zijn toon zo dodelijk dat je zou denken dat hij tonnen bezoekers vermaakt.

"Ik betwijfel of het je vriend de cavia is." Ik spring overeind, ga naar mijn kamer en pak mijn nieuwe pistool.

Ariël moet hetzelfde idee hebben gehad, want als ik terugkom, heeft ze ook een pistool in haar hand — een andere dan in haar auto.

Ze neemt de leiding, ontgrendelt de deur en opent deze voor zover de veiligheidsketting dat toelaat.

"Hallo," zegt een hypnotiserende stem door het kleine gat. "Ben je erg paranoïde?"

Ariël ademt een hoorbare zucht van opluchting uit en verwijdert de ketting.

Als ze de deur opendoet, heb ik een naam bij de stem.

Gaius, Ariëls vampier 'vriend', staat voor onze deur.

Zijn mooie, bleke gezicht verandert in een zelfvoldane glimlach terwijl hij ons opneemt.

Als de wapens hem storen, laat hij het niet zien.

Fluffster stapt voor me uit en zijn staart zwaait agressief van links naar rechts.

De glimlach van Gaius verdwijnt als hij de knaagdiervormige domovoj opmerkt. Zijn ogen met de kleur van de Noordpool staren in de mijne en wenden zich dan tot Ariël. "De jongeren van deze leeftijd hebben geen manieren, of wel?" Hij kijkt naar Fluffster voor een reactie, maar vindt er geen. "Gaat niemand me uitnodigen om binnen te komen?"

Ariël kijkt me verontschuldigend aan en zegt, "Ik moet gaan."

"Wacht —"

Voordat ik mijn gedachte kan afmaken, gaat ze het appartement uit en sluit de deur achter zich.

Ik kijk naar Fluffster en hij haalt zijn harige schouders op.

Ik loop naar de deur en leg mijn oor tegen het sleutelgat, maar ik hoor niets.

Terwijl ik door het kijkgat gluur, zie ik dat Ariël en Gaius niet meer bij de deur zijn, dus duw ik het open en zie ik een glimp van hen als ze de lift binnengaan.

"Ze is met hem meegegaan." Ik doe de deur dicht. "Gewoon zo ineens."

"Misschien *had je hem binnen moeten* vragen," antwoordt Fluffster met een duidelijke ondertoon van kwaadaardigheid. "We hadden meer over hun relatie kunnen ontdekken."

"Misschien had ik dat wel moeten doen." Ik doe de deur op slot, maar sla de ketting over. "De eerste keer dat we elkaar ontmoetten had Gaius Darian geholpen, dus misschien weet hij waar Darian is."

"Ervan uitgaande dat je de lafaard wilt vinden," zegt Fluffster. "Kun je Ariël niet vragen om Gaius hierover te ondervragen als ze terugkomt?"

"Ik betwijfel of ze het leuk zou vinden om een tussenpersoon te zijn, maar ik zou het kunnen proberen," zeg ik en ga naar de badkamer.

Om te ontspannen en het zweet van de combinatie van hardlopen en stress af te wassen, maak ik een bad — dat wonderen doet voor mijn pijnlijke schouder.

Met een huid die helemaal rimpelig is, vind ik Fluffster, en we eten samen een lekkere lunch.

Vervolgens probeer ik toegang tot Hoofdruimte te krijgen.

Ik weet dat de overblijfselen van adrenaline een obstakel zullen zijn voor meditatie, maar daarom wil ik dit nu een kans geven. Om mijn krachten nuttig te laten zijn, moet ik ze in stressvolle situaties kunnen toepassen.

Het ademhalingsgedeelte van Darians instructies duurt vier keer zo lang als de laatste keer, maar uiteindelijk stroomt de bliksem vanuit mijn handpalmen in mijn ogen, en bevind ik me weer in Hoofdruimte.

Ik zweef tussen de vormen. Degenen die het dichtst bij me zijn hebben een kamertemperatuur en zijn magenta-kleurige, naar mango smakende hybriden tussen een vijfhoekig prisma en een kegel. Elk van hen speelt een angstaanjagende symfonie die goede muziek voor Halloween zou zijn.

Ik probeer de dichtstbijzijnde aan te raken.

Het werkt niet.

Ik dwing met mijn hele wezen om mijn metafysische aanhangsel de vorm aan te laten raken, maar ik kan net zo goed wensen dat ik in de echte wereld de zwaartekracht kan trotseren en naar de hemel kan zweven.

Als ik een lip had, zou ik er uit frustratie op bijten.

Waarom werkt dit niet?

Kan het zijn dat sommige visioenen niet gezien mogen worden?

Of ben ik niet krachtig genoeg? Ervaren genoeg?

Of kan het zijn dat deze vormen niets met mij te maken hebben, en dat mijn krachten me tegen een mogelijk angstaanjagend, maar volkomen nutteloos visioen beschermen?

Misschien was dit visioen van een operatie van een kleine baby in Wit-Rusland — een gebeurtenis die voor mij bijna onmogelijk zou zijn om vanuit de Verenigde Staten te veranderen.

Wat ik nodig heb, is om hier met Darian of een andere ziener over te praten, maar dat zal moeten wachten tot ik uit Hoofdruimte ben. Voorlopig moet ik met het gebruiken van mijn kracht oefenen door naar toegankelijke visioenen op zoek te gaan.

Dat herinnert me eraan.

Felix had om voorspellingen gevraagd. Hij wilde dat ik uit zou zoeken wat Nero's wachtwoord is, en/of Nero hem in een verre toekomst zal vermoorden voor de hack.

Ik concentreer me zoveel mogelijk op deze twee concepten en zweef verder en al snel bevind ik me tussen een nieuwe set vormen.

Vloeibare waterstof-koude, zwarte, naar BBQ smakende ellipsoïden met onmogelijke hoeken, spelen deze vormen een soort muziek die veel rustiger is dan de eerdere vormen, maar nog steeds met een ondertoon van gevaar.

Mijn geheugen werkt duidelijk beter elke keer als ik Hoofdruimte binnenkom, want ik herinner me nog een punt dat Felix eerder maakte.

Hij suggereerde dat de grootte van de vorm de tijdsduur van het visioen bepaalt.

Besloten om een paar extra vliegen in één klap te doden met een enkele test, zoom ik een paar keer in. Als de theorie van Felix klopt, dan zou mijn visioen kort en bondig moeten zijn.

Deze molecuulellipsoïden zijn iets minder koud, en

klinken nog rustiger, dus als ik naar degene reik die het dichtst bij me is, begint het visioen onmiddellijk.

———

Ik staar naar een map met twee vreemde woorden erop.

Er is een geluid achter me —

———

Het visioen is in minder dan een seconde voorbij.

Ik probeer het vreemde schrift dat ik net zag in mijn gedachten te houden als ik me haast om pen en papier te vinden.

De eerste pen die ik pak heeft geen inkt meer, dus ik ga in de lade waar ik mijn magische rekwisieten bewaar en pak een markeerstift. Dan kan ik geen papier vinden en moet ik een verjaardagskaart gebruiken die ik van pap heb gekregen.

Ik ben klaar om te schrijven, alleen heb ik nu twijfels over wat ik zag.

Het eerste woord begon met een hoofdletter 'C' en had twee 'a's met een rare letter ertussen die eruitzag als een afgeplatte 'w'.

Ik schrijf het zo goed als ik kan en zoek in mijn hersenen naar het tweede woord.

Ik denk dat er een hoofdletter 'Y' was, gevolgd door 'p', dan een '6', dan een 'a', en dan een hoofdletter 'H', maar om de een of andere reden in een klein lettertype geschreven. Ik schrijf wat ik me herinner op de kaart.

Cawa Yp6aH.

Dit kan zeker Nero's wachtwoord zijn — een theorie die wordt ondersteund door het feit dat een van mijn doelen in Hoofdruimte was om dit te bepalen.

Ik discussieer met mezelf of ik hiervan een foto naar Felix moet sturen, maar stop mezelf.

Het kan wachten tot Felix thuis is. Als Nero de telefoon van Felix in de gaten houdt, dan wil ik niet dat hij weet dat ik zijn wachtwoord al heb.

Misschien kan ik ondertussen dat Hoofdruimteding nog eens doen?

Ik ga in de meditatie positie zitten en focus.

Er gaat een uur voorbij.

Twee.

Drie.

Ik ben rustiger dan ik ooit ben geweest, maar de bliksem verschijnt niet in mijn handpalmen.

Nadat ik er nog een tijdje mee worstel, geef ik het op.

Visioenen moeten tot één per dag worden beperkt — iets wat Darian niet heeft vermeld. Of misschien is het voor elke ziener anders, en is dit mijn persoonlijke limiet. Als alternatief heb ik misschien meer oefening nodig voordat ik Hoofdruimte twee keer per dag kan betreden.

Ik denk na over de grenzen van mijn kracht en ga naar de keuken om te eten. Als ik terugga naar mijn kamer, komt Felix het appartement binnen.

"We hebben veel om over te praten," zeg ik in plaats van hallo te zeggen, en terwijl hij van schoenen wisselt en een broodje voor zichzelf maakt, vertel ik hem over al het plezier dat hij heeft gemist.

"Kun je me het wachtwoord laten zien?" vraagt hij en valt zijn eten aan.

Ik ga naar mijn kamer en haal de verjaardagskaart.

Als ik het Felix laat zien, trekt hij zijn wenkbrauw op.

"Dit is geen wachtwoord," zegt hij. "Tenminste, misschien niet."

"Oh? Wat denk je dan dat er staat?"

"*Jij*." Hij richt de rest van het broodje op mij. "Het is jouw naam, met een cyrillisch alfabet geschreven — waarschijnlijk Russisch."

"Is dat zo?" Ik kijk opnieuw naar de kaart en verwacht de iconische 'R' de verkeerde kant op te zien wijzen.

"Ja," zegt hij. "Die 'C' is een S, gevolgd door een 'a' die in beide talen vergelijkbaar is. Dan is dat een enkele letter voor het "sh" geluid en nog een 'a' — het vormt allemaal Sasha. De achternaam is ook zo, waarbij de 'Y' het 'oo' geluid is, 'p' is 'r', '6' is een 'b', 'a' is weer hetzelfde, en die 'H' is een 'n'."

Onder mijn krabbels schrijft hij zijn versie: "Саша Урбан."

"Yep." Ik zak in een stoel. "Dat lijkt precies op wat ik in het visioen zag, maar waarom zou Nero dat zijn wachtwoord maken? Spreekt hij wel Russisch?"

"Met een achternaam als Gorin zou hij theoretisch

gezien Russisch kunnen zijn, maar ik denk hetzelfde. Ik denk niet dat dit Nero's wachtwoord is." Felix valt de rest van zijn sandwich aan.

"Maar als het niet Nero's wachtwoord is, wat is het dan?" Ik draai de kaart ondersteboven, maar het slaat nu nog steeds nergens op.

"Ik ben bang dat dit misschien het bewijs is dat Baba Jaga toch met je zal praten," mompelt Felix tussen het eten in zijn mond door. "Zij is zeker Russisch en ze heeft misschien je naam op dat papier geschreven. Misschien om je tot een bindend contract of iets dergelijks te dwingen."

"Rose had me gewaarschuwd om niets voor Baba Jaga te ondertekenen, maar ik herinner me geen enkel stukje papier in haar kantoor." Ik masseer mijn slapen met cirkelvormige bewegingen en probeer een alternatieve verklaring te bedenken. "Waarom kan het niet iets anders zijn?" stel ik wanhopig voor. "Een goed iets? Zoals, laten we zeggen, wat als ik mijn Russische geboorteakte ga vinden?"

Felix veegt zijn handen aan een keukenrol af. "De mannen die je aanvielen op weg naar de sportschool waren Russisch, dus ze werken waarschijnlijk voor Baba Jaga." Hij staat op.

"Wacht." Ik sta ook. "Hoe weet je dat ze Russisch waren?"

"De man die je 'de admiraal' noemde." Felix loopt naar de woonkamer. "Die epauletten op zijn schouders zijn iets voor hooggeplaatste criminelen in Russische gevangenissen. Je hebt gezien wat voor soort mensen in Baba Jaga's zaak rondhangen. Reken maar uit."

Hij duikt in de fauteuil en reikt naar de afstandsbediening van de tv in een aanval van echtgenootachtig gedrag.

Ik staar hem vol ongeloof aan. "Sta je nu echt op het punt om tv te kijken?"

Felix kijkt naar de afstandsbediening in zijn hand en dan naar mij. "Wat wil je dat ik doe? Als ik je zou zeggen het huis niet te verlaten — de enige manier om verdere ontmoetingen met Baba Jaga te voorkomen — zou je dan luisteren?"

"Misschien," lieg ik. "Hoewel je moet toegeven dat kluizenaar worden geen oplossing is."

"Het is geen goede langetermijnoplossing, nee." Hij gebaart met de afstandsbediening. "Als alternatief kun je je trots inslikken en het goedmaken met Nero, zodat —"

"Laat maar." Ik draai me op mijn hielen om. "Kijk naar je stomme tv."

Ik stamp de keuken in, pak de kaart en ga naar mijn kamer.

Fluffster is binnen, dus ik laat hem de kaart zien en leg de theorie van Felix uit.

Hij kijkt naar de kaart, zijn kraaloogjes worden groot. "Ik heb meer herinneringen dan ik dacht. Dat kan ik lezen. Betekent dit dat ik Russisch kan spreken?"

"Ik weet het niet." Ik leun naar voren en krab Fluffster aan de zijkant. "Misschien moet je proberen met Felix te praten? Als dat niet werkt, moeten we een

Russisch boek voor je kopen. Of misschien kun je iets Russisch op YouTube kijken?"

"Geweldige ideeën, allemaal," zegt hij en rent naar de deur.

Alleen gelaten, realiseer ik me dat ik de Baba Jaga-theorie van Felix op de proef kan stellen. Het enige wat ik moet doen is teruggaan naar Hoofdruimte en hetzelfde visioen voor langere tijd uitvoeren.

Aangemoedigd begin ik te mediteren.

En te mediteren.

En te mediteren.

Hoe hard ik het ook probeer, Hoofdruimte ontgaat me.

Mijn theorie over één visioen per dag moet waar zijn.

Voordat ik kan bedenken wat ik anders moet doen, rent Fluffster terug de kamer in.

"Ik spreek vloeiend Russisch," zegt hij in mijn hoofd. "Felix zei dat hij me wat boeken kan bezorgen, en hij heeft me een Russische zoekmachine genaamd Yandex.ru laten zien. We hebben daar naar domovoj gezocht. Ik heb echt interessante dingen geleerd."

Fluffster vertelt me de sprookjes over zijn soort en beschrijft het plot van een cartoon met een domovoj-karakter.

"Misschien herinner je je meer naarmate de tijd vordert," zeg ik als hij geen puf meer heeft. "Misschien moet ik Baba Jaga's telefoontje aannemen en haar bedanken."

Fluffster schudt zijn harige hoofd. "Ik heb net in het

originele Russisch over haar gelezen. Zelfs als ze die naam alleen maar heeft geleend, brengt ze niet veel goeds."

"Ik maakte een grapje. Trouwens, ze moet denken dat mijn telefoon is afgesloten — wat waarschijnlijk de reden is waarom ze nu haar bullebakken achter me aan stuurt."

"Waarschijnlijk," zegt Fluffster en geeuwt. "Ik ga een dutje doen, als je het niet erg vindt."

"Ik ga ook naar bed," zeg ik tegen hem. "Hoe eerder ik wakker word, hoe eerder ik kan proberen om een nieuw visioen te krijgen."

HOOFDSTUK VIJFTIEN

Ik ben voor de eerste keer ooit op een zaterdag om zes uur wakker. Ik denk dat dit gebeurt als je zo vroeg gaat slapen.

Ik ga door mijn ochtendroutine en deel een havermoutontbijt met Fluffster.

"Is Ariël gisteravond thuisgekomen?" vraag ik als we klaar zijn.

"Nee," zegt hij. "Dat is ze niet."

"We zouden vandaag naar de sportschool gaan. Ik hoop dat ze me niet laat zitten."

Fluffster schudt afkeurend zijn hoofd en gaat met me mee als ik terugga naar mijn kamer.

Hij kruipt op mijn bed en ik besluit om aan een nieuw visioen te werken.

De meditatie verloopt soepeler dan ooit; ik word er duidelijk beter in.

Mijn handpalmen worden in recordtijd warm, en de bliksem raakt mijn ogen.

ONWILLIGE HELDERZIENDE

Ik ben door nieuwe vormen omringd.

Hoe kan ik — of Hoofdruimte of wie dan ook — beslissen waar ik beland als ik hier net binnenkom? Moet ik meer aandacht aan deze vormen besteden?

Hoe dan ook, vandaag heb ik een ander doel voor ogen. Ik moet het visioen met het Russische schrift terugvinden en uitzoeken of het met Baba Jaga of Nero te maken heeft.

Ik zweef vooruit en doe mijn best om aan dezelfde dingen te denken als gisteren.

Er zijn hordes van verschillende vormen om me heen, maar geen van hen zijn de onmogelijke-hoek ellipsoïden die ik nodig heb. Ik zie zelfs geen enkele vorm die ook maar enigszins een ellipsoïde is.

Ik probeer me op de vorm zelf te concentreren en dwing mezelf om het te vinden.

Er gebeurt niets en uiteindelijk geef ik het op.

De vormen voor het wachtwoord liggen duidelijk buiten mijn bereik.

Misschien krijg je maar één kans om een visioen op een specifieke locatie en tijd te zien?

Als dat zo is, moet ik in de toekomst heel voorzichtig zijn met die tijdsintervallen.

Over tijdsintervallen gesproken, ik kan op zijn minst een theorie over hen testen. Het enige wat ik moet doen is een vorm vinden die ik leuk vind, dan een paar keer uitzoomen, en kijken of dit tot een lang visioen zal leiden.

De warme, witte, naar augurken smakende ronde prisma's spelen een gastvrije veilige muziek, dus ik neem genoegen met hen.

Ik zoom één keer uit.

Twee keer.

Drie keer.

Bij de vierde, kies ik willekeurig een prisma en raak het aan.

ER SLAAT EEN VUIST SLAAT IN MIJN GEZICHT EN DAN IN MIJN MAAG. Dan trapt een been me in mijn rug en tegen de grond.

Overeind krabbelend, blokkeer ik een trap en probeer een stoot te geven en faal. Een uppercut stuurt me terug in een hoop ledematen.

"Geen vriendelijke Sasha meer," zeg ik door mijn tanden heen, terwijl ik de volgende stoot blokkeer, mijn tegenstander in de lucht een uppercut geef en dan mijn dodelijke metalen waaier naar hem gooi — die rivieren van bloed laat stromen.

Ik verklein de afstand tussen ons, ontketen een combo — een set van bewegingen die ik eerder heb onthouden.

Als ik klaar ben, heeft hij nauwelijks nog kracht over.

Ik ga winnen en geniet ervan om die zelfvoldane uitdrukking van zijn gezicht te vegen.

Ik spring, vastbesloten om er een eind aan te maken.

Hij blokkeert mijn schop, veegt dan zijn been onder mijn voeten en laat me op de grond vallen.

Zodra ik probeer op te staan, bevriest hij me met zijn speciale tool, loopt verwaand naar me toe en ontketent een reeks stoten en trappen.

Ik lig op de grond, mijn energiebalk is leeg.

"Maak haar af," zegt een diepe stem.

In het volgende frame sta ik te trillen.

Hij loopt naar me toe, bevriest mijn middensectie, slaat er een gat in, breekt mijn ruggengraat terwijl hij mijn lichaam boven zijn hoofd brengt, en scheurt wat overblijft in twee bloedige stukken.

"Een dode," besluit de diepe stem.

"Dat was veel beter." Felix kiest een vrouw met enorme borsten als zijn volgende personage. "Een dezer dagen ga je winnen. Je zult het zien."

Ik klem mijn kiezen op elkaar en kies Sub-Zero — zijn laatste personage.

En verlies weer.

Dan verlies ik nog erger.

Dan verlies ik zonder hem ook maar één keer te raken — een reeks van gebeurtenissen die de diepe stem "Onberispelijke Overwinning" noemt.

Als het op videospelletjes aankomt, ben ik veel te competitief. Ik kan niet tegen mijn verlies.

We spelen urenlang, en ik heb altijd het gevoel dat ik op het punt sta om de techniek van Felix te ontdekken, maar dan verandert hij iets en verlies ik weer. En weer.

"Spelen jullie nog steeds?" vraagt Fluffster na nog een uur van mijn nederlagen. "Kun je me mijn stofbad geven?"

"Wacht even," zegt Felix. "Laat me Sasha nog een keer vermoorden."

Ik ben terug in mijn kamer.

Wauw.

Dat was een visioen van meerdere uren — hoewel waarschijnlijk de meest nutteloze die ik ooit heb gehad.

Het lijkt erop dat Felix me later vandaag gaat vragen om *Mortal Kombat* te spelen, en ik ja zal zeggen, alleen om uren achter elkaar te verliezen.

Of zal ik wel verliezen? Ik heb gezien hoe sommige van die spelletjes waren gegaan. Misschien kan ik die kennis gebruiken?

Ik moet me hoe dan ook natuurlijk gedragen. Ik wil niet dat Felix het door heeft.

Ik lees een uur lang magische boeken en binge dan wat op tv tot Felix wakker wordt en ontbijt.

Uiteindelijk klopt hij op mijn deur.

"Hé," zegt hij als ik opendoe. "Het spijt me van gisteravond. Ik had met je moeten praten in plaats van tv te kijken. Ik was gewoon doodmoe — maar ik ben klaar om te praten als je nog steeds wilt."

Ik lach. "Het geeft niet. Ik was misschien ook wat voorbarig. Er was niet veel meer om over te praten. Ik blijf vandaag thuis, zoals je voorstelde, en als ik uitga, zal ik ervoor zorgen dat Baba Jaga me niet kan pakken."

"Goed. Ik vroeg me ook af hoe ik je moest vermaken — en ik heb een idee."

"Wat had je in gedachten?" vraag ik, maar ik weet het natuurlijk al.

"Zullen we wat videogames spelen?" zegt hij voorspelbaar. "We kunnen *Mortal Kombat* spelen. Ik weet dat jij en Ariël dat altijd spelen."

"Weet je zeker dat je al die computergegenereerde smerigheid kunt tolereren?" vraag ik, innerlijk een kwaadaardige grijns glimlachend.

"Ik red me wel," zegt hij en gaat naar de woonkamer waar we Ariëls Xbox hebben staan.

Terwijl hij het spel start, moppert hij iets negatiefs over de console, maar ik negeer het. Hij is een enorme Nintendo-fan en dus niet in staat om een objectieve mening over een ander systeem te hebben.

Tv aan, controllers in de hand, beginnen we te vechten.

Ik begin met verliezen. We zijn nog niet bij mijn visioen.

Dan komen we eindelijk bij het deel dat ik voorzag: zijn blauwe ninja slaat een vuist in mijn gezicht, dan in mijn maag, veegt dan mijn benen onder me vandaan en gooit me op de grond.

Nu heb ik echter het voordeel van voorkennis — en

ik maak indruk op mezelf met hoe goed ik me herinner wat we allebei gaan doen.

Dus, ik win.

Dan win ik weer.

"Hé," zegt Felix na zijn vierde nederlaag op rij. "Er is iets verdachts aan de hand." Hij knijpt zijn ogen tot spleetjes. "Gebruik je je krachten om te winnen?"

"Nee," lieg ik. "Jij?"

Hij wordt rood en ik wil hem buiten het spel slaan.

Waarom is dit niet eerder bij me opgekomen?

Hij is een technomancer, en de Xbox is een veredelde pc, dus natuurlijk kan hij die net zo gemakkelijk manipuleren als de andere computerdingen.

"Geen videospelletjes meer," zeg ik tegen hem. "Ik kan niet geloven dat je vals hebt gespeeld."

"Ik speelde alleen vals om *jou* op valsspelen te betrappen." Hij gooit de controller op de bank. "Vertel me hoe je het hebt gedaan."

Grijnzend leg ik het uit en zijn woede verandert in ontzag terwijl ik doorga.

"Dat is echt interessant." Hij zet de tv uit. "Zo'n lang visioen. Ik vraag me af of er gevolgen aan verbonden zijn?"

Ik krab op mijn achterhoofd. "Ik heb niet aan gevolgen gedacht. Ik voel me niet bijzonder moe of zo, dus misschien maakt de lengte van het visioen niet uit?"

"Hmm... Je zei dat je zo vaak uit kunt zoomen als je wilt, toch?"

"Ik heb maar een paar keer uitgezoomd, dus wie weet? Misschien is er een limiet die ik nog niet heb bereikt?"

"Dat moet wel. Wat houdt je anders tegen om een visioen te zien dat een jaar of twee duurt? Of een heel leven?"

"Ik heb geen idee." Ik leg mijn eigen controller weg. "Misschien zijn dergelijke visioenen inderdaad mogelijk."

"Dat zou geweldig zijn," zegt hij. "Maar in ieder geval, als Hoofdruimte als een computer-interface is, dan wed ik dat de initiële grootte van die vormen al voor de beste visioenduur is geoptimaliseerd."

"Geoptimaliseerd door wie?"

"Jou?" stelt hij voor. "Of een soort van zienergoden. Wie weet?"

We zitten even in beschouwende stilte; dan sta ik op.

"Ik zou moeten kijken of ik Hoofdruimte weer kan betreden," zeg ik hem. "Waarschijnlijk niet, maar het is het proberen waard."

"Goed idee." Hij staat ook op, haalt het spel uit de Xbox en vervangt het door een ander. "Doe dat. Ik heb een racespel dat ik wilde proberen."

Ik ga naar mijn kamer en probeer opnieuw te mediteren.

Het faalt, zoals ik al had verwacht.

Nadat Felix en ik een vroege lunch hebben gegeten, probeer ik het opnieuw, maar zonder resultaat.

Als ik het opgeef, realiseer ik me dat Ariël niet op is

komen dagen om me mee te nemen naar de sportschool en natuurlijk zorgt dat ervoor dat ik echt naar de sportschool wil.

Ik pak mijn telefoon en bel haar nummer.

Er gaat een bekende beltoon af in Ariëls kamer.

Ik ga erheen, en ja hoor, haar telefoon hangt nog aan de lader.

Waarom heb ik haar me laten overtuigen om het nummer van Gaius te verwijderen? Als ik het had, dan had ik *hem* tenminste kunnen bellen.

Ik weet heel goed dat zowel Fluffster als Felix me zouden straffen voor het zelfs maar overwegen om het huis te verlaten, dus doe ik wat push-ups bij mijn bed en beschouw mijn fysieke activiteit voor die dag als gedaan.

Na het eten, huren Felix en ik een paar films, en ga ik weer vroeg naar bed.

———

In navolging van onze onofficiële traditie voor zondagochtend, bereidt Felix iets extreem lekkers voor het ontbijt — kwarkkaaspannenkoeken met de naam *syrniki*.

Terwijl we eten, vertelt Fluffster me dat Ariël weer niet thuis is gekomen, en ik begin me zorgen te maken over Oriëntatie.

Dat is vandaag, en als Ariël niet op komt dagen, ben ik de lul.

Terugkerend naar mijn kamer, denk ik na over de

praktische bruikbaarheid van het dragen van een wapen. Mijn laatste wapen had in een grote zak geleefd, maar ik moet iets beters bedenken.

Er komt een idee in me op en ik zoek de outfit die ik ontworpen heb om een mobieltje te laten verdwijnen.

Yep.

De geheime zak die de sleutel is tot de methode van dat effect werkt goed als holster voor de Glock.

In een mum van tijd kan ik het ook gebruiken om een pistool te laten verdwijnen, hoewel het omgekeerde veel beter zou zijn.

Dan krijg ik nog een idee. Zelfs zonder Ariël kan een visioen mijn reis naar Oriëntatie veiliger maken. Misschien kan ik zelfs herhalen wat er gisteren gebeurde en een visioen van meerdere uren zien.

Ja, dat is het.

Op deze manier kan ik in mijn visioen naar Oriëntatie gaan in plaats van in de echte wereld — en de reis overslaan tenzij het visioen me laat zien dat ik er zonder kleerscheuren naartoe kan en weer terug kan komen.

Opgewonden over zo'n tussenoplossing, ga ik in de lotushouding zitten en concentreer ik me op mijn steeds langzamere ademhaling.

Er gebeurt niets.

Ik zit, mijn geest zo helder als maar kan, maar de bliksem op mijn handpalmen materialiseert zich nooit.

Misschien is dit een van de gevolgen die Felix noemde?

Als dat zo is, dan is hij een totale vloek, maar hij kan gelijk hebben. Het lijkt erop dat het langere visioen van gisteren me heeft uitgeput, en ik Hoofdruimte vandaag niet kan bereiken.

Of in ieder geval hoop ik dat het alleen voor vandaag is. Hoe leuk het ook was om Felix in *Mortal Kombat* te verslaan, het zou klote zijn om mijn krachten voor een lange tijd te verliezen door een videogame.

Ik heb hoe dan ook een back-up-plan nodig als het op Oriëntatie aankomt als Ariël niet op het laatste moment toch nog op komt dagen.

Ik kleed me aan, verstop mijn pistool in de geheime zak, schuif het mes van de admiraal in een normale zak en loop de woonkamer binnen.

Wanneer Felix en Fluffster mijn komst opmerken, vraag ik, "Wat als ik het pistool meeneem en heen en terug een taxi neem?"

"Ik heb liever dat je thuis blijft." Fluffster rent half, springt half een rondje om me heen. "Ik denk niet dat je *ooit* weg moet gaan."

"Geweldig." Mijn toon druipt van het sarcasme. "Felix?"

Hij staat op. "Ik weet hoe belangrijk Oriëntatie is. Daarom deel ik die taxi met je."

"Is dat zo?" Ik kijk sceptisch naar zijn dunne gestalte. "Eerlijk gezegd niet. Dat doe je niet. Waarom zou ik je in gevaar brengen?"

"Als jij gaat, dan ga ik ook." In een zachtere toon voegt hij eraan toe, "Ik was eerlijk gezegd toch van plan om er heen te gaan, dus het zou dwaas zijn om niet samen te gaan."

"Is dat zo?" vragen Fluffster en ik tegelijkertijd.

"Het stelt niet veel voor," zegt hij defensief. "Ik begeleid gewoon een vriendin."

"Een vriendin?" Ik kijk in zijn blauwe ogen om te zien of hij een grapje maakt en vind er geen spoor van. "Een vriendin die ik niet ben?"

Felix bloost. "Het is Maya." Hij kijkt naar beneden. "Zij en ik hebben een pact gesloten. Als de weerwolfteven haar weer bedreigden, dan zou Maya me appen en zou ik haar naar Oriëntatie brengen." Hij haalt zijn telefoon tevoorschijn en zwaait ermee in de lucht. "Ze heeft geappt."

"Maya?" herhaal ik dom. "Je zou Maya naar Oriëntatie brengen en vertelt me er *nu* pas over?"

Maya is mijn kleine klasgenootje en nieuwe vriendin, die, en ik citeer, "over een paar maanden achttien wordt". Mede omdat ze zo klein is, viel ze ten prooi aan het gepest van Roxy en haar gevolg.

Dat Felix zo'n pact met haar sluit, is uiterst galant. Ik betwijfel alleen of Roxy Maya op weg *naar* Oriëntatie zou bedreigen. Het is veel waarschijnlijker dat het meisje dit heeft bekokstoofd om tijd met Felix door te brengen.

En ik wed dat hij dit weet.

Maar belangrijker nog, ik denk niet dat Felix Maya zou kunnen helpen om met Roxy af te handelen als het erop aankwam. Ik kan het me nu voorstellen. Roxy of een van haar handlangers die in een wolf verandert, iemand bijt, Felix die bloed ziet, flauwvalt, en dat was het dan.

"Ik kan best voor mezelf zorgen," zegt Felix, alsof hij mijn gedachten kan lezen. "Wacht hier."

Ik hoor hem in zijn kamer rommelen en dan naar die van Ariël gaan. Als hij terugkomt, heeft hij twee pistolen in zijn hand, degene die ik eerder in Ariëls kamer had gezien en een raar uitziend apparaat.

"Deze zal ik voor de duur van onze reis aan Maya geven." Hij stopt Ariëls pistool in z'n broek. "En deze" — hij laat het funky wapen zien — "heb ik na dat hele gedoe met Harper als smokkelwaar verworven. Let wel, als ik ermee betrapt word, zal de Raad mijn hoofd willen hebben."

Gefascineerd onderzoek ik de ingewikkelde gravures op de zijkant van het wapen, en de vreemde vormen en handgreep. Het lijkt erop dat iemand een musket heeft genomen, het heeft laten krimpen, en het vervolgens als basis voor een futuristische laser blaster heeft gebruikt. "Wat is het?"

"Een pistool," zegt Felix. "Uit Gomorrah."

Ik onderzoek het met nog meer belangstelling.

"De technologie van Gomorrah ligt voor op de onze", legt hij opgewonden uit. "Dit wapen heeft meer rekenkracht dan je laptop. Het kan automatisch richten, heeft een niet-dodelijke modus, is lichter dan elk wapen dat hier op aarde is gemaakt, en het coolste deel is dat ik mijn technomancer-krachten erop kan gebruiken. Tot nu toe heb ik het zo gemaakt dat het alleen voor mij werkt — dus zelfs als ik het zou verliezen of iemand het zou stelen, zou het voor hen een nutteloos speeltje zijn."

Ik steek mijn hand uit en raak het wapen aan. Het materiaal voelt nog meer als plastic aan dan dat op mijn Glock. Van dichtbij lijkt het meer op een speelgoedpistool dan een paar echte speelgoedpistolen. "Maar zou het niet tegen het mandaat zijn om daarmee op aarde rond te zwaaien?"

"Het zal de bescherming van het mandaat niet activeren als ik het tevoorschijn haal, als dat is wat je bedoelt." Hij steekt het wapen in de achterkant van zijn broek naast Maya's/Ariëls pistool.

"Maar als iemand het ziet —"

"Dode mannen vertellen geen verhalen," zegt hij. "Ervan uitgaande dat ik de dodelijke optie gebruik."

Ik rol met mijn ogen. "Alsjeblieft. Je valt al flauw voordat je met dat ding kunt schieten. Je valt flauw bij het zien van bloed, weet je nog?"

"Dat doe ik niet altijd." Hij loopt vol vertrouwen naar de voordeur en trekt zijn schoenen aan. "We hebben dat bloederige spel gespeeld en het ging prima."

"Dat was geen echt bloed," herinner ik hem. "Niet zoals wanneer je echt iemand neerschiet."

Hij haalt zijn schouders op. "Er is altijd de niet-dodelijke optie. Als ik dat zou gebruiken, dan zou de persoon een paar uur uitgeschakeld zijn. Maar zelfs als ik vol gas iemand neer moest schieten, dan zou dit wapen ze niet moeten laten bloeden. Tenminste in theorie. Ik zou in ieder geval niet flauwvallen *voordat* ik de trekker overhaal."

"Tuuuurlijk. Je zou de slechterik neerschieten en *dan* zou je flauwvallen."

"Dus? De slechterik zou geen bedreiging meer zijn."

"Ervan uitgaande dat je hem met één schot hebt gedood," mompel ik. "En ervan uitgaande dat er maar één man is."

Felix klemt met zijn kaak op een manier die hij van Ariël geleerd moet hebben. "Wil je wel of niet naar Oriëntatie?"

"Prima." Ik doe mijn eigen schoenen aan. "Laten we gaan."

Voordat we het gebouw verlaten, bellen we een taxi en wachten we tot hij aankomt, met onze handen op onze verborgen wapens.

We stappen ongedeerd in de auto en gaan naar Maya's huis, dat vlakbij is.

"Hoi, Felix. Hoi, Sasha," piept Maya opgewonden als ze instapt. "Bedankt dat jullie me zijn komen halen."

Als ze teleurgesteld is dat ik er ben, en haar van Felix blokkeer, dan is ze er heel goed in om dat niet te laten zien.

"Hier." Felix schuift discreet Ariëls pistool over de stoel. "Gebruik dat voor het geval er iets ergs gebeurt."

Haar ogen worden zo groot dat ze nauwelijks in de randen van haar stijlvolle bril passen. Ze herstelt echter snel en verbergt het pistool in haar rugzak.

Ik hoop echt dat Felix weet wat hij doet door het kind een pistool te geven. Ik moet hem eraan herinneren om het terug te nemen voordat we haar thuis afzetten. Het laatste wat we willen is dat haar ouders het vinden.

De rit naar Queens is traag door het verkeer, en ik laat Felix en Maya praten. Hun onhandige geflirt is leuker dan pasgeboren kittens. Maya is behoorlijk volwassen voor haar leeftijd, wat, in combinatie met de onvolwassenheid van Felix, hun leeftijdsverschil overbrugt, maar ze zijn nog steeds op een vreemde manier schattig samen.

Verdomme, ik wou dat Ariël hier was. Ze houdt ervan om ten koste van Felix grappen over maagden te maken, en deze rit zou haar veel materiaal hebben gegeven. Maar aan de andere kant, is hij na de succubus-aanval nog wel een maagd?

Waarschijnlijk wel. Het leek er niet op dat hij zo ver met haar was gekomen.

Als we bij het Oriëntatiegebouw stoppen, zie ik een bekend gezicht achter het stuur van de Jaguar zitten dat ons op het kruispunt ruw afsnijdt.

"Dat is Chester," sis ik naar Felix, naar de auto in kwestie wijzend.

Chester is zich niet van het verkeer achter hem bewust, stopt midden op de weg en Roxy stapt uit zijn auto.

Ze lijkt ergens geïrriteerd over te zijn. Misschien vindt ze het niet leuk dat papa haar brengt, of misschien wilde ze dat hij bij de stoep parkeerde, zoals een normaal persoon zou doen.

Ik duik weg voordat Chester me ziet, want als hij

me ziet, weet ik zeker dat er een paar seconden later een vrachtwagen in onze auto zal rijden.

Gelukkig rijdt Chester weg zodra zijn duivelsgebroed het gebouw binnengaat.

Onze chauffeur parkeert.

We stappen uit de auto en Felix vergezelt ons naar het klaslokaal. Terwijl we lopen, voel ik bijna dat Maya wil dat hij haar hand pakt, maar dat doet hij niet.

"Ik ben zo terug." Felix kijkt Maya recht aan terwijl hij dit zegt, en ik maak een mentale notitie om een serieus gesprek met hem te hebben. In een notendop zou het zijn, "Voordat je iets doet, moet je minstens 'een paar maanden' wachten."

Maya en ik gaan het klaslokaal in, pakken twee stoelen en zitten samen zo ver mogelijk uit de buurt van Roxy en haar bijenkorf als wiskundig gezien mogelijk is.

De Koningin gedraagt zich normaal, waarmee ik bedoel dat ze duidelijk nare dingen over ons zegt tegen haar bijenkorf, maar in een stem die te laag is voor mij om het te horen.

Wat Rose haar in het park ook heeft verteld, ze heeft duidelijk haar adem verspild.

Maya's gehoor moet scherper zijn, omdat haar hand in haar rugzak gaat — maar ze vangt mijn strenge blik op en haalt het pistool er niet uit.

Dr. Hekima komt binnen en iedereen houdt zijn mond.

"Hallo allemaal!" Dr. Hekima's Einsteinhaar is

vandaag rommeliger dan normaal. "Tjonge, heb ik even een geweldige les voor jullie."

Hij loopt naar me toe en geeft me een uitdraai, en dan geeft hij er een aan Maya voordat hij de cirkel rondgaat.

De uitdraai staat vol met juridisch jargon, die, als ik het goed begrijp, over het geven van toestemming gaat om voor de doeleinden van de les mijn geest binnen te dringen.

Wat?

Ik moet het verkeerd begrepen hebben.

"De formulieren zijn voor later," zegt dr. Hekima nadat iedereen een kopie heeft gekregen. "Om te beginnen zal ik gewoon praten en het onderwerp is vast iets waar je lang naar uitgekeken hebt." Hij pauzeert voor dramatisch effect en kijkt iedereen met stralende ogen aan. "De Andere Werelden."

De tieners laten geen teken van de gretigheid zien die hij suggereerde. Niemand lijkt er iets om te geven, behalve ik.

Ik ben klaar om op en neer te springen van opwinding.

"Steek je hand op als je van de term 'alternatieve dimensie' hebt gehoord," zegt dr. Hekima.

Mijn hand schiet omhoog, en een paar anderen volgen voorzichtig mijn voorbeeld.

"Hoe zit het met de 'andere werelden?'"

Meer handen.

"Hoe zit het met 'parallelle universums?' Of 'het multiversum?'"

Vrijwel alle handen zijn nu omhoog.

"Goed," zegt hij. "Dat maakt het makkelijker om uit te leggen wat de Andere Werelden zijn. Het eerste wat je moet weten is dat er poorten zijn, die een manier zijn om naar de Andere Werelden te reizen — werelden die heel anders zijn dan de onze. We zullen poorten later meer in detail behandelen, omdat de focus van de les van vandaag de Andere Werelden zelf zijn."

Ik luister gretig als hij opstaat en begint te ijsberen.

"Iets dat je in gedachten moet houden is dat de aarde zelf een van de Andere Werelden is," zegt hij, terwijl hij door het klaslokaal loopt. "En wij, de Cognizanten, zijn er niet inheems."

Hij pauzeert weer voor dramatisch effect, en dat stelt me in staat om te beseffen dat ik aan de Andere Werelden heb gedacht als 'daarbuiten' en de aarde als mijn thuis. Maar we zijn hier in feite buitenaardse wezens.

Waar is ons oorspronkelijke thuis?

Weet iemand dat?

Dr. Hekima blijft ijsberen en praten, en bespreekt een aantal dingen die ik van Ariël en Felix heb geleerd.

Er zijn een oneindig aantal werelden, waarvan in veel de tijd anders stroomt. De poorten leiden maar tot een fractie van deze oneindigheid, dus er zijn ontelbare werelden die je niet via een poort kunt bereiken.

Er zijn ook werelden die poorten hadden en toen stierven — sommigen door een nucleaire oorlog die de Cognizanten niet konden voorkomen, anderen door een asteroïde of een andere apocalyptische catastrofe. Zijn belangrijkste punt, en iets wat Ariël al heeft genoemd, is dat we niet willens en wetens naar deze onherbergzame werelden kunnen gaan.

Het zou zijn alsof je naar Jupiter of de zon zelf gaat.

Sommige van de toegankelijke werelden hebben mensen, terwijl anderen die niet hebben, en wanneer er in een wereld geen mensen zijn, dan hebben de Cognizanten daar geen krachten.

"Zie je het verband met onze vorige les?" Dr. Hekima's tempo versnelt. "Toen we het erover hadden wat er zou gebeuren als de Cognizanten door mensen ontdekt zouden worden?"

Iedereen, inclusief ik, ziet er blanco uit.

"Werelden met mensen zijn een kostbare hulpbron," zegt hij. "Als mensen ons zouden doden, of ons uit hun wereld zouden verbannen, dan zou dat natuurlijk slecht zijn. Maar als we hen zouden doden, dan zou het zijn eigen tragedie zijn. We zouden een andere plek verliezen waar we krachten kunnen hebben — en natuurlijk is genocide moreel gezien weerzinwekkend. Dit is de reden waarom het mandaat in de werelden bestaat waar technologische en culturele menselijke ontwikkeling het noodzakelijk maakte."

Ik wil hem naar duistere scenario's vragen, zoals, laten we zeggen, een wereld waar de Cognizanten mensen in een soort slavenstaat houdt om hun krachten te behouden, maar dan realiseer ik me dat hij daarom het deel over technologische en culturele menselijke ontwikkeling verduidelijkte.

Mensen van tegenwoordig zouden dat niet zonder een gevecht toestaan.

Ik realiseer me dat ik een paar seconden van de les heb gemist, en laat mijn overpeinzingen tot later wachten.

"— kosmologische gegevens over een aantal Andere Werelden zijn zorgvuldig bekeken en er was geen enkele ster, planeet of sterrenstelsel te vinden die tussen hen zou worden gedeeld." Dr. Hekima kijkt ons samenzweerderig aan. "Sommige Andere Werelden lijken zelfs iets andere wetten van de fysica te hebben — hoewel de verschillen duidelijk niet ernstig genoeg zijn om met het leven zoals we het kennen te interfereren."

Het idee van verschillende wetten van de fysica verbijstert mijn geest en zorgt ervoor dat ik zou willen dat ik natuurkunde als hoofdvak had gedaan. Op die manier had ik aan het einde van de les een paar goede vragen kunnen stellen.

Ik realiseer me dat ik weer aan het dagdromen ben en concentreer me op dr. Hekima's woorden.

"— de beperkte resterende tijd, dacht ik dat ik mijn krachten zou kunnen gebruiken om het jullie te laten zien in plaats van het te vertellen." Hij gaat weer zitten. "Dit is waar de toestemmingsformulieren in het spel komen, dus bekijk ze nu."

Ik sta op het punt om de uitdraai opnieuw te bestuderen wanneer dr. Hekima zegt, "Voor degenen onder jullie die het niet weten" — hij kijkt mij aan — "ik ben een illusionist. Ik kan je laten ervaren wat ik wil. Dit is iets wat ik liever niet doe zonder toestemming, vandaar de formulieren die voor jullie liggen."

Iedereen om me heen tekent het formulier en ik sluit me zonder aarzeling bij hen aan. Wat we ook gaan zien, ik zou het mezelf nooit vergeven als ik het zou missen.

Dr. Hekima loopt rond en verzamelt de formulieren, gaat dan midden in de klas staan en heft zijn armen op als een dirigent.

Er stroomt pulserende rode energie van zijn vingers één voor één naar de hoofden van mijn klasgenoten, en als het me raakt, verdwijnt het smerige klaslokaal.

Met mijn ogen wijd open, staar ik naar het onmogelijke landschap om ons heen.

HOOFDSTUK ZESTIEN

We bevinden ons in de lucht, op een groot zwevend eiland.

Wolken verduisteren het land eronder, maar er zijn in de verte meer eilanden zichtbaar.

Hoe kunnen deze dingen zweven?

Ik weet dat dr. Hekima verschillende wetten van de fysica noemde, maar hij bedoelde toch zeker niet wangedrag van de zwaartekracht?

Wat ook niet de wetten van de fysica volgt is de temperatuur. Het zou zo hoog moeten vriezen, maar het is aangenaam zwoel.

Ik kijk rond. We zijn aan alle kanten door poorten omringd. Dr. Hekima heeft ons naar de hub op deze wereld gebracht.

De lucht is fris met een vleugje ozon, en de hoge hoogte maakt ademen merkbaar moeilijker.

Elk gebouw in de omliggende stad ziet eruit als een

soort kathedraal, alleen van een lichtgekleurd, poreus materiaal gemaakt, en met veel meer ramen.

Mensen die op elfjes lijken die in een toga gekleed zijn, lopen om ons heen. Ik verwacht half dat ze kleine harpen gaan bespelen of wat je in de hemel nog meer moet doen.

Mijn klasgenoten zitten allemaal in dezelfde stoel als in de klas — en iedereen ziet er net zo overweldigd uit als ik me voel.

Dit lijkt niet op een illusie. Ik zou zweren dat ik hier echt ben, in de lucht.

Als ik niet beter wist, zou ik mijn leven erom verwedden.

"Klaar voor een ander voorbeeld?" vraagt dr. Hekima. Zonder op een antwoord te wachten, knipt hij met zijn vingers.

De locatie verandert direct.

We zijn op een veel donkerdere plek.

De lucht is fris en zout, als een strand op een zomernacht.

Erboven is een gigantische doorzichtige bel te zien, als een soort krachtveld. En daarachter is iets dat op water lijkt.

Zijn we op de bodem van de oceaan?

Dat moet wel — tenzij er in de lucht visachtige wezens kunnen 'vliegen'.

De bewoners van deze surrealistische wereld zijn in strakke outfits gekleed die aan een duikuitrusting doen denken, maar er is geen ademhalingsapparaat te bekennen, noch kieuwen.

Ik denk dat ze niet verder gaan dan hun bubbelhabitat.

De kinderen om me heen zeggen oeh en aah, en zelfs Roxy en haar bijenkorf lijken onder de indruk te zijn.

Dr. Hekima lacht. "Meer?"

Zonder op onze instemming te wachten, verandert hij de scène opnieuw — en deze keer herken ik waar we zijn.

Dit is Gomorrah.

Ik zal nooit de maanloze hemel vergeten met de veelzeggende nevel die aan vuur en zwavel doet denken — of de uitgestrekte superstad die alle steden van de aarde samen klein laat lijken.

Zonder een woord verandert dr. Hekima het landschap weer.

De nieuwe plek is prachtig groen en heuvelachtig, het doet me aan de Gouw van *Lord of the Rings* denken — alhoewel, ik denk dat we met gemak in Nieuw-Zeeland kunnen zijn.

De volgende wereld is weer bekend. De fluorescerende paarse lucht, roze wolken, twee manen, de Saturnus-achtige ring, en de ongewoon dikke, zoete lucht behoren tot de wereld die Ariël en ik op weg naar Beatrice in Las Vegas passeerden.

Dr. Hekima's vingers beginnen sneller te knippen.

Ik zie werelden waar ik alleen maar van kon dromen, en werelden die me aan elk sprookje doen denken dat ik ooit heb gelezen.

Dan duiken voorbeelden van Andere Werelden nog sneller op.

Ze fladderen te snel door ons bewustzijn om zich volledig te registreren, maar ze verdiepen nog steeds het overweldigende gevoel van ontzag.

Als het dr. Hekima's doel was om bij het vooruitzicht van deze talloze werelden ons klein en onbeduidend te laten voelen, dan is hij daar bewonderenswaardig goed in geslaagd. Zelfs egocentrische Roxy ziet er door de wonderbaarlijke parade ingetogen uit.

Tot de Copernicaanse Revolutie dachten mensen dat de aarde het centrum van het Universum was. Anders leren moet zo'n vernederende ervaring zijn geweest.

De geur van verbrande koffie komt in mijn neusgaten, en ik weet dat ik terug op aarde ben — in de minst interessante kamer van de minst interessante Andere Wereld onder de vele die ik net heb gezien.

"We gaan volgende week verder met dit onderwerp," zegt dr. Hekima, terwijl hij een blik op zijn horloge werpt. "Bewaar je vragen alsjeblieft voor dan."

Wacht, wat? Geen vragen?

Ik verwacht dat mijn klasgenoten in opstand komen, maar ze beginnen gewoon hun spullen in hun rugzakken te stoppen.

Voordat ik iets kan zeggen, verlaat dr. Hekima de kamer.

Ik bereid me voor op Roxy en haar bijenkorf om

iets te beginnen, maar ze vertrekken ook heel snel. Misschien krijgen ze een lift en zijn ze er te laat voor?

Of Rose en Vlad hebben toch invloed op Roxy gehad.

Maya pakt haar telefoon en stuurt een bericht.

Een seconde later geeft haar telefoon antwoord.

"Felix zou hier over een paar seconden moeten zijn," zegt ze.

Terwijl de laatste van de studenten de kamer verlaat en ik in mijn zak graaf, vraag ik, "Kun je hierop psychometrie gebruiken?"

Ik pak het mes van de admiraal en laat het aan Maya zien.

"Tuurlijk." Ze neemt het van me aan. "Wil je het nu doen?"

"Ja, terwijl we op Felix wachten."

"Felix is er," zegt een bekende stem uit de deuropening. "Ga alsjeblieft verder."

Maya geeft de arriverende Felix een brede grijns en gaat op de vloer zitten en houdt het mes stevig vast. Een gloeiende, paars getinte energie sijpelt van haar huid in het object en Maya's uitdrukking wordt tranceachtig.

"Hij snijdt in haar gezicht," zegt ze zacht. "Haar bloed vermengt zich met haar tranen, maar dat verhoogt alleen maar zijn opwinding. Hij vertelt haar waar hij hierna in gaat snijden, en ze schreeuwt harder —" Haar ogen rollen even achter in haar hoofd; dan ademt ze uit en worden haar ogen weer normaal terwijl ze het mes op de vloer laat vallen alsof het een slang is.

"Zijn naam is Innokentiy Charnetskavoy," zegt ze en ze opent haar ogen. Haar stem is instabiel terwijl ze doorgaat. "Hij is een menselijk monster van de ergste soort. Onderdeel van de Russische maffia. Je moet bij hem uit de buurt blijven." Ze huivert zichtbaar.

Een Russische connectie.

Felix had gelijk over die epauletten.

"Die naam is een mondvol." Ik verberg mijn angst door te bukken om het mes op te pakken. "Ik denk dat ik hem 'de admiraal' blijf noemen." Ik ga rechtop staan en steek het mes in mijn zak. "Wat betreft bij hem uit de buurt blijven — ik zou niets liever willen, maar helaas heeft iemand deze man achter me aan gestuurd, dus ik heb niet veel keus."

Ik kijk naar Felix om zijn reactie op dit alles te zien en zie hoe bleek hij is. "Kerel, sta je op het punt om flauw te vallen?"

"Nee." Zijn stem is hees. "Ik hou er gewoon niet van om over bloed te horen."

"Het spijt me," zegt Maya. "Ik heb geen controle over wat ik zeg als ik dat doe."

"Jij bent niet degene die spijt moet hebben." Felix kijkt me boos aan en ik kijk naar beneden, weg van zijn blik.

Hij heeft gelijk om van streek te zijn.

Achteraf gezien had ik Maya niet moeten vragen om haar krachten zo te gebruiken. Het arme meisje kan nu nachtmerries krijgen.

Die zal *ik* zeker hebben.

"We kunnen beter een taxi nemen," zeg ik om van onderwerp te veranderen en pak mijn telefoon om voor ons een rit aan te vragen.

We lopen in ongemakkelijke stilte naar beneden en zien de auto al wachten.

Terwijl we rijden, hervat het gesprek, en tegen de tijd dat we het centrum van Manhattan binnenkomen, zijn Felix en Maya weer aan het flirten, wat een deel van mijn schuldgevoel verlicht.

"Zet mij eerst maar af," zeg ik, terwijl ik een ondeugende glimlach onderdruk. Tegen Maya zeg ik met een lage stem toe, "Op deze manier kan Felix het pistool bij je voordeur van je aannemen."

Geen van beiden twijfelt aan mijn twijfelachtige logica. Ze willen duidelijk een kans om alleen te zijn.

"Dag, jongens," zeg ik als de auto naast ons gebouw stopt. "Het was leuk je te zien, Maya. Felix, ik spreek je later."

"Tot later," zegt hij.

"Bedankt," zegt Maya. "Ik bedoel, dag."

Glimlachend stap ik uit het voertuig en ga naar de ingang. Mentaal de rest van mijn weekend aan het plannen, ga ik het gebouw binnen en roep de lift op.

Dit is wanneer een tsunami van voorgevoel me in angst verdrinkt.

Ik handel puur instinctief en draai me om naar de ingang van het gebouw.

Dreigend glimlachend sluit de admiraal de deur achter zich.

HOOFDSTUK ZEVENTIEN

IK VERSTIJF TERWIJL HIJ ME AANVALT.

Zelfs voor Maya's reading zag deze man er groot en eng uit, maar nu dat ik over zijn voorliefde voor martelingen met een mes weet, is de doodsangst verlammend.

Op de een of andere manier ontgrendelen mijn spieren en ik grijp in mijn geheime zak om mijn pistool te pakken.

De admiraal reikt ook in zijn zak terwijl hij rent en een spuit tevoorschijn haalt.

Ik haal wat lucht in, ruk mijn pistool uit zijn schuilplaats en schiet.

Mijn trillende handen moeten het schot hebben verpest, want de admiraal blijft komen, schijnbaar ongedeerd.

Hij is nu zo dichtbij dat ik geen probleem zou hebben om hem met de volgende kogel te raken, het is alleen dat hij te snel beweegt.

Voordat ik de trekker kan overhalen, hakt hij met de rand van zijn handpalm naar mijn polsen, als een karatemeester die probeert een steen te breken.

Pijn explodeert in mijn armen en het wapen klapt op de grond.

Hij schopt het pistool weg en pakt mijn keel, bijna zachtjes, en tilt dan de spuit op.

Ik negeer de pijn in mijn pols en steek mijn rechterhand in mijn zak.

Mijn vingers sluiten zich om zijn mes, en in een enkele beweging, ruk ik het eruit en druk op de knop om het mes eruit te halen, en snijd dan in zijn borst.

Hij gromt van de pijn, zijn hand laat mijn keel los om de wond vast te pakken.

Ik steek hem in zijn schouder.

Hij schreeuwt en gaat achteruit, dus ik ren naar de trap en laat het mes in zijn vlees achter.

Hij rent achter me aan.

Ik sprint sneller en dwing mijn spieren tot het uiterste.

Als ik bij de trap kom, spring ik met twee en drie stappen per keer omhoog, de geluiden van achtervolging sporen me aan.

De buren moeten het schot hebben gehoord. Zou één van hen op weg kunnen zijn om me te redden?

Onwaarschijnlijk. Als ik hen was, zou ik de politie bellen en binnenblijven.

Twee trappen later is mijn ademhaling onregelmatig en maakt de admiraal de afstand kleiner.

Hoelang duurt het voordat de politie er is?

Waarschijnlijk te lang om me te redden.

Als ik bij mijn appartement kan komen, dan zou Fluffster met hem kunnen afrekenen.

Tegen de tijd dat ik mijn verdieping bereik kan ik amper ademen, en het geluid van de voetstappen van de admiraal is vlak achter me.

Ik ruik zijn adem die naar knoflook ruikt, terwijl ik wanhopig naar de deurklink reik, maar het is te laat.

Zijn hand grijpt mijn schouder in een bankschroefachtige greep.

Ik draai me naar het mes dat nog steeds in zijn schouder zit als een naald in mijn arm prikt.

Nee. Ik kan dit niet laten gebeuren. Ik moet bij bewustzijn blijven.

Als ik het bewustzijn verlies, dan zal ik —

Ik word in het pikkedonker wakker. Een soort doek bedekt mijn gezicht, mijn mond is pijnlijk droog, en mijn hoofd voelt aan alsof het met rotte suikerspin gevuld is.

Ik probeer te bewegen en ontdek dat ik dat niet kan.

Door mijn lichaam te scannen, realiseer ik me dat mijn handen met iets metaalachtigs zijn vastgebonden — waarschijnlijk handboeien — en dat ik pijn heb op plaatsen waarvan ik niet wist dat het mogelijk was om daar pijn te hebben. Het doek over mijn gezicht verschuift een beetje terwijl ik probeer om hem van me af te schudden.

Het moet een zak zijn die als blinddoek fungeert.

Er is een gevoel van beweging in mijn omgeving.

Zit ik in de kofferbak van een auto?

Mijn ademhaling versnelt en ik adem benzinedampen in.

Ja. Zeker in de kofferbak van een auto.

Dit is niet goed — vooral in het licht van geboeid en geblinddoekt zijn.

Ik verschuif mijn gewicht zoals ik zou doen als ik een Houdini-geïnspireerde ontsnapping uit een kofferbak zou willen uitvoeren.

Mijn armen zitten achter mijn rug — geen goede start voor een ontsnappingsdemonstratie.

Door al mijn recente yogalessen te channelen, schuif ik mijn gebonden handen onder mijn kont, en dan verder langs mijn benen. Ik ontwricht bijna mijn schouders en wiebel met mijn geboeide polsen over mijn voeten naar de voorkant van mijn lichaam.

Nu kan ik met de handboeien afrekenen —

De auto stopt.

Ik doe alsof ik bewusteloos ben.

Iemand opent de kofferbak en ik zie een zwak licht door de dikke doek die mijn hoofd bedekt.

De lucht van een knoflook adem overvalt me weer, en ruwe handen grijpen me onder mijn schouders en knieën, en dragen me dan ergens heen.

Terugdenkend aan Maya's verschrikkelijke psychometrische onthullingen, doe ik mijn best om gelijkmatig te ademen, zoals een bewusteloos persoon zou doen.

Gelukkig heeft mijn ontvoerder niet gemerkt dat mijn geboeide handen naar voren zijn verschoven.

Tenzij hij het wel gemerkt heeft en het hem niet kan schelen.

We betreden een nieuwe plek die naar houtachtige natte berken met een vleugje eucalyptus ruikt.

De handen plaatsen me in een stoel en de zak wordt van mijn hoofd verwijderd.

Het is hier zo helder dat ik zelfs door mijn gesloten oogleden verblind ben.

"Sashen'ka," zegt een vertrouwde antiek klinkende androgyne stem met een zwaar Russisch accent. "Ben je wakker, schat?"

Ik houd mijn ogen dicht en doe nog steeds alsof ik bewusteloos ben.

Ik weet natuurlijk wat ik zou zien als ik ze opende.

Gerimpeld gezicht, paardenbloemachtig haar.

Baba Jaga.

Een man — naar mijn inschatting de admiraal — blaft iets naar haar in het snelvuur Russisch.

"Innokentiy heeft gezien dat je handen van achter je rug naar voor zijn gegaan," zegt Baba Jaga in het Engels. "Dus je kunt stoppen met te doen alsof."

"Dus hij heeft het wel gemerkt." Ik open mijn ogen en slik om mijn droge keel te bevochtigen. "Je kunt het een meisje niet kwalijk nemen dat ze het probeert, toch?"

Terwijl mijn ogen zich aan de heldere

halogeenlampen aanpassen, zie ik dat het inderdaad Baba Jaga is die tegenover me zit en een kopje thee in haar knoestige handen houdt.

We lijken in een of ander restaurant te zijn.

"Eigenlijk kan ik het je wel kwalijk nemen dat je me probeert te misleiden," zegt Baba Jaga. "Maar dat doe ik niet. Nog niet in ieder geval."

Ze bestudeert me, en ik staar met de onschuldige uitdrukking terug die ik gebruik als iemand beweert dat ze me bij het uitvoeren van een geheime goochelbeweging hebben betrapt.

"Is dit de Izbushka?" vraag ik om de stilte te doorbreken en tegelijkertijd wat verkenning te doen.

De plek ziet er niet uit als Baba Jaga's chique etablissement en heeft meer een cafetaria-gevoel, maar het is niet alsof ik de laatste keer elk hoekje en gaatje heb gezien.

De heks drinkt van haar thee in plaats van te antwoorden, dus ik kijk rond.

Op de tafel voor me staat een grote gouden theepot die ik bij de ouders van Felix thuis heb gezien — een Russische samovar.

Aan mijn linkerkant zit Baba Jaga's rechterhand, Koschei. De gebruikelijke ondeugd is afwezig in zijn marmergroene ogen terwijl hij blanco in de verte staart.

Aan mijn rechterkant zit mijn ontvoerder — Innokentiy, ook bekend als de admiraal.

Een vrouw in verpleegsterskleding legt de laatste hand aan een hechting op zijn schouder, maar hij lijkt het niet te merken. De volledige boosaardigheid van zijn blik is op mij gericht.

"Ze is onaangeroerd, toch?" zegt Baba Jaga tegen de admiraal, zijn blik opmerkend.

De boosaardigheid in haar stem is onmiskenbaar.

Koschei moet het ook oppikken, want hij stapt op de admiraal af, die driftig zijn hoofd schudt en hen in het Russisch smeekt.

"Goed dan. Ik geloof je," zegt Baba Jaga tegen de admiraal en Koschei stopt. "Ga weg." Ze zwaait met haar hand en de admiraal en de verpleegster rennen de kamer uit. "Jij ook, Koscheiushka," voegt ze eraan toe. "Sasha en ik moeten het over vrouwelijke zaken hebben."

"Ik vertrouw deze niet," zegt Koschei, maar wendt zich met tegenzin naar de uitgang.

"Leverage is veel beter dan vertrouwen," zegt Baba Jaga tegen hem. "Je weet dat ze zal doen wat ik zeg als ik het haar vertel."

"Ik weet niet zeker of ze wel loyaal is aan haar vrienden," zegt hij over zijn schouder, en voordat een van ons met een weerlegging kan komen, slaat hij de deur achter zich dicht.

"Thee?" grijnst Baba Jaga en ze laat de paar gekartelde tanden in haar anders lege mond zien.

"Ik zou graag een kopje willen, bedankt," zeg ik, terwijl ik mijn best doe om mijn stem stabiel te houden.

Thee is het laatste waar ik aan denk, maar

misschien doet ze mijn handboeien af om me te laten drinken?

Ze schenkt thee voor me in en schuift een schotel met jam en honing naar me toe, maar ze laat de handboeien om.

Ik pak het kopje met overdreven onhandigheid op, blaas op de thee en neem een klein slokje. Opkijkend, toost ik op de oude vrouw met mijn kopje zodat mijn handboeien rinkelen. "Dit is erg lekkere thee."

"Je bent ook een vleier?" Baba Jaga pakt haar eigen kopje weer op. "Ik heb nog nooit een ziener zoals jij ontmoet."

Aangezien een antwoord niet vereist is, gebruik ik dit moment om mijn opties te overwegen. Ondanks haar kwetsbaarheid is Baba Jaga een geduchte tegenstander. De laatste keer dat we elkaar ontmoetten, probeerde ze een hersenspoeling op me te gebruiken — en werd ik alleen door de tegenspreuk van Rose gered.

Aangezien ik vandaag niet zoveel bescherming heb, moet ik me op m'n best gedragen en op z'n minst overwegen wat ze van me wil. Anders zal ze proberen om me weer met die spreuk te dwingen en zal ze slagen. Niet te vergeten het andere kwaad dat ze me aan kan doen, zoals me alleen laten met de admiraal en zijn mes.

Wat wil ze eigenlijk? Ik heb haar verteld dat ik niets illegaals zou doen toen we de deal sloten, dus hoe erg kan haar eis echt zijn?

"Heb je in de toekomst gekeken?" vraagt Baba Jaga,

die mijn bedachtzame uitdrukking verkeerd interpreteert. "Als dat zo is, moet je hebben gezien hoe vergeefs weerstand zou zijn."

Ik weersta de drang om erop te wijzen dat ze de Borg verkeerd citeert. "Dat heb ik gedaan." Ik blaas op mijn thee, in de hoop dat dat helpt om de leugen te verkopen. "Ik zal doen wat je wil, dus waarom vertel je me niet wat het is?"

Baba Jaga houdt haar hoofd schuin en bestudeert me, alsof ze in mijn hersenen probeert te kijken. "Ik wil zelf een ziener hebben," zegt ze terwijl ik van de iets koelere thee nip. "Niet één die bij me in dienst is, niet één die me iets verplicht is, maar iemand die me als een ouder zou behandelen."

De thee gaat in de verkeerde pijp, en ik begin oncontroleerbaar te hoesten.

Zegt ze wat ik denk dat ze zegt?

Als mijn ogen stoppen met tranen en de spasmen van het kokhalzen verminderen, gaat ze verder. "Ik wil dat je een zienerkind voor me baart. Dat is de service die ik nodig heb."

Dus ik begreep haar goed. Rode vlekken bezoedelen mijn zicht, ik sla mijn kopje op de tafel, en ik heb al mijn wilskracht nodig om het niet op het hoofd van de heks te gooien. "Je wilt *wat?*"

"Een babyziener," zegt ze. "Ik neem aan dat je weet waar baby's vandaan komen?" Haar grinnik is een kwaadaardig gekakel. "Even een hint, er zijn geen vogels, bijen, kool of ooievaars bij betrokken."

Een paar minuten geleden had ik besloten dat ik zou overwegen wat ze wil, maar dit is ondenkbaar.

De woede die in me groeit, voelt als een levend wezen.

Een kind opgeven?

Mijn handen ballen zich tot vuisten en ze staan zo strak dat mijn nagels in mijn handpalmen steken.

Mijn kind door dit monster op laten voeden?

Ik sta te popelen om op te springen en dingen kapot te maken, in de Hulkstijl.

Mijn kind haar biologische moeder niet laten kennen?

Ik stel me voor dat mijn tanden in Baba Jaga's gerimpelde keel zinken.

Dan is er nog het idee om zwanger te worden —

Al het bloed trekt weg uit mijn gezicht. "Je hebt me toch niet laten bevruchten toen ik bewusteloos was, ofwel?" Ik voel geen pijn of iets dergelijks, maar —

"Hoe erg denk je dat ik ben?" Haar lippen krullen zich van walging. "Ik keur verkrachting niet goed. Nooit gedaan. Maar zelfs als ik geen toonbeeld van deugd was, dan is de aanstaande vader extreem preuts en werkt hij op die afdeling niet mee."

"*De aanstaande vader?*" Ik overweeg om de tafel om te gooien en haar aan te vallen. Zou ze haar spreuk op tijd uitspreken of een kans hebben om haar volgelingen op te roepen?

Alsof ze mijn gedachten oppikt, trekt Baba Jaga een pistool onder de tafel vandaan en vormen haar dunne lippen weer die tandeloze glimlach. "We zitten in een banya," zegt ze zakelijk.

"Een banya?" Ik staar haar even uit balans gebracht aan.

"Een Russisch kuuroord waar je met natte en droge warmte je botten kunt opwarmen," legt ze behulpzaam uit.

"Ik weet wat een banya is," sis ik en hou mezelf tegen voordat ik eraan toevoeg dat Felix Ariël en mij daar ooit mee naartoe heeft genomen. Ik hoef hier geen vrienden bij te betrekken. Diep ademhalend, zeg ik op een rustigere toon, "Wat ik niet begrijp, is wat een banya met deze terughoudend-om-te-verkrachten aanstaande vader te maken heeft?"

Ze houdt haar hoofd schuin. "Je kent de domovoj, maar je weet niets over de bannik?"

"Bannik? Nee, ik weet niet wat dat is."

"Niet wat. Wie." Ze neemt nog een slokje van haar thee. "Een bannik is voor een banya wat een domovoj voor een huis is."

Ik staar haar wezenloos aan.

"Slavische mythologie." Baba Jaga zet haar kopje neer.

Mijn blanco uitdrukking krijgt zijn eigen blanco uitdrukking. Kan woede het gehoor verstoren?

Het is mogelijk. Bloed pulseert nog steeds heftig in mijn oren.

"Om een lang verhaal kort te maken, banniks zijn krachtige zieners met een grote beperking." Ze zwaait met haar handen naar de cafetaria. "Hun kracht is op dezelfde manier met een banya verbonden als dat de kracht van een domovoj met hun huis verbonden is."

Een ziener uit de mythologie die gebonden is aan een kuuroord? Mijn hersenen staan op het punt om met vragen te exploderen, maar ik focus me weer op mijn unieke situatie. "Hoe zou dit precies moeten werken? De domovoj nemen een dierlijke vorm aan, dus —"

"Ah." Ze ziet er opgelucht uit. "Is dat wat je dwarszit? Geen harige zaken, dat beloof ik. De conceptie zal helemaal geen probleem zijn. Je zult op die afdeling niet teleurgesteld zijn met Yaroslav. Geen enkele vrouw van vlees en bloed zou dat zijn." Haar wangen krijgen een onwaarschijnlijke blos. "Als ik niet zo oud was —"

"Dat is niet wat me dwarszit," snauw ik. Meer gelijkmatig, voeg ik eraan toe, "Ik weet niet hoe dit soort dingen wordt gedaan waar jij vandaan komt, maar —"

"Ik vraag je niet om met hem te trouwen." Ze haalt een smartphone onder de tafel vandaan en tikt een paar keer op het scherm. "Ik zal je medische rekeningen betalen, je gedurende de negen maanden in kwestie beschermen en zal er zelfs een mooie geldbonus bij doen."

Dat ze denkt dat ze redelijk is, zorgt ervoor dat ik de samovar wil oppakken en de kokende thee langzaam op haar hoofd wil gieten.

Voordat ik hierop kan reageren, of andere soortgelijke gewelddadige driften uit kan voeren, gaat de deur achter me open.

ONWILLIGE HELDERZIENDE

"Dus?" vraagt Koschei. "De *parilka* is klaar en ik moet weg om voor onze gast te zorgen."

Felix noemde de super hete stoomkamers in de banya "parilka," herinner ik me.

"Innokentiy of een van zijn mannen kan haar meenemen naar de parilka als je het zo druk hebt, maar over gasten gesproken" — Baba Jaga zwaait met de telefoon — "Ik stond op het punt om Sasha een aanbod te doen dat ze niet kan weigeren."

Dit is de tweede keer dat ze de Godfather citeert, maar ik wijs er niet op, omdat het idee van een aanbod dat ik niet kan weigeren slechts een van een paar dingen kan betekenen — geen van hen is goed.

"Ik ben er klaar voor," lieg ik. "Breng me naar de bannik."

Mijn plan is eenvoudig en wanhopig. Laat ze me naar deze ziener brengen die naar verluidt zoiets als een geweten heeft — als "preutsheid" over verkrachting dat is. Hopelijk is hij makkelijker om aan te ontsnappen.

Baba Jaga kijkt naar haar scherm en dan naar mij.

Het is bijna alsof ze daar een afschuwelijk beeld op heeft staan dat ze me wil laten zien, zoals bijvoorbeeld het laatste meisje dat weigerde om aan haar tegemoet te komen, met een aantal ledematen die uit haar romp ontbreken.

"Er is geen noodzaak voor meer bedreigingen," zeg ik zo koel als ik onder de omstandigheden kan. "Ik ga liever met meneer Koschei mee dan ooit nog in de buurt van dat Innokentiy-personage te zijn." Ik laat een aantal van mijn ware gevoelens voor de admiraal op mijn gezicht zien terwijl ik eraan toevoeg, "Hij geeft me de kriebels."

Baba Jaga ziet er even verward uit. Dan komt er een tandeloze glimlach op haar gezicht. "Je wist het al." Ze zwaait opgewonden met de telefoon. "Je hebt het voorzien?"

"Wist of voorzag ik dat je een sociopaat bent?" ben ik geneigd om te vragen, maar in plaats daarvan zeg ik, "Laat me deze meiden-magneet-bannik ontmoeten en dit achter de rug hebben."

"Neem haar mee," zegt Baba Jaga bijna duizelig tegen Koschei. "Het lijkt erop dat ik nog steeds een talent heb voor deze ouderwetse deals."

Koschei helpt me opstaan uit de stoel en leidt me uit de cafetaria een grote hal in.

In het midden van de ruimte bevindt zich een zwembad, een jacuzzi en een gigantisch bad met ijs erin. Dit moet de bron van de chloorgeur zijn die in mijn neusgaten komt.

Wachters — of tenminste ik neem aan dat dat is wat de halfnaakte kerels zijn — zijn overal bezig.

Koschei negeert iedereen en leidt me door een paar labyrintische gangen gevuld met douchestations en houten deuren.

Af en toe zie ik door een raam grote zweterige mannen zitten in de gevarieerde parilka-kamers met handdoeken en grappige hoeden op hun hoofd. Af en toe slaan ze elkaar met trossen berktakken — een twijfelachtige ontspanningsbehandeling die ik ook in de banya had gezien waar Felix me mee naartoe had genomen.

Deze banya is echter tien keer groter dan degene die ik heb bezocht, vooral als elk van deze houten deuren naar een ander stoombad leidt.

Nadat we een scherpe bocht naar rechts hebben gemaakt, kijken we uit op de grootste houten deur die er is.

Koschei opent de deur en gebaart me naar binnen te gaan.

Ik loop naar binnen.

De grote kamer zonder ramen lijkt leeg en de hitte binnen is zo intens dat het me even de adem beneemt.

Is dit hoe de hel zou voelen?

De banya van Felix was veel minder heet en Ariël viel toch bijna flauw — hoewel dat deels was omdat ze weigerde om tussen de saunasessies goed te hydrateren.

Wodka is tenslotte geen water.

Koschei kijkt om zich heen, lijkt niet te vinden wat hij nodig heeft en fronst.

Ik begin serieus te zweten.

Koschei lijkt zich niet bewust te zijn van de hitte en buigt zich over een houten emmer water, neemt een grote houten pollepel die ernaast hangt en giet water op de nabijgelegen rotsen.

De rotsen sissen boos, als een gigantische slang, en de kamer wordt door brandende waterdamp omhuld, waardoor de hitte in intensiteit verdrievoudigt.

Is dit Baba Jaga's idee van heet en stomend, of is dit een nieuwe vorm van marteling?

Binnen enkele seconden zweet ik genoeg water uit om een olifant te verdrinken. Als ik flauwval van een echte zonnesteek, is dat dan een excuus om geen baby te maken, of zou deze bannik het flauwvallen in zijn domein als een vorm van toestemming kunnen beschouwen?

Belangrijker nog, is deze hitte een list om me me uit te laten kleden?

Als dat zo is, dan werkt het een beetje.

"Yaroslav," zegt Koschei uit de damp. "Ze is hier." Beseffend dat ik moeilijk te zien ben, leunt hij zo dichtbij dat hij weer zichtbaar wordt. Met een griezelige glimlach zegt hij, "Ik laat jullie kennismaken."

Voordat ik met iets geestigs kan antwoorden, vertrekt Koschei en slaat hij de houten deur achter zich dicht.

Een liter zweet later, voel ik een aanwezigheid in de kamer. Tenminste, dat is het beste hoe ik het kan beschrijven.

Ik kijk verwoed rond, maar de damp maakt het onmogelijk om te zien of er nog iemand aanwezig is.

Nou, als ik hem niet kan zien, dan kan hij mij ook niet zien.

Ik veeg het zweet van mijn ogen en loop met kleine pasjes door de damp om mijn bewegingen te verbergen. In mijn mond reikend, verander ik mijn tong-piercing gizmo in lockpicks, trek ze eruit en maak korte metten met de handboeien.

De sensatie van de aanwezigheid wordt intenser.

Ik negeer het haar dat aan de achterkant van mijn nek omhoog komt, leg de handboeien voorzichtig op de houten bank en verberg de lockpicks weer in mijn tong.

Mijn volledig doordrenkte kleren maken het moeilijk voor me om stiekem naar de uitgang te kruipen, maar ik doe mijn best.

Als ik in de nevel op slechts vier stappen afstand de deur zie, houdt een diep voorgevoel me tegen.

"Dat klopt," zegt de damp om me heen met een melodieuze mannelijke stem met een Russisch accent. "Je kunt nog niet weg."

HOOFDSTUK ACHTTIEN

Speelt de hitte een spelletje met de akoestiek?

"Wie is daar?" Ik adem de verzengende lucht in mijn longen. "Laat jezelf zien."

"Mijn naam is Yaroslav," zegt de damp in dezelfde rustgevende bariton. "Ik ben —"

"De bannik en de aanstaande vader — of beter gezegd, de verkrachter —" zeg ik, terwijl ik het hectische gehamer van mijn hartslag negeer. "Het is alleen dat dat vandaag niet gaat gebeuren. Of ooit."

De temperatuur in de kamer lijkt nog een paar graden te stijgen. Als de luchtvochtigheid er niet was geweest, dan zouden de houten banken spontaan beginnen te ontbranden.

Met een whoesh verzamelt de omringende damp zich op een enkele plek een paar meter van me vandaan.

Ik veeg nog een stroom zweet uit mijn ogen om te

kunnen zien, en tegen de tijd dat ik het gebaar voltooi, is de damp verdwenen.

Een man die slechts door een kleine handdoek om zijn middel wordt bedekt, staat precies op de plek waar de damp zich condenseerde.

Een zeer indrukwekkende man.

Baba Jaga had geen grapje gemaakt. De man ziet eruit alsof de hitte van de banya elk grammetje vet op zijn lange lichaam heeft weggesmolten, waardoor het soort slanke en gespierde perfectie achterblijft die je alleen in tijdschriften vindt die gefotoshopt zijn. Alleen die te perfecte foto's hebben meestal niet het lange, verwarde blonde haar en de wilde baard die de prachtige kenmerken van dit exemplaar omlijsten.

Ik ben geen grote fan van de gestrand-op-een-onbewoond-eiland look, maar bij hem is het heet.

Hij ontmoet mijn blik.

Zijn ogen zijn een lichte grijstint, bijna alsof ze van damp zijn.

Mijn hart slaat sneller in mijn borst. Kan al die hitte me een hartaanval bezorgen?

Het is mogelijk. Er was tenslotte een waarschuwingsbord voor mensen met hartaandoeningen in de banya waar Felix ons mee naartoe had genomen.

Wanhopig om mijn gedachten op een rijtje te krijgen, schud ik hard met mijn hoofd. Waterdruppels vliegen om me heen, alsof ik een natte hond ben.

Het gebaar helpt. Ik ben eraan herinnerd dat het niet uitmaakt hoe de bannik eruitziet. Ik zou hem me niet laten bevruchten zelfs al was hij de God van de incarnatie. Hij kan net zo goed een necrofiel zijn, want als er vandaag baby's gemaakt gaan worden, dan zal het over mijn lijk zijn.

Blijkbaar win ik onze staarwedstrijd, want hij kijkt naar beneden en zegt zachtjes, "Ik weet dat je boos bent."

"Je meent het." Ik ga bij hem vandaan richting de deur.

"Ik heb je woede voorzien." Hij loopt naar de houten bank en pakt de handboeien die ik daar heb achtergelaten.

"Je hebt wat?" Ik doe nog een stap achteruit.

"Ik heb dezelfde kracht als jij." Hij legt een van de handboeien om zijn pols en vergrendelt hem. "Ik kan de toekomst zien."

Is dat zijn plan? Om ons samen te boeien?

Dat is slim. Op die manier ben ik binnen handbereik —

Hij doet de tweede handboei om zijn andere pols en klikt hem dicht.

Daar gaat mijn begrip van zijn acties. Is hij gek? Denkt hij dat als ik nee zeg tegen normale seks, ik vatbaarder ben voor iets dat kinky is?

Is dit een oordeel over mijn op Criss Angel geïnspireerde stijl van kleden?

Hij doet zijn geboeide handen omhoog. "Voel je je hierdoor veiliger? Ik wil dat je je veilig voelt als we dichter bij elkaar zijn."

Ik doe nog een stap achteruit en voel de te warme

houten deur bij mijn schouderbladen. "We gaan niet dichter bij elkaar komen. Blijf waar je bent." Ik zorg ervoor niet tegen de deur te leunen, anders zal het door mijn kleren branden.

"Ik wil dat je me pijn doet," zegt hij op de vloer knielend. "In een aantal van mijn visioenen schop je me. In anderen sla je me —"

"Wat?" Ik veeg de rivier van zweet weer uit mijn ogen en begin een idee te krijgen van waar dit naartoe gaat.

Hij staat op het punt om me te helpen ontsnappen, of hij heeft deze ingewikkelde opzet nodig om opgewonden te raken, wat hem de slechtste verkrachter ter wereld zou maken.

"Als je me geen pijn doet, zal Baba Jaga mijn verhaal niet geloven en de gevolgen zullen verschrikkelijk voor me zijn." Een snelle bliksemschicht schiet vanuit zijn handpalmen in zijn ogen en hij krijgt even een afwezige blik in zijn ogen.

Hij focust zich opnieuw en huivert zichtbaar.

Heeft hij net in de toekomst gekeken?

"Welk verhaal?" vraag ik, voor de zekerheid.

"Toen Innokentiy je bewusteloze lichaam doorzocht, heeft hij een aantal slim verborgen lockpicks gemist. Toen je deze kamer binnenkwam, gebruikte je lockpicks om aan je handboeien te ontsnappen," zegt hij met de zekerheid van iemand die een leugen heeft geoefend tot het punt dat hij het zelf bijna geloofde. "Je deed alsof je de instructies van Baba Jaga opvolgde totdat ik dicht bij je kwam, waarna je de handboeien bij mij omdeed. Toen ik hulpeloos was, sloeg of schopte je me wreed en rende je naar de deur."

"Dat is een goed plan," zeg ik. "Misschien is dat precies wat ik had moeten doen."

"Dat heb je gedaan," zegt hij. "In een van de toekomsten die ik heb verzameld."

Voor het eerst merk ik dat hij helemaal niet zweet; ondanks de hitte is zijn verrukkelijke naakte romp onmogelijk droog. "Dus." Ik schraap mijn opnieuw droge keel. "Je helpt me. Je wilt dat ik ontsnap."

"Natuurlijk." Zijn rug recht zich. "Ik ben geen verkrachter."

"Het lijkt erop dat je dat niet bent," zeg ik voorzichtig. "Maar hoe weet je dat Baba Jaga ons nu niet door een verborgen camera bekijkt?"

"De warmte en vochtigheid," zegt hij, en de temperatuur in de kamer lijkt weer te stijgen. "Ik zorg ervoor dat er geen camera's in deze kamer kunnen overleven."

Ik veeg mijn bezwete haar naar achteren. "Als ze niet kijkt, hoe kan ze dan zeker weten dat we niet liegen over met elkaar naar bed gaan?"

"Het enige wat ze nodig heeft, is de invloed die ze op ons heeft." Hij kijkt de kamer rond, zijn gezicht wordt donkerder. "Ze zou je gegijzeld houden tot er een positieve zwangerschapstest was — en de negen maanden daarna. Als je te langzaam zwanger zou raken, dan zou ze druk uitoefenen... en het zou zeer onplezierig zijn."

Mijn knieën voelen zwak aan, en ik vraag me af of

hij de kamer koeler zou maken als ik zou toegeven dat ik op het punt sta om een hitteberoerte te krijgen.

"Ik denk dat het tijd is dat je me pijn doet." Hij kijkt me aan en trekt zijn schouders recht. "Soms is wachten op pijn erger dan pijn zelf."

Ik staar naar de knielende bannik.

Dit kan nog steeds een vreemde truc zijn, maar ik denk het niet. En als hij me echt probeert te helpen, dan is het minste wat ik kan doen, barmhartig zijn en dit onaangename deel snel uitvoeren.

Ik haast me naar hem toe.

Zijn ogen worden groot.

Met al mijn stuwkracht probeer ik hem in de ribben te trappen.

Ik glij alleen uit op de natte vloer en mijn been mist mijn doel.

In plaats van zijn ribben, trapt mijn laars met stalen neus in zijn gezicht.

Ik land op mijn kont, mijn stuitje schreeuwt het uit van de pijn, maar zijn hoofd slaat tegen de houten bank.

Ik brand mijn handpalmen op het omringende hout en kruip naar hem toe terwijl hij als een gewond dier kreunt. Hij heft bevend zijn gebonden handen op naar zijn samengeklitte haar.

Zijn neus ziet er niet gebroken uit, maar hij bloedt hevig, net als de plek waar hij zijn hoofd heeft gestoten.

"Dit" — hij trekt zijn bebloede handen weg —" betekent dat we in een van de gevaarlijkere toekomsten terecht zijn gekomen die ik heb gezien.

Maar er is nog steeds een kans — als je precies doet wat ik je zeg."

"Het spijt me," zeg ik, terwijl mijn maag zich omdraait als ik al het bloed in me opneem. "Ik gleed uit."

"Hoe meer pijn jij me pijn doet, hoe minder pijn Baba Jaga me zal doen," zegt hij, terwijl hij moeizaam in een hurkpositie gaat zitten. "Maak je meer zorgen over je geblesseerde achterste en je vermogen om rond te sluipen en je te concentreren."

Hij heeft gelijk. Mijn stuitje is letterlijk een pijn in mijn kont als ik opsta en een paar stappen zet.

"Het komt wel goed," zeg ik, vastbesloten om stoïcijns te zijn.

"Goed." Overal bloedend alsof hij het expres doet, gaat hij rechtop zitten. "We trappen om precies twintig seconden en twee milliseconden na 18:55 uur zo hard als we kunnen tegen de toegangsdeur."

"Is dat zo?" Ik kijk naar de deur in kwestie, haal mijn telefoon tevoorschijn en veeg de damp van het scherm. Ik ben onder de indruk dat het ding niet is gestorven in de hitte. Heeft Felix het met zijn krachten versterkt voordat hij het aan me gaf?

Over Felix gesproken, ik heb een hoop gemiste oproepen en ongeruste appjes van hem. Ze allemaal negerend, kijk ik naar de klok.

We zijn 25 minuten van de deadline verwijderd.

"Ja," zegt hij. "En dit is wat je daarna zult doen." Hij vertelt me zijn plan — en ondanks de verschroeiende lucht, worden mijn handen en voeten ijskoud als ik me de miljoenen manieren voorstel waarop dit fout kan gaan. Hij moet het gebrek aan zelfvertrouwen op mijn gezicht niet prettig vinden, want als hij klaar is, zegt hij, "Herhaal het nu allemaal voor me."

Dat doe ik.

Hij corrigeert een paar kleine details en neemt het plan nogmaals door voordat hij eindigt met, "Als je op enig moment er ook maar een seconde naast zit, dan is het allemaal voor niets."

Ik kijk weer naar mijn telefoon.

Aangezien we genoeg tijd hebben voor de eerste stap van het plan, vraag ik, "Waarom help je me echt?"

Hij loopt naar de emmer met water, pakt de houten pollepel en doopt hem er onhandig in.

"Drink dit." Hij duwt de lepel naar me toe. "Je raakt uitgedroogd."

Ik kijk in de lepel. Door een wonder is hij erin geslaagd om niet in het water te bloeden, dus neem ik een voorzichtig slokje.

Het water is bijna aan het koken, maar het is net zo verfrissend als frisdrankreclames altijd proberen om hun producten te laten lijken.

"Je ontwijkt mijn vraag," zeg ik nadat ik een kleine deuk in mijn dorst heb gemaakt.

"Onze toekomst is verstrengeld." Hij gaat op de bank zitten en smeert er wat bloed op. "Door jou nu te helpen, open ik een reeks mogelijkheden die later tot mijn vrijheid kunnen leiden."

"Wil je het uitleggen?" Ik probeer op de bank tegenover hem te gaan zitten — om vervolgens van de pijn op te springen. Mijn stuitje is nog steeds heel gevoelig, en het hout is te warm om op te zitten.

"Hoe meer ik zeg, hoe groter de kans dat je iets doet om mijn visioenen te dwarsbomen." Hij veegt het bloed weg dat langs zijn kin loopt. "Dat is gewoon de aard van onze krachten."

"Ah." Ik ijsbeer de lengte van de parilka. "Het is net als toen ik de bedreigingen ontweek die ik in mijn eigen visioenen had gezien."

"Precies." Hij beweegt zich over de bank en laat meer bloed in zijn kielzog achter. "Een van de belangrijkste redenen waarom de toekomst niet altijd gaat zoals de zieners voorzien, is vanwege het scenario dat je beschrijft — de ziener die de visie zag, vindt het niet leuk en gebruikt zijn voorkennis om zijn lot te veranderen." Hij kijkt naar de strepen met bloed, schudt even met zijn hoofd en glijdt verder over de bank. "De op een na grootste reden waarom de visioenen zich niet manifesteren, is wanneer een andere ziener in beeld komt en, in zeldzame gevallen, wanneer een bedrieger dat doet."

De dingen die hij met zijn bloed doet zouden een abstracte schilder trots maken. Hij wil echt dat Baba Jaga denkt dat hij voor zijn leven heeft gevochten.

"Een bedrieger?"

"Ja." Zijn gebeeldhouwde kaak staat gespannen. "Ik haat niet snel, maar ik haat ze hiervoor." Hij zwaait met zijn hand om ons heen. "Ik haat er tenminste een in het bijzonder."

"Was het een bedrieger die je onder Baba Jaga's duim kreeg?"

"Ja." De temperatuur in de kamer springt weer omhoog en zijn ogen lijken klaar om damp uit te spuwen. "De bedrieger *mraz'* vertelde Baba Jaga wie ze onder druk moest zetten, en de oude eigenaar verkocht de banya aan haar. Ongetwijfeld gebruikte de bedrieger waarschijnlijkheidsmanipulatie om de heks ten goede te komen, zodat ik blind zou zijn voor het hele plan."

"Was het Koschei?" vraag ik. "Is hij een bedrieger?"

"Nee," zegt de bannik op een rustigere toon, en de hitte daalt terug naar gewoon ondraaglijk. "Koschei is iets heel anders. Als je het niet erg vindt, zeg ik liever niet de naam van de bedrieger. Er zijn geruchten dat alleen al het denken of noemen van een van hun soort je aan pech kan blootstellen. Het kan bijgeloof zijn, maar voorkomen is beter dan genezen — gezien hoeveel geluk je op het punt staat nodig te hebben."

Oeps. Het lijkt erop dat bedriegers net als Voldemort zijn. In de toekomst zal ik de wet van Murphy/Chester weer gewoon de wet van Murphy noemen, gewoon voor het geval dat.

Maar aan de andere kant, dacht ik net niet aan de naam die ik niet mocht denken?

Betekent het dat mijn geluk misschien sterker is?

Ik kijk weer naar mijn telefoon.

We zijn nog een paar minuten van mijn onmogelijke missie verwijderd, dus ik zeg, "Kun je me in de tijd die we nog hebben iets over een ziener zijn leren?"

"Tuurlijk." Zijn ogen glinsteren opgewonden. "Waarom beginnen we niet met wat je al weet? Op deze manier kan ik de gaten voor je opvullen."

Ik vertel de bannik snel alles wat met mijn krachten te maken heeft, te beginnen met hoe goed ik altijd ben geweest bij het kiezen van aandelen en andere soortgelijke activiteiten. Ik leg dan de power boost uit die ik via het tv-optreden heb gekregen en de onbewuste profetieën die daaruit volgden. Ik ga verder met de twee ongevraagde wakkere visioenen en eindig met mijn recente Hoofdruimte-experiment.

"Ik moet zeggen dat ik erg onder de indruk ben," zegt hij als ik stop met praten. "Je hebt in korte tijd vele jaren aan vooruitgang geboekt. Misschien ben je wel op weg om een van de machtigste zieners te worden."

"Dat is geweldig, maar hoe breng ik het naar een hoger niveau?" Ik loop naar de emmer en gebruik de lepel om nog een brandend drankje te halen.

"Blijf oefenen. En probeer te begrijpen wat Hoofdruimte echt naar boven haalt, want het is niet de meditatie zoals jij lijkt te denken." Hij kruist zijn benen alsof hij van plan is om te gaan mediteren. "Niet echt."

"Niet? Wat is het dan?"

"Focus." Hij sluit zijn ogen, zijn uitdrukking is sereen. "Meditatie is er een pad naartoe, net als tijd in de banya doorbrengen, of bergen beklimmen, of het rigoureus beoefenen van sport, om maar een paar opties te noemen. De sleutel is dat je je geest leegmaakt en je je op de juiste manier concentreert."

Alsof om zijn punt te illustreren, dansen er

lichtflitsen op zijn handpalmen, dan schieten ze in de richting van zijn ogen, maar ze stoppen voordat ze hun bestemming bereiken.

Wauw.

Ik veeg een nieuw stroompje zweet weg en probeer me voor te stellen dat ik de banya gebruik om Hoofdruimte te bereiken.

Het zou kunnen werken. Misschien niet in mijn huidige adrenaline gepompte toestand, maar normaal, wanneer het gebruikt wordt zoals het bedoeld is. Toen Felix de banya in Manhattan had laten zien en ons de hele routine van hete ruimte, koud bad liet doen, was mijn geest zelfs bewonderenswaardig leeg geweest —

"Uiteindelijk zal het bereiken van Hoofdruimte steeds gemakkelijker worden, en zul je het zonder hulp kunnen doen," zegt de bannik terwijl er weer lichtflitsen op zijn handpalmen verschijnen.

Opschepper.

"Voorlopig kan ik Hoofdruimte niet bereiken, zelfs niet met meditatie," klaag ik.

"Juist." Hij opent zijn ogen en zwaait zijn benen naar beneden. "Je moet in de toekomst voorzichtig zijn met de lengte van het visioen. Langere visioenen putten inderdaad je krachten uit."

"Ik heb een visioen gezien dat vele uren duurde. Hoelang zal het duren voordat ik hersteld ben?"

"Hangt van je kracht af." Hij staat behoedzaam op en zet een voorzichtige stap naar de deur. "De hersteltijd verbetert naarmate je meer controle over je vaardigheden krijgt, dus je kunt verwachten dat de wachttijd tijdens het oefenen steeds korter wordt. Voor nu zou ik je visioenen kort houden."

"Ervan uitgaande dat ik lang genoeg blijf leven om te oefenen," mompel ik en kijk naar de klok op mijn telefoon. "Het is bijna tijd."

"Inderdaad." Hij loopt naar de deur en ik volg hem.

Hij staat in een overdreven schophouding, en ik doe mijn best om de vreemde houding na te bootsen.

"In drie, twee," fluister ik. "Eén."

Als spiegelbeelden bewegend trappen we tegen de deur.

HOOFDSTUK NEGENTIEN

Door de impact klopt mijn voet van de pijn.

De agenten van tv-programma's laten dit te makkelijk lijken.

De deur breekt niet en vliegt ook niet uit zijn scharnieren, maar er is wel een plof van een lichaam dat buiten de tegelvloer raakt.

"Ga." Yaroslav sleept het lichaam van de bewusteloze admiraal de kamer in. "Houd de tijd in de gaten en doe precies wat ik heb gezegd."

"Dank je." Alsof ik bezeten ben door een boze geest, leun ik naar voren en geef hem een kus op de wang.

Hij staart me aan alsof ik hem weer in het gezicht heb geschopt.

"Het is tijd," zeg ik en spring over het lichaam terwijl ik de kamer verlaat.

De airconditioning buiten de parilka is het meest verfrissende wat ik ooit heb gevoeld. Achter me klinkt de dreun van Yaroslav die de admiraal tegen zijn hoofd schopt om ervoor te zorgen dat hij niet snel bij zal komen.

Ik ren door de gang en stop naast de houten deur van een parilka met een raam.

Ik duw mezelf tegen de rand van de deur en probeer mijn ademhaling tot rust te brengen.

Er zijn vage gespierde schaduwen in de damp in de kamer te zien, maar ik hoop dat ze mij niet zullen zien.

Nog vier seconden zoals deze.

Een gewapende bewaker komt de hoek om.

Hij staat op het punt mijn kant op te komen.

Heb ik het visioen van de bannik al verpest door aan Chester te denken (en dus ongeluk ga krijgen)? Straks zal de bewaker me hier als een idioot zien staan, en daarna zal Baba Jaga niet meer mevrouw de vriendelijke heks spelen.

De deur naast me opent precies op het moment dat het zou moeten, en blokkeert me uit het zicht van de bewaker.

Ik sta mezelf een stille zucht van opluchting toe.

"*S lyohkim parom*," zegt de bewaker tegen de man die de deur opent.

Volgens Yaroslav betekent dat "met een lichte stoom" — een traditionele banya-groet die ruwweg vertaald wordt naar "hoop dat je een geweldige tijd hebt gehad in de banya."

Ik kijk naar mijn telefoon en loop snel zijwaarts met mijn rug tegen de muur gedrukt bij de sprekers vandaan.

ONWILLIGE HELDERZIENDE

De man die de deur uitging, drukt met een diepe stem dankbaarheid uit aan de bewaker.

Iemand van binnen de parilka klaagt in het Russisch ergens over. Misschien over de deur die openstaat en de hitte die naar buiten glipt?

Ik beweeg sneller, kijk naar mijn telefoon en spring naar de volgende hoek.

Als ik er ook maar een seconde naast zit, dan zal de bewaker me zien.

Gezien het gebrek aan geschreeuw, neem ik aan dat hij me niet ziet.

Ik heb echter geen tijd om mezelf te feliciteren, want ik moet de volgende stap van het plan uitvoeren — de vermomming.

Zo zachtjes mogelijk lopend, benader ik een douchecabine.

De douche loopt, zoals Yaroslav had gezegd, en ik hoor boven het stromende water uit een diepe stem die een Russisch lied neuriet.

De grote badjas die Yaroslav had genoemd hangt aan de houten haak, net als de handdoek.

Afgezien van zorgen over hygiëne, pak ik de badjas en trek hem over mijn bezwete kleren aan.

Die vent moet een reus zijn, want dat ding bedekt me tot aan mijn voeten.

Ik pak dan de vochtige handdoek en wikkel hem om mijn hoofd.

Ik tel op die plek twee seconden en ren dan naar de deur aan het einde van de gang.

Er is een emmer water met een bezemachtige bos berkenboomtakken die staat te weken.

Ik pak de bos takken, adem zoveel mogelijk koele lucht in als ik kan, en ga de parilka in, net op het moment dat een bewaker de hoek om draait en mijn rug de kamer binnen ziet gaan.

Hij geeft geen alarm.

De vermomming moet gewerkt hebben.

Een grote harige man ligt met zijn gezicht naar beneden in de verre hoek van de kamer. Hij zegt iets in het Russisch. Volgens Yaroslav zei hij net, "Voeg alsjeblieft wat warmte toe."

Ik pak een nabijgelegen pollepel, doop hem in een emmer met water en giet het water in een kachelachtig apparaat in de buurt.

Het sissen negerend, voeg ik steeds weer water toe, totdat ik genoeg stoom produceer om een oude locomotief te laten draaien.

"Dat is genoeg," zegt de man volgens Yaroslav. "Sla me nu."

Ik vervolg mijn weg door de dikke mist via mijn geheugen, hang boven de man en hou het martelingsapparaat van berkenboom omhoog zoals Yaroslav had uitgelegd.

Met mijn pols zwaaiend, pak ik wat hete lucht met de natte bladeren en kanaliseer het op de rug van de harige kerel terwijl ik hem een natte klap geef.

Hij kreunt van genot.

De deur gaat open.

Ik herhaal mijn vreemde actie opnieuw.

De harige man begint ongepast te kreunen.

Misschien dat als ik echt om geld verlegen zit, ik als een high-end meesteres bij zou kunnen klussen.

De nieuwkomer zegt iets van een felicitatie in het Russisch.

Ik sla mijn slachtoffer nog een paar keer.

Mijn arm wordt moe en de extra lagen kleding spannen samen met de hitte om me van het weinige vocht dat ik nog in mijn lichaam heb te laten zweten.

Daar gaat mijn nieuwe carrière-idee. Mensen slaan is *zwaar*.

Ik negeer alle ongemakken en ga door.

Het genot van mijn slachtoffer is beslist verontrustend, vooral voor zo'n openbare plek, maar omdat het mijn dekmantel helpt, klaag ik niet.

De deur gaat de derde keer open en de nieuwkomer vraagt of hij wat damp moet toevoegen.

Iedereen, behalve ik, schreeuwt goedkeuring.

Zodra het sissen eindigt en een wolk van dikke stoom de kamer doordringt, stop ik het berkenbos onder mijn oksel en ren naar de deur.

De kracht van Yaroslav faalt niet.

Geen enkele banya-liefhebber houdt me tegen.

Ik ga naar buiten, gooi de martelapparatuur in een emmer en loop snel naar het einde van de gang terwijl ik mijn telefoon controleer.

Het is bijna tijd.

Ik kijk om de hoek en zie de rug van een bewaker verdwijnen.

Ik sprint.

Dit deel van de banya heeft camera's, maar mijn badjas en handdoek moeten me in het geheel doen opgaan.

Hopelijk.

Dit is het minst zekere deel van het plan.

Ik loop snel voor het vereiste aantal seconden en duik dan een speciale 'koude kamer' in.

De koude lucht is aangenaam, maar ik kan hier maar een paar seconden doorbrengen voordat ik mijn missie hervat.

Ik verlaat de koude kamer, loop een paar seconden snel en duik dan in een sauna in Turkse stijl. Het zit zo vol met stoom dat het moeilijk is om hier te ademen. Ik wacht de anderhalve minuut zoals geïnstrueerd en word met de seconde dorstiger. Tegen de tijd dat ik vertrek, sta ik op het punt om de druppels gecondenseerd water van de muren en het plafond te likken. Maar dat doe ik niet. Dat is namelijk *smerig*.

Ik verlaat de Turkse kamer en sprint naar de volgende gang.

Nu komt het moeilijkste deel van de ontsnapping.

Aan het einde van deze gang is een set van deuren die naar de achtertuin van de zaak leiden.

Ik ga naar buiten.

De achtertuin is een leuk detail. Als ik als klant naar deze banya was gekomen, dan zou ik graag op een van de loungestoelen chillen. Het omringende houten hek zorgt voor fatsoenlijke privacy en de herfstlucht is na al die warmte aangenaam.

Twee bewakers staan hier zoals voorspeld te roken.

De rook komt in mijn gezicht als ik een long vol frisse lucht inadem, en ik vecht tegen de drang om te hoesten.

Ik word verondersteld de hoek om te gaan waar ze me niet kunnen zien zonder de aandacht op mezelf te vestigen.

Wanhopig proberend om niet te hoesten, loop ik langs de bewakers en doe mijn best om het vertrouwen uit te stralen van iemand die hier echt thuishoort.

Mijn geest is te gefocust op de rook en ik struikel over de nabijgelegen loungestoel.

Shit.

Dat zal de aandacht trekken.

De bewakers zeggen iets tegen me in het Russisch.

Ik grom zo diep mogelijk in een stem als ik aankan en blijf lopen.

"Stoy!" schreeuwt een van de bewakers.

Dat is volledig van het script af.

Verdomme. Ik was er zo dichtbij.

Ik sprint wanhopig naar het hek.

Er wordt in het Russisch naar me geschreeuwd.

Ik ruk de handdoek van mijn hoofd, gooi hem over de bovenkant van het met splinters gevulde houten hek en trek mezelf omhoog.

Er klinkt een schot.

Het hek naast mijn arm ontploft in stukken.

Ik val aan de andere kant en rol weg.

De badjas en mijn jasje dempen enigszins de impact op mijn ribben, maar ik verlies nog steeds alle lucht uit mijn longen en wil niets anders dan hier een paar maanden blijven liggen.

Tegen de dodelijke impuls vechtend, klauter ik overeind, gooi de badjas af en ren naar een nabijgelegen gebouw, en herken het als degene die Yaroslav me had beschreven.

Ik hoor een hoop laarzen op de stoep achter me landen en meer Russische kreten.

De bewakers moeten over het hek zijn gegaan.

Er klinkt weer een schot.

Een raam op de eerste verdieping van het gebouw breekt in kleine scherven.

Zijn ze gek?

Wat als die verdwaalde kogel iemand gedood had?

Wat nog belangrijker is, beseffen deze jongens niet dat mijn baarmoeder belangrijk is voor hun werkgever? Baba Jaga's griezelige idee van Sasha's baby zou niet werken als de aanstaande moeder een kogel in haar hersenen krijgt.

Ik ren de lobby van het groezelige gebouw binnen en sla op de knop van de intercom van 11F.

Dit was ook onderdeel van het oorspronkelijke plan, het is alleen dat ik veel te vroeg ben — wat betekent dat dit misschien niet werkt.

Nog een schot.

Iemand zal de politie bellen.

De deur gaat open.

Wie in 11F woont, is ofwel heel dapper of is echt wanhopig om een UPS-pakket te krijgen. Als ik buiten schoten zou horen, dan zou ik de deur van het gebouw een paar jaar niet openen.

Ik ren naar binnen en maak een scherpe bocht naar rechts, en laat me door de vage geur van afval leiden.

Mijn neus faalt niet.

Het kost me een paar seconden om de zijingang te vinden waar de hoofdinspecteur van het gebouw het afval van het hele gebouw dumpt.

Over de zwarte zakken springend, blijf ik mijn neus volgen, deze keer op de frisse geur van de oceaan gericht.

Zonder achterom te kijken, bereik ik de promenade in twee minuten.

Er zijn grote menigten hier, dus ik doe mijn best om ertussen op te gaan.

Met de ontspannen wandelende mensen meelopend, zie ik de Coney Island-ritten in de verte.

Terwijl ik me een weg baan door de menigte, ren ik naar het park.

Als ik de Thunderbolt en de Astro Tower passeer, verstop ik me in de rij bij een van de voedselverkopers. Als ik niet voor mijn uitdroging zorg, kan ik instorten, en op dit moment zijn er nergens bewakers.

Maar dat betekent niet dat ze niet op de loer liggen.

Terwijl de rij beweegt, gebruik ik mijn telefoon om een taxi te bellen.

Als het mijn beurt is, koop ik twee te dure flessen water, open er een met trillende vingers en drink het in één lange, gulzige slok op.

Mensen om me heen kijken me met geamuseerde uitdrukkingen aan.

"Elke cent waard," zeg ik tegen hen als ik vertrek.

Terwijl ik door de feestelijke drukte navigeer, vertelt mijn telefoon me dat mijn rit al in de buurt van Nathans Hotdogs op me wacht, dus ga ik daarheen.

De Cyclone-achtbaan kraakt in de verte als ik de straat nader en mijn taxi vindt.

Een golf van plotselinge angst overvalt me.

Ik staar naar de andere kant van de brede straat voor me.

De twee bewakers kijken me vanaf de overkant van de weg dreigend aan.

HOOFDSTUK TWINTIG

IK SPRINT NAAR DE TAXI.

Ze springen in het verkeer.

Zouden ze me in het bijzijn van honderden getuigen neer durven schieten?

Ze ontwijken auto's terwijl ze naar me toe rennen.

Voor toeschouwers lijkt het misschien alsof ze mijn taxi willen stelen — voor New York City een gewone zonde.

Ik bereik de taxi, ruk de deur open en duik naar binnen.

Er is een glimp van metaal in een van de handen van mijn aanvallers te zien.

"Ik geef je een fooi van honderd dollar als je nu meteen gas geeft," zeg ik tegen de oudere vrouw achter het stuur. "En ik zal de meest stralende recensie voor je schrijven die je ooit hebt gekregen."

Ik weet niet zeker of het het geld is of de belofte van een geweldige recensie die het doet, maar we schieten als een raket vooruit — in het proces rijden we bijna over beide bewakers heen.

Ik duik weg zodat ze me niet in de achterruit kunnen zien.

Niemand schiet op ons.

Vijf blokken verder ga ik rechtop zitten en kijk ik achterom.

Geen achtervolging.

Na nog een kilometer, haal ik de dop van mijn tweede waterfles en neem er een opgeluchte slok uit.

Nog steeds niemand achter ons.

Als we de snelweg oprijden, sta ik mezelf toe om te ontspannen.

Niemand volgt me.

Ik ben ontsnapt.

Tenzij er weer iemand bij de ingang van mijn gebouw staat te wachten.

Mijn hart springt op.

Ik haal mijn telefoon tevoorschijn en bel Ariël om haar te vragen me naar boven te begeleiden.

Ik krijg haar voicemail, en een vreemd, verontrustend gevoel komt over me heen.

Het van me afschuddend, bel ik vervolgens Felix.

"Sasha," zegt hij, terwijl hij na één keer overgaan opneemt. "Wat is er in hemelsnaam gebeurd? Ik kwam thuis en jij was er niet. Er stond politie naast het gebouw, en de buren zeiden dat er geschoten was. Ik was doodongerust en dacht dat het ergste was gebeurd."

"Het ergste is zo'n beetje gebeurd," zeg ik tegen

hem. "Onze oude vriendin uit Brighton Beach heeft me gedwongen om een praatje te maken dat bijna tot een gruweldaad leidde. Ik heb geluk dat ik nog leef."

"Baba Jaga? Wat heeft ze gedaan?"

"Ik zit in een taxi," zeg ik. "Laten we praten als ik thuis ben." Ik hoop dat Felix begrijpt dat het mandaat het me erg moeilijk maakt om iets uit te leggen waar de chauffeur bij is.

"Natuurlijk. Kan ik iets voor je doen?"

"Ik moet er zeker van zijn dat niemand me bespringt als ik naar het appartement ga," zeg ik. "Is Ariël thuis?"

"Dat is ze niet. Maar ik kan naar beneden lopen en je halen."

"Misschien ben je niet genoeg. Met alle respect."

"Geen probleem," zegt hij. "Wanneer ben je thuis? Ik zal een excuus zoeken om de politie hier te krijgen. Ik zou ze kunnen vertellen dat er weer geschoten is of iets dergelijks."

Ik start de GPS-app op mijn telefoon en deel de geschatte aankomst met Felix.

"Ik zal klaar staan," zegt hij. "Maar heb je overwogen om contact op te nemen met Nero? Hij kan —"

"Nee," zeg ik geïrriteerd. "Wat Nero moet doen, is een beveiligingsmedewerker voor dit gebouw inhuren om ervoor te zorgen dat wat er met mij is gebeurd, niet opnieuw kan gebeuren. De onze is waarschijnlijk het enige gebouw in de binnenstad zonder een portier of een bewaker."

"Ter verdediging van Nero kan het ontbreken van een portier zijn zodat een mens zich niet met Cognizantzaken bemoeit," zegt Felix. "Ons gebouw wemelt van onze soort."

"Ben je serieus Nero aan het verdedigen?" Ik knijp de telefoon steviger vast.

Felix zucht. "Laat me de regelingen voor je veilige aankomst treffen."

"Bedankt," zeg ik en hang een beetje te krachtig op.

Gedurende de rest van de rit probeer ik te mediteren, en hoewel ik Hoofdruimte niet bereik, ben ik tegen de tijd dat ik aankom veel rustiger.

Ik zie Felix met politieagenten praten als ik de auto verlaat.

Hij knipoogt naar me als ik langs hen loop. Dan zegt hij iets tegen de politie, en ze volgen me het gebouw in.

Ik druk op de knop van de lift.

"Hebben jullie kogelhulzen gevonden?" hoor ik Felix vragen als ik in de lift stap.

De deuren schuiven dicht, dus ik hoor de politie niet antwoorden.

Ik hoop dat ze de kogel vinden en hem aan de admiraal koppelen. Aangezien hij geen Cognizant is, kan de politie zoals met elke menselijke crimineel met hem afrekenen — en ik betwijfel of Baba Jaga een hulpje zou helpen.

Als de lift op onze verdieping aankomt, verlaat ik de veiligheid van de lift en ren ik rechtstreeks naar onze deur.

Bij binnenkomst sluit ik de deur achter me en als ik Fluffster zie, adem ik opgelucht uit.

Ik daag iedereen uit om me *nu* te ontvoeren.

Mijn harige beschermer zou ze vernietigen.

"Felix heeft me verteld dat er iets is gebeurd." Fluffsters mentale boodschap zit boordevol zorgen. "Iets over dat Baba Jaga je had gevangen?"

"Ik leg het zo uit," zeg ik, op weg naar de keuken. "Als Felix terugkomt."

Ik snuffel door de vriezer en pak een pak bevroren erwten. Dan pak ik de ijsschaal en vul twee glazen met water en ijs.

"Is Ariël thuisgekomen?" vraag ik. Terwijl ik de erwten op de stoel leg, ga ik met mijn stuitje die nog steeds pijn doet op de ijszak zitten, terwijl ik een half glas leegdrink.

"Nee." Fluffster kantelt zijn hoofd op een bijna hondachtige manier als ik in mijn gretigheid om te hydrateren bijna in een ijsblokje stik.

Huh. Ariël was niet alleen te laat om me naar Oriëntatie te brengen. Ze is helemaal niet op komen dagen.

Dat is niets voor haar.

Me bedenkend dat ik wel wat huisdiertherapie kan gebruiken, gebaar ik naar Fluffster om op mijn schoot te springen. Dat doet hij, en ik begin onnadenkend zijn vacht te strelen.

We zitten zo tot de voordeur piept en Felix de keuken binnenloopt.

"Vertel op," zegt hij.

"Het gebeurde toen ik het gebouw binnenkwam," begin ik en vertel ik ze allebei over mijn ontmoeting met Baba Jaga.

"Ik vraag me af of ze de waarheid vertelde over het nodig hebben van een kindziener. In sommige Russische sprookjes — zonder twijfel ongeloofwaardig — besteedt ze al haar tijd aan het eten van kleine kinderen," zegt Felix als ik klaar ben. "Diezelfde sprookjes gaan er ook vaak over aan iemand je eerstgeborene verschuldigd zijn, maar niet direct."

"Je meent het." Ik drink nog meer water. "Er zijn geen sprookjes waarin met de prinses — en ik ben dan de prinses— als een koe wordt gefokt?"

Hij bloost en schudt zijn hoofd.

"Ik zeg het niet graag, maar ik heb het je toch gezegd," zegt Fluffster tegen me. "Hopelijk luister je vanaf nu naar me en geef je de vervelende gewoonte op om het huis te verlaten."

"Nou, deze keer win je." Ik pak het tweede glas. "Ik blijf thuis totdat ik dit probleem heb opgelost."

"Wil je contact opnemen met Nero?" vraagt Felix.

"Nee. Misschien." Ik drink het glas leeg en zeg dan, "Als ik dat doe, dan zal het als laatste redmiddel zijn. Allereerst wil ik graag met Rose en Vlad praten." Ik pak mijn telefoon, haal de kalender-app tevoorschijn, en zoek Vlads eerstvolgende middagbezoek. "Hij zal haar over drie dagen bezoeken. Ik wilde toch al vragen stellen over vampierrelaties, maar nu zal ik hier ook met hem over praten. Misschien kunnen de Raad of de Ordebewakers me helpen."

"Ik betwijfel het," zegt Felix. "Het is net zo waarschijnlijk als wereldvrede, of Baba Jaga die een geweten krijgt —"

"Als ze me niet kunnen helpen, dan blijf ik thuis tot ik mijn krachten onder de knie heb." Ik sta op, doe de halfgesmolten erwten terug in de vriezer en schenk voor mezelf nog een glas water in. "Als ik leer te doen wat de bannik deed, dan kan ik zien wanneer het veilig is om naar buiten te gaan en wanneer niet. Ik denk dat mijn kracht kan worden gebruikt om voor mijn vijanden bijna onzichtbaar te worden."

"Dat is geen slecht plan," zegt Felix. "Wil je dat ik iets te eten voor je maak?"

"Alsjeblieft," zeg ik dankbaar. "Iets met veel elektrolyten."

Felix maakt voor ons asperges met ham en gevulde aardappelen, en ik eet mijn eten op voordat ik aan mijn uitputting toegeef en naar bed ga.

DE VOLGENDE TWEE DAGEN BESTEED IK ALS EEN KLUIZENAAR — met het online bestellen van boodschappen, tv kijken, en mediteren.

Helaas leidt geen van mijn meditatiepogingen naar Hoofdruimte.

Ik word tenminste beter en beter als het om het vereiste leegmaken van mijn geest gaat.

Ik ontwikkel ook een techniek die van pas zou moeten komen als mijn krachten terugkomen.

Elke keer als ik het me herinner, kijk ik op de klok van mijn telefoon, op een dwangmatige manier.

Mijn denkwijze is dit: als ik dit religieus doe, als ik uiteindelijk visioenen krijg waar ik mijn lichaam heb, dan zal ik altijd weten hoe laat het is — want mijn toekomstige zelf zal haar telefoon controleren.

Ik ben in slechts twee dagen erg goed geworden in deze praktijk. Er is echter een negatief neveneffect.

Het constant controleren van de tijd heeft de twee dagen thuis nog langzamer laten gaan.

Op de derde dag slaap ik bijna tot de middag, strompel ik de keuken in en controleer ik de klok van mijn telefoon als onderdeel van mijn nieuwe dwangmatige oefening. Als ik geen kliekjes van Felix vind, bereid ik de pan met tegenzin voor om te koken en haal ik wat eieren uit de koelkast.

"Hallo, slaapkop," zegt Fluffster mentaal terwijl hij binnenkomt.

"Hé." Ik kijk naar hem. "Is Ariël gisteravond thuisgekomen?"

"Nee," antwoordt hij bezorgd. "Deze week niet een keer."

Ik versmal mijn lippen en breek boos een ei in de sissende pan.

Als Ariël op komt dagen, zullen we moeten praten.

Fluffster drilt me over mijn nutteloze zoektocht naar een baan terwijl ik eet, en als ik bijna klaar ben, begint de telefoon in Ariëls kamer te rinkelen.

Ik spring op en struikel als ik naar de bron van het lawaai ren.

Misschien heeft Ariël zich gerealiseerd dat ze haar telefoon hier heeft laten liggen en heeft ze besloten om contact met me op te nemen door zichzelf te bellen.

De angst overvalt me net als ik het rinkelende apparaat pak.

Ik ken dit nummer.

Het is Baba Jaga.

Ik weiger de oproep, maar de beller laat geen voicemail achter.

Dus, ik zit nog steeds in Baba Jaga's hoofd. Dat is geen verrassing.

Ik neem Ariëls telefoon mee terwijl ik de keuken opruim, ga dan terug naar mijn slaapkamer en kleed me in een meer representatieve outfit.

Volgens mijn kalender is het vandaag de dag dat Vlad in het appartement van Rose is, dus daar ga ik heen.

"Heb je je krachten in de gang?" vraag ik Fluffster terwijl ik mijn pistool pak en de veiligheid eraf haal. "Ik ben bang dat iemand op me staat te wachten tot ik het appartement verlaat."

"Nee," zegt hij. "Ik werd ooit bijna opgegeten door die helse kat toen ik de fout maakte om naar buiten te gaan."

"Dan zal dit genoeg moeten zijn." Ik zwaai met het pistool. "Ik zal ook de deur openzetten, zodat als er iemand is, ik hem neer kan schieten en terug naar binnen kan rennen."

Bijpassende acties bij mijn woorden voegend, pak

ik een gigantisch "Wereldeconomie"-leerboek van mijn plank om als een deurstopper te gebruiken.

"Ik zal er zijn," zegt Fluffster en hij maakt het zich gemakkelijk bij de ingang. "Onthoud ook dat als je schreeuwt, Vlad je waarschijnlijk zal horen."

Ik knik, haal dan rustig adem en verlaat het appartement.

HOOFDSTUK EENENTWINTIG

Niemand valt me lastig als ik naar het appartement van Rose sprint.

Ik bel aan en verberg het pistool.

De deur gaat open en het lachende gezicht van Rose komt tevoorschijn.

"Sasha." Haar make-up is extra nauwgezet en haar zomerjurk lijkt uit een trendy modeblad te komen. "Kom binnen."

Ik stap naar binnen. Het appartement ruikt naar Chanel-parfum, verse bloemen en exotische thee.

Rose leidt me naar de woonkamer.

Vlad staat bij het raam. De zonnestralen die op zijn huid vallen verdrijven volledig een heersende mythe over vampiers — hun lichtgevoeligheid voor UV.

Tenzij hij SPF 5000 op heeft?

"Hallo, Sasha." Bij de hoeken van zijn pikzwarte ogen lijkt een suggestie van een glimlach te zien te zijn

— die dan onmiddellijk verdwijnt, waardoor het gebruikelijke sombere masker achterblijft.

Lucifur tilt haar hoofd op van het grote kussen op de bank. Haar platte gezicht is een mix tussen chagrijnig en slaperig. Ze lijkt te willen zeggen, "Jij? Wat is het met al die boeren die het tiende koninklijke dutje van Onze Majesteit verstoren?"

Ik negeer de blik van de kat en loop naar de bank en ga naast haar kussen zitten.

Ze trilt gevaarlijk als ik onder haar kin durf te wrijven.

Kunnen katten spinnen van verontwaardiging?

"Dus." Rose gaat naast me zitten met een kop thee in de hand. "In wat voor problemen ben je nu terechtgekomen?"

Ik trek mijn wenkbrauwen op. "Kun je het aan mijn gezicht zien of zo?"

Vlad gromt iets onverstaanbaars terwijl Rose alleen maar naar me kijkt, zonder te knipperen.

Zuchtend vertel ik ze over mijn gedwongen bezoek aan Baba Jaga's banya.

"Je moet je met Nero verzoenen," zegt Vlad als ik klaar ben. "Hij kan hier een einde aan maken!"

"Nero en ik zijn onverzoenlijk," zeg ik krachtig. "Ik had de hoop dat er een soort politie-achtige groep in de Cognizantengemeenschap is die me in plaats daarvan kan helpen?"

Ik knipper onschuldig met mijn wimpers, alsof ik vergeten ben dat Vlad het hoofd is van de Ordebewakers — een groep die zeker politie-achtig klinkt. Of misschien SWAT-achtig. Of lijken ze meer op het soort geheime politie dat dictators gebruiken?

"Ik ben bang dat de Raad zich niet met je problemen zou bemoeien," zegt Vlad, die oprecht verontschuldigend klinkt. "Vooral in het licht van het feit dat Baba Jaga in het verleden zitting had in de Raad van Sint-Petersburg en ambities heeft om zitting te nemen in de Raad van New York wanneer er een zetel vrijkomt." Hij haalt spijtig zijn schouders op. "Ik ben bang dat je er alleen voor staat."

"Hoewel we je natuurlijk graag in onze onofficiële hoedanigheid helpen," zegt Rose, terwijl ze Vlad een strenge blik geeft.

"Juist," zegt hij, een beetje te snel. "In mijn *onofficiële* hoedanigheid zou ik je graag helpen. Ik weet alleen niet hoe." Hij ziet eruit alsof hij op het punt staat gefermenteerde kakkerlakkenlarven in te slikken terwijl hij aanbiedt, "Misschien kan ik je naar Oriëntatie begeleiden?"

"Ariël kan me daarbij helpen," wil ik zeggen. Maar dan herinner ik me haar afwezigheid en besluit dat het tijd is dat ik meer over vampierrelaties te weten kom, dus in plaats daarvan flap ik eruit, "Wat is een bloedhoer?"

Thee spuwt uit de mond van Rose, en Vlad ziet eruit alsof hij die larven heeft ingeslikt.

"Chester noemde Ariël zo bij de Earth Club," leg ik haastig uit. "Ik denk dat hij naar haar relatie met Gaius verwees."

"Oh," zegt Vlad, de onleesbaarheid is weer terug op zijn gezicht. "Ik begrijp het."

Rose heeft ook haar kalmte weer terug. "Sasha vroeg naar vampierrelaties en ik zei haar terug te komen zodat we het konden bespreken als jij er was," zegt ze tegen Vlad.

"En mijn vraag is net veel dringender geworden." Ik streel zonder na te denken de bijna-chinchilla zachte vacht van Lucifur en verlies daarbij verrassend genoeg geen vingers. "We hebben Ariël al dagen niet gezien. Haar gedrag is onvoorspelbaar. Ze —"

"Gaius heeft persoonlijk verlof van zijn taken genomen." Vlad loopt naar een stoel en gaat zitten, zijn rug stijf. "Hij ging iets in Rusland doen. Misschien heeft hij haar met zich meegenomen?" Het klinkt niet alsof hij denkt dat het antwoord ja is.

"Ik denk dat Ariël het me zou vertellen als ze op reis ging, vooral naar ergens zo exotisch als Rusland," zeg ik.

Rose staart naar Vlad.

Hij haalt met tegenzin zijn telefoon tevoorschijn en stuurt een bericht op een supersnelle manier die alleen vampiers en tienermeisjes lijken te kunnen.

Het antwoord komt direct.

"Ariël is niet bij Gaius." Vlad kijkt Rose aan en ik vraag me af of hij een Fluffster-achtig vermogen heeft om een geheim telepathisch gesprek met haar te voeren. "Gaius zei ook dat ze geen relatie hebben." Hij kijkt naar zijn telefoon. "Hij zei, en ik citeer, 'Het is gewoon een ongedwongen, wederzijds voordelige regeling. Ze betekent niets voor me.'"

De gelaatstrekken van Rose worden donkerder.

"Het zijn instemmende volwassenen," zegt Vlad haar verontschuldigend.

"Gaius liegt." Ik vecht tegen de drang om op te staan, Vlads telefoon te pakken en die zelfvoldane klootzak een paar beledigingen te appen. "Ariël gaat al de laatste paar —"

"Iemand als een puppy volgen is geen relatie," zegt Vlad, dan kijkt hij naar de nog bozere uitdrukking van Rose. "Het spijt me, maar het is waar."

"Dit soort dingen gebeurt met sommigen die vampierbloed proeven." Rose kijkt Vlad aan, als voor een bevestiging. Als hij knikt, zegt ze, "De ervaring is... buitengewoon."

"Dus... wat? Wil je zeggen dat Ariël verslaafd is aan het 'buitengewone' bloed van Gaius?" Ik kijk naar Rose en dan naar Vlad.

Ze ontwijken allebei mijn blik.

Mijn zorgen worden groter. "Is ze als een heroïneverslaafde of zo?"

"Meer als een seksverslaafde dan een drugsverslaafde." Vlad ontmoet eindelijk mijn blik.

"Het zou een eigen categorie moeten hebben," zegt Rose met een vage blos. "Maar het volstaat om te zeggen dat je enorme wilskracht nodig hebt als je zo'n sterke substantie gaat drinken. Het helpt ook als je een liefdevolle relatie met je favoriete drugs hebt." Ze staart Vlad zo verhit aan dat ik half verwacht dat ze op zal springen en hem voor mijn neus zal gaan zoenen. Alweer.

"Ik vind dit niks." Ik geef de kat nog een aai. Grootmoedig gespin en mijn voortbestaan zijn mijn beloning. "Kan het zijn dat Ariël een andere vampier heeft gevonden om bloed van te krijgen?"

Vlad schudt zijn hoofd. "Ze heeft van Gaius gedronken," zegt hij. Als ik hem uitdrukkingsloos aankijk, legt hij uit, "Zijn geur zal wekenlang op haar blijven hangen. Het verpest de... eetlust."

"Tuuuurlijk. We willen geen natte slobbers van een andere vampier."

Rose stikt in haar thee en Vlad schudt weer zijn hoofd.

"Als ze niet bij een andere vampier is, heb ik geen idee waar ze zou kunnen zijn," zeg ik.

"Ze kan in een menselijk ziekenhuis liggen." Vlad knijpt in de brug van zijn neus en fronst dieper dan normaal. "Afhankelijk van hoeveel ze heeft genomen, kunnen de ontwenningsverschijnselen behoorlijk ernstig zijn."

"Ontwenningsverschijnselen?" Ik onderdruk de drang om obsceniteiten te schreeuwen. "Je zei dat het net als seks was." Ik voeg er bijna aan toe, "Ik heb al twee jaar geen seks gehad en heb geen ontwenningsverschijnselen gehad, afgezien van af en toe een chagrijn zijn," maar dit zou TMI zijn.

"Misschien heeft ze zichzelf in een afkickkliniek op laten nemen," zegt Rose sussend. "Er zit in Gomorrah een uitstekende faciliteit die in allerlei soorten cognitieve verslavingen gespecialiseerd is."

"Dat geloof ik niet." Frustratie komt in mijn stem. "Zou ze het me niet vertellen als ze naar een afkickkliniek zou gaan?"

"Misschien schaamde ze zich," zegt Rose. "Maar je hebt een punt. Ze zou op zijn minst een verhaal verzinnen om haar afwezigheid te verklaren."

Vlad staat op. "Kun je me wat van haar haren brengen? Het is tijd om deze vraag te beantwoorden."

"Haar haren?" Ik staar hem aan. "Die zijn misschien moeilijk te vinden."

"Ik zou haar verblijfplaats kunnen trianguleren als ik haar genetisch materiaal had," legt Vlad met tegenzin uit. "Het is iets wat mijn soort kan doen."

Ik herinner me de haarlok die Gaius uit mijn hoofd rukte tijdens onze eerste ontmoeting, en hoe hij me na het gevecht met Beatrice in Vegas had gevonden. Dit moet de manier zijn waarop hij dat kon doen — en waarom Ariël erop stond dat hij het haar terug zou geven.

Als ik aan die gebeurtenissen denk, voel ik me schuldig. Mijn tegenslagen zijn de reden dat ze het bloed van Gaius heeft geproefd.

Afgezien van deze nutteloze gedachten, concentreer ik me op de praktische implicaties van de openbaring van Vlad. Ik herinner me nu vaag dat ik had overwogen om mijn hoofd te scheren toen ik over dit haargedoe had gehoord, maar de glamour van Gaius moet het me allemaal hebben doen vergeten.

Niet dat ik echt mijn hoofd zou scheren, maar misschien zou ik net zo dwangmatig worden als Ariël over mijn haar rond laten slingeren.

Misschien heeft ze helemaal geen dwangneurose. Haar haar breekt misschien niet door haar superkracht.

"Ik betwijfel of ik iets zal vinden," zeg ik en leg Ariëls haarsituatie uit. "Maar ik zal gaan kijken. Het kan elk soort DNA zijn, toch?"

Ik stel me voor dat Vlad een gebruikt vrouwelijk hygiëneproduct vasthoudt en ik vind het moeilijk om mijn gezicht in de plooi te houden.

"Ja, het kan van alles zijn." Vlad loopt naar het raam en staart naar het park eronder.

"Oké." Ik spring overeind. Iets te doen hebben geeft me een kleine energieboost. "Geef me even een momentje."

Rose brengt me naar de deur.

"Ik kom terug," fluister ik tegen haar. "Zo snel als ik kan."

"Ik zal ervoor zorgen dat Vlad hier blijft totdat je terug bent." Ze knijpt geruststellend in mijn hand en opent de deur.

"Bedankt," zeg ik terwijl ik het appartement verlaat.

"Geen probleem." Rose glimlacht en sluit de deur.

Gezien het feit dat ze Ariël niet zo goed kent, ben ik erg dankbaar dat ze Vlad heeft aangespoord om te helpen.

Ik loop naar mijn appartement en hoor dan de lift aankomen.

ONWILLIGE HELDERZIENDE

Shit.

In mijn bezorgdheid over Ariël, ben ik mijn eigen kwetsbare situatie helemaal vergeten.

De liftdeuren schuiven open.

Ik haal het pistool tevoorschijn.

HOOFDSTUK TWEEËNTWINTIG

"Sasha." Het gezicht van Felix is wit, zijn ogen puilen uit. "Richt dat niet op mij."

Ik verberg snel het pistool.

Deze situatie maakt me te nerveus. Als Felix een buurman was geweest, dan had hij na zo'n stunt misschien de politie gebeld — en ik denk niet dat ik het leuk zou vinden om Vlad te smeken om me met zijn glamour uit dat debacle te halen.

"Gaat het?" Felix stapt uit de lift.

"Laten we in het appartement praten," zeg ik en ren naar de deur.

Felix volgt.

Ik ijsbeer door de woonkamer terwijl ik hem en Fluffster vertel wat ik net heb geleerd.

"Het bloed moet haar hebben geholpen om met haar PTSS om te gaan," zegt Fluffster mentaal als ik klaar ben. "Het moet beter hebben gewerkt dan die drugs die ze af en toe neemt. Dit betekent in ieder geval dat ze niet bipolair is."

"Ja," zegt Felix terwijl hij naar Fluffster kijkt. "Een bloedverslaving verklaart inderdaad veel. De hoogte- en dieptepunten van haar humeur. De verdwijntruc."

"Behalve dat de laatste verdwijntruc dat niet is." Ik kijk Felix aan. "Kun je me alsjeblieft helpen om haar haar of een ander soort DNA voor Vlad te vinden?"

Ik vertel hem niet over mijn eerdere nutteloze zoektocht naar haren. Het zou ervoor kunnen zorgen dat Felix gemakkelijker opgeeft, en bovendien is het niet zo dat ik bijzonder grondig was.

"Dat zal ik doen." Felix loopt naar de bank en kijkt in de plooi. Over zijn schouder zegt hij, "Ik denk dat je ondertussen je krachten opnieuw moet gebruiken. Doe je best om een visioen over Ariël te krijgen."

"Ik weet niet of ik me met dit alles kan concentreren." Ik betrap mezelf erop dat ik op mijn nagels zit te bijten en stop.

"Je kunt niet verwachten dat je altijd in een ontspannen sfeer visioenen kunt hebben." Felix draait nog een kussen om. "Ik weet zeker dat je het uit zult vogelen. Voor Ariël."

"Goed," zeg ik. "Ik ben in mijn kamer. Val me alsjeblieft een tijdje niet lastig."

"Ik zal Felix helpen met zoeken," zegt Fluffster.

"Een momentje," zeg ik, til hem dan op en knuffel hem als een teddybeer.

Een deel van mijn spanning lijkt door zijn hemelse

vacht te worden geabsorbeerd, dus ik zet hem neer en ga naar mijn kamer.

Zijn zijn kalmerende effecten een domovoj-kracht, of is elke chinchilla zo?

Als ik in mijn kamer kom, komt er iets in me op dat Yaroslav, de bannik, had gezegd. Een gedachte die op een rustig moment zat te wachten als er niet iets misgaat.

Meditatie is slechts een middel om een doel te bereiken. De sleutel tot het bereiken van Hoofdruimte is een speciaal soort focus.

Betekent dat dat ik meditatie kan omzeilen en meteen in die speciale focus kan springen?

Het lijkt onwaarschijnlijk.

Dan roept het woord 'focus' een ander idee op.

Vlak voordat ik ontdekte dat ik een Cognizant ben, liet Nero me onderzoek doen naar een bedrijf met de naam Rapid Rabbit Biotech en hun product dat binnenkort aangekondigd wordt, een geneesmiddel genaamd Focusall. Hoewel mijn presentatie over dit bedrijf op de Alpha One-conferentie in een ramp met flauwvallen veranderde, is er uit die hele affaire misschien iets goeds gekomen.

Ik heb namelijk nog steeds een aantal monsters van het middel — en het heeft het woord 'focus' in zijn naam zitten.

Hoe meer ik erover nadenk, hoe enthousiaster ik word.

Toen ik aan de Focusall zat, was ik in staat om mijn werk in een fractie van de tijd die het meestal kost af te maken, en nog belangrijker voor Hoofdruimte, wat ik ook deed of onder hoeveel druk ik ook stond, ik was net zo gefocust als een Zen-monnik.

Ik ga door mijn bureaulade en zoek de fles met monsters.

Met een trillende hand, slik ik zonder water een van de groene pillen door.

Volgens het bedrijf heeft deze medicatie ongeveer twee uur nodig om in te werken, maar tijdens mijn experimenten ermee, had ik het eerder gevoeld.

Ik ben niet bereid om tijd te verspillen door gewoon te wachten, dus ik neem mijn meditatiehouding aan en probeer op de ouderwetse manier de informatie te krijgen die ik nodig heb.

Ik let op mijn ademhaling en probeer niet na te denken over alle verschillende manieren waarop ik kan falen. Mijn krachten kunnen bijvoorbeeld nog steeds niet werken, dankzij dat lange visioen over gamen met Felix. Of Ariël zit in de problemen en kan in de tijd dat het medicijn nodig heeft om te werken ernstig gewond raken. Of Focusall helpt me misschien niet om in Hoofdruimte te komen, daar is het niet voor ontworpen. Of —

Ik verban alle negatieve gedachten uit mijn hoofd en doe een bovenmenselijke poging om alleen aandacht aan mijn ademhaling te besteden.

Na een paar minuten, wordt mijn geest helder.

Ik denk dat al die meditatietraining die ik heb gedaan nu de moeite waard is.

Binnen een minuut ben ik geschokt om te voelen dat mijn handpalmen warmer worden.

Dit kan niet door Focusall komen.

Dit komt allemaal door mij.

Natuurlijk zorgt de opwinding over de handpalmen ervoor dat het gevoel verdwijnt.

Door mijn inspanningen te verdubbelen, maak ik mijn geest weer helemaal leeg en adem ik rustig.

Mijn handpalmen warmen op, en de bliksem raakt eindelijk mijn ogen.

IK BEN WEER LICHAAMLOOS IN HOOFDRUIMTE.

De veilige vormen om me heen negerend, denk ik aan niets anders dan Ariël terwijl ik vooruitga.

Volgens een instinct dat uniek is voor dit rijk, stop ik wanneer ik een zwerm van warme, paarse, naar popcorn smakende ronde octaëders bereik.

Helaas is de muziek die uit deze vormen komt het meest onheilspellende geluid dat ik ooit ben tegengekomen.

"Ik verlaat Hoofdruimte niet voordat ik dit heb gezien," zeg ik mentaal, hoewel ik niet zeker weet aan wie ik dit ultimatum geef.

Maar voordat ik het visioen probeer, moet ik een belangrijke beslissing nemen.

Hoelang moet de voorspelling duren?

Als deze vorm echt licht werpt op Ariëls situatie, wil ik dat het visioen zo lang mogelijk duurt als een vorm van verkenning. Maar als dit visioen *niet* over Ariël gaat, dan wil ik misschien dat het extra kort is, zodat ik in de nabije toekomst Hoofdruimte weer kan betreden.

Zou ik twee visioenen op één dag kunnen krijgen als ik er één zo kort mogelijk zou houden?

Dat visioen met mijn naam in het Russisch was kort, en ik kon later die dag niet in Hoofdruimte komen, maar dat was toen ik net begon. Mijn krachten zijn sindsdien misschien gegroeid, en twee pogingen zou zeker beter zijn dan één langer visioen.

Mijn beslissing genomen, begin ik keer op keer op de vormen in te zoomen.

Gezien mijn eerdere ervaring met inzoomen, duurt dit visioen hooguit een paar seconden.

Ervan uitgaande dat het überhaupt gebeurt. Ik heb nog nooit vormen kunnen activeren die *zo* angstaanjagend waren.

Metafysisch met mijn niet-bestaande tanden knarsend, reik ik naar voren om de vorm aan te raken.

Het werkt niet.

Ik doe het nog een keer.

En weer.

En weer.

En nog twintig keer.

Stroomt de tijd normaal in de echte wereld zoals ik die in Hoofdruimte heb? Zo ja, als ik dit lang genoeg blijf proberen, dan kan de Focusall misschien beginnen te werken.

Maar zou dat hier wel helpen?

Onwaarschijnlijk, denk ik.

Maar aan de andere kant, het is onwaarschijnlijk dat de tijd daar 'buiten' normaal verdergaat als ik hier zweef. De paar keer dat ik heb gezien dat andere zieners een visioen hadden, gebeurde het onmiddellijk. Ze hadden hooguit even een afwezige blik.

Dus, ik blijf hardnekkig proberen om de vorm aan te raken.

Steeds weer opnieuw.

Op wat waarschijnlijk de miljoenste poging is, gebeurt er eindelijk iets, en zuigt de vorm me met geweld in zichzelf op.

IK LEG MIJN HANDPALM OP DE DEURKNOP.

Voordat ik naar binnenloop, kan ik niet anders dan mijn telefoon weer obsessief controleren. Misschien was het toch geen goed idee om deze gewoonte te ontwikkelen. Ach ja. Ik weet tenminste dat het 15.24 uur is.

Dwangneurose gesust, open ik de deur en stap ik naar binnen.

De raamloze en kale gigantische kamer wordt door halogeenlampen vanaf een plafond van bijna twaalf meter verlicht.

Er zit in het midden van de kamer een vrouw in een stoel. Hoewel de pilotenzonnebril veel van haar gezicht verbergt, twijfel ik er niet aan dat dit Ariël is. Niemand anders heeft die perfecte jukbeenderen.

Ze heeft een houten kom en een bijpassende houten lepel vast. De dampende vloeistof verspreidt dampen van kippensoep door de grote ruimte.

Met onregelmatige, overdreven bewegingen die me aan een marionet doen denken, schept Ariël de soep op en doet ze de lepel in haar mond.

Waarom gedraagt ze zich zo? Kan het een bijwerking van haar ontwenningsklachten zijn?

"Ariël," fluister ik luid en zet een stap naar voren. "Ik ben het. Sasha."

Er is een gekraak in de nekwervels als Ariël haar hoofd naar me toe draait.

Voordat ik over dit nieuwe stukje vreemd gedrag na kan denken, schraapt iemand aan mijn linkerkant zijn keel.

Mijn hartslag schiet omhoog en ik hef mijn pistool terwijl ik me omdraai om het nieuwe gevaar onder ogen te zien.

Ik herken hem meteen.

Dit is Innokentiy, de admiraal.

Met spieren die onder zijn tanktop vandaan puilen, staat hij daar, met zijn mes getrokken en klaar.

De uitdrukking op zijn gezicht is wreed. Hij moet van streek zijn over alle snijwonden, bulten en blauwe plekken die hij door mij heeft gekregen.

Ik richt het pistool tussen zijn ogen en haal de trekker over.

Zonder de oorbeschermers van de schietbaan, steekt de klap in mijn trommelvliezen.

Mijn schietvaardigheid is duidelijk vreselijk. In

plaats van zijn hoofd, raakt de kogel zijn schouder als een hete lepel in ijs.

Hij schreeuwt iets onsamenhangends in het Russisch, laat bijna het mes vallen, maar vangt het op het laatste moment met zijn linkerhand.

Ik richt weer op zijn hoofd.

Met een geoefende beweging van zijn pols gooit hij het mes naar me.

Ik haal de trekker over, maar het is te laat.

Zijn mes raakt me ergens net onder mijn kin.

De pijn voelt in het begin als het doorslikken van pepperspray. Dan is het meer als stikken in magma.

Ik probeer te schreeuwen, maar uiteindelijk spuug ik met een gruwelijk gegorgel bloed uit.

De admiraal hangt met een sadistische grijns over me heen. Hij pakt het handvat van het mes en trekt het wapen eruit.

Ik val op mijn knieën, grijp naar de fontein van bloed die uit mijn hals stroomt, terwijl hij me keer op keer steekt.

HOOFDSTUK DRIEËNTWINTIG

Ik kom met een snik terug bij zinnen.

Geen wonder dat zoveel angstmuziek dit visioen in Hoofdruimte omringde.

Terwijl ik mijn ademhaling onder controle probeer te krijgen, zit ik stil terwijl de implicaties en openbaringen in mijn hoofd exploderen.

Ariël zat ergens in een magazijn — met de admiraal.

Ze moet ontvoerd zijn.

Natuurlijk. Daarom is ze de laatste dagen niet thuis geweest.

En gezien de aanwezigheid van de admiraal, hoef je geen Sherlock Holmes te zijn om te weten wie erachter zit.

Baba Jaga.

Dit is allemaal zo logisch.

Sommige dingen die de heks zei toen ze me bij de banya had, vallen nu op hun plaats.

"Leverage is veel beter dan vertrouwen," had ze

gezegd. "Je weet dat ze zal doen wat ik zeg als ik het haar vertel."

Ze had het vast over Ariël. Ik wilde haar dreigementen niet horen en dus had ik gedaan alsof ik toegaf, en ze moet gedacht hebben dat ik vanuit een visioen van Ariëls situatie wist.

Dit is ook de reden waarom Koschei had gezegd, "Ik weet niet zeker of ze loyaal is, zelfs aan haar vrienden."

Hij had geen algemene belediging gemaakt. Hij was heel specifiek.

Ik sla mezelf op het voorhoofd terwijl ik me iets anders herinner dat hij had gezegd, "Ik moet weg om voor onze gast te zorgen."

Ik wed dat hij Ariël bedoelde.

En Baba Jaga antwoordde met iets als, "Over gasten gesproken" — en toen probeerde ze me iets op haar telefoon te laten zien.

Het was waarschijnlijk een foto van een gevangengenomen Ariël. Zij was de sleutel tot het 'aanbod dat je niet kunt weigeren'.

Nu ik het weet, kan ik niet geloven dat ik het niet bij de banya heb geraden.

In mijn verdediging, ik was net knock-out geslagen met wie weet wat voor chemicaliën en zat daarna vol met adrenaline.

Of misschien was ik opzettelijk blind? Als ik had geweten dat Ariël in de problemen zat, dan zou het onvergeeflijk laf zijn geweest om in mijn eentje te ontsnappen.

Nee.

Ik was niet opzettelijk stompzinnig.

Toch vraag ik me met een stemmetje in mijn achterhoofd af: als ik van Ariëls situatie had geweten, had ik Baba Jaga me dan laten dwingen om een kind te krijgen en haar zonder mij op hebben laten groeien?

Om de geschiedenis zich met *mijn* kind te laten herhalen?

Dan realiseer ik me dat ik mezelf wat rust moet gunnen.

Volgens mijn visioen zal ik dapper zijn. Ik probeerde Ariël duidelijk te redden toen ik de ultieme prijs betaalde.

De existentiële angst negerend die deze gedachtegang genereert, spring ik overeind om Felix te gaan zoeken.

"Gaat het met je?" vraagt hij wanneer ik hem, naast een zeer stoffige Fluffster, in Ariëls kamer vind. "Je ziet eruit alsof je een geest hebt gezien."

"Vertel me alsjeblieft dat je Ariëls haar hebt gevonden?" Mijn vraag komt hees naar buiten.

Felix schudt zijn hoofd. "Ik heb overal zeven keer gezocht."

"Ik heb onder de bedden gekeken," zegt Fluffster mentaal. "Niks. En jullie moeten echt beter stofzuigen."

Die steek onder water negerend, storm ik de badkamer in en snuffel daar door het vuilnis.

Niets met DNA. Niet eens iets smerigs.

Ik kijk door de kamer, er knabbelt vaag een idee in mijn achterhoofd terwijl mijn ogen over de wasbak gaan, maar dan legt iemand een hand op mijn schouder.

Mijn gekrijs dat daarop volgt, is hoogst ondamesachtig.

"Het spijt me." Felix trekt zijn hand terug alsof hij zich heeft verbrand. "Ik wilde je niet laten schrikken."

"Geeft niks. Ik ben gewoon nerveus. Ik heb in mijn kamer een visioen gehad." Ik voel me een beetje flauw, laat het toiletdeksel zakken en ga erop zitten. "Baba Jaga heeft Ariël ontvoerd."

Menselijke ogen en knaagdierogen staren me verbijsterd aan, dus vertel ik ze aarzelend over mijn visioen.

"Er is een zonnige kant." Felix zit met zijn kont op de rand van de badkuip. "We weten nu dat ze leeft. En dat zal om 15:24 nog steeds zo zijn."

"We weten ook dat je er op de een of andere manier achter zult komen hoe je haar kunt vinden," voegt Fluffster er mentaal aan toe. "Anders had je er in de toekomst niet kunnen zijn."

Ik knik.

"Heb je toevallig naar de GPS op je telefoon gekeken toen je in het visioen zat?" vraagt Fluffster. "Als dat zo is, dan is dat misschien hoe we de plek zullen vinden."

Voordat ik mijn hoofd schud, zie ik Felix de zijne schudden. "Ik betwijfel of ze de plek op basis van een visioen heeft gevonden," zegt hij. "Dat zou een causale lus zijn."

Fluffster kijkt hem leeg aan.

"Een voorbestemmingsparadox?" probeert Felix opnieuw, maar Fluffsters uitdrukking blijft onveranderd.

"Sta me toe het uit te leggen," zegt Felix met schijngeduld. "Als het visioen Sasha vertelt waar ze moet zijn, maar de enige manier waarop Sasha daar kan zijn, is door de locatie te leren vanuit een visioen, dan krijg je de informatie dus uit het niets. Een soort paradox."

"Stop, alsjeblieft." Ik wrijf over mijn voorhoofd. "Ik heb *niet* naar de GPS gekeken, dus dit is een betwistbaar punt." De herinnering aan mijn nieuwe gewoonte dwingt me om mijn telefoon te pakken en de tijd te controleren. Dwangneurose tevreden gesteld, zeg ik, "Ik moet waarschijnlijk ook de gewoonte krijgen om mijn locatie te controleren wanneer ik dit doe — paradoxen wees verdoemd."

"Dus we hebben geen idee waar Ariël is?" vraagt Fluffster.

"Niet per se." Ik sta op en weersta de drang om mijn kont te masseren. Het toiletdeksel is sowieso niet de meest comfortabele zitplaats en is een marteling voor iemand met een geblesseerd stuitje. "Gezien het feit dat Ariël onder Baba Jaga's controle is, hebben we al twee opties voor waar ze zou kunnen zijn — het *Izbushka*-restaurant en de banya. De kamer waarin ze was, was echt groot en had enorme plafonds, maar misschien is het een opslagruimte op een van die plaatsen?" Ik kijk naar de geanimeerde doorlopende wenkbrauw van Felix en zeg wat hij al moet denken,

"Kun je hun camera's hacken en kijken of je Ariël kunt zien?"

Felix springt op en rent de badkamer uit.

"Doe het licht uit," herinnert Fluffster me als ik me achter Felix aan haast.

Ik mompel binnensmonds over de prioriteiten van Fluffster, maar toch doe ik wat hij zegt. Dan gaan we allebei naar de kamer van Felix.

Felix zit op zijn laptop te typen.

"Niets in de banya," zegt hij, terwijl hij de laptop naar ons toe draait. Op het scherm zijn een aantal beelden van een beveiligingscamera te zien die de banya laten zien waar ik onlangs uit ben ontsnapt.

Felix draait vervolgens de laptop weg, wijst naar het scherm en stuurt er een stroom magenta-energie naartoe.

Hij ziet er tevreden uit en ramt met een enthousiasme van een vijfjarige die Whack-A-Mole speelt op het toetsenbord.

Om te voorkomen dat ik van de spanning op mijn nagels ga bijten, pak ik Fluffster op en krab ik achter zijn oor.

"Niets in het restaurant," zegt Felix na een paar zeer lange seconden, en laat ons dan de resultaten zien.

Net als voorheen, zijn er een aantal beveiligingscamera's op het scherm te zien, maar op geen van hen is Ariël te zien.

"Dit is niet overtuigend," zeg ik, terwijl ik de schermen zorgvuldig bekijk. "Het zou kunnen dat er geen camera's in de opslagruimte zijn waar ze Ariël vasthouden. Ik zie bijvoorbeeld niet het op een houten hut geïnspireerde kantoor van Baba Jaga of een aantal van de saunaruimtes."

"Je hebt gelijk," zegt Felix, terwijl zijn post-hacking-gloed merkbaar dimt. "Wat ze ook in die kamer doen, ze willen waarschijnlijk geen opgenomen bewijs hebben."

We staren elkaar in een ongemakkelijke stilte aan, waarbij iedereen zich ongetwijfeld het ergste voorstelt van wat er met Ariël zou kunnen gebeuren. Ze zit tenslotte in de kamer met de admiraal en zijn mes. Dan onthult deze gedachtegang een logische fout, dus zeg ik, "Jongens. Ariël was in mijn visioen niet vastgebonden. Dus waarom heeft ze niet gewoon met haar superkracht met de admiraal afgerekend?"

Voordat iemand kan antwoorden, gaat Ariëls telefoon af in mijn zak.

Ik grijp het apparaat en staar ernaar.

Ik ken dit 718-nummer.

"Het is Baba Jaga," sis ik naar Felix. "Kun je dit telefoontje naar haar locatie traceren?"

"Ja," fluistert hij, alsof ze ons kan horen. "Neem de telefoon op en praat met haar totdat ik klaar ben."

Terwijl ik op het scherm druk om het gesprek te accepteren, schiet Felix een boog van zijn magenta mojo naar de telefoon en begint dan verwoed weer op zijn laptop te typen.

"De telefoon van mijn vriendin is bijna leeg, dus doe dit alsjeblieft snel," lieg ik en zet de telefoon op de luidspreker. "Wie is dit?"

"Ik ben het," zegt de heks in haar tweeslachtige stem. "Probeer je je dom voor te doen?"

"Baba Jaga?" zeg ik zo vrolijk als ik kan. "Ben jij dat? Koschei heeft me verteld dat je nooit met iemand aan de telefoon praat."

"Ik heb een zeldzame uitzondering gemaakt," zegt ze gelijkmatig.

"Daar lijkt het wel op." Het wordt steeds moeilijker om te doen alsof ik vrolijk ben, maar ik doe mijn best als ik zeg, "Ik wist niet dat jij en Ariël elkaar kenden — maar hier ben je, haar telefoon aan het bellen."

Er is gedurende een paar seconden een stilte. Dan zegt Baba Jaga, "Dus je wist het niet?"

"Wat wist ik niet?" Iemand moet me een Oscar geven voor de onschuld die ik veins.

"Hier is de deal," zegt Baba Jaga zakelijk. "Ik heb Ariël."

"Je hebt *wat*?" De verontwaardiging in mijn stem is *niet* nep.

"Ze is mijn leverage," zegt ze. "Ik had verwacht dat je je niet aan jouw kant van de afspraak zou houden, en ik had gelijk."

Ik zwaai met een hand voor Felix zijn monitor. Hij kijkt op, schudt zijn hoofd en gaat verder met typen.

"Wacht even," zeg ik verontwaardigd. "Onze afspraak ging om een *service*. Boodschappen voor je halen is een service. Je post bezorgen is een service. Wat jij vraagt, is veel, veel meer dan dat."

"Semantiek," zegt Baba Jaga. "Je hebt ermee

ingestemd om te doen wat ik vroeg, en nu zal je dat doen."

Felix is nog steeds bezig, anders zou ik obsceniteiten naar de heks schreeuwen. Voor nu, haal ik kalmerend adem en zeg, "Alsjeblieft. Ariël heeft hier niets mee te maken. Ze heeft geen deals met je gemaakt. Je moet haar laten gaan."

"Dat zal ik doen," zegt Baba Jaga. "Zodra ik heb wat ik wil."

Ik vind het steeds moeilijker om de telefoon niet tegen de muur te smijten, maar Felix doet nog steeds zijn ding. "We hebben afgesproken dat wat de service ook is, het legaal zou zijn," zeg ik, terwijl ik de woorden rek. "Mij dwingen om tegen mijn wil met iemand naar bed te gaan is illegaal. Net als het verkopen van baby's."

Er is een moment van stilte wanneer ik alleen de vingers van Felix op de toetsen van zijn laptop kan horen dansen.

"Amerikanen," zegt Baba Jaga eindelijk met een zucht. "Zo'n puriteinse natie."

Ik kijk naar Fluffster en hij haalt zijn harige schouders op. Felix tilt de rechterkant van zijn doorlopende wenkbrauw op, maar blijft typen.

"Bedankt voor dat inzicht," zeg ik. "Heb je nog meer nuttig sociaal commentaar?"

"Ik zal je sarcasme negeren, omdat ik je mag," zegt Baba Jaga. "Heb ik dat al eerder tegen je gezegd?"

De tweede helft van de doorlopende wenkbrauw van Felix gaat omhoog en Fluffster ziet er verbijsterd uit.

"Als dit is hoe je iemand behandelt die je aardig vindt," zeg ik, "dan zou ik het vreselijk vinden om je vijand te zijn."

"Dat zou je inderdaad vinden," zegt Baba Jaga, en hoewel er geen kwaadaardigheid in haar stem klinkt, danst er een koude rilling op mijn rug. "Maar omdat ik je wel aardig vind, ben ik bereid om redelijk te zijn. Zelfs accommoderend."

Ik kijk Felix en Fluffster ook verward aan en blijf stil, onzeker wat ik moet zeggen.

"In plaats van coïtus en de daaropvolgende bevalling en zo, vraag ik je alleen maar om een van je eieren aan me te doneren", zegt Baba Jaga. "Ik kan dan in-vitrofertilisatie gebruiken om te krijgen wat ik wil, en iedereen zal tevreden zijn."

Sprakeloos kijk ik naar de doorlopende wenkbrauw van Felix die aan het breakdancen is, terwijl hij blijft typen.

"Hallo?" zegt Baba Jaga. "Heb je mijn zeer genereuze aanbod niet gehoord?"

"Ik ben er nog," weet ik te zeggen. "Je overviel me met je 'vrijgevigheid'."

"Natuurlijk zou een draagmoeder het kind zou dragen," zegt Baba Jaga kalm. Ze merkte duidelijk niet de luchtcitaten op die ik per ongeluk om het woord 'vrijgevigheid' had gezet. "Het enige wat je hoeft te doen, is een paar hormonale injecties nemen en een kleine procedure ondergaan om het ei eruit te krijgen."

Mijn kortstondige verdoving is weg, ik krijg een

ondeugend idee, dus ik pak de telefoon, ren naar de keuken en open de koelkast.

"Dus," zeg ik. "Voor alle duidelijkheid. Ik geef je een van mijn eieren" — Ik pak een organisch scharrelmonster en houd het in mijn hand —"en we zouden quitte staan, toch?"

"Dat klopt," zegt ze. "Het kan alleen zijn dat ik misschien om een paar eieren vraag, omdat ivf niet altijd bij de eerste poging lukt."

"Oké." Ik kijk in de koelkast en pak nog wat kippeneieren op. "Ik zal je binnenkort geven wat je wilt. Kun je voor nu Ariël alsjeblieft laten gaan?"

"Wat voor idioot denk je dat ik ben?" vraagt Baba Jaga terwijl ik de eieren in keukenrol begin te wikkelen.

"Ik dacht dat het een vriendelijk gebaar zou zijn als je haar zou laten gaan." Ik stop de ingepakte eieren in een plastic bak. "Zoals ik al zei, ze heeft hier niets mee te maken."

"Zelfs als ik daartoe geneigd was, wat ik niet ben, denk ik niet dat je zou willen dat ik haar nu al laat gaan," zegt Baba Jaga.

"Oh?" Ik stop de eieren in een doos van een van onze recente leveringen en ga terug naar de kamer van Felix.

"Je meisje heeft nog steeds enorme ontwenningsverschijnselen," zegt de heks. "Ze zal een gevaar voor jou en haarzelf zijn, maar ik kan haar clean houden voor de paar weken die ze nodig heeft om er overheen te komen."

"Tuurlijk," ben ik geneigd om te zeggen. "De beroemde Baba Jaga-afkickkliniek. Moorddadige verkrachters als personeel en een krankzinnige babydief die de leiding heeft. Wie zou daar niet beter willen worden?"

Woedend ren ik terug naar de kamer van Felix.

Hij kijkt op van zijn werk, geeft me een lauwe duim omhoog, en mimet de telefoon op te hangen.

"Oh shit," zeg ik met overdreven bezorgdheid. "De telefoon is le—"

Met enorm veel plezier hang ik Baba Jaga op. Voor de goede orde haal ik dan de batterij uit Ariëls telefoon en overweeg zelfs om het apparaat kapot te stampen. Ik beslis ertegen, omdat dat veel op het doden van de boodschapper zou lijken.

Felix kijkt me vreemd aan.

"Waar is ze?" vraag ik, me tegen de drang verzettend om zijn laptop weg te grissen.

"Dit hele gebeuren was een mislukking." Hij kijkt naar de recent geschrobde vloer. "Baba Jaga belde vanuit haar restaurant, maar ik heb de blauwdrukken voor die plek onderzocht en er is daar geen ruimte met plafonds die zo hoog zijn als de kamer uit je visioen. Hetzelfde geldt voor de banya."

Ik zit op zijn bed en sla mijn armen om me heen. "Er is een zonnige kant. Als Baba Jaga niet daar is waar Ariël wordt vastgehouden, dan zal het de redding veel gemakkelijker maken, nietwaar?"

"We weten alleen niet waar Ariël is," zegt Fluffster.

"Maar dat zullen we wel te weten komen," zeg ik.

"Volgens mijn visioen."

Felix kijkt me weer raar aan. Verzamelt hij de moed om iets onaangenaams te zeggen?

"Ik moet het vragen," zegt hij en bevestigt mijn vermoeden. "En begrijp alsjeblieft dat ik bijna letterlijk de advocaat van de duivel ben." Hij ademt in en zegt in één adem, "Heb je erover nagedacht om te doen wat ze vraagt?" Rood wordend voegt hij eraan toe, "Ik bedoel, als ze mijn sperma wilde hebben om Ariël te redden, dan zou i—"

"Stop." Mijn handen ballen zich tot vuisten, maar ik probeer om mijn stem gelijk te houden. "Al mijn kinderen zullen hun biologische ouders kennen. Ze zullen niet door een boze heks uit een Russische legende worden opgevoed. Ze zullen niet —"

"Het spijt me." Felix kijkt beschaamd. "Vergeet alsjeblieft dat ik het gevraagd heb. Ik was stom bezig."

"Het geeft niet," zeg ik, hoewel ik alleen maar wil schreeuwen dat hij ongebruikelijk dom is geweest. "Dit is een moeilijk onderwerp voor me." Ik haal diep adem en laat het langzaam naar buiten komen. "Als niets anders werkt, dan denk ik dat ik zal *doen alsof* ik het plan van Baba Jaga volg. Misschien kan ik mijn vingervlugheid gebruiken om het ivf-medicijn voor een zoutoplossing te ruilen of iets anders doen om het hele proces te vertragen terwijl we naar Ariël zoeken. Maar nogmaals, mijn laatste visioen geeft een manier aan om Ariël *vandaag* te redden, dus daar zet ik al mijn hoop op."

"En je maakt je geen zorgen over wat er in dat

visioen met *jou* is gebeurd?" vraagt Fluffster mentaal. "In de hals gestoken worden is niet echt het beste eindresultaat."

"Ons reddingsplan zal worden aangepast om dat te voorkomen." Ik wrijf met bevroren vingers over mijn nek. "Als ik bijvoorbeeld die kamer niet in ga, dan komt het wel goed. Hopelijk."

"Klinkt alsof we dat DNA echt nodig hebben." Felix sluit zijn laptop. "Nog ideeën?" Hij kijkt van mij naar Fluffster en weer terug. "Misschien kunnen we de zaak bellen waar ze haar manicure heeft laten doen? Hoe groot is de kans dat ze oude afgeknipte nagels bewaren?"

"Nul," zeg ik. "Laat me nog eens rondkijken om wat van haar DNA in het appartement te vinden."

Ik sta op en scan alles opnieuw, dan weer, dan weer.

Als de natuur roept, loop ik de badkamer in, doe mijn ding, en kijk daar voor de zoveelste keer rond.

Niet eens een verdwaalde teennagel of een vuile wattenstaaf. (Heeft oorsmeer DNA?)

Als ik mijn handen was, valt mijn blik op de wasbak en komt een eerder vaag idee weer naar boven.

Daar in de beker staat Ariëls tandenborstel. Het arme ding is versleten en gescheurd, zoals gewoonlijk. Is Ariëls superkracht zo hard voor de kunststof, of heeft ze deze tandenborstel uit haar jeugd gehouden in plaats van een dekentje?

Een tandenborstel — vooral deze die iemands mond schraapt, wat klinkt alsof het DNA op zou moeten leveren.

Maar aan de andere kant, wast de tandpasta het eraf?

Ik haal mijn telefoon tevoorschijn en kijk of een tandenborstel voor DNA kan worden gebruikt, en alle websites antwoorden volmondig met *ja*.

Natuurlijk kan geen van de bronnen — en dat geldt ook voor de gekste delen van het internet — bevestigen of een vampier iemand met een gebruikte tandenborstel kan vinden.

Ik pak een plastic zak en rubberen handschoenen uit de keuken om het monster niet te verontreinigen en ga terug naar de badkamer en zet de tandenborstel erin.

Ik ren dan de kamer van Felix binnen, zwaai opgewonden met de tas en leg het uit.

"Je bent een genie." Felix slaat zichzelf met een hoorbare klap op het voorhoofd. "Waarom heb ik daar niet aan gedacht?"

"Ja," zegt Fluffster mentaal. "In de tv-programma's krijgen ze altijd DNA door langs iemands wang te schrapen."

"Ik ga met Vlad praten," zeg ik tegen Felix. "Kun je je in de tussentijd op een reddingsmissie voorbereiden?"

"Tuurlijk," zegt hij.

"Huur als laagste prioriteit ook een fietskoerier in, of iets dat net zo snel is, om een pakketje af te leveren dat ik bij de deur heb achtergelaten. Mijn kippeneieren voor Baba Jaga zitten erin," zeg ik. "Ze heeft ermee ingestemd dat we quitte zouden zijn als ze mijn eieren zou krijgen."

"Dat zal haar alleen maar tegen je in het harnas jagen," zegt Felix.

"Het kan me niet schelen," zeg ik, met misschien te veel kracht. Kalmer voeg ik eraan toe, "Zodra Jaga die eieren heeft, zal mijn geweten schoon zijn."

Een kleine glimlach trekt aan de hoeken van zijn mond. "Want in je sluwe geest, heb je je afspraak met haar vervuld."

Ik haal mijn schouders op. "Ze zei dat we quitte zouden staan als ik haar mijn eieren gaf. Het is niet mijn schuld dat ze niet voorzichtig was met haar woorden."

"Ik zal doen wat je vraagt," zegt Felix. "En ik zal de beelden van Baba Jaga's kantoor opnemen als ze je pakket krijgt. Ik weet zeker dat je de blik op haar gezicht wilt zien als ze hem opent."

"Nu begin je het te snappen," zeg ik en loop de kamer uit, met Fluffster die meeloopt.

"Ik ga de voordeur weer op een kier laten staan," vertel ik de domovoj terwijl ik daden bij mijn woorden voeg.

"En als er iemand is, schreeuw je zo hard dat Vlad het zal horen," zegt Fluffster.

"Ja," antwoord ik terwijl ik mijn pistool pak.

Ga ik me altijd zo paranoïde voelen over het verlaten van mijn appartement?

Ach ja.

Ik stap naar buiten en sprint naar de deur van Rose.

HOOFDSTUK VIERENTWINTIG

Ik bereik het appartement van Rose weer zonder ongelukken.

Nadat ze me binnenlaat, vertel ik haar en Vlad over mijn visioen en Baba Jaga's telefoongesprek, dan geef ik de tas met de tandenborstel aan Vlad en houd ik mijn adem in verwachting in.

Hij pakt de tas met de toppen van zijn vingers, alsof het een kikker is en hij een preutse Victoriaanse dame. Hij snuffelt aan de inhoud, trekt zijn neus op net zoals de bovengenoemde dame zou doen, en zegt, "Ja. Ik kan dit gebruiken."

Hij draait zich dan om, en het enige wat ik zie zijn een paar vonken van zilveren energie die door zijn brede schouders en rug geblokkeerd worden.

Heeft hij die tandenborstel in zijn mond gedaan?

Ik word gek van nieuwsgierigheid.

"Brooklyn." Hij draait zich om, haalt zijn telefoon

tevoorschijn en tikt een paar keer op het scherm. "Hier." Hij komt dichterbij en laat me een gps-app zien.

De pin die hij op de kaart liet vallen bevindt zich ergens in Sunset Park, Brooklyn, niet ver van Costco.

Dat gebied wemelt van de opslagruimtes, en hoewel sommige aan trendy bedrijven werden verhuurd als onderdeel van de renovatie van Industry City, zijn er nog steeds veel vervallen en zou het een perfecte plek zijn om je slachtoffer vast te houden. Of om een zwarte site te runnen, of een martelpornofilm te filmen — als je dat soort neigingen had.

Natuurlijk. Dat verklaart de enorme ruimte met de hoge plafonds.

Het is in een magazijn.

"Als we de tunnel nemen, zijn we er over een kwartier," zegt Rose.

"We?" Vlad gooit de tandenborstel opzij en fronst zo diep dat zijn imposante wenkbrauw van zijn gezicht dreigt te springen en iemand te wurgen.

"Als Sasha alleen tegen Baba Jaga ingaat, is ze zo goed als dood," zegt Rose, terwijl ze haar handen op haar heupen legt. Haar stem is verrassend kalm.

Vlad staart somber naar haar.

Ze staart terug, haar gezicht is voor mij onleesbaar, maar het moet voor Vlad leesbaar zijn, omdat zijn frons dieper wordt.

"Sasha is als familie voor me," zegt Rose, en deze keer is er een detecteerbare dreiging in haar kalme toon te horen.

Vlad lijkt in het begin leeg te lopen, haalt dan diep adem en tussen zijn tanden door zegt hij, "*Jij* gaat niet."

Rose zet een stap in de richting van haar geliefde. "Ik dacht dat ik mezelf —."

"Wat ik bedoelde, is dat je niet gaat, omdat *ik* ga," zegt Vlad, zijn stem kortaf.

"Maar —"

"Nee," zegt Vlad. "Als je wilt helpen, kun je me een boost geven."

"Alleen een boost?" Rose fronst. "Maar ik wil meer helpen."

"Na de laatste keer zou ik niet eens om een boost vragen, maar ik weet dat dit de enige manier is om ervoor te zorgen dat je niet gaat." Hij zucht. "Op deze manier weet je dat je veel zult helpen."

"Goed," zegt ze. "Er is geen tijd om ruzie te maken. Kom hier."

Hij stapt naar haar toe.

Ze sluit de afstand en ze omhelzen elkaar op sensuele wijze.

Ik kijk in verwarring naar Lucifur. De kat staart me met een uitdrukking aan die lijkt te zeggen, "We weten het, dienaar. Mensen zijn walgelijke, smerige wezens wiens gedrag voor Onze Majesteit onbegrijpelijk is."

Ik kijk weer naar Vlad en Rose.

In plaats van met de vampier te zoenen, schiet Rose een roze stroom van energie naar hem toe, en in een ogenblik bedekt haar kracht Vlad van top tot teen.

Hij lijkt een paar centimeter te groeien — hoewel het misschien een visuele illusie is.

Met een verblindende flits verdwijnt de energie.

Rose zakt in Vlads omhelzing in elkaar, dus pakt hij haar voorzichtig op en legt haar op de bank.

"Laat ons alleen," zegt hij, en voordat ik de kans krijg om iets te zeggen, snijdt hij al in zijn pols met zijn plotseling uitgestrekte hoektanden en legt hij het bloederige resultaat tegen de mond van Rose.

Hoewel ik snel naar de keuken van Rose ga, is het niet moeilijk voor me om erachter te komen wat er nu gaat gebeuren.

Rose zal zijn bloed drinken. Zijn heroïne-achtige bloed dat ze met seks vergeleek.

Afgezien van mijn zorgen over haar mogelijke (en Ariëls definitieve) verslaving, concentreer ik me op een ander aspect van wat ik zag.

Vlad noemde wat Rose net voor hem deed 'een boost'.

Betekent dat dat ze zijn vampierkrachten heeft versterkt?

Terwijl ik daar over nadenk, komt Vlad de keuken binnen.

"Is alles goed met Rose?" vraag ik snel.

"Ik zal als onderdeel van deze zogenaamde redding geen enkele Cognizant doden," zegt Vlad, zijn gezicht is een emotieloos masker.

Ik knipper. "Wie heeft gezegd dat je iemand moest doden? Kun je nu alsjeblieft mijn vraag beantwoorden?"

"Als leider van de Ordebewakers zitten er andere beperkingen aan mijn gedrag," vervolgt hij op die geautomatiseerde manier die vertegenwoordigers van de klantenservice gebruiken die zich onoprecht aan woedende bellers verontschuldigen. "Als mijn taken jouw doelen verstoren, zul je *geen* bezwaar maken."

"Begrepen," zeg ik. "Hoe zit het met Rose?"

"Als ik je vraag om te springen —"

"Dan zal ik vragen hoe hoog," zeg ik tussen mijn tanden door. "In millimeters. Ik heb het begrepen. Kun je me alsjeblieft vertellen wat er met Rose is gebeurd?"

"Het gaat goed met me." Rose schuifelt de kamer in en houdt een stok vast.

De nieuwe bleekheid van haar gezicht en ingevallen ogen lijken haar woorden tegen te spreken.

Dan realiseer ik me iets.

Zo ziet ze er soms uit, op die slechte dagen die ik aan ouderdom toeschreef.

Vlad kijkt haar aan, fronst en kijkt me verwijtend aan. "Ik wil dat Rose in jouw appartement verblijft," zegt hij. "Je domovoj zal haar veilig houden."

"Natuurlijk," zeg ik. "Dat is een geweldig idee."

"Als ik ga, moet Luci met me meekomen," zegt Rose zwak.

"Moet dat?" Ik krimp ineen en herinner me hoe de kat bijna Fluffster op had gegeten de enige keer dat ze elkaar in de gang hadden ontmoet. "We zijn binnen een paar uur terug. Kun je niet —"

"Als zij niet gaat, ga ik ook niet." De kin van Rose komt omhoog.

Vlad geeft me een blik die lijkt te zeggen, "Als Rose niet gaat, zal ik niet helpen."

"Goed," zeg ik, gretig om de redding te starten. "Neem haar mee en laten we gaan."

Vlad pakt de reismand en loopt de woonkamer in om de kat te halen. Er zijn geluiden van een worsteling, en Lucifur blaast een paar keer als een hondsdolle cobra, maar na een minuutje keert Vlad terug naar de keuken met de kat in haar reismand.

Lucifur ziet er woedend uit. Met een tijgerachtige sprong klauwt ze door de kunststof stangen aan Vlads pols.

Zijn huid geneest onmiddellijk.

"Moet leuk zijn om een vampier te zijn," mompel ik binnensmonds. Dan kijk ik naar Rose. "Waarom is Vlad niet de aangewezen kattenwasser?" Aan Vlad leg ik uit, "Door haar te wassen heb ik het litteken op mijn arm gekregen dat ik met de tatoeage van de Hartenkoningin moest bedekken."

Vlad mompelt iets onverstaanbaars als antwoord.

"Het arme ding is bang voor hem." Rose pakt de reismand van Vlad en Lucifur kalmeert meteen. "Ze vindt jou veel leuker."

Ik kijk naar de kat en vraag me af hoe ze zich zou gedragen als ze me *niet* leuk vond.

De kat geeft me haar gebruikelijke onheilspellende blik die lijkt te zeggen, "Iedereen die onze majesteit niet leuk vindt, smeekt om een genadige dood."

Ik schud mijn hoofd en leid Vlad en Rose naar de nog open deur van mijn appartement.

Als ik binnenkom, loopt Rose naar binnen, maar Vlad stopt bij de deuropening.

Ik debatteer om hem binnen te vragen, maar het punt wordt betwist als Felix en Fluffster ons bij de deur vergezellen.

"Rose, wacht," begin ik te zeggen, maar ze opent de reismand en laat haar hondsdolle beest eruit.

Voorspelbaar is het eerste wat de verdomde kat doet naar Fluffster springen. De blik op haar gezicht lijkt te zeggen, "Eindelijk. Het harige edele feestmaal is voor het plezier van Onze Majesteit gegroeid."

Deze ontmoeting verloopt echter anders dan toen ze Fluffster in de gang ontmoette.

Aangezien iedereen die kijkt Cognizant is, is de domovoj niet aan het mandaat gebonden en hoeft hij niet te doen alsof hij een chinchilla is. Belangrijker nog, hij is nu op zijn eigen terrein.

Er is een mentale schreeuw in mijn hoofd, en aan de uitdrukking van Rose en Felix te zien, ook in hun hoofd.

Even verschijnt op de plek waar Fluffster staat de afschuwelijke monstervorm die Harper had gedood — alleen marginaal kleiner, ongeveer zo groot als een Duitse Dog.

Lucifur stopt onmiddellijk met jagen en de vorm verdwijnt.

De kat draait zich naar Rose toe met een blik die lijkt te zeggen, "Onze Majesteit heeft zich gerealiseerd dat uit de kluiten gewassen ratten zoals deze misschien luizen hebben."

En Fluffster volledig negerend, rent de kat langs hem om het appartement te verkennen.

Er klinkt een geluid van aardewerk dat op de grond valt.

Felix kreunt en mompelt, "Ik denk dat dat mijn favoriete vaas was."

"Ik zal een nieuwe voor je halen," zeg ik. "Wat belangrijk is, is dat Vlad weet waar we heen gaan. En 'zich aanbood' om met me mee te gaan."

"Met *ons* mee te gaan," zegt Felix vol vertrouwen.

Ik kijk naar hem alsof hij schoenveters uit zijn neusgaten heeft groeien.

"Ik ga met je mee," zegt hij, iets minder zelfverzekerd.

Ik sla mijn armen over elkaar. "Nee, dat ga je niet."

"Dat ga ik wel." Hij weerspiegelt mijn houding.

"Echt niet."

"Echt wel."

"Kinderen," zegt Rose. "Tijd is van essentieel belang."

"Ja." Felix laat zijn tanden zien. "Wat zij zei, plus dat je me nodig hebt."

"Hebben we dat?" vraagt Vlad vanuit de gang.

"Mijn krachten kunnen van pas komen," zegt Felix defensief. "Ik breng ook vuurkracht mee die alleen voor mij werkt." Hij haalt zijn futuristische musket/blaster tevoorschijn.

"Dat mag je niet hebben," zegt Vlad fronsend.

Felix krimpt ineen. "Juist, sorry. Ik zal me er hierna van ontdoen. Je rapporteert me niet aan de Raad, toch?"

Vlads frons wordt dieper. "Nee. Maar zorg ervoor dat je het weggooit."

"Ja, meneer." Felix salueert naar hem.

"Prima, je kunt met ons meekomen," zeg ik, terwijl ik het Gomorrah-pistool bestudeer. "Maar ik ga alleen akkoord, omdat ik geen tijd meer wil verspillen aan ruziemaken."

"Ik heb deze voor ons voorbereid." Felix haalt een dozijn koptelefoon oordopjes uit zijn zak en geeft er een aan mij.

"We luisteren tijdens de redding niet naar muziek," zeg ik. "Zelfs niet als de nummers echt cool zijn."

"Nee, gekkie." Hij rolt met zijn ogen. "Ik heb deze tot communicatieapparatuur omgebouwd." Hij steekt er een in zijn eigen oor. "Zoals bij de geheime dienst."

"Oh." Ik neem er een en zeg, "Geef er ook een aan Rose. Ze blijft achter en Vlad stelt het misschien op prijs om contact te kunnen houden."

Felix geeft een oordopje aan Vlad en Rose. "Als Rose achterblijft, heb ik een idee. Ik ben zo terug."

Hij rent naar zijn kamer, en ik gebruik de vertraging om Ariëls kamer in te rennen en haar M9-mes te halen. Het wapen past goed in de verborgen zak waar ik meestal het pistool verberg, en het pistool zelf gaat in de tailleband van mijn broek — gangsterstijl.

Als ik terugkom, zie ik Felix met een tablet, met een kleine webcam die uit de zak van zijn overhemd steekt.

Hij geeft soortgelijke camera's aan Vlad en mij, en we bevestigen ze ook aan onze kleren.

"Dit" — hij geeft Rose de tablet— "laat je zien wat

wij zien." Hij gooit zijn magie naar beide apparaten, speelt even met de tablet en drie videofeeds van de kamer waarin we staan en we worden op het scherm weergegeven.

"Ik wil een oordopje," zegt Fluffster mentaal.

"Tuurlijk." Felix kiest de kleinste en stopt hem in het schattige oor van de domovoj. "De oordopjes van jou en Rose zouden de microfoons in de webcams in onze zakken moeten oppikken. Kun je het horen?"

"Ja," zegt Fluffster. "Ik hoor je twee keer, in de oordopjes en in de echte wereld."

"Dat geeft niet. Als we eenmaal weg zijn, is het alleen in je oor," vertelt Felix hem. "Houd er gewoon rekening mee dat je niet met ons kunt praten, tenzij je dit mentale communicatieding over lange afstanden kunt doen."

"Geen lange afstanden." Fluffsters hoofd buigt.

"Ik zal als tussenpersoon werken," stelt Rose hem gerust. "Nu, echt, jullie kunnen maar beter allemaal gaan."

"Rose heeft gelijk," zeg ik en ga naar de deur.

Vlad roept de lift al op en Felix haalt ons snel in.

Onze stille rit in de lift is net zo comfortabel als slapen op het plafond, en zodra de deuren opengaan, stapt Vlad de parkeerplaats op zonder achterom te kijken.

"Is het mijn verbeelding, of gedraagt Vlad zich pissig?" fluister ik tegen Felix terwijl de vampier zijn bovennatuurlijke snelheid gebruikt om wat afstand tussen ons te nemen.

In plaats van iets te zeggen, pakt Felix zijn telefoon, typt iets en laat het me zien. De tekst zegt, "Vampiers hebben supergehoor."

"Oeps," zeg ik.

"Je moet hem een kans geven," klinkt Rose door het oortje. "Hij vindt deze situatie niet prettig."

"Ze heeft gelijk," zegt Vlad als we hem eindelijk inhalen. Hij staart me aan met zijn ogen als zwarte gaten en zegt, "Ordebewakers mogen niet verstrikt raken in alledaagse persoonlijke geschillen tussen de Cognizanten."

"Juist," zeg ik. "Als — of wanneer — Ariël wordt gedood, dan kun je met een zuiver geweten 'helpen'."

Vlad antwoordt niet. In plaats daarvan reikt hij in zijn zak, rukt er een sleutelhanger uit met een bundel sleutels, pakt een gizmo dat eruitziet als een zwarte speelgoedauto en drukt erop.

Een nabijgelegen zwarte auto die op het speelgoed lijkt piept.

"Rij je in een Tesla?" vraagt Felix jaloers aan Vlad. Voor mij legt hij uit, "Dit is hun topmodel. Het rijdt zelf, maar die functie is nog steeds enigszins beperkt. Het heeft echter een ultrahoge energie-efficiëntie —"

"Instappen." Vlad opent de DeLorean-achtige, naar boven bewegende achterdeur en gebaart naar mij en Felix om in te stappen.

Nadat we prompt gehoorzamen, zit Vlad achter het stuur en glijdt de elektrische auto uit zijn parkeerplaats.

We delen nog een onaangename stilte en rijden de straat af.

"Waarom elektrisch?" vraag ik nadat we de vijfde kruising gepasseerd zijn, vooral om te zien of Vlad tegen me praat.

"Beter voor het milieu," zegt Rose in mijn oor. "Vlad probeert een lage koolstofvoetafdruk te hebben."

"Oh?" Ik kijk naar Vlads stormachtige gezicht in de achteruitkijkspiegel, maar hij negeert mijn vraag. "Drink je ook uitsluitend bloed van mensen met vrije uitloop die met gras worden gevoed?"

Felix grinnikt, en hoewel Vlad nog steeds niet antwoordt, denk ik dat ik een hint van amusement in zijn ogen zie.

"Duurzaamheid en zorg voor het milieu gaan hand in hand," legt Rose als een professor uit. "Zodra je je favoriete bos hebt zien verdwijnen, of een favoriete soort beer is uitgestorven, of als je gewoon de eilanden van plastic bekijkt die zich ophopen in —"

"We snappen het," zegt Felix. "Maar we behouden ons nog steeds het recht voor om het idee van een boomknuffelende vampier grappig te vinden."

"Ik vraag me af of dit is waar Nero's obsessie met het papierloze kantoor om draait," zeg ik binnensmonds. Harder vraag ik, "Hoe oud is Nero?"

"Oud," zeggen Vlad en Rose tegelijk.

"Hoe oud moet iemand of iets voor jullie twee zijn om het als 'oud' te beschouwen?" ben ik geneigd te vragen, maar voordat ik de kans krijg, beginnen de high-end luidsprekers van de auto een luid deuntje te spelen.

"Dit is 'The Future' van Leonard Cohen," zegt Felix over het geschreeuw. "We hoorden het in die *Natural Born Killers*-film die Ariël ons liet kijken."

Ik herinner me die avond. Het was toen Felix flauwviel door het bloed op het scherm. Het staat apart zich in mijn geheugen, omdat ik het midden van de doorlopende wenkbrauw van Felix wilde waxen terwijl hij bewusteloos was. We hebben unaniem besloten om ons uiteindelijk van die grap te onthouden, hoewel Ariël zei, en ik citeer, "We stellen dit uit in afwachting van het toekomstige gedrag van Felix."

"Darian," zegt Vlad, die me terug naar het heden schokt. "Waar heb ik dit genoegen aan te danken?"

"Een beleefdheidstelefoontje," zegt Darians stem via de luidsprekers in de auto, zijn Britse accent extra sterk terwijl hij de woorden ceremonieel uitspreekt. "Je bent nooit een van degenen geweest die aan het nut van een ziener twijfelt, maar ik ga je er toch aan herinneren hoe instrumenteel we kunnen zijn."

"Heb je een voorspelling gezien waarbij ik betrokken was?" Vlads toon is sceptisch.

"Inderdaad," zegt Darian. "En dus besloot ik je enkele woorden van waarschuwing en wijsheid te geven."

Er is een lange stilte. Vlad moet, net als de rest van ons, de woorden van vermeende wijsheid willen horen, terwijl Darian duidelijk de situatie melkt voor alle theatraliteit die hij eruit kan persen.

Vlad schraapt hoorbaar zijn keel.

"Juist," zegt Darian. "Daar gaat ie." Zijn stem krijgt een Obi-Wan-achtige kwaliteit als hij nadenkend zegt, "Pas op voor het rode licht. Gebruik de —"

"—kracht, Luke," eindigen Felix en ik samen.

Vlad geeft ons een donkere blik in de achteruitkijkspiegel, dus ik spreek namens ons beiden. "Kom op. Dat Britse accent en die overgang —"

"Sasha." De wenkbrauwen van Vlad komen strak genoeg samen om de doorlopende wenkbrauw van Felix merkinbreuk te laten claimen.

"Zei je 'Sasha?'" Darian klinkt zo bezorgd dat ik hem een Golden Globe zou geven, omdat hij doet alsof hij niet wist dat ik in de auto zat.

"Ja." Vlad ziet er verward uit.

Darian hangt met een luide klik op.

Vlad ziet er nog verwarder uit als hij een grote straat in slingert.

"Nero heeft Darian verboden om op straffe van de dood tegen me te praten," leg ik na een moment van stilte uit. "Ik wed dat Darian wist dat ik in de auto zat, maar deed alsof hij dat niet wist."

"Plausibele ontkenning," zegt Felix. "Slim."

"Maar zou hij deze toestand niet precies zo hebben zien afspelen zoals het net deed?" vraagt Rose via de oordopjes. "Dit is trouwens Fluffster die het vraagt," voegt ze eraan toe.

"Precies," zeg ik. "Ik wed dat dit precies is wat hij wilde dat er zou gebeuren. Ik weet zeker dat we genoeg hebben gehoord om ons te helpen. Of waarschijnlijker, genoeg om *hem* te helpen, omdat dit ongetwijfeld een langetermijnagenda van hem ten goede zal komen."

Wat ik er niet aan toevoeg, is dat de langetermijnagenda zou kunnen zijn om bij mij te komen wonen.

Ik ben afgeleid van mijn 'Darian plus Sasha'-overpeinzingen wanneer mijn zesde zintuig voor wegbewustzijn plotseling tintelt.

We vliegen naar een groot kruispunt, en de aanval van angst — of wat dit ook is — lijkt op het snel naderende stoplicht gefocust te zijn.

Alleen is het licht groen, niet rood.

Op dat moment wordt het groen oranje.

"Dit zienergedoe kan zelfs een vampier hoofdpijn bezorgen," mompelt Vlad en drukt op het gas om te versnellen, zodat hij door het oranje licht kan gaan voordat het rood wordt.

"Dit is een goede manier om een boete te krijgen," hoor ik Rose op afstand in onze oren klagen. "Dit is Fluffster," voegt ze eraan toe. "Hij zegt dat de boete de verantwoordelijkheid van Vlad zou zijn om te betalen."

Een boete is niet de reden waarom mijn intuïtie in opstand komt.

Het moet het komende rode licht zelf zijn.

"Stop!" schreeuw ik in paniek.

HOOFDSTUK VIJFENTWINTIG

Ik moet de vampierinstincten de eer geven waar ze recht op hebben. Vlad trapt op de rem voordat ik het zeg.

Ik moet het Elon Musk en de rest van de mensen bij Tesla ook nageven. De auto stopt voordat we het zebrapad oversteken op hetzelfde moment dat het licht boven ons rood wordt.

Een enorme vuilniswagen rijdt op race-autosnelheid over het kruispunt.

Ik adem een ademhaling uit waarvan ik niet wist dat ik die inhield. "Dit moet de reden zijn geweest voor Darians telefoontje."

"Ja," zegt Rose geschokt. "Als je door was gereden, dan had die vrachtwagen je geraakt."

"Ik was me ervan bewust," zegt Vlad defensief. "We zouden het gehaald hebben."

"Misschien," zegt Rose. "En het had met *jou* prima afgelopen als de botsing had plaatsgevonden."

Wat ze niet hoeft toe te voegen is dat Felix en ik in *medium rare* gebakken menselijke hamburgers zouden zijn veranderd.

"Zou je dat overleven?" Felix kijkt naar de snel verdwijnende vrachtwagen en het dunne frame van de auto om ons heen. "Ik had niet gedacht dat een vampier zelfs zoiets zou kunnen overleven."

Ik wil hem vertellen dat Rose Vlad een soort van magische boost had gegeven, maar besluit er tegen. Vlad wil die informatie misschien geheimhouden.

Het licht verandert weer in groen.

Vlad geeft uiting aan zijn gevoelens over het incident met het rode licht door zo plotseling op het gas te trappen dat de G-krachten me in de stoel duwen.

We komen in stilte op de snelweg.

Ik besluit om de spanning op mijn favoriete manier te verminderen, dus ik zeg, "Willen jullie iets cools zien?

"Een truc?" vraagt Rose opgewonden. "Kun je iets doen dat ik door de camera kan zien?"

"Vlad," zeg ik en vecht tegen de drang om Rose te straffen, omdat ze het 'een truc' noemt in plaats van 'een effect'. "Wil je hieraan deelnemen?"

Vlad gromt half, neuriet half als antwoord, wat ik als een instemming beschouw.

In mijn zak reikend, haal ik een pak kaarten tevoorschijn. Terwijl ik de 'FELLATIO'-gizmo van Felix in de kaartendoos laat zitten, pak ik de kaarten en geef ze aan Felix om te onderzoeken en te schudden terwijl ik de doos in mijn zak stop.

Als ik de kaarten terugkrijg, zeg ik, "Dit effect zal de connectie tussen Vlad en Rose testen, om te zien hoe goed ze bij elkaar passen."

Rose slaakt een kreet van vrolijkheid en zelfs Vlad lijkt meer geïnteresseerd in de achteruitkijkspiegel.

"Als dit werkt, betekent dit dat jullie twee altijd voor elkaar bestemd waren," zeg ik. "Maar als dat niet zo is, betekent dat gewoon dat ik meer oefening nodig heb."

Iedereen grinnikt.

"Laat me ervoor zorgen dat er geen jokers in het spel zitten," zeg ik en spreid de kaarten uit om er snel doorheen te kijken.

"Nu," zeg ik als ik de kaarten recht leg. "Wil ik dat Rose een kaartwaarde noemt, zonder symbool."

"Zeven," zegt Rose.

"Geweldig," zeg ik en bijna onmerkbaar knipoog ik naar Vlad in de achteruitkijkspiegel. "Vlad, noem een symbool."

"Klaveren," zegt Vlad, en het kan mijn verbeelding zijn, maar ik denk dat hij naar me terug knipoogt.

"Geweldig." Ik spreid mijn handen zo ver uit elkaar als de auto toestaat. "Let op."

Ik draai mijn handen zo dat ze door de camera door Rose kunnen worden gezien, ik gooi de kaarten van hand tot hand — een klassieke kaartmagie.

De meeste goochelaars doen in dit soort situaties een 'waterval' — waar kaarten met behulp van de zwaartekracht van boven naar beneden gaan. Het is lastiger om de kaarten te laten springen, vooral mijn versie ervan, vooral op de afstand waarop ik mijn handen houd, maar ik ben *erg* goed in het laten springen van kaarten. Gezien hoeveel van mijn jeugd ik in het beoefenen hiervan heb gestoken — en we hebben het over de gruwelijke toestand van het verzamelen van kaarten die over de hele vloer verspreid liggen wanneer je het verknoeit — kan ik maar beter goed zijn.

Ik ben blij met het resultaat. Er is een triomfantelijke whoesh, en elke kaart ziet eruit alsof hij ontwikkelde superkrachten heeft als hij zijn weg van mijn rechterhand naar de linker met een zwaartekracht tartende sprong volgt.

Felix en Vlad zien er onder de indruk uit — wat geweldig is, gezien het indrukwekkende deel dat *nu volgt*.

"Zie dat ik nog één kaart in mijn rechterhand heb," zeg ik en laat ze de waarheid van mijn verklaring zien.

In mijn rechterhand heb ik één kaart.

"Echt niet," mompelt Rose in het oortje.

Langzaam draai ik de kaart in kwestie om te onthullen dat het de kaart is die Vlad en Rose gezamenlijk noemden — de klaver zeven.

Rose schreeuwt iets onverstaanbaars.

Hoewel hij niets zegt, ziet Vlad er erg blij uit in de achteruitkijkspiegel. Hij is vast dol op het bewijs dat hij en Rose een sterke connectie hebben, zelfs hoewel hij weet hoe ik deed wat ik net deed — ervan uitgaande dat ik gelijk heb dat hij dat weet.

Felix blijft naar de kaart staren. Zijn gebruikelijke

"Ik weet hoe je dat deed" zelfvoldane uitdrukking ontbreekt, waardoor ik wil schateren van vreugde.

"Dat was geweldig," zegt Rose. "Zowel Fluffster als ik vinden dat."

"Ik ben het ermee eens," zegt Vlad terwijl hij van de snelweg afdraait. Op een veel serieuzere toon voegt hij eraan toe, "We zijn er bijna."

Ik stop de kaarten in mijn zak zonder ze terug in de doos te steken. Snel haal ik mijn Glock uit mijn tailleband en kijk of hij geladen is.

In navolging van mijn voorbeeld speelt Felix met de besturing van zijn Gomorrah-wapen.

Een groot futuristisch scherm verschijnt boven zijn pistool — een scherm dat op een hologram uit een sci-fi-film lijkt.

Ik wrijf in mijn ogen.

Het transparante scherm blijft in de lucht zweven.

"Wauw," zeg ik. "Je maakte geen grapje. Gomorrah-technologie ligt inderdaad ver voor op de onze."

"Ja." Felix bestudeert zijn pistool zo liefdevol dat Maya jaloers zou zijn.

"Hier is het." Vlad wijst naar een gigantisch vervallen magazijn aan de rechterkant.

Twee grote kerels in pakken staan bij de ingang. Ze lijken op klonen van de jongens die me probeerden te ontvoeren toen Ariël en ik laatst van de sportschool naar huis gingen.

Het zouden dezelfde jongens kunnen zijn.

Vlad gaat een bocht om en parkeert de auto.

"Ik neem de leiding," zegt hij, terwijl hij de deur opent en in actie komt.

Met bovennatuurlijke snelheid, verdwijnt hij om de hoek voordat Felix en ik zelfs maar het voertuig kunnen verlaten.

Ik stap uit en sprint achter Vlad aan, met Felix hijgend en puffend in mijn kielzog.

Ik draai de hoek om net op tijd om Vlads ogen in reflecterende poelen van kwik te zien veranderen terwijl hij naar de twee bewakers staart.

"Je wordt slaperig," hoor ik Vlad in het oortje mompelen, de woorden druipen van zijn tong als honing van een lepel. "Zeer slaperig."

Echt? Hypnose is een tak van het mentalisme die ik nog niet heb onderzocht, maar iedereen kent die lijn.

Vlads glamour-voodoo werkt zonder problemen. Tegen de tijd dat ik hem inhaal, doen de twee kerels een dutje op de stoep.

"Dit wordt misschien makkelijker dan ik dacht," fluistert Felix en hij kijkt teleurgesteld naar zijn pistool.

"Vervloek het niet," fluister ik terug, maar ik voel me ook hoopvol.

Misschien moet ik alleen Vlad naar de noodlottige kamer laten gaan en met de admiraal af laten rekenen.

Vlad tikt met zijn open handpalm licht tegen de ogenschijnlijk gesloten deur.

De deur vliegt naar binnen zoals het zou zijn als een SWAT-team het met een stormram zou breken.

Hij stapt naar binnen.

"Ik dacht dat zijn soort moest worden uitgenodigd," fluister ik tegen Felix en hij haalt zijn schouders op.

"Ik denk dat dit niemands huis is."

We volgen Vlad naar binnen.

Er zijn binnen nog zes in pak geklede bullebakken. Ze lijken allemaal geschokt te zijn om ons te zien — dat wil zeggen, totdat Vlad hun blik opvangt.

"Slaap," zegt hij op dezelfde hypnotische toon. "Nu."

De zes kerels worden meteen catatonisch.

Dit gaat zeker goed.

We stappen over de slapende wachters en lopen naar een deur die zegt, "GEEN TOEGANG".

"Zo onlogisch," mompelt Felix. "Het hele punt van de deur is om toegang toe te staan."

"Ja," zeg ik instemmend met een stalen gezicht. "Deze luie deur is bijna een raam."

Met nog een tik van zijn handpalm bewijst Vlad aan de deur dat hij inderdaad binnen mag komen — althans als het om een vampier gaat.

Terwijl de deur van zijn scharnieren afvliegt, gaat er een klein rood lichtje boven ons branden om ons het ongenoegen van de deur te tonen.

Afgezien van die vage rode gloed, is de kamer donker.

Felix klikt op iets op zijn pistool, en het hologram toont de kamer in ultra-hoge-def nachtzicht modus.

Er zijn tien groen getinte bullebakken om ons heen. Ze zijn met geweren gewapend en hebben een nachtkijker op.

Ze moeten die uitrusting hebben aangetrokken en de lichten hebben gedoofd om ons te verrassen.

"Zullen het duister of de brillen de krachten van Vlad verstoren?" fluister ik tegen niemand in het bijzonder.

"Je zult het zien," fluistert Rose terug.

"Wapens neer," eist Vlad in diezelfde glamourstem.

De mannen leggen hun wapens neer.

"Raak bewusteloos," beveelt Vlad, en ze luisteren meteen en vallen met tien sappige klappen neer.

Vlad loopt naar een grote set deuren die naar boven glijden en hij trapt ertegen.

De deuren vliegen open en Vlad gaat naar binnen.

Felix en ik kijken elkaar onder de indruk aan terwijl we hem volgen.

De nieuwe kamer is ook donker, maar dankzij het pistool van Felix kan ik er heel duidelijk in kijken.

Het zien en begrijpen van wat ik zie zijn echter twee verschillende dingen.

De tientallen schutters hier zijn niet zoals die we tot nu toe hebben ontmoet. Om te beginnen, ziet er niet een er Russisch uit. In plaats daarvan zijn deze jongens een samenvoeging van criminele types die je op posters met de meest gezochte criminelen van over de hele wereld verwacht te zien. Ze dragen ook geen formele pakken — en wat ze wel aan hebben is het vreemdste deel.

Ze dragen ziekenhuiskleding. Als in die ziekenhuisjurken waarbij je kont bloot is. En ze hebben niets onder die kleding aan, zelfs niet de gebruikelijke ziekenhuisschoentjes.

Last but not least, ze dragen allemaal een zonnebril. Niet eens een coole zonnebril, maar goedkope brillen... in een pikdonkere kamer.

Verzint het scherm van het sci-fi-wapen dit?

"Laat de wapens vallen," beveelt Vlad ze.

Ze doen *niet* wat ze gezegd wordt.

Ik knipper in verwarring.

Met een griezelige choreografie richt elk van de rare snuiters zijn pistool op Vlads hoofd.

HOOFDSTUK ZESENTWINTIG

De adrenaline in mijn systeem richt zich op mijn geest. "Schiet!" schreeuw ik tegen Felix en richt mijn eigen pistool op de dichtstbijzijnde in ziekenhuiskleding geklede kerel — met codenaam Johnny Eén.

Er is een afschuwelijke schreeuw in mijn oordopje te horen.

Het is ofwel Rose of een banshee met de longcapaciteit van een parelduiker.

Ik doe mijn best om het lawaai te negeren en haal de trekker over.

Alle Johnnies moeten op hetzelfde moment hun trekkers hebben overgehaald, het resulterende geluid is oorverdovend.

Johnny Eén gaat tegen de grond, maar probeert te kruipen. Ik moet hem niet zwaar verwond hebben. Toch is het misschien niet zo'n goed idee om ze te nummeren.

Tot mijn opluchting ziet het hoofd van Vlad er niet uit als een vergiet. Hij moet de schoten hebben voorzien, omdat hij op het scherm van het pistool van Felix als een waas beweegt.

Is de snelheid van Vlad te snel voor de nachtzichtcamera om goed vast te leggen?

Vlad suist langs een Johnny die het dichtst bij hem in de buurt is en rukt zijn hoofd eraf alsof hij in een *Mortal Kombat*-spel een dodelijke zet uitvoert. Dan stampt hij op het hoofd van de nog kruipende Johnny Eén.

Het gekraak van botten en huid is het meest walgelijke geluid dat ik ooit heb gehoord.

Yep. Ik ga ze zeker niet nummeren. Wat deze vampier-glamour-immune Johnny's ook zijn, hun hoofden zijn net zo afneembaar en verpletterbaar als die van een gewoon persoon.

Maar misschien ook niet.

De Johnny met het afgerukte hoofd blijft proberen om Vlad te pakken, zelfs als het bloed als water uit een gebroken brandkraan uit zijn nek stroomt.

Wat is die vent voor iets, gezien het feit dat hij nog kan bewegen nadat hij zijn hoofd kwijt is? Een zombie? Is dat de reden van het ziekenhuisgewaad?

Nee. De zombies die ik ben tegengekomen bloeden niet zo erg — en ze stonken heel duidelijk.

Tenzij het simpele biologie is? Er is de spreekwoordelijke kip die nadat zijn kop is afgehakt naar verluidt nog rondloopt. Kunnen mensen dat doen?

De bansheegeluiden in mijn oordopje intensiveren, en ik overweeg om het apparaat te verwijderen om het te laten stoppen.

Vlad gooit de onthoofde Johnny tegen een muur, en dat maakt een einde aan het vreemde gebeuren als de man in een slappe hoop naar beneden glijdt.

Ik weet zeker dat Felix gaat flauwvallen.

Ik ben meestal niet snel misselijk, maar zelfs ik voel me duizelig bij het bloedbad.

Felix verrast me echter. In plaats van flauw te vallen, schiet hij een van de Johnny's neer die op mij mikt.

Het Gomorrah-pistool maakt een zacht piepend geluid, maar lijkt geen projectiel af te vuren, hoewel er iets als een straal op het holografische scherm verschijnt en Felix het doel in zijn borst raakt.

De Johnny stort meteen in, wat interessant is. Het Gomorrah-pistool moet effectiever zijn dan een onthoofding.

Ondertussen wervelt Vlad langs nog vijf Johnny's en rukt nog vijf hoofden eraf, en slaat dan de bewegende onthoofde lichamen op de grond.

De lucht doordringt zich met de koperachtige stank van bloed en de dood.

Onze aanvallers zijn waarschijnlijk geen Cognizanten. Vlad zei dat hij niemand zou doden, en hij heeft deze mensen vermoord.

Zich realiserend dat Vlad een te veel bewegend doelwit is, richt een Johnny in de hoek van de kamer zijn pistool op Felix.

De adrenaline in mijn bloed lijkt mijn focus nogmaals te helpen.

Ik zie dat Vlad het hoofd er niet op tijd af zal rukken, dus ik hef mijn pistool en haal de trekker over.

Het schot is zo hard dat ik me afvraag of we samen hebben geschoten.

De paniekkreet in mijn oordopje wordt vergezeld door wat als een gewonde kat klinkt.

Misschien zelfs een kat die in bad gaat.

De man ploft op de grond, zijn gewaad is doorweekt met bloed. Hij probeert even naar me toe te kruipen, maar ontspant zich dan voor altijd.

Ik moet zijn hart hebben geraakt.

Ik staar zonder te knipperen naar de dode man en dan naar mijn handen die het pistool vasthouden.

Dit is de eerste mens die door mijn handen is gestorven.

Ervan uitgaande dat hij een mens *was*, natuurlijk — hoewel dat eigenlijk niet uit zou moeten maken aangezien een bewust wezen net zoveel recht heeft om te leven, en deze kerels lijken zich enigszins bewust te zijn.

Het is schokkend hoe weinig berouw ik voel.

Word ik gevoelloos van de adrenaline?

Wat erger is, is dat ik er eigenlijk klaar voor ben om mijn vrienden en mezelf verder te verdedigen. Ik zal er zoveel doden als nodig is om dat doel te bereiken.

Was ik al die tijd stiekem een sociopaat en heb ik me dat nooit gerealiseerd? Of komt het doordat ik de in een jurk geklede kerels in mijn hoofd tot monsters heb gemaakt? Op een puur logisch niveau, zie ik geen probleem met wat ik heb gedaan — dit was een simpel geval van zelfverdediging.

Het maakt hoe dan ook niet uit. Als het moet, dan kan ik therapie krijgen van Lucretia om dit later allemaal te verwerken. Het doel is om lang genoeg te overleven om die therapie nodig te hebben.

In geschokte fascinatie kijk ik toe hoe Vlad de resterende hoofden van de schouders van hun eigenaren rukt.

Felix kijkt door zijn scherm om te controleren of er geen gevaar meer is.

Alle in ziekenhuiskleding geklede jongens zijn er geweest.

Het geschreeuw van Rose in mijn oordopje houdt op.

Felix kijkt op van het scherm en bedekt zijn mond theatraal met zijn handpalm, alsof hij op het punt staat om te gaan kotsen. Dan valt hij zonder waarschuwing op de grond.

Mijn hart zakt in mijn schoenen.

Heeft die kogel Felix toch geraakt?

HOOFDSTUK ZEVENENTWINTIG

Ik pak mijn telefoon en gebruik hem als zaklamp om mijn vriend te controleren.

Ik zie geen bloed en zijn polsslag is sterk en zijn ademhaling gelijkmatig.

"Hij is eindelijk flauwgevallen," fluister ik opgelucht.

"Arme schat," zegt Rose hees. "Vlad heeft daar een grote puinhoop gemaakt."

"Understatement van de eeuw," zeg ik, terwijl ik rondkijk naar het bloedbad.

Mijn aandacht weer op Felix richtend, sla ik hem op zijn wang.

Hij wordt niet wakker.

"Ik had reukzout moeten meenemen," mompel ik binnensmonds.

"Of je had hem thuis moeten laten," zegt Rose.

"Laat mij het eens proberen," zegt Vlad, over Felix leunend.

Zijn blik wordt een spiegel, Vlad forceert de oogleden van Felix open en staart in de achterovergerolde ogen van mijn vriend.

"Wakker worden," beveelt Vlad.

Felix beweegt zich.

"Goed gedaan," zegt Vlad, terwijl hij weer overeind komt.

"Geef me een momentje," zegt Felix hees. "Sasha, kun je controleren of alle vijanden dood zijn?"

Maakt hij daar een grapje over?

Hoe kan iemand nog leven?

Dan snap ik het. Felix wil waarschijnlijk een moment van privacy om kwijl weg te vegen, of iets net zo gênants.

Als ik over afgehakte hoofden en plassen bloed stap, loop ik naar de enige man die geen zichtbare wonden heeft — degene die door het Gomorrah-pistool is geraakt.

Geen hartslag, geen ademhaling.

Het Gomorrah wapen moet een dodelijke straal uitzenden of zoiets. Griezelig, maar misschien wel het perfecte wapen voor de delicate gevoeligheden van Felix.

"Gaat het met je?" roep ik zonder me om te draaien.

"Zo sterk als een steen," zegt Felix, zijn stem klinkt sterker. "We moeten doorgaan."

Ik draai me net op tijd om om Vlad zijn helpende hand van Felix zijn schouder te zien verwijderen.

"Weet je zeker dat je door wilt gaan?" vraag ik, op hen afkomend. "Als je flauwvalt te midden van —"

"Ik zal niet weer flauwvallen," zegt Felix, terwijl zijn handen zich vastberaden tot vuisten ballen. "Laten we gaan."

Hij marcheert naar de volgende deur.

Vlad en ik kijken elkaar geïmponeerd aan.

Felix rammelt met de deurklink.

De deur gaat niet open.

Felix schopt ertegen, zoals agenten in tv-shows doen. De deur blijft zoals het was, maar hij jammert van de pijn, mompelt binnensmonds wat Russische vloekwoorden moeten zijn.

"Laat mij maar," zegt Vlad en tikt er lichtjes op zoals hij al de hele tijd doet.

De deur vliegt naar binnen alsof hij nooit dicht is geweest.

"Mag ik voordat we verdergaan naar het vreselijke geschreeuw in mijn oor vragen?" zeg ik. "Het was bijna enger dan die Johnny's."

"Johnny's?" Vlad trekt een wenkbrauw op.

"Ik wed dat ze de in ziekenhuiskleding geklede mensen bedoelt," zegt Felix nerveus — duidelijk in een poging om zijn gedachten van het bloedbad van de genoemde Johnny's achter ons af te leiden. "Ik geloof dat ze een ziekenhuisjurk in het Engels een Johnny noemen, omdat ze het voor patiënten gemakkelijker maken om de john, oftewel het toilet, te gebruiken. Nu heeft de reden waarom het toilet John wordt genoemd, met Sir John Harrington te maken —"

"Het spijt me van dat geschreeuw," klinkt Rose in het oortje. "Toen ik de schoten hoorde en zag —"

"Het was behoorlijk afleidend, schat," zegt Vlad zachtjes. "Is er een kans dat je je ervan kunt weerhouden om het opnieuw te doen?"

"Ik zal proberen mezelf onder controle te houden," zegt Rose. "Ik heb zelfs Luci bang gemaakt met mijn uitbarsting."

Ik wist dat ik daar ergens een kat had gehoord.

"Tik op het oordopje om het te dempen of in te schakelen," stelt Felix een beetje te krachtig voor. "Ik zal ook de microfoons op onze webcams dempen, zodat je die schoten niet hoort." Felix stuurt energie naar onze camera's. "Onze oordopjes zijn al gedempt." Hij tikt op de zijne en de ruis gaat aan. "Zie je?" Zijn stem weergalmt in de kamer en in mijn oor. Hij tikt weer tegen zijn oordopje en de ruis verdwijnt.

"Ik begrijp het," zegt Rose. Er is een moment van ruis in mijn oor, en na een pauze herhaalt het zich opnieuw.

"Heb je me net gehoord?" vraagt Rose.

"Nee," zegt Felix. "Het lijkt erop dat je het snapt."

De ruis herhaalt zich en de oordopjes worden weer zalig stil.

Vlad geeft me een blik die lijkt te zeggen, "En je wilde Rose met ons meenemen."

"Ze wilde zelf mee," ben ik geneigd te antwoorden. "Ik zou haar nooit meenemen — vooral nu niet."

We lopen de nieuwe kamer in sombere stilte binnen, en ik voel me meteen ongemakkelijk.

Er is aan het einde van de kamer een rood licht.

"Nog een luie deur?" moppert Felix.

"Jammer dat de monden van sommige mensen geen handige mute-knop hebben," fluistert Vlad.

Ik negeer ze, omdat ik een onheilspellend gevoel krijg, en adrenaline zorgt ervoor dat de puzzelstukjes in een flits van inzicht in elkaar passen.

"Op de grond," sis ik naar mijn bondgenoten. "Nu!"

HOOFDSTUK ACHTENTWINTIG

Acties bij mijn woorden voegend, val ik in een push-up-positie op de vloer.

Vlad doet hetzelfde, zijn bewegingen zo snel dat het op een CGI-effect lijkt.

Felix volgt het voorbeeld en kreunt als hij de vloer raakt. Zijn landing was misschien niet zo gracieus als de mijne.

Op hetzelfde moment barst er als een zware metalen drums uit de hel, een machinegeweer los.

Godzijdank staat Rose nu op mute. Als ik al zin heb om te schreeuwen, dan maakt zij de doden waarschijnlijk wakker met haar geschreeuw van paniek.

Felix richt zijn pistool als een periscoop. Het scherm toont de deur en de muur achter ons is doorzeefd met kogels.

Ik slik mijn hart terug in mijn borst en wissel een grimmige blik uit met Felix.

Als we niet op tijd waren weggedoken, dan zouden we dood zijn — en zelfs Vlad zou zich op zijn minst ongemakkelijk voelen.

Maar had ik hier dan kunnen sterven in plaats van aan het mes van de admiraal die in mijn keel stak zoals mijn visioen voorspelde?

Het is mogelijk.

Door iedereen over mijn visioen te vertellen, heb ik met gemak weer zo'n vlindereffect kunnen creëren en de toekomst kunnen veranderen die ik had voorspeld.

"Ik zal ze tijdens de herlading pakken," schreeuwt Vlad in mijn oor boven het lawaai uit. "Dek me!"

De machinegeweren blijven vuren, dus ik moet in Felix zijn oor schreeuwen. "Maak je klaar om te schieten voor dekking zodra —"

Het geweervuur stopt.

Vlad vervaagt in beweging.

Ik schiet in de duisternis, voornamelijk mikkend op waar Vlad niet zou moeten zijn.

Felix volgt mijn voorbeeld en vuurt zijn wapen af in de vage richting van onze vijanden.

Voordat ik weer kan schieten, hoor ik de geluiden van ruggenmergen die scheuren, gevolgd door bloed dat als een spray van het waterpistool van een overijverige vijfjarige stroomt.

De misselijkmakende koperachtige geur is terug, dus ik kijk naar Felix voor tekenen van flauwvallen.

Ik ontdek dat hij er vastberaden uitziet.

"Alles veilig," zegt Vlad, die uit het niets verschijnt.

We springen overeind, rennen naar de zwakke rode gloed en onderzoeken het bloedbad.

Al die kogels kwamen van nog meer Johnny's. Aan de afgerukte lichaamsdelen te zien, moeten er zeven zijn geweest, tenzij één van de hoofden in het donker is weggerold.

Wat ik voor machinegeweren aannam blijken AK-47-aanvalsgeweren te zijn — niet dat dit ons minder dood zou maken als we niet op de grond waren gaan liggen.

"Dit was de reden waarom Darian belde," zeg ik, mijn stem instabiel terwijl ik mijn eerdere eurekamoment uitleg. "Dat is het rode licht waar we voor op onze hoede moesten zijn." Ik wijs naar de lamp boven de "GEEN TOEGANG"-deur die de dode jongens eerder hadden mishandeld. "Het hele 'Gebruik de kracht'-gedeelte was een advies voor *mij*. Darian wilde dat ik mijn zienerintuïtie vertrouwde — die door het dak ging toen we deze kamer binnenkwamen."

"Het klopt," zegt Felix; zijn woorden zijn nauwelijks hoorbaar. "Het lijkt erop dat we niet bij dat rode licht zijn neergestort, zoals Vlad zei."

Er is een geluid van sissende ruis. "Darian had gewoon kunnen zeggen 'pas op voor AK-47's als je zo'n soort kamer binnenkomt,'" zegt Rose in mijn oor, haar stem klinkt nu als schuurpapier. "Dit is Fluffster die klaagt en ik ben het met hem eens."

"Zieners," zegt Vlad met ergernis. "Zij zijn een woedend makend volk. "

Ik kies ervoor om niet beledigd te worden en in

plaats daarvan te overwegen of ik mijn pistool voor een aanvalsgeweer moet ruilen.

"Ze hebben geen munitie meer," zegt Vlad als ik mijn idee met hem deel.

"Shit." Ik kijk met teleurstelling naar het geweer naast mijn voeten. "Ik heb nog maar één magazijn."

Vlad haalt zijn schouders op als een sis van ruis ons vertelt dat Rose weer op stil staat.

Ik doe een snelle mentale telling. Ik heb nog dertien van mijn vijftien rondes over, dat is niet zo heel slecht.

"Moet je er echt zo'n zooitje van maken?" vraag ik Vlad, voornamelijk om de sombere stemming te verlichten. "Felix probeert niet flauw te vallen."

Voordat Vlad kan antwoorden, komen er in de aangrenzende kamer halogeenlampen tot leven.

Iemand heeft besloten dat de duisternis toch geen voordeel tegen ons is.

We wisselen grimmige blikken uit en betreden voorzichtig de verlichte zaal ter grootte van een stadion.

"Wat voor de duivel?" vraagt Felix, terwijl hij precies mijn gedachten verwoordt.

De kamer is gevuld met ziekenhuisbedden. Honderden van hen. Op elk bed is een Johnny op een infuus aangesloten, met een voedingsbuis in zijn neus en een zonnebril die zijn ogen bedekt.

"Allemaal mannen," fluister ik. "Iemand is geen werkgever met gelijke kansen. Ervan uitgaande dat de Johnny's daadwerkelijk in dienst zijn om levensonderhoud te krijgen."

Er is plotseling ruis in mijn oordopje. "Misschien is dit waar Baba Jaga haar gewonde volgelingen houdt?" suggereert Rose. "Hoewel dat niet verklaart hoe degenen die op je schoten rond konden lopen." De ruis herhaalt zich.

"Hoe groot zou haar organisatie moeten zijn als ze als onderdeel van hun dagelijkse activiteiten zoveel gewonden heeft?" antwoordt Felix. "Tenzij ze in oorlog zijn met een stel andere bendes?"

De ruis gaat weer aan. "Fluffster denkt dat de kamer eruitziet als een ziekenhuis dat een nasleep is van een oorlog tussen een stel verschillende bendes," zegt Rose, "en ik ben het met hem eens." De ruis komt weer op, waardoor het oordopje van Rose stil wordt.

Deze statische situatie kan net zo vervelend worden als haar geschreeuw.

Vlad stopt met lopen en staart naar de andere hoek van de kamer, zijn houding wordt plotseling gespannen.

Een slanke, gevaarlijk knappe man komt op ons af met een snelheid die gelijkwaardig is aan die van Vlad. Zijn schouderlange, gitzwarte haar, ritselt achter hem terwijl hij in onze richting glijdt en zijn marmergroene ogen glinsteren kwaadaardig.

Ik blijf staan waar ik ben. "Dat is Koschei. Hij is Baba Jaga's luitenant."

De statische ruis komt weer op. "Weet je zeker dat hij voor haar werkt, en niet andersom?" vraagt Rose. "Fluffster zegt dat Koschei in evenveel Russische sprookjes voorkomt als Baba Jaga."

"Ik weet wie en wat dit is," zegt Vlad grimmig en stapt voor ons uit. "Jullie moeten rennen. Nu."

"Waarheen?" Ik kijk de kamer rond. Er zijn om de gigantische ruimte heen veel deuren.

"Gebruik je kracht om erachter te komen." Vlad vervaagt in beweging in de richting van Koschei.

Ik aarzel, niet bereid om een bondgenoot achter te laten om alleen te vechten. Gezien zijn mandaataura, is Koschei duidelijk een van de Cognizanten, en Vlad zei dat hij onze soort niet zou doden, wat Koschei in deze strijd een groot voordeel zou kunnen geven.

Aangezien ik niet een dergelijke belofte heb gedaan, richt ik mijn pistool op Koschei en zie Felix vanuit mijn ooghoek hetzelfde doen. Felix moet zich net als ik gerealiseerd hebben dat we Koschei kunnen neerschieten voordat Vlad met hem afrekent. Ik hoop alleen dat Felix ook beseft dat we in de problemen zitten met de Raad als we daarin slagen.

Ik schiet.

Rose slaakt een kreet als een gestoken varken. Ze is duidelijk vergeten haar gizmo te dempen.

Mijn kogel raakte Koschei in de borst.

De dunne man vertraagt niet eens.

Daarna schiet Felix.

Op het scherm van zijn pistool raakt de explosie Koschei in het hoofd, maar dit vertraagt hem ook niet.

In een oogwenk staan Vlad en Koschei tegenover elkaar, als twee hanen die klaar zijn voor een gevecht.

Ik laat mijn wapen zakken, ik loop anders het risico om Vlad neer te schieten als ik doorga.

Koschei slaat Vlad in de borst, en de vampier glijdt een paar meter terug door de inslag, hoewel hij op zijn voeten blijft staan.

Ik mik op Koschei, maar Vlad springt terug voor ik kan schieten.

Vlad beweegt zich als een video op fast forward, sluit de afstand en slaat zijn tegenstander in het gezicht.

Het hoofd van Koschei slaat terug alsof het tegelijkertijd de vuisten van Mike Tyson en Mohammed Ali ontmoet — wat niet verwonderlijk is als ik bedenk wat er met alle deuren is gebeurd waar Vlad gewoon op had getikt.

Vlad beweegt zich nog sneller, schiet achter de versufte Koschei en grijpt hem in een houdgreep.

Met een knars draait Koschei's hoofd in de meest onnatuurlijke richting. Als hij naar beneden kon kijken, zou hij zijn eigen rug zien.

Vlad laat zijn nu slappe tegenstander gaan en Koschei zakt als een zak rotte aardappelen op de grond.

"Tot zover het niet doden van een andere Cognizant," mompel ik terwijl ik Koschei's aura zie flikkeren en verdwijnen.

"Wat doen jullie hier nog?" zegt Vlad zonder zijn blik van het lichaam van de dode man voor hem op te heffen. "Ik heb jullie gezegd om —"

Een flits van paarse energie omringt Koschei, en wanneer die verdwijnt, is zijn mandaataura terug.

HOOFDSTUK NEGENENTWINTIG

Ik weersta de drang om in mijn ogen te wrijven.

Het hoofd dat een seconde geleden nog achterstevoren was gedraaid, begint met een misselijkmakend gekraak terug te draaien. Dan valt er een kogel uit Koschei's borst en die raakt de grond met een metalen klink.

"Was dat mijn kogel?" vraag ik vol ongeloof. "En is hij net weer tot leven gekomen?"

"Ze noemen hem niet voor niets Koschei de Onsterfelijke," fluistert Rose in mijn oor. "Je kunt beter weggaan. Vlad heeft het misschien nog een tijdje druk en Ariël moet nog gered worden." De ruis verschijnt deze keer.

Mooi. Ze herinnerde zich dat ze zichzelf moest dempen.

Voordat ik kan antwoorden, komt Koschei weer op de been. Zijn bewegingen doen griezelig veel aan de oude film Nosferatu denken die uit een doodskist komt.

Zou tussen hun twee Vlad dat niet moeten doen?

Zodra Koschei overeind staat, zwaait hij met een vuist naar Vlad. Vlad ontwijkt de klap, pakt de pols van zijn tegenstander en breekt zijn arm in tweeën.

Iets in mijn ooghoek trekt mijn aandacht.

Een van de in ziekenhuiskleding geklede sukkels moet uit zijn coma zijn gekomen, want hij zit rechtop in zijn bed. Met schokkerige, overdreven bewegingen rukt hij het infuus uit zijn ader. Dan, schijnbaar onbewust van het bloed dat uit zijn arm stroomt, rukt hij de voedingsbuis uit zijn neus en zwaait hij met zijn blote voeten naar de vloer.

Hoewel zijn ogen geblokkeerd zijn door een zonnebril, lijkt hij mijn kant op te kijken.

In een naastliggend bed doet een andere in ziekenhuisgewaad geklede man hetzelfde, als hij eenmaal staat, rent hij alleen in Vlads richting.

"Vlad, pas op!" roep ik. "Felix, laten we gaan." Ik pak Felix bij de arm en trek hem met me mee terwijl ik begin te rennen.

De adrenaline in mijn systeem lijkt mijn intuïtie te verscherpen. Ik word er zeker van welke deur ik moet nemen — hoewel het helaas een van de verste is.

Blote voeten klappen achter ons op de vloer.

Ik draai me om en zie dat de eerste sukkel die overeind kwam ons achtervolgt en schiet hem in het bovenlichaam.

Hij valt, maar nog twee sukkels staan op uit hun

ziekenhuisbedden voor ons, hun ongeknipte teennagels schrapen over de cementvloer.

Ik schiet er een neer en Felix zorgt voor een ander.

Een blik op Vlad werpend, zie ik hem een been van zijn in een ziekhuisgewaad geklede aanvaller rukken en Koschei ermee op het hoofd slaan.

Koschei wankelt en Vlad springt naar hem toe en rukt zijn hart eruit.

Letterlijk.

Op de een of andere manier heeft de man die zijn been verloor een hoge pijntolerantie en immuniteit voor bloedverlies en hij probeert Vlad tegen de vloer te klauwen. Vlad gooit Koschei's hart naar hem toe en volgt met een paar verwoestende stompen die de man in een berg viezigheid veranderen.

Tegelijkertijd dimt Koschei's aura terwijl zijn lichaam op de grond valt.

Een seconde later omringt de paarse gloed hem weer, en deze keer weet ik dat hij niet lang zal blijven liggen. "Kijk daar niet naar," waarschuw ik Felix terwijl ik zelf wegkijk. "Vlad doet zijn ding."

Felix kijkt alleen naar de deur als we ons tempo opvoeren.

Een paar blote Johnny's lopen ons in de weg, en we schieten ze bijna op hetzelfde moment neer.

De Johnny van Felix valt.

Degene die ik neerschoot verliest een deel van zijn gezicht, maar blijft voor ons rennen.

Ik schiet hem nog een keer neer — en Felix ook.

De man valt neer.

Wat *zijn* dat voor kerels? En als ze menselijk zijn, wat zat er dan in die infuuszakken? Pure meth?

Felix springt over de twee lichamen, bereikt als eerste de deur, trekt eraan en gromt gefrustreerd. "Hij zit op slot."

Moet ik op het slot schieten?

Ik heb nog negen kogels over, maar zelfs zonder mijn krachten, vermoed ik dat ik ze allemaal nodig heb. Er zijn alleen al in deze kamer honderden ziekenhuisbedden, en elk lichaam dat erop ligt, is een potentiële bedreiging.

"Dek me," zeg ik tegen Felix, en zonder te wachten om te zien of hij eraan zal voldoen, haal ik de lockpicks uit mijn tong en begin ik aan het slot te werken.

De deur geeft snel toe, maar Felix slaagt er nog steeds in om een paar aanvallers neer te schieten in de tijd die het me kost om het slot open te wrikken.

We gaan door de deur en bevinden ons in een lange gang.

Een Johnny rent achter ons aan de gang in, krijgt de doodsstraal van Felix in het hoofd en valt neer.

Een andere neemt zijn plaats in en Felix en ik mikken op hem.

De deur aan de andere kant van de gang gaat open, dus ik laat Felix de andere aanvaller afhandelen en draai me op mijn hielen om om de nieuwe dreiging het hoofd te bieden.

Zoals ik vreesde, stormt er van de andere kant van de gang een andere Johnny binnen.

"Rug tegen rug," beveel ik en druk mijn zweterige rug tegen de nog zweterige rug van Felix.

De rugspieren van Felix spannen zich aan, en het Gomorrah-pistool piept zachtjes.

Ik hef mijn pistool.

De man voor me versnelt.

Zonder tijd om te richten, richt ik op hem en haal ik de trekker over.

De kogel raakt mijn aanvaller in het oog. Wat er over is van zijn zonnebril vliegt naar de zijkant en laat iets vreemds zien.

Het oog waar ik in schoot is weg, wat verontrustend is, maar begrijpelijk. Ik kan echter geen reden bedenken waarom het andere oog eruitziet alsof het met zwarte energie gevuld is. Er zit helemaal geen wit in dit oog.

Hij blijft rennen.

Hoe kan hij met die rare ogen zien waar ik ben?

Hoe kan hij trouwens nog aan het rennen zijn?

Ik wacht niet tot het universum antwoordt, ik schiet weer.

De kogel raakt zijn been.

Bloed stroomt uit de wond, maar mijn aanvaller blijft vooruit gaan — nu hinkend, wat zijn vooruitgang vertraagt.

Spasmodisch haal ik de trekker nog een keer over.

Deze kogel raakt hem in de maag en scheurt door de darmen. Sommigen van hen komen naar buiten, maar hij blijft op me afkomen, en laat een bloederig spoor in zijn kielzog achter.

Ik snak naar adem en druk op de trekker.

Geen nieuwe wonden.

Adrenaline richt al mijn aandacht op het richten van het pistool. De gang lijkt in een tunnel te veranderen terwijl ik al mijn recente schietoefeningen in dit schot kanaliseer en het pistool richt op waar ik hoop dat zijn hart zal zijn.

En ik schiet weer.

HOOFDSTUK DERTIG

Ik verwacht half dat het gedempte geschreeuw van Rose helemaal van Manhattan naar Brooklyn gaat. Misschien projecteer ik wel. Ik zou graag mijn eigen longen eruit schreeuwen, maar ik beheers de drang.

De Johnny valt — er zit een nieuwe rode vlek in het midden van zijn ziekenhuisgewaad.

Ik wacht even om te zien of hij in Koschei-stijl opstaat.

Hij blijft dood.

Het pistool van Felix piept weer, hij moet op een ander doel hebben geschoten.

"Laten we gaan!" schreeuw ik tegen hem en haast me door de gang.

Zijn rug blijft tegen de mijne, Felix volgt me en stopt maar drie keer om te schieten.

Vanuit de gang komen we in een kleine kamer.

Felix slaat tegen de deur achter ons om hem te sluiten, draait zich op zijn hielen om en schiet een Johnny neer die vanuit de zuidelijke hoek van de kamer naar ons toe rent.

Zonder aarzeling pak ik mijn lockpicks en begin aan de deur te werken, in de hoop dat het op slot doen van een deur simpelweg het tegenovergestelde van het openen van een slot is.

Er is een plof van een lichaam dat de vloer raakt.

Het lukt me om het slot te blokkeren.

Er is meteen het gekras van nagels van de Johnny's aan de andere kant te horen.

"Het zal niet lang standhouden," zegt Felix. "Waar gaan we nu heen?"

Afgezien van de deur die ik net op slot heb gedaan, zijn er nog drie deuren.

Mijn met adrenaline verrijkte intuïtie leidt me naar de verste deur rechts.

Felix volgt me.

Net als ik de deur bereik, overspoelt angst me als een vloedgolf. En dit is ook niet de gebruikelijke angst die "Baba Jaga" roept. Het is meer gericht en is duidelijk met de kamer achter deze deur geassocieerd.

Het gevoel opzij duwend, controleer ik de deur, maar ontdek dat hij op slot zit.

De gangdeur kraakt alsof hij elk moment kan breken.

Ik gebruik mijn lockpicks om het slot te openen zonder lawaai te maken. Terwijl ik werk, zorgt de nabijheid van de verdomde deur ervoor dat mijn ingewanden als een ondergrondse gletsjer aanvoelen.

Dit moet de plek zijn waar ze Ariël vasthouden, en de angst moet aan mijn visioen te wijten zijn.

Het staat op het punt om uit te komen.

"Als ik die kamer binnenloop, ben ik dood," mompel ik, vooral tegen mezelf.

"Dus doe het niet," zegt Felix. "We zullen samen naar binnenlopen. Je was in je visioen alleen. Nu zijn we met z'n tweeën."

Zodra ik zijn suggestie registreer, verandert de angstintensiteit ten goede.

Betekent dat dat hij gelijk heeft?

Strategisch gezien is het misschien logischer om Felix hier in de gang te laten om met de vijanden af te rekenen die op het punt staan door te breken, maar zijn aanwezigheid zou een verandering in mijn eerdere visioen zijn.

Toch voelt iets aan zijn aanbod om samen te gaan niet goed. Een intuïtie vergelijkbaar met mijn wegbewustzijn vertelt me zelfs dat het een vreselijk idee is.

Omdat ik mijn krachten probeer te vertrouwen, kan ik gevoelens als deze niet negeren.

Maar als we niet samen gaan, wat doen we dan?

Moet Felix alleen gaan?

Nee, dat genereert een nog ergere angst.

Verdomme.

De besluiteloosheid maakt me gek.

Ariël is net voorbij deze stomme deur, en Vlad

vecht daarbuiten voor zijn leven.

Kon ik maar een visioen krijgen om te zien wat er zou gebeuren als Felix en ik samen naar binnen zouden gaan — schijnbaar ons beste plan van aanpak op dit moment. Maar om een visioen te zien zou ik te midden van al deze waanzin moeten mediteren. Het is waarschijnlijk makkelijker om een staart te ontkiemen.

Aan de andere kant, de bannik zei dat er andere manieren zijn om de vereiste mentale focus te krijgen...

Dit is wanneer een besef als een klap van Vlad bij me binnenkomt.

De constante periodes van gefocuste gedachten waar ik tijdens deze redding gebruik van heb gemaakt, degenen die ik aan adrenaline toeschreef — was helemaal geen adrenaline.

Of in ieder geval niet alleen adrenaline. Het is Focusall — het medicijn dat ontworpen is om iemand zich precies zo te laten voelen zoals ik me voelde. Als ik een moment had gehad om na te denken, dan had ik het me eerder gerealiseerd. Ik heb een pil genomen en die is nu helemaal ingewerkt.

Ik adem diep in en adem langzaam uit.

Had de bannik gelijk? Zijn er andere manieren om de focus te krijgen die nodig is voor een visioen?

Wat nog belangrijker is, kan ik de focus van dit medicijn gebruiken?

"Geef me een momentje," zeg ik tegen Felix en ik sluit mijn ogen.

Door alle geluiden en gedachten van mijn

dreigende ondergang uit mijn hoofd te zetten, adem ik gelijkmatig uit.

Zoveel dingen kunnen dit verpesten, zoals het feit dat ik vandaag al een visioen heb gehad, zij het een kort visioen. Ik heb Hoofdruimte nog nooit twee keer op een dag kunnen bereiken, maar ik negeer dit feit en adem nog langzamer.

Nu ik weet hoe ik ernaar moet zoeken, kan ik het medicijn in mijn lichaam voelen. Het 'centreren' dat gewoonlijk vele minuten van meditatie in beslag neemt, staat op het punt van mijn geestesoog.

Mijn handpalmen worden erg warm.

"Gaat het met je?" vraagt Felix, waarmee hij het verknoeit.

"Gast." Ik weersta de drang om hem te wurgen. "Ik heb een paar seconden stilte nodig. Ik wil een visioen oproepen om te zien wat we nu moeten doen, maar ik kan het alleen maar doen zonder afleiding — als het al lukt."

"Het spijt me. Ik dacht dat het duidelijk was dat we samen gingen."

"Dat zullen we," zeg ik. "Nadat ik dit heb gedaan. Hoe eerder je me laat focussen, hoe eerder we verder kunnen."

"Prima." Hij kijkt naar zijn telefoon. "Je hebt twee minuten."

Dat negerend, sluit ik mijn ogen weer en probeer me te concentreren.

Mijn ademhaling wordt weer gelijkmatig en mijn geest wordt nog sneller leeg, maar het zoeken naar die speciale focus voor een paar seconden levert geen resultaten op.

Ik ontspan mijn ademhaling verder en laat de zorgen over falen los.

Mijn handpalmen worden warm, en voordat ik de focus kan verliezen, ontploft de bliksem in mijn zicht.

HOOFDSTUK EENENDERTIG

Ik zweef even in Hoofdruimte, alsof ik op adem moet komen. Dan vestig ik mijn aandacht op de omringende vormen.

Ze zijn de bekende warme, paarse, naar popcorn smakende ronde octaëders die me het visioen van mijn dood brachten.

Wat aardig van ze om precies te zijn waar ik ze nodig heb.

Misschien had Felix gelijk toen hij dacht dat de visioenen die ik nodig heb de allereerste vormen zijn die ik bij binnenkomst tegenkom. Maar als dat zo is, hoe werkt dat dan? Hoe weten ze dat ik ze nodig heb?

Mijn analyse van Hoofdruimtemetafysica aan de kant schuivend, merk ik op dat deze vormen subtiel van de voorgaande verschillen.

Sterker nog, zelfs hun muziek is iets minder onheilspellend dan de vorige keer.

"Ik ga niet uit Hoofdruimte weg totdat ik dit gezien

heb," zeg ik mentaal, zoals ik de laatste keer deed, voor het geval een ultimatum op een of andere manier helpt.

Me aan die excursie herinnerend, beslis ik dat ik de duur van mijn visioen moet bepalen.

Als ik op een dag een tweede visioen wil hebben, moet het kort zijn. Maar als ik dit *te* kort maak, is het misschien net zo nutteloos als het visioen waar ik mijn naam in het Russisch zag staan — en niets anders.

Nee.

Het visioen moet minstens zo lang zijn als het visioen waarin ik stierf.

Mijn beslissing genomen, zoom ik keer op keer in op de vormen.

Ik rol mijn denkbeeldige mouwen op, reik met mijn vage aanhangsel naar voren en dwing het om de dichtstbijzijnde vorm aan te raken.

Het werkt niet, maar ik heb dit eerder meegemaakt, dus ik probeer het opnieuw.

En weer.

En nog vijftig keer.

Heb ik mijn dagelijkse limiet toch bereikt?

Ik zoom nog een keer in op de vorm. Misschien als het zicht een beetje korter is, dat het toch zal werken?

Ik reik naar voren.

Eén keer.

Twee keer.

Bij mijn derde poging, breekt er een soort van metaforisch ijs, en val ik in de vorm, zoals Alice in Wonderland.

Felix legt zijn hand op de deurknop en doet vastberaden de deur open.

Ik leg een hand op zijn schouder om te voorkomen dat hij zonder mij gaat. Als ik aan het laatste visioen denk, controleer ik de tijd op mijn telefoon. Het is 3:27 p.m. Het was de laatste keer 3:24, dat is goed. Hoe meer verschillen tussen visioen en werkelijkheid, hoe beter.

Naar Felix knikkend laat ik zijn schouder los.

Er klinkt het gekraak van een deur achter ons die openbreekt. We kijken achterom en zien een horde Johnny's de kamer binnenstromen.

Hen negerend, stormen we de kamer binnen die ik net heb ontgrendeld.

Felix doet de deur achter ons op slot terwijl ik verifieer dat de raamloze en kale gigantische kamer inderdaad degene is die ik in mijn visioen heb gezien.

En dat is het, zelfs tot aan Ariël, die in het midden soep zit te eten.

We letten echter niet op haar en richten onze wapens op de linkerzijde — de plek waar de admiraal in mijn visioen was.

Met spieren die onder zijn tanktop uitpuilen, is de admiraal precies waar hij zou moeten zijn.

Helaas is zijn mes dat ook.

Ik richt het pistool op het fronsende voorhoofd van de admiraal en haal de trekker over.

Een glimp van het hologramscherm vertelt me dat Felix ook zijn Gomorrah-pistool op de admiraal richt.

Onze tegenstander gooit zijn mes net als ik de trekker overhaal.

Het pistool van Felix maakt een zacht piepend geluid dat aangeeft dat het is afgevuurd.

De schouder van de admiraal begint te bloeden, wat weer bewijst dat de toekomst graag bepaalde patronen volgt.

Het heeft me zijn hoofd weer op precies dezelfde manier laten missen.

Deze keer schreeuwt de admiraal echter niet iets onsamenhangends in het Russisch.

In plaats daarvan valt hij dood neer.

Goal. Het pistool van Felix slaat weer toe.

Hoe zit het met het mes?

Ik leef nog, dus het kan niet in mijn keel zitten.

Nee, wacht...

Er klinkt een gruwelijk gegorgel aan mijn zijde.

Mijn hart zakt door de vloer, ik kijk naar Felix.

Hij houdt de fontein van bloed vast die uit zijn hals stroomt terwijl hij op zijn knieën stort.

"Nee." Ik leun over hem heen. "Dit kan niet —"

HOOFDSTUK TWEEËNDERTIG

Ik ben terug in mijn lichaam.

Mijn nek staat strak gespannen, en ik wou dat ik toch in de meditatiepositie had gezeten.

De Focusall in mijn bloed zorgt ervoor dat mijn gedachten in supersonische snelheid alle kanten op gaan als ik analyseer wat ik net heb gezien.

Ik zat in een visioen, dat is duidelijk.

Felix leeft — ook dat is duidelijk.

Wat ik niet begrijp, is waarom de admiraal dit keer sneller met het mes gooide. Kwam het omdat we tijd hebben verspild toen we de deur op slot deden? Of kwam het doordat hij zich meer bedreigd voelde tegenover twee tegenstanders in plaats van één? Misschien was hij in mijn oorspronkelijke visioen minder op zijn hoede, omdat ik een meisje ben?

Ik open mijn ogen en staar in het bezorgde gezicht van Felix.

Ik wil hem knuffelen en schreeuwen hoe blij ik ben

dat hij leeft, maar ik verzet me ertegen. Misschien boeit mijn visioen hem niet en wil hij per se met me mee die kamer in.

Dat is wat ik in zijn plaats zou doen.

Dat is zelfs in zekere zin wat ik ga doen.

Ik ga in die kamer in mijn eentje een zekere dood tegemoet, in plaats van Felix in mijn plaats te laten sterven.

"Heb je je visioen gehad?" vraagt hij; zijn doorlopende wenkbrauw trekt zich met de seconde strakker samen.

"Ja," zeg ik. "Het was zweverig — ik wist van dat vorige visioen toen ik in *dit* visioen zat, maar ik wist niet dat ik een *visioen* had, waardoor het echter leek."

Dat laatste deel was een leugen.

Zijn dood was wat het maar al te echt maakte, maar *dat* ga ik niet delen.

"Wauw," zegt hij. "Dat is zweverig. Als je het nog een keer zou doen, dan zou je weten dat je een visioen had waar een visioen in zat. Hoe weet je überhaupt dat je op *dit moment* geen visioen hebt?"

"Ik weet het," zeg ik, een deel van mijn ontzag is geen act. "Hoe weet ik dat mijn hele volwassen leven geen superlang visioen is dat ik als tiener momenteel op haar bank heb?"

De ogen van Felix worden groot. "De volgende keer dat ik psilocybine inneem, moeten we dit verder bespreken. Dit is niet het juiste moment."

Het gekrab en gebons op de gangdeur wordt intenser, als in antwoord op de woorden van Felix.

"Juist," zeg ik, terwijl ik nonchalant blijf doen. "Blijf hier en reken met de Johnny's af als ze de deur openbreken." Ik knik naar de bron van het lawaai. "Ik ga —"

"Wacht, hoe zit het met samen gaan?"

"Kan niet. Ten eerste, zoals ik al zei, die deur staat op het punt te breken — dat heb ik in mijn visioen gezien. Ten tweede, omdat ik wist dat ik het eerdere visioen in dit visioen had, was ik in staat om de admiraal zonder problemen te verslaan."

Felix fronst.

Gelooft hij mijn verhaal niet?

Liegen is voor een illusionist een noodzakelijke vaardigheid, dus ik ben er erg goed in, maar Felix is altijd een moeilijke toeschouwer geweest —

De deur van de gang breekt uit elkaar, zoals in mijn visioen.

"Laat ze niet in die kamer komen!" schreeuw ik tegen Felix. "Anders is mijn laatste visioen nutteloos."

Vastberadenheid vervangt de twijfel op het gezicht van Felix als hij zijn pistool op de nieuwkomers richt.

Deze keer kijk ik niet op mijn telefoon.

Ik leg gewoon mijn handpalm op de deurknop en open de noodlottige deur.

HOOFDSTUK DRIEËNDERTIG

Ik storm weer dezelfde kamer binnen.
Ik denk dat het te veel was om te hopen dat de kamer anders zou zijn dan in mijn visioenen.
Ik hef mijn pistool op en draai naar links.
Het mes ligt in de hand van de admiraal. Alweer.
In plaats van op zijn hoofd te schieten, of zelfs maar te richten, richt ik het pistool op zijn romp en haal ik onmiddellijk de trekker over.
Anders handelen dan in mijn visioenen is mijn enige hoop — zij het een zwakke.
Daarna voer ik een manoeuvre uit die ik alleen in films heb gezien — degene waar een G.I. Joe-type zichzelf opzij gooit en wegrolt om vijandelijk vuur te vermijden.
Het mes van de admiraal snijdt door mijn oor en snijdt het bijna doormidden.
Ik land op de grond, alle lucht ontsnapt uit mijn

longen terwijl mijn zicht met zwart-witte vlekken vervaagt.

Het enige dat rolt, is mijn pistool — bij me vandaan.

Ik doe mijn best om wat zuurstof op te zuigen.

De admiraal schreeuwt weer iets onsamenhangends in het Russisch.

Ik moet hem neergeschoten hebben, zoals in mijn visioenen, maar ik heb hem niet vermoord. Als ik een vrouw was die aan gokken deed, dan zou ik wedden dat de kogel zijn schouder weer had geraakt — de koppige toekomst is wat het is.

Het pijnlijke steken en branden van mijn gesneden oor negerend, forceer ik een paar ademhalingen in mijn beschadigde ribbenkast.

Ademen doet meer pijn dan mijn oor. Mijn ribben moeten gescheurd of gebroken zijn.

Ik klem mijn kaken op elkaar en haal nog een keer adem.

Wanneer de vlekken minder voor mijn ogen dansen, kijk ik naar de admiraal en kreun ik van frustratie — waardoor mijn ribben opnieuw gillen van de pijn.

De gewonde klootzak loopt mijn kant op, een mes in zijn onbeschadigde linkerhand geklemd.

Ik had gelijk over de verwonding aan zijn schouder.

Eerst vraag ik me af of dit een tweede mes is, maar dan zie ik een bloedspoor op de vloer. Hij is dit mes op gaan rapen, wat op de een of andere manier extra sinister lijkt. Maar aan de andere kant heeft hij tenminste niet mijn pistool gepakt.

Dan herinner ik me wat Maya had gezegd wat hij graag met dit mes met vrouwen doet, en ik haal nog een keer pijnlijk adem.

Nee.

Ik heb niet mijn verrotte oorspronkelijke toekomst verslagen om even later alsnog door dat stomme mes te sterven en veel pijnlijker.

Als ik doodga, dan heb ik liever dat hij me laat stikken of me neerschiet.

Een gek plan vormt zich in mijn gedachten, en ik doe alsof ik nederig van hem wegkruip. In werkelijkheid gebruik ik de grotere beweging van kruipen om de twee kleinere bewegingen van mijn handen in mijn zakken te verbergen.

Met mijn nog steeds bloedende oor dat steekt en mijn ribben die schreeuwen van de pijn, is zielig doen uiterst gemakkelijk.

Mijn optreden moet indruk op de admiraal maken. Dreigend grijnzend, staat hij over me heen met zijn mes naar voren en zijn broek die uitpuilt om redenen waar ik liever niet aan denk.

Ik kruip nog een centimeter en kreun evenredig met mijn pijn.

Zijn grijns wordt breder als hij zich lager buigt en een vleugje knoflook raakt mijn neusgaten als hij me omrolt.

Ik ruk mijn handen uit mijn zakken en laat de kaarten in zijn gezicht springen.

Mijn gok werkt. Terwijl de kaarten als

uitgehongerde vlinders naar nectar naar zijn gezicht vliegen, probeert hij ze weg te slaan.

Daarom heeft hij het niet in de gaten als ik met Ariëls M9-mes in zijn wapen zwaaiende arm snij.

Mijn walging vermengt zich met voldoening als het mes door vlezig vlees en knapperige pezen snijdt.

De dierlijke pijnkreet van de admiraal klinkt als muziek in mijn oren.

Ik snijd in zijn been, til mijn mes omhoog en steek in zijn voet.

Hij begint op me te vallen.

Nee, hij valt niet om.

Ondanks zijn wonden, probeert hij een worstelmanoeuvre uit te voeren.

Mijn ribben komen in opstand als ik mezelf opzij gooi.

Zijn elleboog landt een centimeter van mijn kin.

Hij kreunt, maar herstelt verrassend snel en gaat met zijn gewonde handen naar mijn keel.

Als hij met opzet op de grond terecht is gekomen en niet omdat zijn gewonde been hem niet kon houden, dan was het een strategische fout.

Nu ik er bij kan, steek ik met mijn mes in zijn romp en vermijd ik zijn grijpende handen.

Het lemmet dringt door tot iets zachts, en er is deze keer veel meer walging in mijn tevredenheid als hij van de pijn schreeuwt.

Op mijn kiezen bijtend, herinner ik me wat er in mijn eerste visioen met me gebeurde, en steek de admiraal opnieuw.

Zijn gejammer stopt, maar zijn handen bewegen nog steeds, alsof ze naar me reiken.

Ik herinner mezelf eraan wat hij in mijn tweede visioen Felix aandeed, en steek hem opnieuw, waardoor het mes deze keer dieper gaat.

Hij wordt slap.

Ik negeer het gekwelde geschreeuw van mijn ribben en steek hem nog een laatste keer — voor het geval dat.

In de verte valt er een soepkom op de vloer.

Ik neem tenminste aan dat dat het geluid is, aangezien Ariël in mijn visioen soep at.

Heeft al het bloeden en steken eindelijk haar eetlust verpest?

Ik laat het mes in de borst van de admiraal begraven zitten, worstel om overeind te komen en kijk mijn vriendin aan.

Mijn ribben doen zo'n pijn dat ik ziek en duizelig ben van de pijn — hoewel het ook door het bloedverlies van mijn gespleten oor kan komen.

Ariël loopt kordaat naar me toe, haar uitdrukking is onder die pilotenzonnebril onleesbaar.

"Vanwaar die zonnebril?" vraag ik luid, zelfs als er een vreselijke intuïtie in mijn buik groeit.

Ze antwoordt niet.

In plaats daarvan voert ze haar tempo op en rent ze naar me toe, haar bewegingen vreemd en overdreven, net als in mijn eerdere visioenen.

"Ariël, stop." Ik ga achteruit.

Ze beweegt nog sneller en sluit snel de afstand tussen ons.

Ze bereikt me en ze slaat met al haar superkracht haar handpalmen tegen mijn borst.

Terwijl ik achteruitvlieg, vertelt mijn met Focusall verbeterde perceptie me dat dit het is.

Als ik met deze snelheid de grond raak, ben ik dood.

HOOFDSTUK VIERENDERTIG

Voor het eerst vandaag, heb ik geluk.
In plaats van een cementvloer, breekt het bloederige lijk van de admiraal mijn val.
De pijn van mijn ribben doet me echter wensen dat ik niet zo 'gelukkig' was.
Het volgende moment doemt Ariël over me heen.
Mijn overlevingsinstinct begint te werken en ik pak haar bril en ruk het van haar gezicht.
Ariëls ogen zijn met dezelfde zwarte energie gevuld die ik in het intacte oog van de Johnny in de gang zag.
Ik herinner me nu waar ik dit soort energie nog meer heb gezien, en alle stukjes van dit verdraaide mozaïek klikken op hun plaats.
"Je hebt me levend nodig," zeg ik op een voorgevoel.
Zelfs als mijn theorie juist is, heb ik geen idee of met Ariël praten zal werken.
"Het is niet persoonlijk, Sasha," zegt Ariël, en haar meestal sexy tongval klinkt tweeslachtig en oud, de

woorden met een zwaar Russisch accent uitgesproken. "Het is puur zakelijk."

Om die boodschap te benadrukken, grijpen Ariëls handen mijn keel.

Nog iemand die me wil wurgen?

Heb ik dit op me af geroepen toen ik dacht dat ik liever gewurgd dan doodgestoken zou worden?

Ik probeer de wurgende handen weg te wrikken, maar ik kan net zo goed proberen stalen buizen te buigen.

"Was dat weer een van je citaten uit *The Godfather*?" zeg ik, me bedenkend dat als ik haar aan de praat hou, ze misschien niet zal knijpen. "Als dit over die eieren gaat die ik via de bezorgdienst heb gestuurd, dan spijt het me heel erg."

Wat ik er niet aan toevoeg, is dat als het inderdaad over de eieren gaat, het persoonlijk zou zijn.

"Ik kan niet als zwak worden gezien," zegt mijn vijand door Ariëls mond. "Dat kan in mijn wereld dodelijk zijn."

"Als je me laat leven, dan zie je er niet zwak uit," zeg ik, en voor zover ik weet, is dit misschien waar.

"Je hebt me herhaaldelijk voor schut gezet," zegt ze terwijl haar vingers zich om op mijn keel aanspannen. Terwijl ze naar de admiraal kijkt, mompelt ze, "Hij was het menselijke boegbeeld van mijn operatie."

"Je kunt me zwanger maken en me tijdens de zwangerschap in een comateuze toestand houden, zoals die gangsters die je hebt gebruikt," zeg ik moeizaam terwijl ik nutteloos aan de wurgende handen blijf trekken. "Denk je niet dat dat een lot zou zijn dat erger is dan de dood?"

"Je bent een vlotte prater." Ze knijpt harder terwijl ik, ondanks de nutteloosheid ervan, begin te trappen en worstelen — en door mijn natuurlijke terughoudendheid om mijn vriendin pijn te doen. Ze grijnst en ze zet mijn schoppende benen vast. "Jammer dat ik geen geduld meer voor je heb."

Ik wil haar vertellen dat de Raad niet zal willen dat ik vermoord word, en dat Nero misschien ook een beetje geïrriteerd zal zijn, maar ik kan niet antwoorden, omdat mijn luchttoevoer nu volledig afgesloten is.

Misschien is het goed dat ik dat bezwaar niet heb gemaakt. Ze zou dan kunnen beslissen om een grote schoonmaak te houden als ik dood ben en Vlad, Rose, Fluffster, Ariël en Felix als potentiële getuigen kunnen vermoorden.

En als ze dat zou doen, dan zou het kunnen werken. Nero en de Raad komen er misschien nooit achter wat er gebeurd is.

De vingers knijpen harder, maar duidelijk niet supersterk-hard, want dat zou mijn nek verpletteren.

Probeert ze mijn dood langzamer te maken?

Niet persoonlijk, mijn achterwerk.

Mijn worstelende lichaam begint te stuiptrekken, terwijl mijn zicht wit wordt en mijn longen voelen alsof ze op het punt staan te barsten.

Ik beweeg harder, zelfs als mijn lichaam verzwakt.

Er klinkt een geluid achter ons, hoewel het een

auditieve hallucinatie van mijn zuurstofarme hersenen kan zijn.

"Wat ben je aan het doen?" zegt of schreeuwt een stem die van Felix zou kunnen zijn in een ander land hier ver vandaan.

Ariëls mond wordt strakker en de druk op mijn keel wordt sterker.

"Je gaat haar vermoorden!" schreeuwt Felix. "Stop, nu!"

Maar dat doet ze niet.

Mijn bewustzijn begint weg te zweven.

Er is een vaag piepend geluid, en de wurgende vingers komen los van mijn keel.

Ik haal pijnlijk adem terwijl Ariël naast me op de grond valt en een uitzicht laat zien waarbij Felix zijn Gomorrah-pistool met bevende handen vasthoudt.

"Nee," wil ik schreeuwen, maar ik heb geen lucht om dat te doen. "Je hebt Ariël vermoord."

HOOFDSTUK VIJFENDERTIG

Mijn volgende verwoede inademing doet zo'n pijn dat het me aan de tijd doet denken dat ik water uit de haven van New York inademde. Maar ik negeer de fysieke pijn.

De emotionele is veel erger.

Felix rent naar me toe en hurkt naast me en kijkt me bezorgd aan.

"Laat dit alsjeblieft een ander visioen zijn," wil ik zeggen, maar er komt niets uit mijn gezwollen keel.

Ariël kan niet dood zijn.

Ik zou het niet kunnen verdragen.

Wensend dat ik in mijn ogen kon wrijven, zuig ik nog een ondraaglijk pijnlijke ademhaling naar binnen en probeer ik op mijn zij te rollen.

Zou zoveel pijn geen kortsluiting in een visioen moeten veroorzaken?

Harteloos gaat de nachtmerrie onverminderd door.

Ik wil schreeuwen, maar kan het nog steeds niet.

Hoe kon Felix dit doen? Toegegeven, het zag er waarschijnlijk naar uit dat Ariël me vermoordde — wat ze ook deed — dus heeft hij een verschrikkelijke keuze gemaakt.

Een deel van me wil medelijden met hem hebben, terwijl een ander deel wenst dat ik hem in zijn gezicht kan slaan.

"Waarom deed ze dat?" zegt Felix, alsof hij mijn eerdere gedachtegang herhaalt.

Zijn stem klinkt hol, maar hij lijkt, gezien de ernst van de situatie, niet geschokt genoeg te zijn.

Ik adem nog een pijnlijke ademhaling in.

Een deel van mijn duizeligheid en misselijkheid neemt af, dus ik verdubbel de inname van zuurstof ondanks de pijn.

"Hoe kon je?" Lukt me eindelijk om uit te brengen. "Je had haar me moeten laten vermoorden. Alles is beter dan —"

"Waar heb je het over?" Hij kijkt in mijn ogen. "Ze is niet dood."

Ik kijk niet-begrijpend terug.

"Dit pistool heeft een niet-dodelijke modus." Felix biedt me een hand, en ik pak hem, in zijn handpalm knijpend als een vrouw tijdens een bevalling terwijl ik worstel om in een zittende positie te komen.

"Leeft ze nog?"

"Ze zal een paar uur buiten westen zijn, maar dan zal ze bijkomen en hopelijk uitleggen wat ze in godsnaam met haar handen om je keel deed. Is dat hoe erg haar ontwenningsverschijnselen naar bloed zijn?"

"Nee." Mijn ademhaling lijkt plotseling minder pijnlijk. Het goede nieuws moet zijn dat mijn lichaam overspoeld wordt met de broodnodige endorfines. "Het was Baba Jaga die dat deed," zeg ik moeizaam. "Weet je nog dat ik je vertelde over hoe ze probeerde om zwarte energie te gebruiken om mijn geest over te nemen toen ik haar met Fluffster ging bezoeken?"

Felix knikt.

"Nou, ik was toen beschermd, maar Ariël niet, dus Baba Jaga moet die truc op haar hebben gebruikt."

"Dat is veel logischer." Felix houdt nog steeds mijn hand vast en probeert me overeind te trekken. "Die bendeleden in ziekenhuiskleding moeten in hetzelfde schuitje zitten."

"Ik vermoed van wel." Ik sta beverig op en verstik een gil van pijn. Nadat ik weer op adem ben gekomen, zeg ik hees, "Ze zijn waarschijnlijk als vijanden van de Russische maffia begonnen, maar toen nam Baba Jaga het over en veranderde haar vijanden in geestverkrachte helpers." Terwijl ik praat, sta ik op mijn voeten heen en weer te zwaaien. Staan is mogelijk, maar nauwelijks.

"Het is nu allemaal logisch," ga ik hees verder. "De bril verborg de zwarte magie in hun ogen. Ik wed dat het zo is, zodat Baba Jaga's menselijke volgelingen zich niet realiseren dat haar gehersenspoelde volgelingen haar vanwege bovennatuurlijke middelen gehoorzamen. Anders zou ze het mandaat breken."

Ik laat Felix zijn hand los om te zien of ik zelf kan staan.

Het lukt, maar het is marteling.

Ik zet een kleine stap.

Nee.

Dit is marteling.

Mijn ribben lijken het pijncentrum in mijn hersenen met een heet ijzer te prikken, en mijn keel voelt alsof ik een zwaarlijvig stekelvarken heb ingeslikt.

"Dat is allemaal geweldig, maar we kunnen hier maar beter weggaan." Felix kijkt met een paranoïde blik naar de deur.

"Juist," zeg ik hees en zet nog een voorzichtige stap. "Hoe gaan we dat doen?"

"Jij pakt haar benen, en ik pak haar armen," zegt Felix en hij pakt Ariëls polsen.

Moet ik hem vertellen dat ik amper kan staan?

Ik moet zijn plan op zijn minst eerst proberen.

Ik buig voorover en kan niet anders dan van de pijn naar adem snakken.

Ik verander weer van gedachten. *Dit* zou moeten worden opgenomen in de lijst van zaken die door het Verdrag van Genève zijn verboden.

"Gaat het?" vraagt Felix. "Ik kan —"

"Je kunt haar niet alleen dragen." Op mijn tanden bijtend, zet ik me schrap tegen een golf van misselijkmakende pijn en pak Ariëls enkels vast. "Laten we gaan."

Zodra ik mijn kant optil, moet ik op mijn tong bijten om me stil te houden.

"Wat is het plan?" zeg ik hees wanneer de ergste pijn

en duizeligheid verdwijnt. "Zeg me alsjeblieft dat je er een hebt."

"We brengen haar naar de auto?" stelt hij onzeker voor. "En vanaf daar zien we het wel."

"Hoe zit het met Vlad?" Ik bijt op mijn wang, laat Ariël op de grond zakken en tik tegen mijn oordopje. "Vlad, we hebben Ariël. Hoe gaat het aan jouw kant?"

Er is een sis van ruis in mijn oor, gevolgd door een geluid dat aan Dante's Vijfde Cirkel in de Hel doet denken — degene die gewijd is aan de zonde van woede. Dingen kraken en scheuren, en er stromen vloeistoffen aan de andere kant van de lijn voordat Vlad zegt, "Ik heb het druk. Haal haar daar weg. Daarom zijn we hier."

"Wil je dat we je achterlaten?" zegt Felix, bleek van de helse geluiden.

"We laten niemand achter," zeg ik krachtig.

"Ga weg," zegt Vlad. "Het is een bevel. Je mag alleen vragen 'hoe hoog,' weet je nog?"

Er komt nog een sis uit de oordopjes. "Vlad," zegt Rose moeizaam en ze klinkt alsof zij degene is die gewurgd is. "Je *moet* bij me terugkomen."

"Dat zal ik doen, mijn liefste." De zachtheid van de toon van Vlad contrasteert met de geluiden van voortdurende onthoofdingen op de achtergrond. "Ik moet het leger van Baba Jaga in deze kamer houden terwijl Sasha en Felix ontsnappen. Zodra zij eruit zijn, heb ik meer opties."

"In dat geval gaan we." Ik negeer mijn groeiende behoefte om flauw te vallen en til Ariëls benen weer op. "Vlad, sorry voor de vertraging. Ik houd deze lijn open zodat we je kunnen vertellen dat we weg zijn zodra we dit vervloekte magazijn verlaten."

"Goed," zegt Vlad, en een aanval van ruis vertelt me dat hij zijn kant heeft gedempt.

Rose dempt die van haar ook. Niet dat ze veel kan zeggen, ze heeft met al dat geschreeuw haar stembanden beschadigd.

Met pijnlijke, schuifelende stappen ga ik naar de deur en loop ik eerst met mijn rug naar buiten.

De kamer is met onbeweeglijke Johnny's bezaaid.

"Heb je de niet-dodelijke modus op *hen* gebruikt?" vraag ik als ik over een lichaam met blote kont stap.

"Nee," zegt Felix zonder mijn blik te ontmoeten. "Niet-dodelijk vreet tien keer zoveel batterijvermogen op en ik wilde er zeker van zijn dat ik tijdens dit alles niet zonder sap kwam te zitten."

"Dat is koud," zeg ik bewonderend en leg Ariël neer om op adem te komen. "Waar gaan we nu heen?"

Felix legt zijn kant van Ariël op de grond en haalt zijn telefoon tevoorschijn. Hij tikt een paar seconden op het scherm, schiet er dan met zijn kracht op en laat het me zien.

Er is een plattegrond van een magazijn op het scherm te zien.

"Ik denk dat we deze kant op moeten," zegt Felix, en er verschijnt een rode lijn op de kaart.

"Laten we gaan." Ik buk voorover om Ariëls benen weer op te rapen.

ONWILLIGE HELDERZIENDE

Mijn oordopje sist en de nauwelijks hoorbare stem van Rose zegt, "Schiet op."
"Natuurlijk." Ik pak Ariëls enkels.
"Felix, wat doe je?" mompelt Rose.
Mijn hartslag versnelt, ik kijk op naar Felix.
Met zijn ogen wijd open, richt Felix zijn pistool op me.

HOOFDSTUK ZESENDERTIG

Eigenlijk mikt hij op iets boven mij, realiseer ik me wanneer hij de trekker overhaalt en ik het bewustzijn niet verlies.

Ik draai me om en zie een andere Johnny op een al enorme stapel in ziekenhuis geklede lijken ploffen.

We grijpen onze last en hervatten onze ontsnapping, met Felix voorop.

De deur die hij wil nemen is op slot, dus we leggen Ariël weer neer en ik gebruik mijn lockpicks om de deur te openen.

Er is een geluid achter ons.

We draaien ons om en zien een andere Johnny de kamer binnenstormen.

Hij struikelt over de lijken van zijn collega's en hij valt neer.

Felix maakt de man af en grijpt dan Ariëls benen, alsof aanvallers omleggen oud nieuws voor hem is.

"Als we dit overleven, herinner me er dan aan dat ik

Ariël moet vertellen om wat af te vallen," mompelt hij terwijl we haar weer optillen.

"Je zou zoiets niet tegen haar durven zeggen," zeg ik hees in spottende afschuw. "Trouwens, ze is in perfecte vorm."

"Het was een grapje." Felix stopt naast een andere deur. "Kun je deze openen?"

"Het gewicht van een dame is geen grap." Ik gebruik mijn lockpicks om een ander slot te verslaan. "Net als haar leeftijd."

"Genoteerd." Felix pakt Ariël, en we gaan door een gang tot we een ander slot tegenkomen.

Ik versla de deur en kijk achter ons.

Mijn bloedende oor heeft een macaber spoor achter ons achtergelaten.

Kunnen Johnny's of Baba Jaga daar misbruik van maken?

Ik ruk een mouw af en wikkel hem om mijn hoofd in een poging het bloeden te stoppen.

Er kan maar beter wat winst voor deze pijn zijn.

Felix gaat eerst de kamer binnen en ruimt een paar Johnny's op.

We gaan door met Ariël te dragen tot we bij de deur zijn, die ik net als de anderen open.

Nog twee kamers, drie gangen, vijf sloten, en zeven dode Johnny's later, staan we voor een deur die in grote neon-groene letters 'UITGANG' zegt.

"De auto staat hier." Felix laat me de plattegrond op zijn scherm zien, met een stippellijn van de parkeerplaats naar de deur die we gaan gebruiken.

"Dat had je niet in kaart hoeven te brengen. Het is maar een paar meter."

Maar hij luistert niet. "Hoor je dat?" vraagt hij met een diepe frons.

Ik luister met zowel mijn gewonde als mijn onbeschadigde oor.

Er is een geluid dat als het getrippel van blote voeten klinkt.

Er komen vast een stel Johnny's naar ons toe. Heeft Vlad moeite om ze allemaal in die kamer te houden? Ervan uitgaande dat Vlad nog leeft, wat een vreselijke gedachte is die ik voor het moment opzijzet.

"Laten we rennen," zeg ik en doe de deur open.

De heldere middagzon doet even pijn aan mijn ogen, en de geluiden van de naderende horde Johnny's zijn nu nog duidelijker.

We grijpen Ariël en gaan ervandoor.

Terwijl ik puf en hijg op de korte afstand naar de parkeerplaats, bereikt mijn pijn de ceremonieniveaus van het mandaat — en deze keer kan ik het me niet veroorloven om flauw te vallen.

"Zullen we de Tesla van Vlad nemen of een van deze stelen?" hijg ik piepend, naar een stel minder chique auto's wijzend die verspreid op de parkeerplaats staan.

"Maakt het je niet uit dat die bij de Russische maffia horen?" hijgt Felix terug. "Sommige zijn misschien gestolen en het laatste wat we nodig hebben is dat we door de politie worden aangehouden."

"Dan wordt het de Tesla," hijg ik.

"Ja." Felix zuigt adem naar binnen. "Het zal voor mij ook het gemakkelijkst zijn om —"

Hij stopt met praten terwijl de stormloop van Johnny's als hongerige sprinkhanen die een ongemaaid gazon aanvallen het magazijn uit stroomt. Hun ziekenhuisgewaden zijn bedekt met bloed, wat mijn eerdere vermoeden ondersteunt dat ze uit die vreselijke kamer komen waar Vlad tegen Koschei en de rest van de Johnny's vecht.

Hun zonnebril past nu tenminste in hun omgeving. Ik kan er zelf wel een gebruiken.

Een boog van de magenta technomancerenergie van Felix raakt Vlads Tesla.

Frankenstein kanaliserend, komt de auto bruut tot leven, en laat remsporen achter op de stoep terwijl hij naar de Johnny's toe rijdt.

Er is een blik van intense concentratie op Felix gezicht te zien.

De Johnny's gaan als paranoïde kwartels alle kanten op, maar de auto rijdt er over een paar heen. In plaats van te blijven liggen, kruipen ze op hun gebroken ledematen naar ons toe.

De Tesla maakt een scherpe bocht en rijdt over nog twee Johnny's heen en komt op ons af.

Ik weersta de drang om Ariël te laten vallen en weg te rennen en sta stil terwijl de auto versnelt en op een hartaanval opwekkende centimeter afstand van ons stopt.

"Laten we haar erin leggen," zegt Felix, en de achterdeuren van de Tesla gaan automatisch omhoog.

Een bewusteloze vriendin achter in een auto krijgen is moeilijker dan het klinkt, en we verspillen een paar kostbare seconden om ervoor te zorgen dat we Ariël niet gaan vermoorden nadat we al die moeite hebben gedaan om haar te redden.

Ik kijk nog een keer naar de overgebleven Johnny's. Ze hebben zich gehergroepeerd en zijn bijna bij ons.

Felix springt in de passagiersstoel, dus ik neem de bestuurderskant.

Voordat ik mijn riem om kan doen of mijn handen op het stuur kan leggen, schiet de auto uit zichzelf naar voren — of liever gezegd, door Felix zijn wilskracht.

De elektrische auto is griezelig stil gezien de snelheid waarmee we als een raket van de parkeerplaats af rijden.

Het geronk van motoren achter ons doorbreekt de stilte.

Aangezien ik niet echt in dit ding rijd, kijk ik achterom.

Elke auto die eerder op de parkeerplaats stond, volgt ons nu — met in elke auto minstens één Johnny.

Ik negeer voor nu Baba Jaga's met gedachte gecontroleerde marionetten, tik op het oordopje en zeg, "Vlad, we hebben het gebouw verlaten."

Geen reactie.

"Vlad?" zeg ik. "Rose?"

Er is een sis van ruis, en ik hoor Rose die probeert om iets te zeggen, maar haar schorre woorden zijn met het lawaai van onze achtervolging en het gebonk van mijn hartslag in mijn oren onbegrijpelijk.

"Neem het rijden over," beveelt Felix en hij schiet zijn magenta energie op het grote scherm in het dashboard.

"Wacht!" schreeuw ik als onze auto slingert — en rechtstreeks op de nabijgelegen straatlantaarn af gaat.

HOOFDSTUK ZEVENENDERTIG

Ik grijp het stuur zo hard vast dat mijn ribben schreeuwen van de pijn. Het stuur helemaal naar links trekkend, trap ik op de rem.

We beginnen te slippen en missen net het obstakel.

Achterin rolt Ariël met een luide dreun van de bank op de vloer.

Een auto met een Johnny rijdt tegen de straatlantaarn aan die ik ontweek, en hij verandert in een pannenkoek.

Ik krijg onze auto onder controle, en terwijl mijn hartslag rustiger wordt, zie ik waarom Felix ons bijna vermoordde.

Hij heeft het beeld van Vlads webcam op zijn pistoolscherm gezet, en het is inderdaad als de Vijfde Cirkel van de Hel.

Koschei mist beide armen, maar hij probeert Vlad met zijn tanden te bijten — dus Vlad slaat hem zo hard dat de tanden in elke richting vliegen. Koschei probeert Vlad vervolgens een kopstoot te geven, dus rukt Vlad zijn hoofd eraf — hoewel het natuurlijk te veel gevraagd is om te hopen dat Koschei lang zou blijven liggen. Met een geoefende wreedheid gaat Vlad verder met het doden van een hoop aanvallende Johnny's terwijl Koschei herrijst.

Vlad moet dit keer op keer hebben gedaan. Snippers van ziekenhuisgewaden en verschillende lichaamsdelen van Koschei en Johnny bedekken elk oppervlak waardoor het slagveld op de speelkamer van een seriemoordenaar met een voorliefde voor moderne kunst lijkt.

Zelfs het plafond is met bloed bedekt.

Wat ik door de camera van Vlads armen kan zien, ziet er ook niet geweldig uit.

Zijn kleren zijn gescheurd en zijn bleke huid is met meerdere lagen ingewanden bedekt — hopelijk is niets van dit alles van hem.

Een gespierde Johnny probeert arrogant te worden en grijpt Vlads shirt, dus bijt Vlad met zijn tanden in zijn keel.

"Drinkt hij te midden van dit alles bloed?" mompelt Felix, zijn gezicht zo wit dat het lijkt alsof hij op het punt staat om flauw te vallen.

"Hij heeft misschien de extra calorieën nodig of wat het ook is dat de vampiers nodig hebben van bloed," antwoord ik. "Zet dat uit of je valt flauw."

Felix zet het gruwelijke beeld uit, maar hij ziet er nog steeds uit alsof hij elk moment flauw kan vallen.

"Waar gaan we heen?" vraagt hij, waarschijnlijk om zichzelf af te leiden.

"Vlad heeft duidelijk over het gemak om uit die kamer te ontsnappen gelogen om ons te laten vertrekken." Ik haal diep adem. "Dus, hoewel ik het niet leuk vind om dit te moeten doen, zie ik geen andere keuze." Ik vertraag en maak een scherpe bocht. "Ik ga Nero om hulp vragen."

Felix ademt opgelucht uit, en ik vraag me af of ik hem een verraderlijke Nero-sympathisant moet noemen of een —

Een Johnny gebruikt mijn verminderde snelheid in zijn voordeel en duwt ons van achteren en bezorgt mijn toch al ellendige nek een whiplash.

"Geef gas," zegt Felix en schiet zijn energie naar het naderende rode licht.

Dat doe ik en het stoplicht verandert van rood naar groen.

"Moet het in een elektrische auto niet 'de buzzer' worden genoemd?" vraag ik, vooral zodat ik zelf niet flauwval van de pijn in mijn ribben.

"De officiële term is 'het gaspedaal'," zegt Felix, en hij laat het stoplicht achter ons rood worden.

De Johnny of Baba Jaga die hem beheerst let niet op het rode licht en wordt prompt door een enorme vrachtwagen gespietst die waarschijnlijk op weg was naar de vele magazijnen rondom de plaats.

"Gast." Ik kijk Felix bezorgd aan. "Doe geen onschuldige omstanders pijn."

Mijn vriend haalt zijn telefoon tevoorschijn, doet

wat technomagie en zegt, "De chauffeur is in orde. Hij is goed verzekerd. We kunnen hem later ook een dikke cheque sturen."

"Goed," zeg ik. Dan geef ik met tegenzin de AI-assistent van mijn eigen telefoon een mondeling 'Videobel Nero'-commando.

Felix wil zo graag dat ik met Nero praat dat hij mijn telefoonscherm van de telefoon naar het dashboardscherm verplaatst.

De telefoon gaat en gaat.

Oh nee.

Toen ik Nero's kantoor binnenstormde, had Venessa gezegd dat hij een paar dagen in Europa was. Is hij daar nog steeds?

Mijn hersenen krakend voor een plan B of C, kom ik met niks.

Het geronk van een motor is terug.

Ik ga op volle alertheid en spot twee Johnny's in twee verschillende muscle auto's, één in elke achteruitkijkspiegel.

"Gebruik je pistool," zeg ik tegen Felix. "Die is stil."

"Maar dodelijk," zegt hij, terwijl hij zijn Gomorrah-wapen trekt.

Ik trap de buzzer/gaspedaal in.

Felix rolt zijn raam naar beneden.

Een Johnny probeert aan de rechterkant tegen ons aan te rijden.

Het pistool van Felix piept.

De dodelijke straal moet de meest rechtse Johnny

hebben geraakt, want zijn Jaguar ramt tegen een rij geparkeerde huurfietsen.

"Buk!" schreeuwt Felix.

"Hoe kan ik tegelijkertijd bukken en rijden?" is wat ik wil zeggen, maar in plaats daarvan doe ik wat hij zegt.

De meest linkse Johnny stoot tegen ons aan.

Als we dit overleven, zal Vlad me dan vermoorden voor de schade aan zijn mooie auto?

Het pistool van Felix piept weer.

Ik til mijn hoofd op en kijk de meest linkse Johnny aan. Hij zakt in elkaar op het stuur, zijn zonnebril is weg.

De auto zonder bestuurder wordt wild en draait naar ons toe.

Ik geef gas.

Er is een krijs van metaal en kunststof als het langs onze achterste flank schraapt.

Yep. Vlad zal niet blij zijn.

Ik trap het gaspedaal opnieuw in en vlieg de snelweg op en ontwijk een Toyota Camry terwijl ik naar de middelste rijstrook wissel.

"Ik neem het rijden voor nu over," zegt Felix met een ingetogen toon. "Misschien wil je met je mentor praten."

Ik ben blij dat Felix het overneemt, want wat ik op het dashboard zie, zorgt ervoor dat ik het stuur loslaat.

Het is Nero, zijn gezicht is donker van woede.

"Je bloedt," zegt hij met een stem die me aan een hongerige Tyrannosaurus doet denken.

"Het is erger dan alleen maar bloeden," zeg ik moeizaam. "Ik heb hulp nodig."

"Het belangrijkste eerst." Is dat bezorgdheid op Nero gezicht? Ik moet een hersenschudding hebben. "Benoem je verwondingen."

"Mijn ribben doen pijn," zeg ik. "Mijn oor is doorgesneden en mijn —"

"Dat is genoeg," zegt Nero. "Waar ben je?"

"Ik rij op de I-278 Oost."

"Laat ik het anders zeggen," zegt Nero ongeduldig. "Waar ga je heen en wanneer ben je daar?"

"Ons appartement, en we zijn er een kwartier rijden vandaan, afhankelijk van het verkeer," zegt Felix. "Maar we kunnen naar jouw —"

"Ga naar huis. Ik zie je daar," zegt Nero streng. "En maak er tien minuten van." Hij kijkt Felix strak aan.

"Ja, meneer," antwoordt Felix onmiddellijk. Hij concentreert zich even zichtbaar en de auto schiet naar voren.

"Ik moet wat dingen in orde maken," zegt Nero. "Ik bel terug zodra ik mijn regelingen heb getroffen."

"Wacht —" zeg ik, maar de verbinding is al verbroken.

"Vermoord ons niet," fluister ik tegen Felix terwijl ik naar de andere auto's en de bomen kijk.

Ik negeer het stekende gevoel in mijn ribben en doe mijn gordel om.

Felix remt niet af. Welke bedreiging hij ook in Nero's ogen zag moet hem banger hebben gemaakt dan het vooruitzicht van een auto-ongeluk.

De weg is tenminste vrij, anders zouden we zeker verongelukken. Zoals het er nu voor staat, hebben we alleen een kans van ongeveer vijfennegentig procent om te verongelukken. Bijna zeker.

Als we het tolstation voor de tunnel voorbij razen, verwacht ik dat we tegen een van de hokjes zullen botsen, maar Felix weet ze op de een of andere manier te passeren.

In de achteruitkijkspiegel zie ik een sportwagen met drie Johnny's door de poort gaan zonder te betalen.

Helaas houdt niemand ze tegen, hoewel de eigenaar van de auto een dikke boete in zijn brievenbus zal krijgen.

"Ik raak ze in de tunnel wel kwijt," zegt Felix, terwijl hij zonder veel geluk het Gomorrah-wapen op de achtervolgers afvuurt.

Mijn telefoon gaat. Het is een videogesprek van Nero, dat ik accepteer.

Felix zet de oproep weer op het scherm.

"Hallo?" zegt Nero. "Sasha?"

"We zijn in de tunnel," zeg ik. "De verbinding kan op elk moment verbroken worden."

"Sasha?" zegt Nero luider. "Vertel me hoe je gewond bent geraakt. Wie moet ik —"

Hij wordt afgekapt, dus ik heb geen idee of hij op het punt stond 'doden' of 'bellen' of 'bedanken' te zeggen.

"Baba Jaga," antwoord ik, voor het geval hij me nog kan horen. "Ben ik je kwijtgeraakt?"

Nero antwoordt niet. Zijn videobeeld staat vol pixels en bevroren op het scherm.

Te oordelen naar dat ene frame van de video, zit Nero in een limo met twee mensen: een man en een vrouw. De onbekende man is bleek en draagt een zwarte zonnebril die ik met Vlads Ordebewakers associeer.

Neemt Nero een vampier mee om mijn rotzooi op te ruimen?

De vrouw ziet er bekend uit, hoewel alle adrenaline het moeilijk maakt om me te herinneren waar ik deze betoverend exotische schoonheid heb gezien.

Dan weet ik het. Zij is de arts (of misschien verpleegkundige) die altijd naar het fonds komt tijdens de gratis cholesterolcontroles en andere preventieve gezondheidsinitiatieven die Nero's HR-mensen regelmatig organiseren. Ik heb haar altijd in ziekenhuiskleding gezien in plaats van in de cocktailjurk die ze draagt, wat me van mijn stuk bracht, maar zij is het.

De laatste keer dat ik haar zag was tijdens een bloedinzameling een paar maanden geleden.

Verzamelde ze toevallig bloed voor vampiers?

"Neem het rijden even over," zegt Felix, die me terugbrengt naar de realiteit van onze achtervolging op hoge snelheid. "Ik wil ze van onze staart af hebben."

Zelfs het vastpakken van het stuur doet pijn aan mijn stomme ribben, maar ik negeer de pijn en houd mijn blik op de weg voor me.

Felix richt zijn pistool achter ons en vloekt.

In de achteruitkijkspiegel zie ik de auto met drie Johnny's achter een bestelwagen.

We vertragen, ook al heb ik de rem niet aangeraakt.

Felix heeft me waarschijnlijke alleen de besturing gegeven.

De Johnny's/Baba Jaga moeten weten wat Felix van plan is, want ze vertragen en laten een sedan tussen ons in komen.

Felix richt zijn pistool op hen, versnelt ons en wacht af.

De Johnny's vertragen weer en laten een andere auto tussen ons in.

"Goed," zegt Felix. "Dan raken we ze gewoon kwijt."

De snelheidsmeter dreigt om te rollen als we met NASCAR-snelheid naar voren schieten.

Mijn wegintuïtie gooit de handdoek in de ring, en ik heb mijn eerdere raming van de kans op een ongeluk naar 99,999999% aangepast.

HOOFDSTUK ACHTENDERTIG

Felix passeert op wonderbaarlijke wijze elke auto voor ons zonder te crashen.

Ik zie het licht aan het eind van de tunnel — tenzij we natuurlijk al zijn verongelukt en dat dit het *andere* soort licht aan het einde van een tunnel is.

We vliegen in een oogwenk de tunnel uit.

Felix geeft richting aan naar rechts en vertraagt tot slechts vijf keer de snelheidslimiet.

We vliegen door de bocht en rijden in hetzelfde razende tempo een straat in.

Met een geronk van de motor, verschijnt de auto met de drie Johnny's aan onze rechterkant.

Mijn telefoon gaat weer.

Felix schiet op onze tegenstanders, en een van de drie valt in de auto, het is alleen niet de bestuurder.

Ik vertel de AI van mijn telefoon om het gesprek te accepteren zonder te kijken.

"Sasha," zegt Nero's stem op het scherm. "Wat —"

Ik mis wat Nero hierna zegt, omdat de Johnny's ons van rechts rammen.

De kracht van de klap trekt me in mijn stoel, en mijn ribben breken op een paar nieuwe plaatsen.

Favoriete episodes uit mijn leven wervelen door mijn met adrenaline doordrenkte hersenen.

Felix en ik moeten de controle over het stuur delen, dat is de enige verklaring waarom we niet van de weg afgaan.

De Johnny's rammen weer tegen ons aan.

De ramen aan de passagierszijde verbrijzelen in kleine stukjes.

Nero schreeuwt nutteloze vloeken en afschrikwekkende bedreigingen uit de luidsprekers.

Met brandend rubber en stukjes Tesla die eraf vallen, rijden we onze straat in.

De Johnny's volgen.

Felix versnelt ons.

Als Vlad zich moordlustig voelt over de toestand van zijn arme auto, dan heeft hij misschien niemand om de woede op af te reageren.

Het geronk van de motor van de Johnny's auto wordt luider.

We zijn een halve straat van de ingang van ons gebouw verwijderd als de niet rijdende Johnny uit het achterraam van hun auto begint te klimmen — degene die het dichtst bij ons is.

De windweerstand blaast zijn zonnebril weg, maar

het boeit Baba Jaga niets, dus zijn lichaam klimt verder naar buiten.

Dan trekt de bestuurder aan het stuur, en mijn wegintuïtie — of gezond verstand — voorspelt wat er gaat gebeuren.

Hij staat op het punt om —

De chauffeur-Johnny ramt ons weer, wat, zoals ik al vreesde, de stuntman Johnny uit zijn autoraam laat vliegen in wat er van die van ons over is.

Hij landt op de achterbank van onze auto en Felix draait zich om om de nieuwkomer neer te schieten.

De Johnny pakt een gekarteld stuk verfrommeld metaal dat de verwoeste ramen scheidt, en toont geen teken van pijn dat hij tot op het bot in zijn hand gesneden is.

"Felix, bukken!" schreeuw ik, maar het is te laat.

De Johnny snijdt met het scherpe stukje puin door de hand waarmee Felix zijn pistool vast heeft.

Felix laat het pistool vallen en de Johnny snijdt in zijn gezicht.

Felix schreeuwt van de pijn en houdt zijn bloedende wond vast.

Het geïmproviseerde mes van de Johnny steekt vervolgens naar mijn nek, maar mist op een haartje.

Ik realiseer me dat ik een paar seconden geleden al begon te schreeuwen, dus ik schreeuw nu gewoon harder.

"Wie je ook bent, dit is Nero Gorin." De stem van mijn voormalige baas komt boven ons geschreeuw uit.

De adrenaline moet een spelletje met mijn geest spelen, omdat Nero's toon beangstigender lijkt dan onze situatie. "Je zult *nu* met je agressie tegen mij en de mijne stoppen."

De Johnny bevriest.

Zijn met zwart gevulde ogen staren aandachtig naar Nero's beeld op het scherm, dan schreeuwt Baba Jaga iets in het Russisch door de lippen van de man.

Nero blaft iets terug — ook in het Russisch.

Ik stuur de auto naar ons snel naderende flatgebouw en vecht tegen de drang om iemand te vragen waarom en hoe Nero Russisch kan spreken.

Baba Jaga's toespraak versnelt. Ze klinkt verzoenend, maar duidelijk.

Nero's ogenschijnlijk vloeiende antwoorden zijn net zo eng als het vooruitzicht van de crash.

Baba Jaga zegt iets uitdagends.

Nero's volgende antwoord is korter, en deze keer verzacht hij het geweld in zijn stem met een kleine fractie.

"Goed," zegt Baba Jaga in het Engels terwijl de Johnny naar me kijkt. "Het lijkt erop dat je er toch in geslaagd bent om nuttig voor me te zijn."

Voordat ik kan antwoorden, laat ze de Johnny met zijn geïmproviseerde wapen zijn eigen keel doorsnijden.

De remmen van de auto van zijn collega's piepen en tegelijkertijd sist mijn oordopje.

"Ze zijn allemaal gestopt met vechten," zegt Vlad op

een verwarde toon. "Zelfs Koschei. Wat je ook gedaan hebt —"

Ik hoor de rest van Vlads geweldige nieuws niet, want ik zie een tienjarige jongen recht voor ons lopen op een typische New Yorker-manier.

Ik probeer te remmen en merk dat ik dat niet kan.

"Felix, rem!" roep ik.

Hij doet het niet.

Ik kijk naar hem. Hij is flauwgevallen door het bloedverlies of door de aanblik van dat bloed.

Ik trek het stuur zo ver naar links als mijn ribben toelaten, wat ons op een traject brengt om tegen de deuren van ons flatgebouw te botsen.

Ik trap op de rem.

Niets.

Ik schreeuw dat Felix wakker moet worden.

Niets.

Nero begint dreigementen te roepen zodat Felix gaat remmen, maar zelfs dat werkt niet.

De ingang van mijn gebouw wordt groter en omvat het hele universum.

Met een douche van gebroken metaal, kunststof en glas rammen we tegen de deuren.

Mijn hoofd klapt naar voren van de klap terwijl de airbag me in het gezicht slaat en de veiligheidsgordel mijn pijnlijke ribben verplettert.

De voornamelijk glazen deur vertraagt ons echter niet, en onze auto schiet door de lobby, rechtstreeks in de muur met de liftdeur.

Het geluid van metaal en kunststof compressie is apocalyptisch luid.

"Dit is niet te overleven," zou ik op dat laatste moment zeggen als ik nog kon praten.

In plaats daarvan, wordt alles zwart.

HOOFDSTUK NEGENENDERTIG

Een leger met nagels schraapt over een schoolbord met het formaat van een planeet.

Droom ik, of zijn dit de geluiden die je in het hiernamaals hoort?

Mannelijke vingers strelen zachtjes mijn gezicht.

Dat is niet echt iets voor het leven na de dood, maar wie weet.

Een aangename energie stroomt door me heen en ik voel dat mijn gebroken botten beginnen te herstellen.

Dan worden in een vertrouwd gevoel mijn snijwonden en kneuzingen gewist.

Ik had dit soort warme energie gevoeld nadat ik tegen Beatrice had gevochten — toen een anonieme genezer me er toonbaar uit liet zien voor de Raad.

Mijn oor wordt weer heel, en de blauwe plekken in mijn nek en gebroken ribben zijn slechts een verre herinnering.

De aangename ontspanning verspreidt zich in elke gerepareerde spier, en ik adem een opgeluchte adem uit.

"Dat is het," zegt Nero van ergens vlakbij. "Isis zal voor je zorgen."

ISIS? Zoals de terroristen? Zegt Nero dat mijn lange onthouding me weer in een maagd heeft veranderd, en dat ik in de Hemel ben om een ISIS-lid beloning te zijn? Maakt dat deze Hemel geen hel voor me? En waarom zou iemand maagden in de hemel willen hebben? Als mijn versie van de Hemel veertig seksobjecten zou moeten bevatten — wat een grote *als* is — dan zouden het hete kerels moeten zijn met een ton aan gevarieerde ervaring, maar zonder soa's en met —

Mijn geschudde hersenen worden helderder. Het is alsof ik een massage heb gekregen, een banya heb gebruikt (een die niet van Baba Jaga is) en vervolgens vijftig uur heb geslapen en dat allemaal in een paar seconden.

De vingers op mijn gezicht dragen bij aan de wirwar van aangename sensaties terwijl ze vonken van puur vrouwelijk bewustzijn over mijn lichaam sturen.

Ik zucht van genot.

Iemand schraapt haar keel.

Ik open mijn ogen terwijl Nero, die naast me gehurkt zit, zijn hand wegtrekt.

Was *hij* degene die mijn gezicht streelde?

Dan neem ik het terug. Het was niet zo aangenaam als ik dacht.

Ik werd er niet opgewonden van. Nee.

Ik draai mijn hoofd een beetje om en zie de verpleegster/dokter uit Nero's limo. Ze heeft een mandaataura en ze schiet een boog van gouden energie op me.

Te oordelen naar hoe ik me door die energie ga voelen, moet ze een Cognizantengenezer zijn.

De Ordebewaker uit de limo is hier ook; zijn reactie is moeilijk te lezen met de zonnebril en het gezicht dat uit steen gehouwen lijkt te zijn.

Me in de gloed van de helende energie koesterend, kijk ik om me heen.

Ik zit nog steeds achter het stuur, vastgegespt, maar er is geen auto om me heen. In plaats daarvan lijkt wat over is van de Tesla op papier dat keer op keer door een versnipperaar is gedaan door een spion die ervoor wilde zorgen dat de geheime informatie nooit het daglicht zou zien.

Ik heb zelfs eerder brokken van deze materie gezien — alleen was het toen orkvlees in plaats van Teslaresten.

Heeft Nero zijn klauw scheurende ding gedaan om bij me te komen? Waren dat de geluiden die me wakker hebben gemaakt?

Voordat ik het hem kan vragen, valt mijn blik op Felix en verdampt de aangename ontspanning en wordt het door een arctische kou in mijn buik vervangen.

Felix zit nog steeds in zijn eigen stoel, net als ik, en

hij zit onder het bloed, met zijn ledematen in een vreemde hoek.

Als hij zichzelf nu zou zien, zou hij zeker flauwvallen.

Ik vergeet Nero en de gouden energie die nog steeds op me wordt geschoten, maak mijn gordel los en spring op om Felix te controleren.

Zijn oppervlakkige ademhaling vertraagt met elke zwakke inademing.

Mijn paniekerige blik valt op Ariël, die in het puin achter de stoelen ligt.

Zonder een veiligheidsgordel om haar heen, is ze er nog slechter aan toe dan Felix — en dat ze intact is gebleven, is waarschijnlijk de meest indrukwekkende prestatie van haar superkracht.

"Kan ik stoppen?" vraagt de vrouw aan Nero.

"Ja," zegt hij. "Ze ziet er veel beter uit."

De helende energie stopt met naar me te stromen — en zelfs door de stress heen voel ik het verlies.

Ik wend me dringend tot de vrouw. "Doe alsjeblieft hetzelfde helende ding voor mijn vrienden."

In plaats van toe te geven, kijkt ze naar Nero.

"Ogenblikje, Isis," zegt hij, onverstoord. "Sasha en ik moeten eerst tot een akkoord komen."

De genezer — Isis — knikt en haalt haar delicate hand door haar glanzende zwarte haar en ze ziet er vaag verveeld uit.

"Genees ze!" schreeuw ik tegen haar, verbijsterd door haar onverschilligheid. "Ze gaan dood."

Isis kijkt Nero weer aan, dus draai ik me om om hem onder ogen te komen.

Zijn uitdrukking is onleesbaar, maar de limbale ringen in zijn ogen zijn extra donker en dik.

"Hun lot ligt in jouw handen." Zijn stem is laag en diep als hij naar me toe stapt.

Ik onderdruk een stortvloed van gewelddadige driften, waardoor ik mezelf alleen de fantasie toesta om hem in zijn manipulatieve gezicht te slaan.

Het is duidelijk wat hij wil: om weer over zijn Sasha-vormige gouden gans te heersen. En ik heb geen andere keuze dan toe te geven. Ik zou alles doen om mijn vrienden te genezen, zelfs een deal met de duivel zelf maken.

Maar niemand zegt dat ik dit niet op mijn voorwaarden kan doen.

Ik beweeg mijn lichaam in zo'n hoek dat Isis en de orderbewaker vampier niet kunnen zien wat ik ga doen, loop ik naar Nero toe en staar hem aan.

Hij houdt mijn blik vast — wat goed is, want hij ziet mijn hand niet in mijn zak gaan en er met het FELLATIO-apparaat erin uit komen.

"Ik zal weer gaan werken," zeg ik tegen hem. "En je kunt weer mijn mentor worden, zelfs als dat betekent dat je nog meer orksukkels moet sturen om me in elkaar te slaan."

Zijn mond wordt strakker en zijn ogen vernauwen zich gevaarlijk.

Mooi. Ik heb zijn aandacht.

"Moet ik een eed afleggen?" Ik stop op zoenafstand

van hem en zeg zachtjes, "Of was er meer dat je wilde... *baas?*"

Zonder op een antwoord te wachten, reik ik met beide handen naar zijn lies.

Zijn lichaam raakt gespannen als een roofdier dat op het punt staat om op zijn prooi te springen.

In de hoop dat hij genoeg afgeleid is, laat ik het apparaat in mijn handpalm voorzichtig in zijn broekzak glijden en ga ik verder met de beweging, waarbij ik mijn vingers zachtjes over zijn kruis laat gaan.

Ieuw. Mijn adem stokt, en de hitte overspoelt mijn wangen.

Er is daar een bobbel die er eerder niet zat.

Ik ruk mijn handen weg, alsof het een giftige slang is.

Een hele *grote* slang.

Een python, misschien? Wacht, die zijn niet giftig.

Hij pakt mijn polsen voordat ik ze weg kan trekken. Zijn vingers zijn warm en onmogelijk sterk, zijn greep onbreekbaar.

Hij leunt naar voren, zijn hete adem streelt over mijn nek terwijl hij gromt, "De status quo is het enige wat van je wordt verlangd."

Ik verwacht dat hij een 'voor nu' toevoegt, maar hij laat mijn polsen los en stapt buiten mijn bereik.

Ik ga achteruit en staar naar hem terwijl ik probeer op adem te komen. Mijn polsen voelen nog steeds de spookachtige afdruk van zijn aanraking, en mijn polsslag gaat veel te snel.

Het was allemaal een poppenkast, dus waarom is een deel van me teleurgesteld dat hij zich terugtrok?

Gelukkig wil de rest van me dat deel op haar hoofd slaan voordat ze een geestelijke controle, een time-out en een koude douche krijgt.

"Ga door," zegt Nero tegen Isis en de vampier.

Isis wijst met haar hand naar Felix en de vampier snijdt zijn pols open met zijn hoektanden.

"Wacht," zeg ik. "Geen vampierbloed voor Ariël."

De twee kijken naar Nero en hij knikt.

Isis richt haar energie op Ariël en de vampier loopt naar Felix.

"Ik weet ook niet zeker of ik wil dat Felix dat gif drinkt," zeg ik.

"Ik ben bijna leeg," zegt Isis tegen Nero. "Het zal negenhonderd zijn om beide te doen."

"Ga je me een premie in rekening brengen?" Nero trekt een wenkbrauw op. "Denk je niet dat het te veel is? Je zult hoe dan ook vrijwel leeggehaald zijn."

"Maar met twee voel ik me daarna echt klote," zegt Isis. "*Dat* kost extra."

"Goed," zegt Nero. "Schiet op voordat een van hen sterft."

Terwijl ze praten, sluit de pols van de vampier zich.

Isis zucht demonstratief voordat ze met haar rechterhand naar Ariël wijst en met de linker naar Felix.

De gouden energie stroomt naar allebei mijn vrienden.

Bijna onmiddellijk sluiten hun ernstige wonden zich en worden gebroken ledematen recht.

De gezonde olijfkleurige huidskleur van Isis verbleekt en uit het niets komt er wat grijs op haar slapen.

De keel van Felix produceert een verontrustend gekreun, en Isis stopt zijn behandeling met een alwetende grijns.

Felix schrikt op en kijkt met wilde ogen om zich heen.

"Gaat het?" vraag ik aan hem.

"Ja." Hij klinkt niet zeker. "Met jou?"

"Geweldig," zeg ik met zoveel sarcasme als maar kan.

Hij knikt en we staren allebei naar Ariël.

Ze ziet er weer heel uit, maar ze beweegt niet en ze maakt ook geen geluid.

Isis stopt de helende energie, schudt een paar keer met haar rechterhand alsof ze de bloedcirculatie wil verbeteren en schiet vervolgens weer op Ariël.

Ariël komt nog steeds niet bij.

"Ze is hiermee bewusteloos geslagen," zegt Felix, terwijl hij zijn verminkte Gomorrah-wapen uit het puin haalt. "Ik weet niet zeker of je haar daaruit kunt halen."

"Laten we haar naar hun appartement brengen en de dingen van daaruit uitzoeken." Nero kijkt naar wat vroeger de ingang van het appartementencomplex was.

Als ik zijn blik volg, zie ik dat er hulpverleningsvoertuigen bij elkaar komen.

Heeft iemand het alarmnummer gebeld?

Waarschijnlijk wel. Want —

Krachtige armen grijpen me zonder enige waarschuwing vast.

"Hé," schreeuw ik tegen Nero, die me in dezelfde greep heeft als toen ik tijdens mijn presentatie op zijn conferentie flauwviel. "Ik kan lopen."

"Je bent nog steeds zwak door de behandeling," zegt hij, terwijl hij mijn ineffectieve worstelingen negeert terwijl hij naar de trap stapt.

Felix en Isis volgen ons en de vampier draagt Ariël zoals Nero mij draagt.

Prima. Whatever. De lift is waarschijnlijk kapot van de botsing, en ik wil niet echt al die trappen oplopen. Toch is dit op geen enkele manier het ideale scenario.

Ik hou er niet van hoe goed het voelt om vastgehouden te worden door deze sterke armen. Ik waardeer niet hoe ongepast lekker Nero ruikt, of hoe —

Nee. Moet aan iets anders denken.

Iets anders.

Hoeveel gaat dit Nero kosten?

Ja. Dat is een niet-sexy onderwerp.

Gezien Nero's reactie op Isis' prijs van 'negenhonderd', kan ik aannemen dat ze niet 'dollars' bedoelde. Nero heeft zoveel geld in z'n zak als kleingeld. Tenzij het een of andere Cognizantenmunt is die ze bespraken, moet ze 'negenhonderdduizend' hebben bedoeld — als in, bijna een miljoen dollar. Veel duurder dan welk ziekenhuis dan ook.

Bovendien is Nero eigenaar van dit appartementencomplex, wat betekent dat de waanzinnige rekening voor de komende renovaties ook zijn probleem zal zijn.

Ach ja. Wie A zegt, moet ook B zeggen.

"Kun je voor Vlad een vervangende Tesla kopen?" vraag ik brutaal als Nero met de snelheid van een Olympische sprinter de vierde verdieping bereikt. "De auto waar ik mee verongelukte was van hem, en hij was —"

"Anders nog war?" Zijn ogen glinsteren naar me met duister amusement.

"Zeker," zeg ik. "Je kunt Isis de stem van Rose laten genezen, en je kunt Vlad bellen om te zien of hij in orde is."

"Ik heb Vlad al gesproken," zegt Nero. "Hij is onderweg, maar zijn auto komt uit je volgende bonus."

Ik bedank hem bijna dat hij weer vervelend is. Dat maakt het veel makkelijker om de tintelende warmte in mijn lichaamswarmte te negeren die niets met de recente behandeling van Isis te maken heeft en alles te maken heeft met mijn ongepaste nabijheid tot het krachtige lichaam van mijn baas.

Misschien moet ik schapen tellen, zoals wanneer ik probeer in slaap te vallen.

Nee. Daardoor ga ik aan naar bed gaan met Nero denken, en ik wil *niet* dat mijn gedachten die kant opgaan.

Tot mijn opluchting bereiken we mijn verdieping.

De deur van mijn appartement is open, en Rose

staat daar, zichzelf koelte toe te wapperen met haar hand.

Ze probeert te praten, maar er komt een ongezond gesis uit haar keel in plaats van woorden.

Hoe hard heeft ze geschreeuwd?

"Isis," zegt Nero over zijn schouder. "Rose kan je diensten gebruiken."

"Het lijkt erop dat mijn rekening een rond getal zal zijn," zegt Isis chagrijnig en ze schiet een kleine pijl van haar mojo naar Rose.

"Gaat ze je honderdduizend in rekening brengen om het strottenhoofd van Rose te genezen?" fluister ik.

Nero haalt zijn schouders op, stapt over Fluffster heen en draagt me naar binnen.

"Je bent terug," schreeuwt Fluffster in mijn hoofd. "Ik was zo ongerust!"

"Ik ben in orde," fluister ik tegen Fluffster. "Ik ben genezen en alles."

Wat ik wel wil weten, maar niet hardop kan vragen is: hoe komt het dat Nero op dat moment niet bang was voor Fluffster? Gaius, Pada en Vlad waren allemaal op hun hoede toen ze de domovoj voor het eerst zagen, maar Nero gedraagt zich alsof Fluffster echt het kleine harige knaagdier is als wat hij zich voordoet.

Aan zijn kant lijkt Fluffster toevallig zijn eerdere bravoure te zijn vergeten. Ik herinner me duidelijk zijn suggestie om Nero uit te nodigen zodat hij "hem wat manieren kon leren."

Nero bukt voorover en plaatst me voorzichtig in een loungestoel.

Hij gaat dan weg en komt terug met Ariël en ik ben helemaal niet jaloers op de zachte manier waarop hij haar vasthoudt.

Nee. Helemaal niet jaloers.

"Ik ben zo blij dat het goed met je gaat," zegt Rose terwijl ze de kamer binnenloopt en haar stem duidelijk genezen is. "Maar waarom is Ariël bewusteloos?"

Isis loopt naar binnen en Felix komt achter haar aan, zich langzaam voortslepend en hijgend als een uitgedroogde hond.

Hij ploft naast me in een stoel en klaagt, "*Ik* had niemand om me te dragen. Maar zelfs als Maya hier zou zijn —"

"Maak die zin niet af," zeg ik. "Ik heb het geld niet om Isis te betalen om je weer in elkaar te zetten als —"

Isis schraapt haar keel, en als we stoppen met praten, loopt ze naar Ariël en onderzoekt ze haar grondig.

"Haar vitale functies zijn in orde," zegt ze. "Laat haar gewoon zo rusten, en ze zal snel genoeg bij komen."

"Sasha moet ook rusten," zegt Nero tegen Isis en kijkt dan naar Felix. "Hij ook."

De genezer zucht demonstratief en wijst weer met haar handen naar ons.

"Wacht even —" begin ik, maar de helende energie doet me in gelukzalige slaperigheid verdrinken, en mijn licht gaat uit.

HOOFDSTUK VEERTIG

Ik word wakker met een bergamotgeur in mijn neus en open mijn ogen.

Rose geeft een kopje van wat Earl Grey moet zijn aan Felix die al wakker is.

"Hallo." Ik strek me uit en merk hoe geweldig ik me voel. "Hoe gaat het met iedereen?"

"Felix lijkt zo goed als nieuw te zijn," zegt Rose.

"Hoe zit het met Vlad?" vraag ik.

Als in antwoord op mijn vraag, stapt Vlad de kamer in.

Het enige wat mis is met Vlad zijn zijn kleren. Ik had nooit gedacht dat hij een *Matrix*-fan zou zijn, of zelfs maar film-t-shirts zou dragen.

"Ik hoop dat het niet erg is," zegt Rose tegen Felix. "Ik heb wat van je kleren gepakt om zijn bloederige vodden te vervangen." Ze wordt wit bij de herinnering.

"Geen probleem. Ik heb er tien, dus die mag je

houden," zegt Felix, terwijl hij Vlad met een vleugje jaloezie bestudeert.

Als Felix denkt dat die kleren hem nog nooit zo goed hebben gestaan als Vlad, dan heeft hij gelijk. De geleende outfit lijkt op maat gemaakt te zijn voor Vlads bredere schouders.

Ik kijk naar de bank.

Ariël is nog steeds buiten westen.

"Wil je een kopje thee?" vraagt Rose aan me.

"Alsjeblieft," zeg ik. "Ik zou graag een kopje willen."

Rose grijpt Vlad bij de elleboog en sleept hem weg.

De voordeur slaat dicht. Ze moet de thee in haar eigen appartement zijn gaan zetten, waar ze betere opties heeft.

Dat of zij en Vlad konden hun handen niet van elkaar afhouden en zijn voor wat geflikflooi naar haar huis gegaan.

Fluffster loopt de kamer binnen en kijkt naar ons.

"Dat was extreem stressvol," zegt hij. "Doe dat nooit meer."

"Tuurlijk," zegt Felix. "*Daarom* zullen we nooit meer de hordes van de hel bestrijden, om ervoor te zorgen dat *jij* niet te veel stress krijgt."

"Goed," zegt Fluffster, die het sarcasme negeert of niet snapt. "Nu denk ik dat ik ook een dutje ga doen. Maak me wakker als Ariël bijkomt."

"Zal ik doen," zeg ik.

De chinchilla vertrekt en ik kijk naar Felix. "Waar is Nero?"

"Hij was er niet toen ik wakker werd. Hoezo? Mis je hem nu al?"

Hij knipoogt naar me.

"Als je niet al door een wringer was gehaald, dan zou ik je op je zelfvoldane gezicht slaan," antwoord ik, maar half grappend.

"Rose zei dat hij en de anderen vertrokken zodra we buiten westen waren." Felix blaast op zijn thee.

Ik test of ik weer op mijn voeten kan staan.

Helemaal prima.

Zelfs beter dan goed. Ik denk dat ik een paar marathons kan lopen.

"Wist je dat Nero Russisch kon spreken?" vraag ik Felix, terwijl ik weer ga zitten.

"Nee." Hij slurpt gulzig van zijn thee. "Maar zoals ik je al eerder heb verteld, met de achternaam Gorin, is het niet zo vreemd."

"Wat hebben hij en Baba Jaga tegen elkaar gezegd?" Ik kijk om me heen, alsof Nero ergens in de schaduw op de loer ligt.

"Ik was niet in de beste conditie om te luisteren." Felix krimpt ineen bij de herinnering. "Ik begreep de essentie van de uitwisseling wel."

"En? Vertel het me."

"Eerst klonk Nero als Liam Neeson in *Taken*," zegt hij animatief. "Hij herinnerde Baba Jaga eraan dat, en ik parafraseer, hij een zeer specifieke set vaardigheden heeft die hem een nachtmerrie voor mensen zoals zij maken — of eigenlijk voor iedereen." Hij grinnikt droog. "Baba Jaga is echt gek, omdat ze het er niet meteen mee eens was. Toen begon Nero met de bedreigingen." Bij deze herinnering neemt het enthousiasme van Felix af. "Het was niet prettig. Hij zei dat hij Keyser Söze op haar zou worden, maar niet in die exacte woorden. Hij zei dat hij achter haar en de rest van haar bende aan zou gaan en ze langzaam zou doden. Dat — en nogmaals, ik herinner me het niet helemaal — hij de kinderen van haar mensen, hun vrouwen, hun ouders en de vrienden van hun ouders zou vermoorden. Hij zou het Izbushka-restaurant platbranden en —"

"Gast, ik heb *The Usual Suspects* gezien," zeg ik. "Wat heeft Baba Jaga op dit alles gezegd?"

"Ze is een taaie dame," zegt Felix. "Ze zei dat als ze gaat sterven, ze liever glorieus zou sterven terwijl ze voet bij stuk houdt. Oh, en dat ze er geen reet om geeft wat er met iemand anders gebeurt nadat ze weg is."

"En wat zei Nero daarop?"

"Hij vroeg wat ze wilde. Maar de manier waarop hij dat zei, klonk alsof als Baba Jaga om het verkeerde zou vragen, hij de Keyser Söze-reactie nog steeds op tafel zou leggen."

Ik voel om welke reden dan ook trots mijn borst opzwellen. Ik denk dat ik het beeld van Nero die de oude vrouw op haar plaats had gezet leuk vind, vooral omdat hij het voor mij deed, een radertje in zijn financiële machine.

"Baba Jaga zei dat ze wil dat Nero haar een jaar met rust laat," zegt Felix. "Om niet om welke reden dan ook achter haar volk of haar aan te gaan, wat ze ook zou doen — als ze *jou* maar met rust laat."

"En?" vraag ik wanneer Felix pauzeert om adem te halen.

"Hij zei dat als ze zich aan haar woord houdt en zich verder niet met zijn zaken bemoeit, ze een deal heeft. Hij zei toen dat hij op de hoogte was van haar ambities in de Raad van New York en dat het hem geen reet kon schelen — wat haar gelukkig leek te maken."

"Dus ik ben veilig voor haar?" verduidelijk ik. "Ik was bang dat ik over mijn schouder zou moeten kijken of de rest van mijn dagen thuis zou moeten blijven."

"Je bent veilig," zegt Felix. "Zolang je bij haar uit de buurt blijft en bij Brighton Beach in het algemeen, blijft ze bij jou uit de buurt. Er was zelfs een vermelding van het samenstellen van een schriftelijk contract, en niemand breekt die zodra ze bestaan."

"Geweldig," zeg ik met een grijns. Dan wordt mijn humeur donkerder als ik me de prijs van deze regeling herinner — ik ben weer de slavin van Nero.

Of zijn slaafje.

Ja. Dat heeft minder seksuele connotaties.

Ugh. Ik moet mijn stomme onthouding verbreken. Hoe kan ik anders uitleggen dat een deel van mij de zin "Nero's slavin" pervers opwindend vind klinken?

"Aarde aan Sasha," zegt Felix, en ik dank de hemel dat zijn superkracht geen telepathie is. Als hij die laatste gedachte had geweten, dan zou ik een goede vriend moeten vermoorden.

"Sorry," zeg ik. "Over tot de orde van de dag... Is het je uiteindelijk gelukt om Nero te penetreren?"

"Is me wat?" Felix stikt in zijn thee.

"Oh, misschien ben ik vergeten om het je te vertellen," zeg ik. "Ik heb het FELLATIO-gizmo in zijn zak gestopt."

"Je hebt *wat?*" piept hij. "Wanneer? Hoe?"

"Voordat je genezen werd," zeg ik, terwijl ik zowel de hoe-vraag als de flashbacks naar het gevoel van die "slang" negeer.

"Nou," zegt Felix op een veel rustigere toon. "Zelfs als je het me had verteld, wanneer zou ik dan de kans hebben gekregen om dat te doen? Heb je me de computer zien aanraken? Is Nero wel terug in zijn kantoor? Ik heb hem naast zijn —"

"Je hoeft niet prikkelbaar te worden," zeg ik. "Je kunt er vanaf nu mee beginnen. Aangezien we hebben ontdekt dat Nero Russisch spreekt, wat ik in mijn visioen zag — mijn naam geschreven in het Cyrillisch — zou het toch zijn wachtwoord kunnen zijn."

"Je hebt gelijk." Felix springt overeind en morst de helft van de thee. "Laat me mijn laptop pakken en —"

Ariël kreunt vanaf de bank en begint schokkerig en geagiteerd te bewegen.

HOOFDSTUK EENENVEERTIG

Ik spring overeind en we stormen naar de bank.
Ariël zwaait met haar armen, opent haar ogen en kijkt om zich heen, haar pupillen zijn verwijd en ze kijkt ongefocust.

"Hoe voel je je?" vraag ik haar kalmerend.

"Gaius?" zegt ze, en hoewel ze naar me kijkt, heb ik het gevoel dat ze me niet herkent.

"Gaius is er niet," zeg ik. "Relax."

"Gaius," zegt ze opnieuw, waarbij haar voorhoofd begint te zweten. "Ik heb hem nodig."

"Hij is in Rusland," zeg ik.

"Je bent toch beter af zonder hem," mompelt Felix, en zegt wat ik er niet aan toe wou voegen.

"Nee." Ze begint te beven. "Bel hem. Breng hem hier."

"Als die vampier hier durfde te komen, dan zou Fluffster ervoor zorgen dat het het laatste is wat hij doet." De toon van Felix is ongewoon dreigend. Dan wordt zijn blik zachter als hij het leed op Ariëls gezicht registreert. "Het spijt me, maar hoe dan ook, ik denk niet dat hij genoeg om je geeft om je te komen redden, vooral niet vanuit Rusland."

Ariël begint om zich heen te slaan, en Felix en ik wisselen ongeruste blikken uit.

"Ariël." Ik raak voorzichtig haar schouder aan. "Stop alsjeblieft—"

Met een krampachtige klap slaat Ariël mijn hand weg en ontwricht ze bijna mijn schouder. "Ik heb het nodig," hijgt ze en ze gooit haar hoofd van links naar rechts. "Hou het niet voor me verborgen."

Ik herinner me iets dat Baba Jaga aan de telefoon zei — iets dat op dat moment overdreven leek. "Je meisje heeft nog steeds ernstige ontwenningsverschijnselen," had ze gezegd. "Ze zal een gevaar voor jou en haarzelf zijn, maar ik kan haar clean houden voor de paar weken die ze nodig heeft om er overheen te komen."

Ariël leunt over de bank en kotst soep op Felix zijn schoenen.

Hij en ik wisselen weer een blik uit, onze zorgen zijn in paniek overgegaan.

Ariël blijft uit elkaar vallen, kreunend en op de bank stampend.

Ik pak mijn telefoon om Nero te bellen, om te zien of hij misschien kan helpen. Hij zou op zijn minst een gedeeltelijke terugbetaling van Isis moeten vragen. Het ontbreekt haar duidelijk aan genezingsvermogen.

Een gepiep in de gang kondigt de opening van de deur van ons appartement aan.

Ariël ziet er plotseling alert en hoopvol uit. Denkt ze echt dat Gaius net is aangekomen?

"Vlad en Rose," raad Felix, een moment voordat ze de kamer binnenkomen.

Ariël snuift de lucht op als een hond en staart de nieuwkomers met tranende ogen aan.

"Ik heb je t—" begint Rose te zeggen, maar dan ziet ze Ariël en wordt ze weer zo wit als een geest.

"Alsjeblieft," zegt Ariël, terwijl ze haar armen naar Vlad strekt. "Alsjeblieft..."

Vlads ogen vernauwen zich.

Ariël gaat rechtop zitten en zwaait haar voeten naar de vloer.

"Ariël," zegt Felix. "Wat ga — "

Zich met waanzinnige snelheid bewegend, duwt ze Felix opzij en rent ze naar Vlad.

Met zijn beker in de hand, vliegt Felix een paar meter door de lucht en komt hij tegen een loungestoel aan, de hete thee morst over hem heen terwijl de beker valt en in stukken breekt.

Kreunend rolt hij op de grond en ik huiver als ik zijn handpalm op een van de scherven zie landen. Hij schreeuwt, tilt het naar zijn gezicht, en ik ben bang dat hij bij het druppeltje bloed flauwvalt.

Ariël verstijft halverwege, de aanblik van het bloed van Felix schokt haar uit haar waas van verslaving. "Is dat... Heb ik dat gedaan?" Een schijn van gezond verstand keert terug in haar ogen, en ze gaat naar Felix toe, haar hand uitgestrekt als om hem overeind te helpen.

Dan schokt haar schouder en stopt ze.

Haar ogen glinsteren weer en ze draait zich om om met zombieachtige vastberadenheid naar Vlad te staren.

"Wat ben je aan het doen?" schreeuwt Rose, maar Ariël springt al naar Vlad.

Ze is echter niet de enige met goede reflexen. De vampier vangt haar in de lucht en gooit haar heel zachtjes terug op de bank.

Met een luid gekraak breekt er iets van hout in de bank, maar Ariël ziet er niet uit alsof de landing haar zelfs maar kietelde.

Ze glijdt van de kussens naar de vloer en begint op handen en voeten in de richting van Vlad te kruipen.

"Alsjeblieft," kreunt ze, haar blik slaafs op hem gericht. "Gewoon een slokje."

"Je moet naar een afkickkliniek," zegt Vlad. "Je bevindt je in de ergste stadia van ontwenning en —"

"Gewoon een klein beetje." Ariëls gekruip gaat sneller. "Ik zal alles doen wat je wilt."

Roze energie danst op de handpalm van Rose en ze wijst boos met haar hand naar Ariël.

"Neem haar kracht niet af, liefste," zegt Vlad tegen Rose. "Ze zal het nodig hebben."

Rose laat met tegenzin haar hand zakken, de roze energie verdwijnt.

Ariël is nu naast Vlad, haar hoofd gevaarlijk dicht bij zijn kruis.

"Wat je maar wilt," zegt ze, en hoewel ik denk dat ze de uitdrukking verleidelijk bedoelde, klinkt het in plaats daarvan griezelig. "Ik heb het nodig."

Ze reikt naar Vlads rits en mompelt beloftes voor boven de achttien.

Vlad grijpt haar pols en trekt haar krachtig op haar voeten.

Ze ziet er even hoopvol uit, maar dan pakt hij haar haren in zijn stalen greep en dwingt haar naar Felix te kijken — die met zijn bloedende handpalm nog steeds op de vloer ligt, zijn ogen wijd open van Ariëls afschuwelijke optreden.

"Je gaat iedereen van wie je houdt pijn doen," zegt Vlad. "Is dat wat je wilt?"

Een schijn van begrip verschijnt op Ariëls gezicht.

Ze probeert weg te kijken, maar Vlad laat het niet toe.

"Het spijt me," zegt ze half snikkend, half mompelend. "Alsjeblieft. Alsjeblieft. Ik heb het nodig. Ik heb het zo hard nodig." Ze veegt haar loopneus af. "Ik heb... Ik heb hulp nodig." De laatste zin is zo zwak dat hij nauwelijks hoorbaar is.

Vlads ogen worden weer poelen van kwik, en hij rukt Ariëls hoofd naar achteren om hem aan te kijken.

"Ik zal je helpen," zegt hij met die hypnotiserende stem. "Je zult in de Tranquility-faciliteit in Gomorrah verblijven, totdat je je eigen keuzes kunt maken."

"Ik zal in de Tranquility-faciliteit in Gomorrah verblijven," zegt Ariël met een holle stem.

Vlad laat haar gaan, en ze staat stokstijf, in afwachting van verdere instructies.

"Heb je glamour op haar gebruikt?" Felix gaat gepijnigd rechtop zitten. "Ik had niet gedacht dat het op onze soort zo goed zou werken."

"De bloedverslaafden zijn er nog vatbaarder voor dan gewone mensen," zegt Vlad, terwijl zijn mond gespannen raakt. "Nu kunnen we haar beter naar Gomorrah brengen."

"Hoelang blijft ze zo onder jouw betovering?" vraag ik, mijn hand uitstrekkend om de duidelijk geschrokken Felix te helpen overeind te komen.

"Een paar uur, tenzij de glamour opnieuw wordt toegepast," zegt Vlad. "Maar ze hebben betere methoden om haar comfortabel te houden bij Tranquility, waar we nu naartoe gaan."

"Ik ga mee," zegt Felix, op zijn voeten zwaaiend terwijl ik zijn hand loslaat.

"Gaat het met je?" Ik pak zijn arm weer.

"Prima." Hij veegt zijn bloederige handpalm af aan zijn shirt terwijl ik hem loslaat. "Het was meer eng dan pijnlijk."

"Ga je wassen terwijl ik een taxi naar het vliegveld regel," zeg ik tegen hem.

Felix gaat weg en ik haal mijn telefoon tevoorschijn om een taxi aan te vragen.

"De auto zal er over vijf minuten zijn," zeg ik even later, terwijl ik mijn best doe om Vlads blik niet te ontmoeten. Ik voel me schuldig dat hij in een Ford Fusion moet rijden in plaats van zijn glanzende Tesla.

"Ik blijf hier bij Fluffster," zegt Rose, zich bukkend om de scherven van de beker van Felix op te rapen. "Ga Ariël helpen."

Vlad brengt Ariël naar de voordeur, waar we ons aansluiten bij Felix, die nu een shirt draagt dat identiek is aan het shirt dat Vlad heeft geleend. Ook heeft hij nu een pleister op zijn handpalm.

"De lift werkt waarschijnlijk nog niet," zeg ik en leid de groep naar de trap.

"Wanneer heeft Baba Jaga je gepakt?" vraag ik Ariël en kijk dan naar Vlad. "Kan ze in deze staat praten?"

Hij kijkt in Ariëls ogen en beveelt, "Antwoord."

"Ik was die zaterdag op weg naar huis," zegt ze monotoon. "Ik was net klaar met het begeleiden van Gaius naar JFK voor zijn reis naar Rusland toen Koschei me aanviel. Ik dacht eerst dat ik hem had vermoord, maar — "

"Hebben ze je pijn gedaan?" vraagt Felix en het is duidelijk dat hij bang is voor het antwoord.

"Ik weet het niet," zegt Ariël. "Mijn geheugen is leeg nadat Baba Jaga haar energie op me heeft gebruikt."

We lopen de rest van de weg in stilte, en iedereen behalve Ariël ziet er extra somber uit als we langs het wrak komen dat vroeger de lobby van het gebouw was.

Iemand heeft in ieder geval de gebroken delen van de Tesla opgeruimd. Vlad ziet er al pissig genoeg uit.

Tegen de tijd dat we in de taxi stappen, heb ik het gevoel dat het schuldgevoel me kan verdrinken.

Ik had het vermoeden dat Gaius niet goed was voor Ariël, maar ik heb er niets aan gedaan.

Ik had me ook moeten realiseren dat Ariël zoveel dagen geleden ontvoerd was. Ik begreep niet eens de hint toen Baba Jaga bijna toegaf dat ze Ariël in haar greep had.

Als we dieper gaan, had ik Ariëls wensen moeten negeren en haar lastig moeten vallen over de PTSS die ze beweert niet te hebben. Ze gebruikt nu al een tijdje zelfmedicatie — ze gebruikt drugs waarvan ik wist dat ze niet zo geweldig voor haar konden zijn — maar ik heb nooit beslissend genoeg gehandeld, ik heb alleen voorzichtig advies gegeven. Nu vraag ik me af of haar traumatische ervaringen in het leger de reden zijn waarom ze bijzonder kwetsbaar was voor vampierverslaving.

Oh, en laten we niet vergeten dat haar eerste kennismaking met het bloed van Gaius was nadat ze gewond was geraakt door *mij* te helpen.

Halverwege JFK stop ik met mezelf in elkaar slaan om over het uitroeien van Gaius te fantaseren voor wat hij mijn vriendin heeft aangedaan. Het is mogelijk dat ik hem momenteel meer haat dan Baba Jaga.

Mijn somberheid gaat verder als we de taxi verlaten en door geheime gangen naar de poort-hub trekken.

Felix moet mijn humeur oppikken, want hij laat me met rust en kiest ervoor om in luid gefluister met Vlad in het Russisch te spreken.

Ik word iets vrolijker als ik de poort zie die naar Gomorrah leidt — dan voel ik me daar schuldig over.

Mijn vriendin gaat naar een afkickkliniek, ze gaat niet op vakantie.

Bij het verlaten van de poort aan de Gomorrahkant, rukt het uitzicht op de hemel me uit mijn zelfkastijdende depressie.

Net als bij mijn laatste bezoek, komt de tijd hier niet overeen met thuis. We bereikten JFK rond etenstijd, maar het is hier al nacht. Aan de andere kant, is de nachtelijke hemel net zo spectaculair als ik me herinner, met een majestueuze vuur-en-zwavel uitziende nevel in plaats van een maan.

Net als bij mijn laatste bezoek, beneemt de grootte van de stad me de adem. Het is als een ideaal van een megapolis dat elke grote stad probeert te bereiken.

We gebruiken de snelle liften om weer naar beneden te gaan, en hoewel ik het eerder heb gezien, staar ik naar de museumachtige lobby van het gebouw.

Het patroon van staren gaat verder terwijl we door de straat lopen. De laatste keer staken we het alleen over om bij Nero's Earth Club te komen, dus deze langere wandeling zou een traktatie moeten zijn.

"Het is alsof elke sciencefiction- en fantasyfilm is samengevoegd tot één film," fluister ik, naar de exotisch futuristische kleding van verschillende soorten Cognizanten op straat starend.

We lopen langs een groene mannelijke ork in een strakke glanzende outfit, dan langs een blauw-gekleurd wezen van onbepaald geslacht die zowel een mooi decolleté als een bult in zijn of haar roze leren broek heeft. Als ik naar een bebaarde dwerg van een meter twintig kijk, vernauwt ze haar kraaloogjes naar me en geeft ze me de middelvinger.

Ik voel me een domme toerist en richt mijn aandacht op onze levenloze omgeving.

De ongewone winkelpuien om ons heen stralen holografische advertenties van levensgrote supermodellen op de stoep, waardoor ik een kleine glimp krijg van de lokale cultuur. Het is duidelijk dat de onrealistische verwachting van Gomorrahs mode-industrie stelt dat een vrouwelijke ork rond linebackerformaat moet zijn, maar de modellen van vrouwelijke elfen zou zelfs hun meest dunne menselijke tegenhangers zich dik laten voelen.

We gaan de hoek om en ik staar naar een glazen structuur die volgens mij een parkeerplaats is.

Wauw. De saaiste auto hier — op straat — zou Vlads overleden high-end Tesla eruit laten zien als een van die vintage roestbakken waar ze in Cuba in rijden.

Voordat we de parkeerplaats opgaan, steekt de wind op en de heerlijkste geur die ik ooit geroken heb, komt uit een klein glanzend voertuig dat eruitziet als een gelande vliegende schotel. Het moet de versie van een foodtruck van deze plek zijn.

"Ik zal wat te eten halen," zegt Vlad, terwijl hij mijn blik opmerkt.

"Bedankt," zegt Felix.

Vlad loopt naar het apparaat en doet iets wat ik niet kan zien.

Hij komt dan terug met drie pakjes van papier.

"Eet in de auto," zegt hij als Felix een pakje uit zijn handen pakt. "Laten we gaan."

We gaan de glazen structuur binnen en Vlad loopt

snel naar een van de geparkeerde auto's, schijnbaar willekeurig. Ik snap niet wat hij tegen de auto zegt, maar hij moet het wel leuk vinden, want hij opent automatisch zijn afgeronde deuren.

We gaan allemaal op de achterbank zitten, dus het ding moet zelfrijdend zijn. Vlad beveelt, "Tranquility Centrum", in gewoon Engels, en de auto sluit de deuren en rijdt weg van de parkeerplaats.

De straten die we passeren zijn vol met meer soorten Cognizanten die in griezelige outfits gekleed zijn, en mijn eerdere gevoel me in een futuristische fantasiefilm te bevinden intensiveert.

En dit is 's nachts. Net als NYC slaapt deze stad nooit. Zelfs Times Square is op dit tijdstip van de nacht niet zo druk. Mensen moeten hier overdag over elkaar heen kruipen.

"Probeer het eten," zegt Felix, terwijl hij zijn traktatie opent.

Vlad geeft mij en Ariël de resterende pakjes, en ik proef de mijne terwijl Ariël de hare als een robot in haar mond stopt.

Jammie. Hoewel het eten zichtbaar op iets als een knisj of een pierogi lijkt, doet de geconcentreerde hartige smaak aan mijn favoriete Japanse umamigerechten denken — allemaal in één gerold.

Sterker nog, het eten is zo lekker dat ik even onze omgeving vergeet — maar even, omdat we al snel een gebied binnengaan dat zo prachtig is dat mijn gestaar weer begint.

De dichtstbijzijnde benadering op aarde zouden de

Botanische tuinen in Singapore kunnen zijn, alleen is dit veel groter en een hoop van de met plant bedekte wolkenkrabbers verdwijnen in de nachtelijke hemel.

Ik maak een mentale notitie om hier overdag terug te komen. Het moet dan nog majestueuzer zijn.

We glijden een parkeerplaats op naast de groenste van de gebouwen en verlaten de auto.

Terwijl Vlad ons naar binnen leidt, ben ik zo afgeleid door alles dat Felix me aan de hand mee moet trekken.

"Er zal iets in je mond vliegen," zeg hij tegen me.

Ik sluit mijn wijd openstaande mond, om kort daarna mijn kaak weer te laten zakken.

Als dit Tranquility is, dan moet ik misschien ook een verslaving ontwikkelen.

Als een kuuroord een kind had met een chique resort en het tot de grootte van een attractiepark uit zou groeien, dan zou het resultaat op deze afkickkliniek kunnen lijken.

Ondanks het late tijdstip, barst het hier van de mensen. Ik kan de patiënten niet van het personeel onderscheiden. Er zijn allerlei soorten Cognizanten en het creëert een Comic Con-gevoel.

"Wacht hier," zegt Vlad en hij leidt Ariël weg.

"We hadden afscheid moeten nemen," zeg ik tegen Felix, terwijl mijn schuldgevoel zijn lelijke hoofd opsteekt.

"Het geeft niet. Ze is zichzelf niet," zegt Felix, die afgeleid rondkijkt.

"Dat is waar. Trouwens, hoe gaan we Ariëls verblijf hier betalen? Het ziet er duur uit."

"Er is hier op Gomorrah een universeel zorgsysteem," zegt Felix, die nog steeds op zoek is naar iets. "Alles wat met gezondheid te maken heeft, is gratis, zelfs voor een bezoekende Cognizant zoals wij."

"Cool," zeg ik. "Hebben ze hier ook genezers, zoals Isis? Ik dacht dat je je krachten verloor als je bleef."

"Ik denk dat ze sommigen verleiden om op bezoek te komen," zegt hij, terwijl zijn hoofd van links naar rechts draait. "De Cognizanten met praktische krachten, vooral genezers, zijn hier zeer gewild, omdat ze met moeilijke gevallen kunnen helpen die zelfs de meest geavanceerde technologie nog niet kan genezen."

"Zoek je iemand?" vraag ik wanneer ik zijn ADHD niet meer aankan.

Hij kijkt me verontschuldigend aan en zucht. "Ik heb een vriendin die hier werkt. Ik had gehoopt haar tegen het lijf te lopen en haar te vragen om Ariël in de gaten te houden."

"Is er hier niet ergens een secretaresse, of een andere manier waardoor je je vriendin kunt vinden?"

"Ik zou je alleen moeten laten," zegt hij.

"Ik red me wel."

"Als je het zeker weet —"

"Ik weet het zeker."

"Dan ben ik zo terug." Hij haast zich weg in dezelfde richting als Vlad en Ariël.

Ik begin weer te staren, en doe dat gedurende een

paar minuten totdat een vrouw me met een enorme glimlach op haar gezicht benadert.

Ik ken haar, realiseer ik me in shock.

Dit is raadslid Kit, de stiekeme vormveranderaar die op mijn jubileum in Nero veranderde en die me probeerde te verleiden.

"Sasha," zegt ze met haar duidelijke animepersonagestem. "Dit is heel erg opwindend. Ik wist niet dat jij hier ook was." Ze klapt in haar handpalmen of ze wrijft ze als een superschurk over elkaar. Ik weet niet welke. "Wat is *jouw* gif?"

"Ik ben gewoon hier om een vriendin te escorteren," zeg ik als ik mijn tong terugvind. "En jij?"

Mijn gok is verslaving aan hotdogs die van teckelpups gemaakt zijn, maar ik deel dit niet hardop.

"Geloof het of niet, ik ben een seksverslaafde," zegt Kit, die somber kijkt — een uitdrukking die er op haar kleine, geanimeerde gezicht vreemd uitziet.

"Ik zou het nooit hebben geraden," lieg ik. "Jij, een seksverslaafde? Ga weg."

Haar poging om mij te verleiden terzijde, heb ik haar er ook op betrapt dezelfde truc met Darian uit te halen — en die keer was ze in mij veranderd om te krijgen wat ze wilde. Dus niet alleen kan ik met gemak geloven dat ze een seksverslaafde is, ik denk ook dat ze daar bovenop nog wat dingen mankeert — maar hé, leven en laten leven.

"En toch ben ik hier," zegt ze, en ik feliciteer mezelf opnieuw met mijn liegvaardigheden. "Ik check mezelf hierin wanneer mijn aandoening een beetje uit de hand loopt."

Wauw, oké. Als de twee keer die ik heb gezien voor haar normaal zijn, dan zou ik niet graag willen weten wat ze doet als "het uit de hand loopt".

"Dus, wie is de vriend of vriendin die je begeleidt?" vraagt Kit. "Is het Felix?" Ze laat zichzelf op hem lijken. "Of is het die verrukkelijke —"

"Sasha," zegt Vlad van achter me, waardoor ik schrik. "Waar is Felix?"

"Hij heeft een vriendin die hier werkt," zeg ik terwijl ik me tot Vlad wend.

Wat voor de duivel?

Vlad kijkt Kit aan alsof hij klaar is om haar hoofd eraf te rukken — iets dat ik me nu maar al te gemakkelijk voor kan stellen.

Ik kijk achterom en zie waarom. Kit heeft zichzelf op Rose laten lijken, alleen Rose toen ze midden twintig was — of in ieder geval de manier waarop ik me Rose altijd op die leeftijd heb voorgesteld.

"Raadslid," zegt Kit met haar eigen stem.

"Kit." Vlad ontspant zijn vuisten. "Oncorrigeerbaar zoals altijd."

"Hallo," zegt Felix, terwijl hij in verwarring naar Kits jonge verschijning van Rose kijkt terwijl hij dichterbij komt. "Kennen wij elkaar?"

"We hebben elkaar bij het Jubileum ontmoet." Kit verandert weer in zichzelf en likt wellustig aan haar lippen. "Het is Felix, toch?" Ze kijkt naar Felix en Vlads identieke *Matrix*-shirts. "Doen jullie alsof jullie een tweeling zijn? Want als het een spelletje is —"

"Het spijt me, raadsvrouw," zegt Vlad terwijl ze haar topje in een derde exemplaar van Felix zijn favoriete kleding transformeert. "We hebben haast."

Zonder ons nog iets tegen Kit te laten zeggen, drijft Vlad ons het gebouw uit en vertraagt hij het stevige tempo niet totdat we in een andere futuristische auto zijn gestapt.

"Hebben we tijd om Gomorrah te verkennen?" vraag ik zodra we vertrekken. "Deze plek is verbazingwekkend."

Felix schraapt zijn keel. "Ben je dat computerproject vergeten dat ik thuis voor je beloofde te doen? Ik dacht dat je het snel gedaan moest hebben."

Hij heeft gelijk.

Nero zou het apparaat in zijn zak kunnen ontdekken, en dan hebben we niet alleen geen kans meer om hem te hacken, er kunnen ook gevolgen voor Felix zijn.

"Laat maar," zeg ik snel. "Heb je met je vriendin kunnen praten?"

"Ja," zegt Felix, die opgelucht kijkt. "Ze heeft beloofd om op Ariël te letten. Ze is een droomwandelaar, dus het zou echt moeten helpen."

Vlad lijkt hier onder de indruk van te zijn, dus vraag ik, "Wat is een droomwandelaar en hoe behoudt ze haar kracht als ze hier werkt?"

"Droomwandelaars kunnen de dromen van anderen

binnengaan en zelfs bepalen wat er gebeurt — een beetje zoals in *Inception*, maar dan cooler," zegt Felix. "Het is een zeldzame, zeer praktische kracht en ik denk dat ze deze met frequente reizen buiten deze wereld handhaaft."

Ik knik bedachtzaam. "Weet je, dat zou Ariël kunnen helpen met die nachtmerries die ze nooit toegeeft te hebben."

Zowel Felix als ik hebben Ariël in haar slaap horen schreeuwen, maar de volgende dag beweert ze altijd zich niets te herinneren — misschien is dat ook zo, maar ik betwijfel het.

"Niet alleen nachtmerries," zegt Felix. "Mijn vriendin heeft een heleboel therapieën die ze heeft ontwikkeld. Ze is zeer gewild. Gelukkig kennen we elkaar al heel lang."

"Klinkt geweldig," zeg ik. "Er is maar één ding waar ik me zorgen over maak — vampiers in een afkickkliniek."

"Dat heb ik geregeld," zegt Vlad, en Felix en ik kijken hem aan, wachtend tot hij het uitlegt.

Wat hij niet doet.

"Laten we hopen dat Ariël uit de buurt van Kit blijft," zeg ik na een ongemakkelijke stilte.

Niemand geeft daar antwoord op, dus ik ga tot aan het poortgebouw verder met staren.

Op de terugrit van JFK praten Vlad en Felix weer in het Russisch en doe ik een dutje.

Als we weer thuis zijn, grijpt Rose Vlad en rennen ze met al het enthousiasme van jonge geliefden die een jaar uit elkaar zijn geweest terug naar haar appartement.

"Je bent weggegaan zonder met me te praten. Rose heeft me verteld wat er is gebeurd," zegt Fluffster chagrijnig wanneer we de nu vlekkeloze woonkamer binnengaan — waarschijnlijk met dank aan Rose. "Je had me wakker moeten maken."

"Ga achter je computer zitten en hack Nero," zeg ik tegen Felix. Tegen Fluffster zeg ik, "Ik zal je nu alles vertellen."

De chinchilla ziet er gekalmeerd uit, dus ik begin aan mijn verhaal terwijl Felix weggaat en terugkomt met zijn laptop, dan op de bank ploft en op de toetsen begint te rammen.

"Dus het wachtwoord is inderdaad je naam," roept hij uit net op het moment dat ik mijn verhaal afmaak.

Fluffster en ik kijken hem aan. Terwijl hij naar iets op zijn scherm staart, worden zijn ogen groter en zijn doorlopende wenkbrauw beweegt heen en weer als een dronken rups.

"Wat is er?" vraag ik, terwijl ik naast hem ga zitten. "Wat heb je ontdekt?"

"Het is een van die dingen die je moet zien om te geloven," zegt hij en geeft me eerbiedig de laptop.

Ik staar naar het scherm.

Er zijn een heleboel documenten die van een papieren versie lijken te zijn gescand. Moet Nero's obsessie met het papierloze kantoor zijn dat weer toeslaat.

ONWILLIGE HELDERZIENDE

Als ik op de allereerste van deze documenten inzoom, kijk ik er echter vol ongeloof naar.

Wat *is* dit?

De vleescomputer die mijn brein is, voelt aan alsof hij op het punt staat te crashen.

HOOFDSTUK TWEEËNVEERTIG

Dit is mijn transcript van de eerste klas.

Mijn scores waren perfect, behalve de eenzame V in "participatie en gedrag". V staat voor "Voldoende", of voor "mijn lerares in de eerste klas is zo'n bitch dat ze vanwege een paar onschuldige practical jokes mijn cijfer heeft verlaagd".

Hoe is Nero hieraan gekomen en waarom?

Zelfs mijn moeder, een verzamelaar van sentimentele rommel, bezit mijn transcripten van voor de middelbare school niet.

Verbaasd sluit ik de transcriptie en kies willekeurig een ander bestand.

Dit is iets wat mijn moeder wel heeft. Het is een foto van mijn diploma-uitreiking op de middelbare school, waar ik deed alsof ik een onschuldige engel was die ik niet was.

Nogmaals, waarom heeft Nero dit? Deze foto kan beschikbaar zijn voor het grote publiek uit de schoolarchieven of iets dergelijks, dus het is niet zo raar voor Nero om te hebben als het transcript, maar het is toch raar genoeg.

Hierna volgt een essay dat ik voor mijn Engelse les in mijn examen jaar had geschreven. Ik moest iemand kiezen die ik bewonderde, en het was een moeilijke keuze tussen Houdini en Criss Angel. Ik had voor Houdini gekozen, omdat hij de beroemdste van de twee was en omdat ik geen dingen als "Ik kwijl als ik hem op tv zie" in mijn essay wilde zeggen.

Waar heeft Nero dit vandaan en met welk doel? Ik weet dat beleggingsfondsen achtergrondonderzoeken uitvoeren op potentiële werknemers, maar dit is een niveau van grondigheid dat de grens overschrijdt en het ver achter zich laat.

Dan kijk ik naar het volgende ding op het scherm en realiseer me dat de griezeligheid pas net is begonnen.

Dit is een brief van Columbia University gericht aan Nero's Upper East penthouse.

De brief bedankt Nero Gorin voor zijn genereuze donatie, controleert nogmaals of hij niet wil dat het gebouw naar hem vernoemd wordt, en informeert hem dat Sasha Urban als door hem verzocht is geaccepteerd.

Wat de...?

Ik kijk op en kijk Felix aan.

Hij ziet er net zo geschokt uit als ik me voel.

Heeft Nero me in Columbia gekregen?

Waarom?

Hoe wist hij toen van mij?

En... Ben ik er niet op mijn eigen verdienste ingekomen? Mijn cijfers waren geweldig. Ik was zo trots toen ze me accepteerden. Ben ik de hele tijd al misleid over mijn capaciteiten?

Ik knipper een paar keer met mijn ogen en probeer te begrijpen waarom Nero zoiets zou doen, maar het enige wat ik kan bedenken is dat dit duidelijk veel meer is dan een achtergrondonderzoek.

Het lijkt meer op iemand ver van tevoren voor een specifieke rol voorbereiden.

Maar dat is waanzin.

Ja, Nero is een controlefreak, maar om persoonlijk toezicht te houden op de opvoeding van een toekomstige slaaf is niet iets waar ik ooit van heb gehoord, vooral niet zonder dat er enige verplichtingen aan vastzitten.

Doodsbang voor wat ik hierna zou kunnen vinden, minimaliseer ik de donatie brief en klik op een andere foto.

Deze lijkt niet bij de anderen te passen.

Het is een foto van een man die een meisje kust. Een heel jong meisje, één in haar vroege tienerjaren.

Denkt Nero dat ik dat meisje ben?

Want dat ben ik niet.

Criss Angel terzijde, ik had er op die leeftijd zelfs nooit aan gedacht om een oudere man te kussen, laat staan naar de fantasie te handelen.

Dan herken ik de man.

Het is de agent die me op een feestje had opgepakt

waar ik in mijn eerste jaar op Columbia naartoe was gegaan.

Hij had me met de enige joint betrapt die ik tijdens mijn studieloopbaan ooit had gerookt. Hij had me mee naar het bureau genomen, en me bang gemaakt met beloftes van een arrestatie op mijn eerst vlekkeloze strafblad.

Wacht eens even.

Dat hele gebeuren was nooit helemaal logisch voor me, want nadat de agent de moeite had genomen om me naar het bureau te brengen en me daar uren had laten zitten, had hij me op mysterieuze wijze met een waarschuwing laten gaan.

Hij probeerde niet met me te flirten of iets anders, hij had alleen iets gemompeld over het niet verspillen van overheidsgeld aan non-issues zoals ik — waardoor ik me af was gaan vragen waarom hij de moeite had genomen om me daarheen te slepen.

Was mijn geluk aan deze foto te wijten?

Had Nero via een soort van chantage ingegrepen?

Hij heeft goed geld betaald om me in Columbia te krijgen — een feit waar ik nog steeds niet bij kan — dus ik snap dat hij daarna voor die eerste investering heeft gezorgd.

Maar hoe?

Hij zou de foto voor mijn problemen gehad moeten hebben — dat, of hij had het extreem snel in handen verkregen.

Hij zou überhaupt ook hebben moeten weten dat ik in de problemen was gekomen, wat betekent dat hij me op dat moment in de gaten hield — een idee dat bij al deze nieuwe openbaringen past, maar zeer verontrustend is.

Is het mogelijk dat Nero over alle agenten in de stad chantagemateriaal heeft? Of kent hij gewoon een duister persoon die dat wel weet?

Nu ik erover nadenk, heeft hij ook chantagemateriaal op HR-afdelingen in de hele VS? Heeft hij me zo van een nieuwe baan weerhouden?

Maar waarom had hij de agent niet onder glamour kunnen zetten? Had Nero die avond geen vampier bij de hand? Glamour zou net zo goed hebben gewerkt, tenzij de agent een van de Cognizanten is.

Hoe dan ook, ik hoop dat Nero hem chanteerde om me te laten gaan, en hem ook heeft verteld om zijn grijpgrage handen in de toekomst uit de buurt van iedereen die jonger dan achttien is te houden.

Ik minimaliseer de politiefoto en scan nog een paar documenten.

Dat is mijn huurovereenkomst — prima. Hij bezit het gebouw waar we in wonen.

Er is een scan van mijn RDW-gegevens — griezeliger.

Dan zie ik een ander bestand vol tekst, dus ik begin het te skimmen.

Dit is mijn privégesprek met Ariël dat iemand in tekst heeft omgezet.

Oh ja. Ik was het bijna vergeten. Nero bespioneerde me met de telefoon van het bedrijf en dit moet een van de miljoen resulterende bestanden zijn.

Aangezien ik nu minder documenten op het scherm heb, kan ik de onderliggende map zien.

Die heet "Sasha," alleen in het Cyrillisch geschreven, zoals het wachtwoord.

Ik klik willekeurig op een bestand in deze map.

Het is een kopie van de aantekeningen van mijn moeders therapeut. Op deze specifieke dag had mama haar gevoelens over daten opnieuw besproken, kort na haar recente scheiding.

Mijn borst verkrampt. Bespioneerde hij mijn *ouders*?

Hoewel ik in de verleiding kom om de notities te lezen, sluit ik het dossier. Mam verdient haar privacy — een concept dat duidelijk vreemd is voor Nero.

Waarom zou hij dit willen hebben?

Wat is er mis met hem?

Als een gek, scan ik de map voor iets dat nog erger is dan dit.

Er is een videobestand.

Ik speel het af.

Ik laat een dollar voor Darians neus zweven op de avond dat we elkaar in het restaurant hadden ontmoet waar ik werkte.

Het lijkt erop dat Nero mijn magische optreden ook bespioneerde.

De volgende video is in eerste instantie helemaal mistig, dan zoomt de camera in en zie ik mezelf Nero kussen in het midden van een diepe mist.

Mijn gezicht wordt heet.

Dit is de opname van mij die Kit kuste die avond bij

het Jubileum, wat betekent dat Nero weet dat ik hem kuste.

Nou, niet *hem*, maar een seksverslaafde die op dat moment op hem leek.

Gezien al het andere, zou ik me van alle dingen hierdoor niet woedend moeten voelen. We waren tenslotte bij zijn fonds toen dit werd opgenomen. Maar ik voel me nog steeds meer geschonden door deze video dan door de meeste andere bewijzen van zijn spionage.

Hoe kon hij van die kus weten, maar doen alsof hij dat niet weet?

Maar misschien gedraagt hij zich *wel* alsof hij het weet. Misschien huurt hij altijd orks in om vrouwen aan te vallen waarvan hij denkt dat ze hem willen kussen.

Laaiend kijk ik weer naar Felix.

Heeft hij dit gezien?

Hij staart me met een irritant leeg gezicht aan.

"Zeg iets," eis ik. "Zeg me dat dit voor jou ergens op slaat."

"Het lijkt erop dat hij van kinds af aan over je waakt," zegt Felix, terwijl hij naar Fluffster kijkt voor hulp. Geen hulp ontvangend, gaat hij verder. "Hij... spreekt ook Russisch."

"Inderdaad." Ik zet de laptop neer en masseer mijn slapen.

"En hij helpt je," zegt Felix, alsof dit iets voor me op zijn plek zou moeten klikken. Dat doet het niet. "Hij heeft over je gewaakt," vervolgt hij. "Je beschermt."

"Je begrip op het voor de hand liggende is geweldig," snauw ik. "Vertel me iets wat ik niet weet."

"We weten dat ten minste een van je ouders Russisch is." Zijn toon is extreem geduldig, zelfs als de rechterkant van zijn wenkbrauw hoger komt dan ik ooit heb gezien.

"Nee." Ik stop met het masseren van mijn slapen en staar naar Felix met mijn mond zo wijd open dat het mijn kaken pijn doet. "Je kunt niet menen wat ik denk dat je zegt."

"Het is mogelijk," zegt Felix en hij kijkt naar Fluffster voor ondersteuning — opnieuw zonder enig geluk.

"Nee," zeg ik. "Het is *niet* mogelijk."

"Waar hebben jullie het over?" vraagt Fluffster mentaal. "Ik volg dit allemaal niet."

"Zou Nero Sasha's vader kunnen zijn?" zegt Felix.

"Mijn vader?" Ik spring overeind zonder te weten waarom. *"Nero?"*

Mijn benen brengen me naar de deur terwijl mijn hart onregelmatig in mijn borst bonkt.

Een stel menselijke en chinchillavoeten volgen me, maar ik negeer ze.

"Waar ga je heen?" vraagt Felix bezorgd.

"Naar zijn kantoor." Ik ram mijn voeten in mijn laarzen.

"Nero heeft zijn kantoor verlaten," zegt Felix. "Ik heb de camera's gecontroleerd voordat ik de FELLATIO in zijn zak vernietigde."

"Dan ga ik naar zijn penthouse," zeg ik tussen

opeengeklemde tanden, en voordat iemand kan antwoorden, ben ik de deur uit.

Ik ren de trap af alsof een andere zombie me achternazit, ren door het puin van de lobby en spring in de eerste taxi die ik vind.

Terwijl we naar de Upper East Side rijden, heb ik al mijn meditatieve ademhalingservaring nodig om genoeg te kalmeren om semi-coherente gedachten te denken.

Zou Felix gelijk kunnen hebben?

Kan Nero mijn vader zijn?

Een groot deel van me schreeuwt in ontkenning.

Zou ik dat niet weten? Zou ik het niet voelen als hij dat was?

Zou ik niet iets gevoeld hebben toen we elkaar voor het eerst ontmoetten?

Als ik eerlijk ben, voelde ik iets toen ik Nero voor het eerst ontmoette, maar lust is het tegenovergestelde van wat een dochter voor haar vader zou moeten voelen.

Niet dan?

Mijn hoofd voelt alsof het kan ontploffen, dus wieg ik het tussen mijn handpalmen.

Als dit waar blijkt te zijn, betekent dat dan dat ik mezelf moet verblinden zoals Oedipus in de Griekse mythe? Of —

De taxichauffeur schraapt zijn keel en ik realiseer me dat we al naast Nero's chique gebouw staan.

"Ik word verwacht," lieg ik tegen de bewaker terwijl

ik me naar binnen haast. "Mijn naam is Sasha en ik ben hier om met Nero Gorin te spreken."

De man met overgewicht kijkt in een papieren logboek op zijn bureau en zegt, "Sasha Urban?"

Ik knipper vol ongeloof. "Ja."

"Je staat op de VIP-lijst," zegt hij. "Mag ik je ID zien?"

In een waas laat ik de man mijn rijbewijs zien, en hij vertelt me welke lift me naar het penthouse brengt.

Mijn hartslag gaat door het dak en mijn geest is de hele weg naar Nero's voordeur leeg.

Ik kanaliseer mijn tumultueuze emoties en klop zo hard op de deur dat mijn handpalm ervan steekt.

Geen antwoord.

Ik druk met mijn vinger op de deurbel.

Nada.

Is hij nog niet thuis?

Of kijkt hij naar me door een verborgen camera en weigert hij me onder ogen te zien?

"Ik ga niet weg zonder uitleg," schreeuw ik omwille van de hypothetische camera en trek de lockpicks uit mijn tong.

Nero's mooie slot heeft een paar seconden langer nodig dan normaal om te verslaan, maar ik versla het.

"Het lijkt erop dat je inbraak in je handige dossier over mij kan zetten," zeg ik tegen Nero's hypothetische afluisterapparaten. "Klaar of niet, ik kom naar binnen."

HOOFDSTUK DRIEËNVEERTIG

Niemand begroet me binnen, dus ik kijk naar mijn omgeving.

Er is een soort Spartaanse weelde in Nero's grote foyer. Ondanks de moderne kunst op de muren, geven de vijf meter hoge plafonds de plaats een kathedrale sfeer.

Ik begin doelloos te lopen.

Elk meubelstuk dat ik passeer, ziet eruit alsof het meer dan tien jaar van mijn salaris kost en door de beste interieurontwerpers met de hand is uitgekozen.

Mijn intuïtie een beetje volgend neem ik een linker gang en bevind ik me in een kunststudio.

"Dus je schildert wel," fluister ik tegen de verborgen microfoons terwijl ik naar de verschillende adembenemende olie-op-canvas-landschappen staar.

Dan zie ik het.

Mezelf.

Of beter gezegd, een tekening van mij — alleen zie ik er in het echte leven niet zo stralend uit.

Ik sta op een wit zandstrand in een schaars badpak dat ik kort na mijn studie met pensioen heb laten gaan.

"Dit is van mijn reis naar Grand Cayman," zeg ik. "Een reis die ik maakte *voordat* we elkaar hebben ontmoet."

Geen antwoord van de geheime speakers of microfoons.

Ik onderzoek het schilderij.

Het detail dat de kunstenaar aan mijn lichaam heeft besteed zou niet gepast zijn als die kunstenaar mijn vader was. Ik ben op zijn minst een cupmaat groter in het beeld en mijn taille-tot-heup verhouding is veel dichter bij het ideaal dan mijn werkelijke proporties.

Dit ben ik door de ogen van een man van vlees en bloed met een lustbril op, niet die van een vader.

Ik schud mijn hoofd in de hoop het op te helderen en laat mijn intuïtie me verder naar de diepten van het penthouse leiden, totdat ik een klein kantoor met een zware kluis erin bereik.

Zelfs zonder mijn krachten als ziener, is het duidelijk dat er iets belangrijks in deze kluis zit, dus ik onderzoek hem nauwkeurig.

Er is geen slot dat ik kan openen, en helaas heb ik nog nooit naar het veilig kraken als onderdeel van een illusie gekeken.

Ik heb ook niets over dit soort hightech kluizen gelezen.

Ik raak het lcd-scherm op de kluisdeur aan.

Het licht op en er verschijnt een vreemd alfabet.

Wanneer ik een omgekeerde "R" en "N" zie, realiseer ik me dat ik weer naar Cyrillisch kijk.

Interessant.

Nero's digitale hoofdwachtwoord was mijn naam in het Russisch. Zou hij hier hetzelfde gebruiken?

Ik zoek een letter die eruitziet als een 'c', dan 'a', dan een rare letter die me aan een afgeplatte 'w' doet denken, en tenslotte nog een 'a'.

De kluis gaat niet open, maar er is een spatieknop op het scherm, dus het wachtwoord kan nog steeds mijn volledige naam zijn.

Ik typ de spatie en concentreer me op het tweede woord. Een 'Y'-achtige letter, gevolgd door 'p', dan één die lijkt op een '6', dan de 'a', en ten slotte degene die op een hoofdletter 'H' lijkt geschreven in een klein lettertype.

De kluis rinkelt.

Ik hou mijn adem in en trek aan het handvat.

De deur gaat open.

Er liggen een heleboel mappen in, maar mijn handen springen naar degene waar "Саша Урбан" geschreven staat, want dat is mijn naam in het Russisch.

Mijn handen trillen een beetje en ik open de map.

Er zit een ingewikkeld vergeeld papiertje in, helemaal in het Russisch.

Ik kijk naar het volgende papier.

Weer een oud document in het Russisch.

Ik sla de bladzijde om en vind nog een oud Russisch document.

Wat voor de duivel?

Wat heeft dit met mij te maken?

Ik pak mijn telefoon, neem foto's van de drie papieren, e-mail ze naar Felix en bel zijn nummer.

"Sasha, waar ben je?" zegt hij als hij opneemt. "Fluffster en ik zijn —"

"Controleer je e-mail," zeg ik dringend.

Iets in mijn stem moet zeggend zijn, want ik hoor hem met iets rommelen voordat hij een geschokte adem uitademt.

"Felix?"

"Ik geloof mijn ogen niet." Hij klinkt even verbaasd als bang — een combinatie die me zorgen baart. "Dat is ongelooflijk." Hij schraapt zijn keel. "Ik weet niet eens wat ik moet zeggen."

"Je kunt maar beter snel je woorden vinden." Ik pak de telefoon steviger vast.

"De ene is een Russische geboorteakte voor een meisje genaamd Alexandra Raspoetina," zegt hij. "De 'a' aan het einde van de achternaam maakt het de vrouwelijke versie van de achternaam Raspoetin. En Alexandra is natuurlijk de formele versie van Sasha. De geboortedatum is dinsdag 31 oktober 1916. Er wordt alleen een vader vermeld — Grigori Raspoetin."

"Denk je dat dat mijn oma is?" vraag ik met een trillende stem. "Of moeder? Ben ik naar haar vernoemd?"

"Nee." Felix klinkt sterk ingetogen. "Je begrijpt het

niet. Laat me je over de rest van de documenten vertellen."

"Ja, stop met tijdrekken."

"Oké, maar deze slaat nergens op, tenzij het een grap is," zegt hij. "Het is in verouderd Russisch geschreven, dus ik zou het verkeerd kunnen interpreteren, maar het lijkt een reeks profetieën te zijn die door Raspoetin zijn gemaakt."

"Oh?" zeg ik, niet zeker wat dit met mij te maken heeft, maar vertrouw erop dat Felix er uiteindelijk mee komt.

"Ja," zegt hij. "Dit is ook in 1916 gedateerd, en beslaat de honderd jaar daarna."

"Wat?" Ik kijk naar mijn telefoon en debatteer of ik Felix moet videobellen om te zien of hij er net zo gek uitziet als dat hij klinkt.

"Ik weet het. Dit voorspelde het allemaal." Hij spreekt sneller. "De Russische revolutie een jaar later. De Tweede Wereldoorlog en de nazi's. Pearl Harbors exacte datum en tijd. Spoetnik en de eerste man in de ruimte — en die op de maan." Hij inhaleert luidruchtig. "Het gaat zo door de hele geschiedenis heen — elke oorlog, de opkomst en daling van grote bedrijven met specifieke data en aandelenkoersen, de dot com en de vastgoedzeepbellen, 9/11 en —"

"Dit document moet een grap zijn," zeg ik, mijn ingewanden worden koud. "Iets wat iemand onlangs heeft samengesteld. Ik ken verschillende methoden om documenten ouder te laten worden —"

"Dat zou kunnen," zegt Felix. "Maar de legenden

zeggen wel dat Raspoetin een krachtige ziener was, dus in theorie zou hij een visioen kunnen hebben gehad om zelfs deze tijd te bestrijken — hoewel te oordelen naar jouw ervaringen, moet hij daarna een lange, lange tijd buiten dienst zijn geweest als ziener, zo niet voor altijd."

"Prima," zeg ik, duizeligheid bestrijdend als ik me voorstel honderd jaar in een visioen te leven zoals Raspoetin dat had moeten doen. "Wat heeft dit met mij te maken? Ben ik een hoogtepunt van een profetie van hem?"

"Dat is waar het derde document in het spel komt," zegt Felix. "Deze is nog moeilijker te onderscheiden, omdat het niet alleen in verouderd Russisch is geschreven, maar ook een soort juridisch jargon is."

"Wat staat er?"

"Ik zal proberen het zo goed mogelijk te vertalen," zegt hij. "Het is nog moeilijker te geloven dan de vorige."

"Ik ga je vermoorden als je nu niet stopt met tijd rekken," zeg ik tussen mijn tanden door. "Serieus."

"Goed," zegt Felix. "Daar gaat ie."

HOOFDSTUK VIERENVEERTIG

Ik duw de telefoon pijnlijk hard tegen mijn oor, niet bereid om een woord te missen.

"Wat volgt is een contract tussen Grigori Raspoetin en een man die voortaan bekendstaat als Nero Gorin," begint Felix.

"Wat?" Ik staar naar de drie gele documenten, onzeker welke hij momenteel aan het vertalen is. Mijn geest houdt vast aan een willekeurig nieuwtje. "Had Nero eerder een andere naam?"

"Je hebt Rose en Vlad gehoord. Zelfs *zij* beschouwen hem als oud. Hij moet gedurende zijn hele leven veel identiteiten hebben gehad," zegt Felix. "Laat me nu verder gaan."

"Sorry," zeg ik. "Ga je gang."

"Het eerste deel is de geheimhoudingsclausule," zegt Felix. "Het juridische jargon is hier moeilijk, maar ik denk dat er staat dat de partijen die dit document ondertekenen, om welke reden dan ook geen details van het document aan iemand mogen onthullen. Er is ook een lijst met onderwerpen die ze overeenkomen niet te bespreken —"

"Laten we daar maar op terugkomen," zeg ik. "Ga door naar het volgende gedeelte — en het kan maar beter het vlees van het document zijn."

"De twee partijen wisselen diensten uit," zegt Felix met een intonatie die ik in een rechtszaal zou verwachten. "Grigori Raspoetin zal Nero Gorin van een honderdjarige profetie voorzien die van Nero Gorin de rijkste Cognizant zal maken die ooit op een Andere Wereld genaamd aarde heeft gewandeld." Felix haalt diep adem. "In ruil daarvoor moet Nero Gorin op de dochter van Grigori Raspoetin letten, Alexandra, die voortaan bekend staat als Sasha Raspoetina, wanneer ze aan het begin van het nieuwe millennium volgens de lokale tijdwaarneming op de Andere Wereld, genaamd aarde, verschijnt."

De kamer om me heen draait.

Hoewel Felix de woorden in het Engels vertaalde, wil de betekenis ervan niet in mijn hersenen worden geregistreerd.

"Er is meer," zegt Felix zachtjes. "Nero Gorin moet ervoor zorgen dat Sasha Raspoetina door de menselijke familie genaamd Urban wordt geadopteerd en goed wordt behandeld. Hij moet ook toezicht houden op haar opleiding en haar overgang naar de aardse samenleving soepel laten verlopen —"

"Nee." Ik schud mijn hoofd. "Dit kan niet waar zijn. Hoe kon ik meer dan een eeuw geleden geboren zijn?

Toen mijn ouders me vonden, was ik nog maar een kind."

"Raspoetin heeft je naar een Andere Wereld kunnen brengen waar de tijd heel langzaam stroomt," zegt Felix. "Dan had hij kunnen wachten en je naar de aarde kunnen brengen nadat hier decennia waren verstreken. Welk gevaar hij ook ontsnapte, zou tegen die tijd gekalmeerd kunnen zijn, of misschien had hij een visioen dat hem vertelde wanneer en waar hij je heen moest brengen." Felix klinkt irritant rationeel. "Het is eigenlijk wel logisch. Je adoptieouders vonden je in JFK, vlak bij de hub. Waar Raspoetin ook bang voor was op aarde, hij hoefde hier maar een paar minuten te blijven."

Ik luister niet meer.

Net als een hevige storm, is een nieuw paradigma alles wat ik ooit heb gekend aan het herschikken.

Alle feiten kloppen nu.

De Russische connectie. Fluffsters laatste eigenaar. Ik die op het vliegveld van JFK werd achtergelaten. Nero die me mijn hele leven in de gaten hield.

Toen ik voor het eerst over Raspoetin hoorde, dacht ik dat hij misschien een voorouder van me was, maar hij is zoveel meer.

Hij is mijn *vader*.

Kan hij nog in leven zijn? Tussen de verschillen in de tijd van de Andere Wereld en de langere Cognizantenlevensloop, is het heel goed mogelijk.

Maar als dat zo is, waar is hij dan? Waarom heeft hij me opgegeven?

"Sasha?" zegt Felix. "Ben je er nog?"

"Ik ben het aan het verwerken," zeg ik. "Het klinkt alsof Nero alle antwoorden heeft. Als hij mijn vader kende, dan kende hij misschien mijn moeder ook. Hij kan me misschien vertellen waar —"

"Ik ben bang dat het niet zo eenvoudig is," zegt Felix. "Als je me het gedeelte over de geheimhoudingsclausule had laten voltooien, had ik het je verteld. Nero kan helemaal niet met je over je erfgoed praten."

"Wat?" Ik weersta nauwelijks de drang om mijn telefoon tegen de muur te gooien.

"Adem in, Sasha," zegt Felix rustgevend. "Je hebt vandaag veel ontdekt. Denk —"

"Laten we later praten," zeg ik. "Ik wil van de andere documenten foto's maken."

"Wacht eens even... Waar heb je deze documenten vandaan?"

"Van de bron. Waar dacht jij dan?"

"Je bent in Nero's appartement, nietwaar?" fluistert Felix.

"En daarom moet ik gaan," zeg ik. "De tijd kan beperkt zijn en zo."

"Meneer Gorin, meneer, ik had hier niets mee te maken," zegt Felix luid. "Toen Sasha me belde, had ik geen idee. Vermoord me alsjeblieft niet —"

Ik hang op en kijk naar het volgende document.

Het lijkt op een vreemde hybride tussen een kaart en een Venndiagram. Ik zal op een later tijdstip moeten uitzoeken wat dit is en wat het met mij te maken heeft.

Ik bekijk het volgende document.

Het is een exacte kopie van mijn middelbareschooldiploma.

Ik kijk naar de volgende documenten, en het blijkt elke transcriptie en elk diploma en certificaat te zijn dat ik ooit heb gekregen. Iemand heeft zijn uiterste best gedaan om het bewijs te bewaren dat hij zijn deel van de afspraak nakomt.

Ik blijf steeds door de papieren bladeren.

Nero's collectie is veel grondiger dan die van mijn moeder.

Het laatste papier in de map is de brief van mijn werkaanbod die ik ondertekende toen ik bij Nero begon te werken.

Ik grinnik vreugdeloos.

Mijn stomme baan is het hoogtepunt van de gebeurtenissen die al meer dan honderd jaar bezig zijn.

En Nero gebruikte het allemaal om schandalig rijk te worden.

Dan dringt het tot me door.

Hij probeert nog steeds rijk te blijven.

Toen zijn honderdjarige spiekbriefje in 2016 afliep, moet hij hebben besloten om *mij*, de dochter van een machtige ziener, te gebruiken om het geld te laten stromen.

De schoen past goed bij Assepoester.

Ik sla de map dicht en staar naar mijn naam in het Russisch.

Heb ik deze taal in mijn vroege jaren gesproken? Gezien het feit dat de meeste baby's met één jaar oud beginnen te praten, moet ik een kleine Russische woordenschat hebben gehad die ik nu ben vergeten. Tenzij mijn moeder Engels sprak.

Ik weet nog steeds niets over *haar*.

Dan krijg ik een gevoel van déjà vu.

Ik heb eerder op deze plek gestaan en naar deze map gestaard.

Natuurlijk.

Dat super-korte visioen waarin ik mijn naam in het Russisch zag.

Die keer was er een geluid achter me —

Mijn hart springt in mijn keel, ik draai me — net op het moment dat ik datzelfde geluid weer hoor.

Het was de deur die zo hard opende dat hij van zijn scharnieren gevlogen kon zijn.

Met zijn gezicht in een masker van woede, stapt Nero de kamer in.

HOOFDSTUK VIJFENVEERTIG

We kijken elkaar aan.

Zijn woede verandert in verwarring.

Aan mijn kant, realiseer ik me dat hij alleen een handdoek draagt, en bloed stroomt verraderlijk naar mijn gezicht.

Dit verklaart waarom hij de deur niet opende.

Hij stond onder de douche.

Zich in te zepen. Zich te schrobben. Zich af te spoelen.

Ik slik.

Heel hard.

Er zit geen grammetje vet op zijn brede, volkomen mannelijke lichaam. Elke spier lijkt uit een massief blok ijs te zijn gehouwen — en ik wil opeens aan een ijsje likken.

Van zijn kant lijkt Nero net zo verbaasd om mij te zien, zijn blauwgrijze ogen die met ongeloof en iets anders over me heen gaan.

Iets verontrustend verhit.

Totdat zijn blik op de map valt die ik nog vasthoud.

Hij komt in beweging.

In een waas haalt hij de map uit mijn handen, stopt hem in de kluis en vergrendelt hem.

Ik deins achteruit, dieper het kantoor in, mijn mond wordt zo droog als de Sahara.

Hij is tijdens die aanval van supersnelheid zijn handdoek verloren.

Allemachtig. Godzijdank zijn we geen familie. Hoewel ik moet zeggen, zelfs als hij mijn achterneef was geweest...

Nee, stop. Dit is waanzin.

Ik dwing mijn trillende ledematen om te bewegen en kijk naar de uitgang.

Hij stapt voor me en blokkeert mijn pad. "Hoeveel ben je te weten gekomen?" Hij lijkt zich glorieus niet bewust van zijn gebrek aan kleding — en ik ben dat zeker wel.

Ik slik weer. *Een grote slik.* "Alles. Ik weet wie ik ben — en alles over je bemoeienis en spionage."

Zijn kaak verstrakt. "Goed dan. Maar het verandert niets." Zijn stem wordt laag en hypnotiserend, zijn ogen kijken in de mijne alsof hij mijn ziel probeert te röntgenstralen. "Ik hoop dat je dat beseft."

Ik maak mijn lippen vochtig. "Het verandert alles."

Zijn blik is op mijn mond gericht, gretig de beweging van mijn tong volgend. "We hebben een afspraak." Zijn stem is laag en diep terwijl hij onmogelijk dichtbij komt. "Je gaat voor me werken en je blijft mijn leerling."

Ik knik, mijn adem zit vast in mijn keel. Ik kan nu niet met hem in discussie, omdat ik te afgeleid ben door de reactie in de regio die eerder door de handdoek werd bedekt.

Een zeer sterke, zeer *grote* reactie.

Over tactiek onder de gordel gesproken.

Op de een of andere manier kan ik me een beetje gezond verstand herinneren. "Ik moet gaan. Ik... zie je op het werk." Ik probeer om hem heen te stappen, maar dat is onmogelijk.

Hij neemt alle ruimte in, steelt alle lucht in de kamer.

"Ja, dat zou je moeten doen," beaamt hij zachtjes, maar hij beweegt niet.

Mijn hartslag klopt in mijn slapen en mijn gezicht voelt alsof het op het punt staat om een blaar te worden terwijl zijn blik weer naar mijn mond gaat, alsof hij wacht tot ik nog een keer aan mijn lippen lik.

En ik vecht tegen de drang om dat te doen.

In plaats daarvan zeg ik, "Je hebt een deal met mijn vader gemaakt. Je wordt... verondersteld voor me te zorgen."

Zijn neusvleugels trillen. Terwijl hij zijn hoofd buigt, gromt hij, "Ik weet het."

Zijn gezicht is nu recht tegenover de mijne, zijn lippen zijn een paar centimeter bij me vandaan, en ik wil rennen en schreeuwen.

Of de afstand sluiten.

Misschien beide tegelijk, zo onmogelijk als dat zou zijn.

Ik heb het gevoel alsof ik in tweeën gescheurd ben, afgekeerd door zijn intriges, maar toch tot hem aangetrokken... zonder enige goede reden.

Het ergste van alles, te oordelen naar de hartslag in zijn hals, is dat hij aan dezelfde waanzin zou kunnen lijden.

Hij buigt zijn hoofd nog een fractie.

Mijn hielen verlaten de vloer.

Het is alsof we supersterke zeldzame aardmagneten in onze mond hebben, die ons samen trekken.

Een spier tikt in zijn kaak terwijl zijn ogen donkerder worden, zijn pupillen breiden zich uit totdat ze zich met zijn limbale ring vermengen.

Onze lippen raken elkaar bijna. Ik voel de warmte van zijn ademhaling en ruik de muntachtige geur van tandpasta.

Ik kan het niet.

Ik zou het niet moeten doen.

En dan drukken mijn lippen tegen de zijne, mijn lichaam gaat op mijn tenen omhoog, terwijl mijn armen zich om zijn nek wikkelen.

Zijn reactie is zowel gewelddadig als onmiddellijk. Zijn krachtige armen sluiten zich om me heen en duwen me tegen zijn lichaam dat zo hard als staal is. Zijn mond wordt verslindend, hij verdiept de kus, neemt het verder, en ik beantwoord ademloos, al mijn verwarring, woede, en frustratie in de bewegingen van mijn tong kanaliserend.

Er drukt iets hards in mijn buik, en ik tril van een groeiende behoefte om mijn vervloekte onthouding te beëindigen. De achtbaan van sensaties is verblindend, en het verlangen om mijn kleren uit te rukken is overweldigend. De domme dingen zitten tussen ons in, en ik wil alle obstakels uit de weg ruimen.

Een gegrom rommelt diep in zijn keel, zijn handen dwalen over mijn lichaam met een toenemende honger, en een glimp van gezond verstand ontwaakt ergens aan de achterkant van mijn lust doordrenkte geest.

Wat ben ik aan het doen?

Dit is Nero.

Met een staalbuigende poging van wilskracht, duw ik hem weg — net op het moment dat Nero me laat gaan.

Ik strompel naar achteren, hijg en zie zijn borst met een even snel ritme hijgen.

"Ga weg," gromt hij, zijn grote handen lijken plotseling op klauwen.

Wat voor de duivel?

Pijnlijke flashbacks van de orks stokken mijn adem op een geheel nieuwe manier.

Hij stapt opzij, beeft zichtbaar moeite om zichzelf in bedwang te houden, en ik kom uit mijn lust-panische verlamming.

Ik draai me op mijn hielen om, vlucht de kamer, dan het appartement en dan het gebouw uit.

De taxirit naar huis gaat in een waas voorbij, en ik herinner me nauwelijks hoe ik bij mijn appartement ben aangekomen. Felix en Fluffster staan binnen op me te wachten, maar ik negeer hun vragen terwijl ik de badkamer in ren om koud water op mijn brandende gezicht te spatten.

Nero heeft me gekust.

Eigenlijk heb ik *hem* gekust.

Wat het bevestigt.

Ik ben echt krankzinnig.

Ik zet de douche aan en zet hem op koud, kleed me uit en stap onder het water. Ik sta te rillen onder het ijskoude water totdat de ongewenste hitte in me slechts een verre herinnering is.

Ik heb misschien net een bootlading antwoorden gekregen, maar niets van dit alles is echt logisch — vooral het raadsel dat Nero is.

Misschien ben ik te moe om alles te analyseren?

Ja, dat is het. De verbrijzelende kus heeft er niets mee te maken.

Als ik een goede nachtrust krijg, dan zal ik zeker in staat zijn om in de ochtend alles beter te begrijpen.

Bevroren strompel ik naar mijn slaapkamer en doe de deur op slot voordat ik op mijn bed plof en de deken om me heen wikkel.

Ik zal nu gaan slapen. Als ik geluk heb zonder te dromen. En morgen zal ik de kracht vinden om Nero onder ogen te komen.

Tussen zijn contract met mijn vader en mijn eigen deal met hem, zijn we aan elkaar gebonden.

In goede en in slechte tijden.

VOORPROEFJES

Ik hoop dat je van Sasha's verhaal hebt genoten! Haar avonturen gaan verder in *Een trucje van de verbeelding*.

Wil je van mijn nieuwe releases op de hoogte worden gehouden? Meld je aan op www.dimazales.com/book-series/nederlands/ voor mijn e-maillijst!

En sla nu de pagina om voor een sneak peek van *Een trucje van de verbeelding*.

FRAGMENT UIT EEN TRUCJE VAN DE VERBEELDING

De stomme deurbel gaat.

Door mijn nog gesloten oogleden zie ik de zonnestralen door het raam gluren. Wat betekent dat hoewel ik het gevoel heb dat ik net naar bed ben gegaan, het al ochtend is.

Wie er ook voor de deur staat, is niet zo onredelijk als ze lijken.

"Felix!" schreeuw ik zonder mijn ogen te openen. "Kun je de deur opendoen?"

"Hij is naar zijn werk gegaan," zegt Fluffster in mijn hoofd, en ik kan hem bijna horen zeggen, "In tegenstelling tot sommige mensen."

"En hoe zit het met jou?" Ik trek de dekens over mijn hoofd. "Kun jij opendoen?"

"Ik?" Verwarring vervangt Fluffsters attitude. "Ik kan met deze kleine pootjes de deur niet opendoen."

We weten allebei dat zijn 'kleine pootjes' in gigantische klauwen kunnen veranderen die kunnen verscheuren en doden, maar ik ga niet in discussie. In plaats daarvan open ik met tegenzin mijn ogen en gooi de deken van me af.

Ja, het is overdag.

Mopperend sta ik op, trek een badjas aan, stap over Fluffster heen en ga naar de voordeur.

Terwijl ik loop, wordt de reden voor mijn slaperigheid duidelijk.

Ondanks mijn hoop was mijn slaap *niet* droomloos. Ik heb nachtmerries gehad over gangsters die onder mind-control stonden en die me probeerden te vermoorden. Wat nog erger was, is dat sommige dromen over mij en mijn baas gingen terwijl we ons in compromitterende posities bevonden — en ik heb het niet over de aandelen in onze portefeuille.

"Wie is daar?" vraag ik hees door de deur.

"Ik ben het, Rose."

Het kijkgaatje bevestigt dat het waar is, dus ontgrendel ik de deur.

"Hoe laat is het?" vraag ik, terwijl ik in mijn ogen wrijf.

"Oh hemeltje." Mijn oudere buurvrouw knippert met haar zwaar opgemaakte wimpers. "Heb ik je wakker gemaakt?"

"Het is acht uur 's ochtends," zegt Fluffster, vermoedelijk in onze beide hoofden. "Sasha komt te laat op het werk."

Verdorie. Na alles wat er gebeurd is, ben ik vergeten om mijn wekker te zetten.

"Nero gaat me vermoorden," mompel ik. "Ik kom op mijn eerste dag dat ik terug ben te laat."

"Oh." Rose ziet er terneergeslagen uit. "Ik wilde je iets vragen..."

Adrenaline valt mijn slaperigheid aan. "Wat is er aan de hand? Is er iets gebeurd?"

"Nee, dat is het niet." Ze kijkt me schuldig aan, en kijkt dan naar Fluffster. "Wat dacht je ervan om naar mijn appartement te komen voordat je naar je werk gaat, en dat ik je dan ontbijt zal geven?" stelt ze voor. "Je hebt goede voeding nodig."

Ik bijt op mijn lip, me bewust van de tijd. "Ik weet dat er niet zoiets bestaat als een gratis ontbijt."

"Nu laat je het klinken alsof ik gewetenloos ben," grinnikt ze. "Ik wilde je alleen om een kleine gunst vragen."

"Goed dan. Geef me even een momentje." Ik moet wel eten.

Ze schuifelt weg en ik doe de deur dicht.

"Waar denk je dat dat over gaat?" vraagt Fluffster me terwijl ik naar de badkamer ga om me klaar te maken.

"Ik heb geen idee," zeg ik tegen hem. "Wat het ook is, ik hoop dat het snel gaat."

De deur sluitend voordat Fluffster binnen kan komen, handel ik al mijn sanitaire zaken af en eindig ik met een plens ijskoud water op mijn gezicht.

Ik ben nu wakker, maar diep teleurgesteld.

Ik had gehoopt dat een goede nachtrust de gebeurtenissen van gisteravond zou verduidelijken, maar hier ben ik, in de ochtend, en nog niets is logisch, vooral die kus niet...

"Dus, wat is er gebeurd nadat je was vertrokken?" vraagt Fluffster terwijl ik naar mijn kamer ga.

"Heeft Felix het je niet verteld?" Ik begin me klaar te maken.

"Dat heeft hij gedaan. Maar hij zei ook dat je ophing, dus ik vroeg me af of—"

"Er is niet veel gebeurd nadat ik had opgehangen," lieg ik. "Ik ben daar weggegaan en ben naar huis gegaan."

De chinchilla buigt zijn hoofd in een vreemd menselijk gebaar. "Nou... Ik ben er als je erover wilt praten."

Klonk Fluffsters mentale boodschap extra wijs in mijn hoofd, of is het mijn verbeelding?

"Dank je," mompel ik.

Natuurlijk ben ik *niet* van plan om de kus met Nero met mijn pluizige domovoj te bespreken.

Of met Felix.

Of met wie dan ook, eigenlijk.

Ik kan me voorstellen dat ik er met Ariël over zou praten als ze echt zou zeuren, maar ze is van haar vampierbloedverslaving aan het afkicken en ze zal niet snel met me praten.

Ik zucht. Ik mis Ariël nu al en ik maak me nog steeds zorgen om haar, zelfs hoewel ze eindelijk de hulp krijgt die ze nodig heeft.

Het schuldgevoel is echter het ergste. Het ligt net onder het oppervlak van mijn geest op de loer, klaar om me te verstikken — net zoals de manier waarop Ariël me bijna verstikte toen ze onder Baba Jaga's controle was.

Ik schud mijn hoofd, kijk naar mezelf in de spiegel en frons.

Dat zul je altijd zien.

Ik ben puur op de automatische piloot bezig geweest en heb mijn leren broek aangetrokken, zwarte armbanden, het zwarte vinyl vest en de rest van mijn restaurantkleren.

Nou, wat dan nog?

Toen Nero zo genadeloos over mijn terugkomst onderhandelde, heeft hij het niet over de kleding gehad — dus ik kan dragen wat ik wil, zelfs als ik eruitzie alsof ik naar de dichtstbijzijnde goth club ga in plaats van naar een beleggingsfonds.

Ik haast me de kamer uit, stop bij de deur om mijn laarzen met stalen neuzen aan te trekken en ga dan naar het appartement van Rose.

Ze doet de deur open voordat ik aanbel en ze beloont me met een brede grijns.

"Kom binnen," zegt ze en ze leidt me naar de keuken.

Mijn maag rommelt als ik het aroma van vers gebakken muffins en jasmijnthee inhaleer.

"Ga zitten. Eet," zegt Rose, naar het hoofd van de tafel wijzend, waar ze mijn ontbijt heeft klaargezet.

"Ik heb alleen tijd voor een snelle hap." Ik kijk naar haar wandklok en krimp ineen. "Nero houdt niet van laatkomers."

"Ik weet zeker dat hij je liever onder ogen komt als je hebt gegeten," zegt Rose met een glimlach die de hoeken van haar ogen bereikt. "Anders is hij degene die je zou kunnen bijten."

Ik vecht tegen een blos. "Ik weet niet zeker wat je probeert te suggereren." Ik blaas zo nonchalant mogelijk op mijn thee.

"Oké, vertel me eens," zegt Rose. "Wat is er gebeurd nadat Vlad je mee had genomen naar de faciliteit in Gomorrah?"

Dus dat doe ik. Ik vertel haar dat ik Nero had bespioneerd, en hoe het een oud Russisch contract onthulde tussen mijn baas en de man die mijn biologische vader bleek te zijn: Grigori Raspoetin. Terwijl de ogen van Rose groter worden, vertel ik hoe Nero zich aan zijn kant van die afspraak heeft gehouden door me mijn hele leven in de gaten te houden en zich ermee te bemoeien wanneer hij dat nodig achtte. Ik stop net voor ik haar over de kus vertel, maar de manier waarop ze haar wenkbrauwen beweegt tijdens het deel waar hij me met de map in mijn handen betrapte, laat me me afvragen of ze het toch al geraden heeft.

"Dus je verjaardag is niet in de zomer?" vraagt ze wanneer ik stop met praten.

Ik stik bijna in mijn thee. "*Dat* is je reactie op alles wat ik je heb verteld? Niet dat ik meer dan honderd jaar oud ben, of zo? Of dat Nero heeft gedaan wat hij heeft gedaan? Van alle miljoenen dingen maak je je zorgen over mijn verjaardag?"

"Ik moet weten wanneer ik je je cadeau kan geven," zegt Rose, terwijl haar ogen fonkelen. "Geschenken zijn belangrijk."

"Ik zal nog steeds mijn verjaardag in de zomer vieren," zeg ik en ik vecht tegen de drang om met mijn ogen te rollen. "Het is de dag waarop mijn adoptieouders me op het vliegveld hebben gevonden en ik zie geen reden om het niet te vieren zoals ik altijd heb gedaan."

"Geweldig," zegt Rose. "Ik heb dat in mijn agenda staan."

Ik bijt in mijn heerlijke bosbessenmuffin en drink van de thee.

Ze zit daar maar naar me te kijken.

"Ben je niet woedend over het gedrag van Nero? Denk je denkt niet dat het een groot iets was dat hij—"

"Nero's slechte gedrag is de reden dat je nog leeft — dat geldt ook voor Vlad," zegt ze, haar toon nu somber. "In tegenstelling tot jou, maak ik er een gewoonte van om een gegeven paard niet in de mond te kijken."

"Nou, je mag dit paard hebben," mompel ik en ik haast me om mijn muffin op te eten zodat ik weg kan gaan. Rose begrijpt duidelijk niet de perversiteit van de situatie.

"Ik heb mijn eigen prachtige paard dat ik kan berijden, heel erg bedankt," zegt Rose doodleuk. "En trouwens, ik denk niet dat je het meent. Ik betwijfel of je zou willen dat een andere vrouw hem zou —"

"Ik ben te laat." Met een knalrood hoofd spring ik overeind. "Wat was die kleine gunst die je wilde?"

"Wacht. Ren alsjeblieft niet zo weg."

Op m'n nummer gezet ga ik weer zitten en geef ik Nero mentaal de schuld van mijn onbeschoftheid.

"Het spijt me als ik je van streek heb gemaakt," zegt Rose als ik mijn theekopje weer oppak. "Het is gewoon dat ik zag hoe Nero naar je keek toen Isis je gisteren in die helende slaap bracht."

"Tuurlijk. Net als Dagobert Duck in zijn met goud gevulde zwembad."

"De manier waarop je over hem praat, verraadt je, even dat je het weet. Je wilt hem, maar je denkt dat het ongepast is, dus je bent niet bereid om het een kans te geven."

Ik betrap mezelf erop dat ik zo hard in de beker knijp dat het een wonder is dat hij niet versplintert. "Je hebt maar één ding goed. Dat afschuwelijke scenario *zou* ongepast zijn."

"Oh kind." De blauwe ogen van Rose krijgen een verre blik. "Ik begrijp je situatie veel beter dan je denkt."

"Is dat zo?"

"Natuurlijk." Rose staart naar het tafelkleed alsof ze het aantal draden aan het bepalen is. "Ook ik bevind me in een relatie die de definitie van ongepast is, en toen het begon, zat ik in de ontkenning, net als jij, en waarschijnlijk om dezelfde redenen."

Ik voel een sterke drang om te schreeuwen dat Nero en ik *geen* relatie hebben. Ik wil ook de kamer uit stormen en de deur achter me dichtslaan, in tienerstijl. Maar dat sta ik mezelf niet toe. Rose duikt eindelijk in de mysterieuze wateren die haar relatie met Vlad zijn, en ik ben te nieuwsgierig om haar te stoppen.

Zwijgend trek ik mijn wenkbrauwen een beetje op. Het kan er uitzien als een nerveuze tic.

"De levensduur van mijn geliefde is theoretisch gezien onbeperkt," zegt Rose stilletjes. "Ondertussen heb ik nog maar een paar decennia aan leven over."

Ik hou mijn adem in, bang dat zelfs een uitademing haar zou kunnen afschrikken.

"We konden nooit kinderen krijgen — en ik wilde zo graag een dochter..." Ze blijft naar de tafel staren alsof het een filmscherm is dat haar lange leven afspeelt. "Zijn bloed heeft hetzelfde effect op mij als het bloed van Gaius op Ariël," zegt ze op een nog zachtere toon. "We moeten altijd uiterst voorzichtig zijn."

Ik kan mijn adem niet langer inhouden en blaas hem uit.

Ofwel dat nauwelijks hoorbare geluid of een herinnering lijkt Rose uit haar vreemde mijmering te halen. Opkijkend, ziet ze mijn blik en haar lippen vervormen zich. "Ik denk dat dat een omslachtige manier is om te zeggen dat het, ongeacht de omstandigheden, altijd de moeite waard is om liefde in je leven te hebben."

"Daar ga ik niet tegenin," zeg ik. "Ik zou mezelf gelukkig prijzen als ik iemand zou vinden die net zoveel voor me betekent als Vlad duidelijk voor jou betekent. Grote nadruk op *als*."

Ze glimlacht en kijkt dan schaapachtig naar de

klok. "Ik ga je te laat laten komen. Wil je dat ik een muffin voor je inpak om op weg naar kantoor te eten?"

"Graag," zeg ik. "Dat zou geweldig zijn."

Ik drink mijn thee op terwijl ze opstaat, langzaam naar de oven loopt en er een muffin uit haalt.

"Dus, over die gunst," zegt ze terwijl ze mijn traktatie inpakt. "Vlad wil me weer meenemen op een kleine vakantie..."

"Dat is geweldig." Ik sta op. "Jullie twee moeten je vermaken."

"Juist," zegt ze. "Hier is het punt." Ze geeft me de bruine zak zonder mijn blik te ontmoeten. "Luci vindt onze vakanties stressvol. En ze voelde zich gisteren zo op haar gemak in jouw huis. Ik had gehoopt—"

"Wil je dat ik op je duivelsgebroed pas?"

"Ze zit al in haar draagmand," zegt Rose defensief. "En ze is gewassen."

Ik haal diep adem.

Rose verdient een vakantie. Vlad ook. Na de manier waarop hij gisteren zijn leven voor ons heeft geriskeerd, zou ik zelfs bereid moeten zijn om de kat voor hem in bad te doen. Zonder beschermende uitrusting.

"Waar is ze?" vraag ik, me erin berustend.

Rose leidt me naar de woonkamer en tilt de draagmand op.

Lucifur ligt erin te slapen en ze ziet eruit als een katachtige engel.

Rose heeft het beest gedrogeerd of Vlad heeft zijn

glamour op haar gebruikt — als het tenminste op katten of demonen werkt.

Omdat ik geen ledemaat wil verliezen, pak ik de draagmand voorzichtig op en breng hem naar mijn appartement. Rose gaat mee.

"Dood de kat niet," zeg ik tegen Fluffster als hij met een verbijsterde uitdrukking naar de kooi staart.

"Nog een mond om te voeden?" De chinchilla kijkt verontwaardigd naar Rose.

"Ik zal haar eten en speelgoed brengen," vertelt Rose hem. "Sasha, je moet gaan. Nero wacht." Ze knipoogt naar me.

"Bedankt," zeg ik, de drang onderdrukkend om met mijn ogen te rollen. "Geniet van je vakantie."

"Zal ik doen," antwoordt Rose en ze gaat terug naar haar huis om de kattenspulletjes te halen.

De lift is nog steeds kapot, met dank aan mezelf dat ik erin was gereden, dus ik neem de trap.

Als ik in de taxi stap, pak ik mijn muffin en begin ik erop te kauwen.

Nee.

Het eten doet niets om de hongerige vlinders te onderdrukken die zich in mijn maag lijken te hebben gevestigd.

Echt? Ben ik bang om hem onder ogen te komen?

Dat is gewoon dom.

Toch neemt de angst toe naarmate we dichter bij het fonds komen. Vragen wervelen door mijn hoofd, de een nog moeilijker dan de andere.

Hoe moet ik me gedragen als we elkaar zien?

Doe ik alsof de kus nooit is gebeurd?

Ik zou dat waarschijnlijk wel aankunnen, hoewel het zou zijn alsof je in het puin van je huis staat en je gedraagt alsof de tornado die het vernielde niet is gebeurd.

Als ik nog een hap van de muffin door slik, speel ik het einde van de ontmoeting van gisteravond in mijn hoofd als een gebroken plaat af.

Dan betrap ik mijn vingers erop dat ze mijn lippen aanraken en ruk mijn verraderlijke handen weg.

Eén gedachte blijft maar zeuren.

De echte Nero kussen was totaal anders dan mijn ervaring met Kit die zich als hem voordeed. Met de nep Nero herinnerde ik me dat hij mijn baas was, en de hele tijd wist ik hoe verkeerd elk contact tussen ons zou zijn.

Dat was niet zo met het echte werk.

Het is alsof mijn hersenen een pauze namen en mijn hormonen gisteravond mijn lichaam overnamen, ondanks het feit dat het aspect baas/mentor nu nog maar het topje van deze bergachtige ijsberg van ongepastheid is.

Nero is oud genoeg om mijn verre voorouder te zijn, mijn vreemde eeuwoude geboorte terzijde — en hij heeft me op zien groeien.

Maakt dat hem niet zoiets als die Humbert uit *Lolita*?

Aan de andere kant, ik ben tenslotte in de twintig.

Wacht, ben ik hem echt aan het verdedigen?

Hebben de woorden van Rose me betoverd, of heeft de kus me een permanente hersenbeschadiging gegeven?

"We zijn er," zegt de taxichauffeur en haalt me uit mijn verwarde gedachten.

Ik betaal, stop de rest van de muffin in mijn mond en sprint naar de liften.

Ik ga naar mijn verdieping, knik naar een paar collega's, van wie de meesten vreemd naar me kijken, en ga naar mijn bureau.

Het is alleen dat mijn bureau weg is.

En niet alleen mijn bureau. Mijn stoel, mijn computer — alles is weg.

In plaats daarvan ligt er een handgeschreven briefje — een zeldzaamheid in dit papierloze kantoor.

Het ligt stoutmoedig op de nu lege vloer.

Het onberispelijke handschrift stelt in sterke, mannelijke lijnen:

Kom eerst naar mij toe.

- Nero

Bezoek www.dimazales.com/book-series/nederlands/ voor meer informatie!

OVER DE AUTEUR

Dima Zales is een *New York Times*- en *USA Today*-bestsellerauteur van sciencefiction en fantasie. Voordat hij schrijver werd, werkte hij in de softwareontwikkelingsindustrie in New York, zowel als programmeur als als leidinggevende. Van hoogfrequente handelssoftware voor grote banken tot mobiele apps voor populaire tijdschriften, Dima heeft het allemaal gedaan. In 2013 verliet hij de software-industrie om zich op zijn carrière als schrijver te concentreren en verhuisde hij naar Palm Coast, Florida, waar hij momenteel woont.

Bezoek www.dimazales.com/book-series/nederlands/ voor meer informatie.

www.ingramcontent.com/pod-product-compliance
Lightning Source LLC
LaVergne TN
LVHW031535060526
838200LV00056B/4505